Wer würde für dich töten?

*Für Tomm,
der auf tragische Weise aus dem Leben
gerissen wurde!*

Ich denke, er hätte diesen Thriller gemocht …

KERSTIN GENTZ

WER WÜRDE FÜR DICH TÖTEN?

THRILLER

Bibliografische Information der Deutschen Nationalbibliothek
Die Deutsche Nationalbibliothek verzeichnet diese Publikation in
der Deutschen Nationalbibliografie; detaillierte bibliografische Daten
sind im Internet über http://dnb.d-nb.de abrufbar.

Satz, Umschlaggestaltung und Verlag: BoD · Books on Demand
GmbH, Überseering 33, 22297 Hamburg, bod@bod.de
Druck: Libri Plureos GmbH, Friedensallee 273, 22763 Hamburg

ISBN: 978-3-8192-5354-6

PROLOG

Leise beginnt der Regen zu fallen. Eine Amsel pfeift für kurze Zeit eine traurige Melodie. Die Dunkelheit vor dem Fenster scheint in die Wohnung eindringen zu wollen. Nur das Licht der flackernden Kerze hält die Dunkelheit zurück.

Es passt zu dem, was er in diesem Moment empfindet. Trauer und Trostlosigkeit.

Wie gebannt starrt er mit weit aufgerissenen Augen auf die unwirkliche Szene vor ihm.

Ist *ER* dafür verantwortlich? Hätte er verhindern können, dass sie jetzt völlig reglos vor ihm liegt?

Tränen rinnen ihm unentwegt über die Wangen.

Das hat er nicht gewollt! Er liebt sie doch, und sie ihn auch!

Ihr Blick ist ohne jegliche Spur von Leben gegen die Decke gerichtet, selbst die blonden Haare fallen ihr kraftlos über die nassen Schultern. Normalerweise wippen sie fröhlich in einem gebundenen Pferdeschwanz, oder sie bewegen sich luftig um ihr so unglaublich hübsches Gesicht.

Sie trägt noch die Kleidung von eben, als sie ihm die Tür öffnete, und ihn mit leicht verschleiertem, aber liebevollem Blick einließ.

Das Wasser in der Wanne hat eine rötliche Farbe angenommen. An ihren Handgelenken klaffen offene Wunden.

Er weiß nicht, wie lange er schon vor der grauen Wanne kniet und immer und immer wieder über ihre rechte Hand streichelt, die auf dem Rand liegt.

Auf der Ablage direkt neben ihrem Kopf, flackert die mit Blumen verzierte Kerze im leichten Luftzug. Das kleine Fenster ist gekippt, und die herumwirbelnden Luftströme verteilen den Geruch der Kerze. Lavendel.

Im Hintergrund läuft leise eine Melodie der Beatles, Yesterday. Er liebt diesen Song.

Seine Gedanken spielen verrückt und er weiß nicht mehr, was falsch oder richtig ist.

Auf einmal will er nur noch raus hier, weg von dem Grauen, das ihn begleiten wird, sein Leben lang. Nichts ist so schrecklich, wie das hier.

Langsam steht er auf. Rückwärts will er sich aus dem Raum bewegen. Seine Füße verlieren auf den rutschigen Fliesen den Halt. Fast wäre er gestürzt. Im letzten Augenblick kann er sich ausbalancieren und bleibt plötzlich wie betäubt stehen.

Es ist ihm auf einmal nicht mehr möglich, sich zu bewegen. Das Grauen hat ihn jetzt vollends erfasst. Die Angst, sie könnte ihren Kopf drehen und ihn mit ihren toten Augen anstarren, versetzt ihn in Panik.

Sein Mund öffnet sich langsam, seine Hände verkrampfen sich, und er beginnt zu schreien. So laut und anhaltend wie nie zuvor.

1

Ein weiteres Mal bricht eine gewaltige Welle kurz vor dem abweisend und einsam wirkenden Sandstrand. Zurück bleibt von ihr nur eine große Anzahl gräulicher Schaumkronen, die durch den starken Wind aufgepeitscht unruhig über das dunkle Wasser wabern. Sie gesellen sich nach kurzer Zeit zu den Überbleibseln der vorangegangenen Wellen.

Immer wieder rollen neue Wellen heran und verenden auf dem langen Sandstreifen.

Durch den feinen Dunst in der Luft und die ständige Wasserbewegung erscheint die See wie eine dunkle, bewegte Masse. Sie suggeriert dem Beobachter, dass alles, was sich mit der aufgewühlten See einlässt, unwiederbringlich verschlungen wird, ohne Hoffnung auf Rückkehr.

Die rasch aufziehenden, dunklen Wolkenberge wirken äußerst bedrohlich.

Seetang gleitet in wellenartigen Bewegungen über das Wasser und verschwindet zeitweise in kleineren Strudeln, um dann an einer anderen Stelle wieder an die Oberfläche geschwemmt zu werden. Das tiefe Grollen in der Ferne untermalt die gespenstisch wirkende Atmosphäre.

Eine einzelne Möwe versucht mit sichtbarer Anstrengung gegen die unberechenbaren Böen anzukämpfen. Ihr lautes Geschrei wird vom Getöse des Sturmes verschluckt. Kurze Zeit später ist sie in der diesigen Umgebung verschwunden.

Es macht den Anschein, als würde sich der Sturm nicht so schnell wieder vertreiben lassen, obwohl für den heutigen Tag eigentlich nur ein mäßiger Wind und Sonnenschein vorhergesagt wurde. In diesem Moment setzt auch noch ein heftiger Regen ein.

Zusammengekauert, in einen grünen Friesen-Nerz eingepackt, sitzt Nele Gilden auf einer Bank, die sich in einigem Abstand zum Strand befindet. Mit fest vor dem Körper verschränkten Armen trotzt sie den herrschenden Naturgewalten.

Ihre Kamera hat sie vorsorglich unter der Jacke verstaut. Der Wind zerrt unerlässlich an den blonden Haarsträhnen, die aus einem Stirnband hervorlugen. Die Regentropfen klatschen auf die schon in die Jahre gekommene Regenjacke und perlen in kleinen Rinnsalen von ihr ab.

Ihr melancholischer Blick ist auf den Horizont gerichtet, auf die immer wiederkehrenden Böen, die sich vom Wasser herbei ihren Weg zum Festland bahnen.

Nach geraumer Zeit streckt sie die Beine vom Körper weg und bemerkt die immer nasser werdenden Turnschuhe.

Ein kurzer Blick auf die Uhr lässt sie feststellen, dass es Zeit ist, sich auf den Rückweg zu begeben.

Entschlossen steht sie auf.

Der braune Labrador zu ihren Füßen springt auf und spitzt aufmerksam die Ohren. Seine dunklen Augen blicken sie erwartungsvoll an.

»Komm Phönix, lass uns nach Hause gehen!«, wendet sie sich auch prompt an ihren tierischen Begleiter.

Seufzend schiebt sie einige Haarsträhnen tiefer unter das Stirnband.

Mit ausholenden Schritten folgt sie dem schmalen Weg entlang des Sandstrandes. Aufgrund des heftigen Gegenwindes ist das eine echte Herausforderung.

Gedanklich bereitet sie sich auf die bevorstehende Arbeit am Computer vor.

Während der letzten Tage hat sie viel Zeit am Meer verbracht, daher türmt sich noch immer ein Berg unbearbeiteter Akten auf.

Beim Aufstehen hatte sie sich vorgenommen, diese Arbeit zeitnah zu erledigen, allerdings befasste sie sich lieber mit anderen Dingen.

Nach einem schnellen Frühstück ging sie ausgiebig mit Phönix spazieren. Außerdem war es ihr wichtig gewesen, ihr kleines Haus noch auf Vordermann zu bringen. Ihre beste Freundin Clarissa Hartwig hatte sich nämlich für das anstehende Wochenende angekündigt.

Lediglich ihr Atelier bleibt unaufgeräumt. Das liegt an Clarissa, die ihr einmal unverblümt mitteilte, dass es für sie, trotz Kuddelmuddel, der mit Abstand schönste Raum wäre, den sie kenne.

Fertiggestellte, wie auch unfertige Bilder stehen im gesamten Raum verteilt. Es wirkt chaotisch.

Allein eine große Staffelei befindet sich immer an der gleichen Stelle. Sie ist so platziert, dass man auch an kurzen und dunkleren Tagen die Möglichkeit hat, das einfallende Tageslicht jederzeit nutzen zu können. Außerdem hat sie das große Glück, dass dieser Anbau an das Wohnzimmer grenzt. Ein Kachelofen sorgt im Winter für angenehme Wärme.

Sie verbringt viele Stunden in diesem Raum, um ihre Gefühle auf den Leinwänden zu verewigen. Die von ihr fotografierte Landschaft nutzt sie als Vorlage.

Auch in Porträtmalerei hat sie sich schon einige Male versucht. Musste sich aber eingestehen, dass dies nicht unbedingt in ihr Resort fällt.

Clarissa dagegen liebt die etwas verwaschen wirkenden Gesichter.

In ihrer Studienzeit fertigte sie eine Bleistiftzeichnung von ihr an. Sie fand ihre Arbeit schrecklich, ihre Freundin dagegen verliebte sich sofort in die Zeichnung. Noch heute hängt sie in deren Esszimmer.

Während sie weiter gegen die heftigen Windstöße ankämpft, läuft Phönix unverdrossen und fröhlich schwanzwedelnd neben ihr durch den Regen.

2

Leicht durchgefroren kommt Nele einige Zeit später vor ihrer Haustür an. Ihr Begleiter schüttelt sich kräftig. Lächelnd beugt sie sich zu ihm hinunter, krault ihn hinter den Ohren und verspricht ihm eine Leckerei. Sie kramt den Schlüssel hervor und öffnet die Tür. Ungeduldig drängt er sich an ihr vorbei.

Im Flur streift sie die Turnschuhe ab. Ihre Jacke hängt sie an der Krone des uralten Elch-Kopfes auf.

Er stammt noch vom Vorbesitzer. Irgendwie gehört das urige Ding genau an diese Stelle. Eine Besonderheit ist sein schielendes rechtes Auge in Richtung Tür.

Sie ist felsenfest davon überzeugt, dass es ungewollte Besucher in die Flucht schlägt. Bei nur spärlicher Beleuchtung wirkt es äußerst bedrohlich.

Auf Socken durchquert sie den in einem hellen Grauton verputzten, fast quadratischen Flur. Einige ihrer Landschaftsbilder zieren die Wände. Ein einladender Schaukelstuhl mit Lammfell Überwurf in der einen Ecke und ein uralter, schmaler Schubladen-Schrank in der anderen, komplettieren das Inventar vom Flur. Kleine Strahler an den weißen Deckenbalken spenden je nach Wunsch helles oder mattes Licht. Die alten Dielenböden im Haus ließ sie ölen und versiegeln.

Diese Arbeiten wurden durch eine Firma ausgeführt.

Gerne hätte sie die Änderungen selbst durchgeführt, allerdings waren ihr die Hände gebunden. Durch den steten Zeitdruck das Haus bewohnbar zu machen, musste sie Abstriche in Kauf nehmen. Außerdem war sie meist auf sich allein gestellt. Von ihrer Schwester würde sie keine Hilfe annehmen, und ihre Freundin steht selbst unter ständigem Zeitdruck.

Clarissa arbeitet als angehende Chefärztin der Onkologie in einer angesehenen Klinik.

Nele dagegen schwebte eher ein Studium in verschiedenen Kunst-Richtungen vor. Ihr Vater allerdings brachte sie durch verstärkten Druck dazu, ein Medizinstudium anzustreben. Sie entschied sich schweren Herzens für die psychologische Fachrichtung. Noch nie bereute sie die Wahl des Studiums. Seit einigen Jahren arbeitet sie in der hiesigen Klinik als Psychologin von meist krebskranken Patienten.

Ihre Leidenschaft für die Kunst hat sie trotz allem nicht aufgegeben.

Während sie den Flur mit raschen Schritten durchquert, bleibt ihr Blick kurz an einem ihrer Bilder hängen. Es zeigt die scheu lächelnde Silhouette einer Frau, auf eine unaufdringliche Art wunderschön. Neben ihr eine etwas abweisend und störrisch dreinblickende Jugendliche.

Es handelt sich um ihre Mutter und ihre Zwillingsschwester.

Nur wer sie und Jennifer wirklich kennt, kann aus diesem Bild herauslesen, um wen es sich tatsächlich handelt.

Traurigkeit und ein Anflug von Niedergeschlagenheit breiten sich in ihr aus.

Was würde sie darum geben, sich wieder mit ihrer Schwester zu vertragen! Aber tief in ihrem Herzen ist sie immer noch nicht bereit dazu. Ihrer Mutter hat sie längst verziehen. Leider kann sie ihr dies nicht mehr mitteilen, da sie kurz nach ihrem Auszug an einem Herzinfarkt verstarb.

Sie schüttelt die tristen Gedankengänge ab.

Seufzend erreicht sie den breiten Durchgang zum Wohnbereich. Schwanzwedelnd und mit gespitzten Ohren steht Phönix bereits vor seinem Futternapf. Sobald sie eine Knabberstange hineingelegt hat, verzieht er sich damit sofort in eine Ecke des Raumes.

Kurze Zeit später sitzt sie am Schreibtisch des zum Büro umgewandelten Gästezimmers. Obwohl es nur ein kleines Zimmer ist, beinhaltet es außer dem Schreibtisch und einem alten Schrank auch noch ein Bett. Dieses hat sie gestern für Clarissa frisch bezogen. Eine kleine Schachtel Pralinen liegt auf dem Kopfkissen.

Kurz starrt sie auf den Stapel Akten, den sie aus dem immer mit einem Sicherheitsschloss versehenen Schrank entnommen hat, und beginnt umgehend zu arbeiten.

Phönix hat es sich zu ihren Füßen bequem gemacht.

Es ist schon spät, als sie endlich fertig ist.

Entspannt schaut sie aus dem großen, bis fast auf den Boden reichenden Fenster. Sie war so in ihre Arbeit vertieft, dass ihr überhaupt nicht aufgefallen ist, dass sich die Regenwolken verzogen haben und die dunkelrot untergehende Sonne am Horizont zu sehen ist.

Plötzlich erstarrt sie. Hatte sich nicht etwas hinter der angrenzenden Hecke bewegt? Nein, ihre Sinne haben ihr wahrscheinlich, wie so oft in der letzten Zeit, einen Streich gespielt! Sie ermahnt sich zur Ruhe.

Einige Zeit blickt sie noch aus dem Fenster und beobachtet die untergehende Sonne. Dann räumt sie die Akten in den Schrank und verschließt ihn sorgfältig. Den Schlüssel läßt sie in ihre Hosentasche gleiten. Eigentlich dürfte sie die Akten gar nicht mit nach Hause nehmen. Allerdings fällt es ihr leichter, die Auswertungen der Gespräche zuhause in aller Ruhe auszuarbeiten.

Nachdem sie erneut einen ruhelosen Blick aus dem Fenster geworfen hat, schließt sie vorsorglich den Rollladen.

Phönix gibt ein leises Bellen von sich, das sie daran erinnern soll, dass es Zeit für seine Abendration ist. Natürlich braucht er sie nicht daran zu erinnern!

Als sie es sich mit Rührei, Brot und ein wenig Obst auf dem Sofa bequem gemacht hat, kommt auch schon ihr vierbeiniger Mitbewohner und macht es sich neben ihr auf der Couch bequem.

Später schaltet sie den CD-Player ein. Die leisen Klänge klassischer Musik ertönen.

So sitzt sie noch einige Zeit mit einem Glas Rotwein auf der Couch, vertieft in ein Buch.

Plötzlich wird sie von einem Geräusch aufgeschreckt. Auch Phönix ist auf der Stelle hellwach, springt auf und rennt zur Terrassentür. Aufgeregt schaut er in die Dunkelheit, die sich dahinter verbirgt. Mit einem lauten Bellen und einem leisen Knurren macht er sich für das Verborgene dort draußen bemerkbar. Auch sie ist von der Couch aufgesprungen, presst die Stirn an das Fensterglas, und starrt in die Nacht. Phönix verlässt schon nach kurzer Zeit seinen Beobachtungsposten und springt wieder auf seine Decke.

»Wir leiden wohl an Halluzinationen, mein Lieber! Oder dort draußen treibt sich mal wieder ein Tier herum, das du nicht leiden kannst! Ich denke, es ist besser, wir gehen ins Bett.«

Sorgsam schließt sie in allen Zimmern die Rollläden, nicht ohne überall noch einen Blick hinaus zu werfen.

Niemals hätte sie gedacht, dass ihr die Vergangenheit nach so langer Zeit bei Kleinigkeiten eine Gänsehaut über den Rücken jagen könnte.

In unregelmäßigen Abständen erhält sie seit über einem halben Jahr Anrufe auf ihrem Handy. Die Nummer ist immer unterdrückt. Zu Beginn legte der andere Teilnehmer schon nach wenigen Sekunden wieder auf, ohne irgendeinen Laut von sich zu geben. Nach einiger Zeit begann der Mann am anderen Ende allerdings damit, in den Hörer zu stöhnen, was die ganze Sache für sie nicht im Mindesten vereinfachte. Sie änderte ihre Nummer. Einige Wochen hatte sie Ruhe, doch dann begannen die Anrufe erneut.

Nur wenigen Bekannten hatte sie diese gegeben. Auch ihrer Schwester, falls ein Notfall eintreten sollte, nur dafür!

Aber irgendwie war auch der Unbekannte wieder an ihre Nummer gelangt.

Seither beschleicht sie bei jedem unterdrückten Anruf ein panisches Gefühl.

Sie hegt einen starken Verdacht, um wen es sich bei dem Anrufer handelt, eigentlich ist sie sich sogar sicher!

Als sie vor gut vier Jahren fluchtartig ihr Haus verließ, das sie zusammen mit ihrem damaligen Mann Malte Engel bewohnte, geschah dies aus gutem Grund.

Fast ein halbes Jahr hatte sie den Verdacht, dass es nicht mehr nur sie, sondern noch eine weitere weibliche Person in Maltes Leben gab.

Viel zu oft kam er ungewohnt spät aus der Klinik. Teilweise verbrachte er ganze Nächte dort. Es wäre für sie noch nachvollziehbar gewesen, hätte nicht so oft der leichte Hauch eines blumigen Parfüms an seiner Kleidung gehaftet, den sie irgendwoher kannte. Leider konnte sie den Duft keiner bestimmten Person zuordnen.

Auch dass er plötzlich öfter in der Klinik duschte, bestärkte ihren Argwohn. Früher duschte er immer zuhause. Oft teilten sie sich die große Dusche im Bad, um sich unter dem angenehm warmen Wasserstrahl zu lieben. Allerdings endete dieses Verhalten abrupt nach einem einschneidenden Erlebnis. Es veränderte ihr Leben vollkommen.

Es war ein sonniger Tag, als Nele ungewollt in ihrem Verdacht bestätigt wurde. Malte hatte sich ein paar Tage Urlaub genommen. Er wollte angeblich einige Renovierungsarbeiten am Haus ausführen. Sie musste in diesem Zeitraum auf einen Ärztekongress. Am frühen Morgen verabschiedete Malte sie eher abwesend und fahrig. Er wünschte ihr, mit dem Blick auf seine Uhr gerichtet, einen angenehmen Aufenthalt.

An besagtem Tag verließ sie nach der kühlen

Verabschiedung das Haus, und fuhr los in Richtung Berlin. Es lagen über fünf Stunden Fahrtzeit vor ihr. Der Kongress begann erst am nächsten Tag, aber sie hatte sich bei ihrer Freundin Clarissa eingeladen und wollte den Tag vor dem Ärztetreffen mit ihr verbringen.

Sie war schon fast eine halbe Stunde unterwegs, da fiel ihr plötzlich ein, dass sie ihre Unterlagen vergessen hatte. Laut fluchend drehte sie an der nächsten Abfahrt und fuhr zurück. Es kam ihr noch ein Stau dazwischen und zwei Stunden später erreichte sie ihr damaliges Zuhause.

Vor dem Haus stand der Wagen ihrer Schwester. Im ersten Moment freute sie sich übermäßig darüber, den kleinen sportlichen Flitzer in ihrer Hofeinfahrt zu sehen, hatte sie ihre Schwester doch schon seit einiger Zeit nicht mehr persönlich getroffen. Auch telefoniert hatten sie nur noch sporadisch. Angeblich war es Jennifer durch ihre ständigen Sportkurse, die sie im Fitnessstudio ihres Freundes abhielt, kaum noch möglich zu telefonieren.

Plötzlich wusste sie, warum ihr das Parfüm an der Kleidung ihres Mannes so bekannt vorgekommen war.

Ihre Schwester benutzte es!

Ein anderes Gefühl wallte in ihr auf und verdrängte die Freude darüber, Jennifer endlich einmal wieder zu sehen. Wut und Hass machten sich in ihrem Herzen breit, denn sie konnte sich in etwa vorstellen, was sie erwarten würde. Das gemeinsame Schlafzimmer befand sich in einem nach hinten gelegenen Zimmer, somit war es gut möglich, dass die beiden gar nicht mitbekommen hatten, dass sie ihren Wagen direkt hinter Jennifers Flitzer geparkt hatte. Leise schloss sie die Haustür auf, trat ein und versuchte, ihr rasendes Herz zur Ruhe zu zwingen. Sie atmete einige Male tief ein. Das Schlagen ihres Herzens wurde allerdings nicht langsamer. Außerdem stellten sich Bilder vor ihrem inneren Auge ein, die sie nicht wieder zu verscheuchen vermochte.

Also begab sie sich auf direktem Weg zum Schlafzimmer. Unterwegs warf sie noch einen kurzen Blick in die geöffnete Tür zur Küche.

Die knappe, aus Seide bestehende rote Unterwäsche einer Frau lag verloren auf dem hellen Holzfußboden. Ihre Wut steigerte sich dadurch umso mehr.

Eilig rannte sie den Flur entlang. Es kam ihr fast vor, als würde er nicht enden wollen. Als sie endlich die geschlossene Tür des Schlafzimmers erreichte, konnte sie von drinnen das tiefe Stöhnen von Malte hören. Abrupt blieb sie vor der Tür stehen. Sie hatte schon eine Hand auf dem Türgriff, traute sich aber für einige Sekunden nicht, sie zu öffnen. Eigentlich wollte sie ja gar nicht sehen, was dahinter vor sich ging. Aber wenn sie diese Tür nicht öffnen würde, hätte Malte bestimmt eine passende Ausrede parat, wenn sie ihn später darauf ansprach.

Letztendlich zwang sie ihre Hand dazu, den Griff nach unten zu drücken und die Tür weit aufzureißen.

Was sie allerdings nicht erwartet hatte, war das Schauspiel, das sich ihr in dem Augenblick bot, nachdem sie die Tür komplett aufgestoßen hatte. Jennifer lag unbekleidet und mit einem roten Seil am Bett gefesselt unter dem sitzenden Körper ihres Mannes. Sie waren gerade mitten im Akt. Malte bewegte sich rhythmisch, und es deutete darauf hin, dass beide ganz gewiss großen Spaß an dem hatten, was sie trieben.

Sie konnte ihre vor Zorn sprühenden Augen nicht von den beiden Personen auf dem Bett abwenden.

Auf genau dem Bett, das sie noch vor einigen Jahren extra nach ihrem Wunsch anfertigen ließen. Es bestand aus gebleichtem Holz und einige, in sich verdrehte dünne und gebogene Stäbe am Kopfende erzielten eine schmuckvolle Nuance. Die kleinen Rosenblätter und Blüten, die sich an den Stäben befanden, waren ihre Idee gewesen.

Und genau an diesen Stäben befanden sich die Knoten des Seils!

Im ersten Moment bemerkten sie Nele gar nicht, dafür war das Stöhnen ihres Mannes zu laut. Sie musste sich räuspern, um ihre Aufmerksamkeit zu erhalten.

Sofort wendete Malte seinen durchtrainierten Körper zu ihr um. Da er sich zu hektisch nach hinten drehte, konnte sie einen Blick auf die Vorderseite seines Unterkörpers erhaschen, wobei sie erkannte, dass sein erigiertes Glied augenblicklich schrumpfte. Dies war für sie eine kleine Genugtuung.

Sein Gesicht zeigte Röte der Anstrengung. Einzelne, kleine Schweißperlen machten sich durch leichtes Glitzern bemerkbar. In seinen dunkelbraunen Augen spiegelte sich sofort blankes Entsetzen, als er erkannte, wer da unbemerkt ins Zimmer getreten war.

Auch Jennifer blickte erschrocken. Es schien, als wäre es ihr äußerst unangenehm, sich ihrer Schwester in dieser Pose präsentieren zu müssen. Sie konnte sich durch die Fesseln keine Decke überstreifen. Schuldbewusst neigte sie fast augenblicklich ihren Kopf zur Seite, um Nele nicht länger in die Augen schauen zu müssen. Dabei meinte sie, eine Träne in deren Augenwinkel zu erkennen.

Im ersten Moment hatte sie das starke Bedürfnis, ihrem Mann irgendetwas gegen den Kopf zu schleudern. Es schmerzte, ihn in dieser so eindeutigen Stellung mit einer anderen Frau anzutreffen. Zudem ausgerechnet mit ihrer Schwester! Hinzu kam noch, dass er Fesselspiele bei ihr noch nie angesprochen hatte, bei einer anderen Frau schien er dies allerdings ziemlich zu Beginn mit einzubeziehen.

Nach einigen Sekunden der Stille, in denen nur das Blut laut pochend durch ihre Adern zu pulsieren schien, ging sie einen Schritt zurück, starrte auf das Bild über dem Bett und sagte leise, mit eiskalter und bebender Stimme:

»Jetzt weiß ich, woher ich den Blumenduft kenne, der ständig an dir haftet und auch, womit du deine Überstunden verbringst!«

Mehr hatte sie ihm und auch Jennifer nicht mehr zu sagen.

Sie hatte genug gesehen! Ihr Magen schien sich zu drehen. Sie wollte nur noch weg, raus aus dem Haus und ihrem alten Leben!

Malte rief ihr irgendetwas hinterher. Sie konnte, oder wollte nicht verstehen, was er brüllte. Während sie den Flur entlang hastete, zog sie ihren Ehering vom Finger und warf ihn von sich. Er prallte gegen eine Fensterscheibe direkt neben der Haustür. Es entstand ein breiter Riss, wie sie noch unschwer erkennen konnte, bevor sie mit einem lauten Krachen die Haustür hinter sich ins Schloss warf.

Wie sie das Haus ihrer Freundin in Berlin erreichte, konnte sie sich später nicht mehr ins Gedächtnis rufen. Blindlings hatte sie sich in ihr Auto gesetzt, war einfach losgefahren und irgendwann stand sie vor Clarissas Tür.

Diese hatte die Hände über dem Kopf zusammengeschlagen, das Häufchen Elend in den Arm genommen und ins Haus verfrachtet.

Schon am nächsten Tag schaltete Nele einen Anwalt ein und reichte kurze Zeit später die Scheidung ein. Ihre Freundin half ihr dabei, wieder auf die Beine zu kommen. Anrufe von Jennifer und Malte ignorierte sie.

Sie reichte die Kündigung bei ihrer alten Arbeitsstelle ein und bewarb sich auf der von ihr so geliebten Insel Rügen.

Mit Erfolg.

Da Jennifer und sie von ihrer Tante zwei Jahre zuvor ein kleines Vermögen geerbt hatten, konnte sie sich ihr neues Zuhause auf der Insel problemlos leisten. Bis ihr Haus halbwegs bezugsfertig war, fand sie Unterschlupf bei Clarissa, die sie gerne übergangsweise in ihrer Wohnung in Berlin beherbergte.

Malte traf sie nur noch ein einziges Mal. Es war bei dem Scheidungstermin vor Gericht.

Immer wieder versuchte er während dieser Gelegenheit, freundschaftlich mit ihr ins Gespräch zu kommen, um sie zurückzugewinnen.

Es war ihr schon lange vorher klar geworden, dass er sie niemals freiwillig aufgeben würde. Der Scheidung hatte er nur zugestimmt, da sie ihm damit drohte, ausnahmsweise ihren Vater in die Sache mit einzubeziehen. Malte wusste, dass ein Kampf gegen ihn aussichtslos war, also gab er sich resigniert geschlagen.

Sie blieb hart und versuchte, ihn so gut es ging, auch bei diesem letzten und unvermeidbaren Treffen zu ignorieren.

Es gab da nämlich noch eine Kleinigkeit, die sie ihm niemals verzeihen, geschweige denn vergessen könnte.

HEUTE

Als sie endlich auch das letzte Fenster im Untergeschoss mit einem Rollladen verschlossen hat, wendet sie sich Phönix zu, streichelt ihn liebevoll und beugt sich zu seinem Ohr.

»Wir sind füreinander da und lassen uns nicht ins Bockshorn jagen! Selbst wenn Malte der Anrufer ist und irgendwann bei uns vor der Tür auftaucht, werden wir uns zu wehren wissen, stimmt's mein Freund?«, flüstert sie ihm liebevoll zu.

Noch während sie die Treppe nach oben steigt, ertönt die sanfte Melodie von Enya aus ihrem Büro. Verwundert dreht sie sich um.

Wer sollte sie um diese späte Uhrzeit noch anrufen? Als sie ihren Schreibtisch erreicht hat, starrt sie auf das Display ihres Handys. Ein kalter Schauer überläuft sie.

Sie schaltet das Handy aus.

Auch Malte hat früher mit unterdrückter Nummer versucht, sie zu erreichen. Allerdings gab er seine Versuche nach einiger Zeit auf, da sie immer sofort auflegte, wenn sie seine Stimme vernahm. Auf Grund dessen ist sie sich sicher, dass er der unbekannte Anrufer ist!

Sie legt das Handy zurück und geht nachdenklich zurück.

Sie hat die erste Stufe noch nicht erklommen, da ertönt von draußen ein Geräusch, das einem lauten Stöhnen ähnelt. Die Treppe liegt direkt neben der Haustür, deshalb erschien der Laut so nah. Sofort tippt sie auf den Schalter neben der Tür und löscht das Licht. Sie wird von dem Gedanken beschlichen, dass jemand direkt hinter der geschlossenen Tür lauert.

Die feinen Härchen stellen sich augenblicklich auf. Angst, die in ihr aufkeimt, lässt sie bewegungslos in ihrer Position verharren. Auch ihr Mitbewohner kommt in diesem Moment die Stufen wieder hinuntergerannt, bellt einmal kurz und stellt sich mit aufgestelltem Nackenhaar knurrend vor der Tür in Pose.

Da sie ihn jetzt als Beschützer in ihrer Nähe weiß, löst sich ihre Starre. Sie dreht den Schlüssel leise ein weiteres Mal im Schloss, damit sie ganz sicher sein kann, dass die Tür auch wirklich verschlossen ist, und schleicht in gebückter Stellung nach oben. So kann man sie hinter dem kleinen Fenster neben der Tür nicht sehen. Phönix folgt ihr.

Nachdem sie im Dunkeln die Zähne geputzt hat, geht sie ins angrenzende Schlafzimmer mit den großen Erker-Fenstern. Sie bleibt in einigem Abstand zu den bedrohlich wirkenden Glasscheiben stehen und überlegt, ob sie einen Blick nach draußen wagen soll. Entschließt sich aber letztendlich dagegen und schlüpft unter die Bettdecke.

Es dauert lange, bis Nele endlich in einen unruhigen Schlaf sinkt.

3

Einige Stunden später ertönt der Wecker. Sofort springt Phönix auf und vergräbt seine Schnauze unter ihrem Kopfkissen, das er immer wieder mit leichten Schubsern nach oben stößt. Verschlafen streckt sie eine Hand unter der Bettdecke hervor und krault den Hund mechanisch.

Sie ist noch ausgesprochen müde, Muss aber heute schon sehr zeitig in die Klinik. Da sie eine Feier für den Chefarzt ihrer Abteilung mitgestalten soll, die in wenigen Wochen stattfindet, kann sie sich vor dem heute Morgen anstehenden Treffen nicht drücken. Auch steht ein ernstes Gespräch mit einem äußerst unsympathischen Patienten an, den sie an einen anderen Psychologen abgeben möchte. Seine Art ihr gegenüber grenzt an sexuelle Belästigung. In einem solchen Fall ist sehr viel Fingerspitzengefühl gefragt. Selbst jetzt weiß sie noch nicht genau, wie sie vorgehen soll.

Langsam schält sie sich aus der Decke. Phönix rennt unterdessen ungeduldig zwischen ihrem Bett und der Treppe hin und her. Er wartet darauf, dass sie seinen gewohnten Spaziergang mit ihm unternimmt.

Die ersten Sonnenstrahlen dringen ins Zimmer. Lautes Vogelgezwitscher ist zu hören.

Sie reibt sich den Schlaf aus den Augen, bevor sie die

Füße über die Bettkante schwingt und mit einem müden Gähnen aufsteht. Dann betritt sie ihr Bad, und betrachtet im Spiegel die leicht dunklen Ränder unter ihren Augen.

»Du hast auch schon bessere Tage gesehen, meine Liebe!«, gibt sie ihrem Gegenüber mit leiser Stimme zu verstehen.

Nachdem sie die Zähne geputzt, und sich das Gesicht noch schnell gewaschen hat, geht sie nach unten. Ihr vierbeiniger Mitbewohner springt ihr schon freudig entgegen. Schmunzelnd nimmt sie die Leine vom Haken und verlässt das Haus.

An einer Straßenkreuzung beginnt Phönix plötzlich leise zu knurren. Ein Mann, gekleidet mit einem schwarzen Rollkragenpullover und einer Schirmmütze, eilt in einiger Entfernung aus ihrem Sichtfeld. Sobald der Fremde verschwunden ist, hört Phönix auf zu knurren und wedelt wieder freudig mit dem Schwanz.

Es kommt nur selten vor, dass er in Gegenwart von Menschen knurrt, aber bei den meisten hat selbst Nele ein ungutes Gefühl und verspürt eine leichte Abneigung. Wie schon so oft zuvor ist sie wieder einmal froh, genau diesen Hund im Tierheim gewählt zu haben. Sie hatte ihn sofort ins Herz geschlossen, als sie ihn mit traurigen Augen hinter den Gitterstäben sitzen sah. Sie rief seinen Namen, und sofort kam er zum Gitter. Er bellte einmal kurz mit wedelndem Schwanz und schaute sie an, als wollte er ihr sagen: ›Nimm mich mit, ich werde auf dich aufpassen!‹

Denn genau aus diesem Anlass hatte sie sich einen Hund zulegen wollen. Da sie plötzlich allein in ihrem neuen Zuhause wohnte, woran sie sich erst einmal gewöhnen musste, brauchte sie irgendwen, um sich nicht alleine fühlen zu müssen.

Malte hatte panische Angst vor Hunden, daher hatte sie auf einen Hund verzichtet. Aber jetzt, wo sie keine Rücksicht mehr nehmen musste, stand einem tierischen Begleiter nichts mehr im Weg.

Schon während sie ihn an der Leine aus dem Tierheim führte, konnte sie die gute Ausbildung erkennen, die das Tier beim Vorbesitzer genossen hatte.

Ohne weitere Vorkommnisse bringt sie den gewohnten morgendlichen Spaziergang zu Ende.

Die Sonne hat die Umgebung mittlerweile schon etwas erwärmt und es verspricht, ein wunderschöner Tag zu werden.

Zuhause angekommen, bleibt sie noch einige Zeit auf einen kleinen Plausch mit ihrer alten Nachbarin stehen.

Genau wie Nele wohnt sie allein in ihrem Häuschen gegenüber. Schon oft hat sie selbst gebackenen Kuchen oder ähnliches zu ihr rübergebracht. Im Laufe der wenigen Jahre hat sich ein herzliches Verhältnis zwischen ihnen gebildet. Dadurch, dass sie sich um Phönix kümmert, während Nele sich z.B. auf Fortbildungen befindet, ist sie für ihn zu etwas wie einem weiteren Herrchen geworden.

Da ihre Nachbarin, genau wie sie selbst, kein Auto besitzt und auch die Einkaufstüten durch ihre Arthrose geplagten Hände nicht mehr gut tragen kann, erledigt sie im Gegenzug deren Einkäufe.

Nachdem sie sich jetzt dazu anschickt ins Haus zu gehen, bittet die alte Dame sie kurz zu warten, eilt schnell ins

Haus und überreicht ihr dann noch ein paar selbst gebackene Muffins. Als sie sich dankend, mit den Gebäckstücken in der einen, und der Leine in der anderen Hand umwendet, ruft Frau Ulm sie noch einmal zurück.

»Gestern Nacht konnte ich nicht schlafen und habe mir ein kleines Gläschen Pfirsichlikör gegönnt. Wie ich so am Küchentisch saß, meinte ich, eine Gestalt in deinem Garten umher schleichen zu sehen. Genau in diesem Moment hat eine Wolke den Mond verdeckt und als es wieder hell war, habe ich nichts mehr gesehen. Ich habe noch gehört, dass Phönix einmal kurz gebellt hat. Danach war alles wieder ruhig. Es kann sein, dass die Einbrecher wieder ihr Unwesen treiben. Soweit ich weiß, hat man die Bande letztes Jahr nicht fassen können. Pass also gut auf dich auf, und schließ die Haustür immer ab. Zum Glück hast du deinen treuen Freund, er wird auch auf dich achten!«

Nele erstarrt für einen Moment. Sie möchte ihre Nachbarin aber nicht in Angst und Schrecken versetzen, indem sie ihr berichtet, was sie gestern erlebt hat. So bittet sie die Nachbarin lediglich, immer auf der Hut zu sein, und ihr Handy oder Telefon jederzeit griffbereit zu halten.

»Ja, das mache ich! Schau mal!«

Umständlich zieht sie ein Senioren-Handy aus ihrer zerschlissenen Wolljacke, die sie Sommer wie Winter trägt. Auffällig wedelt sie mit dem Handy in der Hand vor ihrem Gesicht herum.

»Prima! Dann kann nichts passieren!«, entgegnet Nele ihr mit einem breiten Grinsen.

Es ist lustig anzusehen, wie sie vor ihr steht und mit zusammengezogenen Augenbrauen und wirr in jede Richtung zeigenden, grauen Haaren überzeugend den Kopf auf und ab wippt, während sie das Mobilteil durch die Luft schwenkt. Auch Frau Ulm bemerkt nun, dass sie ein drolliges Bild abgeben muss, zumal sie unter ihrer Wolljacke nur einen alten Herrenpyjama ihres verstorbenen Mannes trägt. Schallend beginnt sie zu lachen. Nele stimmt fröhlich ein. Ihre Nachbarin wischt sich dann, immer noch ein Lächeln auf den Lippen, einige Tränen von den runzeligen, Wangen. Ihre schwieligen Hände sind übersät mit Altersflecken und zeugen von harter Arbeit.

Da überkommt Nele ein Glücksgefühl darüber, sie als Nachbarin zu haben. Sie findet es schön, zu einer solch frühen Uhrzeit schon einen kleinen Plausch mit ihr abhalten zu können.

Frau Ulm steht immer sehr zeitig auf. Sitzt schon vor dem ersten Morgengrauen mit einer starken Tasse Kaffee in ihrer kleinen, behaglichen Küche und schaut aus dem Fenster. Sie weiß in etwa, wie lange Neles Spaziergänge dauern, daher kann sie sich ungefähr ausrechnen, wann sie das Haus verlassen muss, um die beiden abzupassen. Mit einem Lächeln tritt sie dann vor die Tür, um ihre Zeitung reinzuholen, wenn sie die beiden schon von Weitem sieht.

Nele weiß ganz genau, dass die Pensionärin sich einsam fühlt und nicht aus Neugierde versucht, sie so oft es geht abzupassen.

Sie hat zu Beginn ihres Kennenlernens erfahren, dass Frau Ulm weit über fünfzig Jahre mit ihrem geliebten Mann Gisbert ein glückliches Leben führte.

Vor fünf Jahren, kurz vor seinem fünfundachtzigsten Geburtstag, verstarb er ganz plötzlich an einem Herzinfarkt. Dieser tragische Einschnitt in ihrem Leben hat sie sehr mitgenommen. Kurze Zeit später musste sie auch noch ihren Dackel Windi einschläfern lassen. Daher ist sie immer glücklich, wenn sie sich mit Phönix beschäftigen kann.

Dass sie die Beiden über alles geliebt haben muss, geht aus ihren Erzählungen hervor, die sie immer mal wieder in Gesprächen einpflegt. Auch laufen ihr Tränen die Wangen hinunter, wenn sie in alten Erinnerungen schwelgt.

Sie hätte ihre Nachbarin jetzt gerne in die Arme genommen, aber da sie beide Hände voll hat, streicht sie nur kurz mit dem rechten Handrücken über ihren Arm.

»Wir lassen uns nicht unterkriegen, Frau Ulm! Sollte Ihnen noch einmal etwas komisch vorkommen, sagen Sie mir bitte Bescheid! Zur Not werden wir dann die Polizei einschalten. Ich muss mich jetzt auch mal sputen. Heute habe ich jede Menge Termine, die nicht warten können. Wie gesagt, passen Sie gut auf sich auf! Vielen lieben Dank noch mal für die Muffins, da freue ich mich schon sehr drauf! Die sehen mal wieder sehr, sehr lecker aus! Bis dann …!«

»Nein, wir lassen uns nicht unterkriegen! Und die Muffins habe ich doch gerne für dich gebacken! Lass sie dir schmecken! Ich wünsche dir noch einen ruhigen Arbeitstag.«

Sie wendet sich nun wieder um und stiefelt in Richtung ihres Hauses. Während sie das kleine Tor des etwas schräg stehenden Jägerzauns öffnet, dreht sie sich noch einmal um. Frau Ulm steht immer noch an der gleichen Stelle.

»Dieses Wochenende kommt meine Freundin. Es wäre schön, wenn Sie sich die Zeit nehmen könnten, um auf einen Plausch bei uns vorbeizukommen. Clarissa würde sich gewiss freuen, Sie mal wieder zu treffen!«

Nele kann die Freude über ihre Einladung auf dem strahlenden Gesicht ihrer Nachbarin deutlich erkennen.

»Aber natürlich werde ich Zeit haben, dass weißt du doch! Ich bringe dann den Apfelkuchen mit, den Clarissa so gerne mag! Vielen Dank für die Einladung!«, antwortet sie und reibt sich dabei etwas fröstelnd über die Arme.

»Das ist lieb von Ihnen, aber ich könnte auch etwas backen, dann haben Sie nicht so viel Arbeit!«, widerspricht sie mit dem Wissen, dass sie es sich nicht nehmen lassen wird, einen selbst gemachten Kuchen mitzubringen.

»Papperlapap, das macht mir keine Mühe! Selbstverständlich bringe ich einen Kuchen mit. Du hast genug um die Ohren und ich backe doch gerne«, bestätigt sie ihre Vermutung auch prompt.

»Na dann, wir freuen uns auf jeden Fall auch!«, gibt sie ihr fröhlich zur Antwort.

Da diese Angelegenheit zur beidseitigen Zufriedenheit geklärt ist, lächeln sich beide Frauen noch einmal zu und verschwinden hinter ihren Eingangstüren.

4

Im Haus macht sie Phönix sofort von der Leine los und bringt die kleinen Küchlein in die Küche. Der treue Vierbeiner läuft währenddessen zwischen Futternapf und ihr hin und her. Er ist es gewohnt, nach dem morgendlichen Spaziergang seine Frühstücksration zu erhalten. Einmal wird sie von ihm fast umgeworfen. Lachend mahnt sie ihn zur Ruhe. Nachdem sie ihn kurz geknuddelt hat, erhält er sein Futter und frisches Wasser.

Da der Hund versorgt ist, begibt sie sich auf die Suche nach ihrem Handy. Sie überfliegt mit zusammengekniffenen Augen die Zeilen der neuen Nachrichten. Es fällt ihr mittlerweile immer schwerer, Kleingeschriebenes ohne Sehhilfe zu lesen. Natürlich bemerkt sie auch die zwei unbeantworteten Anrufe mit unterdrückter Nummer. Nach dem Ersten hatte sie gestern das Handy ausgeschaltet. Der Zweite folgte einige Minuten später.

Während einer starken Tasse Kaffee und einem der leckeren Muffins möchte sie ihre Nachrichten und E-Mails beantworten. Dafür sucht sie ihre Lesebrille.

Sie setzt sich an den Tisch und befasst sich mit den neuen Nachrichten. Auch von ihrer Schwester hat sie eine erhalten.

Jennifer bittet sie um ein Treffen. Es scheint ihr sehr dringlich zu sein. Da sie aber keinen genaueren Anhaltspunkt darüber gibt, in welcher Angelegenheit sie eine

Zusammenkunft wünscht, löscht sie die Nachricht, ohne sie zu beantworten.

Es ist für sie schon ein großer Fortschritt, dass sie die Nachricht überhaupt liest, früher hat sie alle Mitteilungen ungelesen sofort gelöscht, ohne sich Gedanken darüber zu machen, ob Jennifer nicht tatsächlich wegen eines Notfalls mit ihr in Kontakt treten möchte.

Nachdenklich schubst sie einige Krümel auf ihrem Teller hin und her.

VIER JAHRE ZUVOR

Es war schon fast vier Uhr in der Früh. Sie und Malte waren gerade von einer Geburtstagsparty eines Freundes nach Hause gekommen. Über den ganzen Abend verteilt hatten sie beide einige Cocktails, beziehungsweise Bier und Schnaps getrunken.

Eigentlich trank er nur äußerst selten, und dann auch nicht so viel. Zumindest, seit Nele mit ihm zusammen war, hielt er es so. Von seinem Leben vor ihr erzählte er kaum etwas.

Irgendwie gefiel ihr seit der Heimfahrt im Taxi die Art, wie er sie teilweise verbal und auch durch kleinere Tätlichkeiten anging, überhaupt nicht. Er war schon öfter etwas ruppig in seinem Verhalten ihr gegenüber gewesen, wenn er mal wieder viel Stress auf der Arbeit hatte.

An diesem Abend allerdings ging er zu weit. Noch während sie aus dem Wagen stieg, nahm sie sich fest vor, den Rest der Nacht allein im Gästezimmer zu verbringen.

Es kam leider anders.

Sie hatte kaum die Haustür aufgeschlossen, als Malte sich auch schon etwas torkelnd an ihr vorbei ins Haus quetschte.

»Musste das sein? Du hast mir wehgetan!«, entfuhr es ihr missbilligend.

Genau in diesem Moment fasste er sie auch schon hart an einem Handgelenk und zog sie grob hinter sich ins Haus. Sie kam gerade noch dazu, die Tür mit dem linken Absatz ihres Wildleder Stiefels zu schließen.

Mit einem leisen bösartigen Zischen und animalischen Grinsen auf den Lippen, drängte er sie ungestüm auf die Couch im Wohnzimmer. Sogleich versuchte er auch schon, die Knöpfe ihrer Lieblings-Bluse zu öffnen. Da er durch den derzeitigen Verlust seiner sonst so hoch gelobten Feinmotorik, auf Grund des zu üppigen Alkoholgenusses, gehandicapt war, konnte er den ersten Knopf nicht sofort öffnen und riss ihn dann einfach mit einem starken Ruck herunter. Fassungslos über das unübliche Verhalten ihres Mannes, begann sie, seine ungestüme Art ihr gegenüber abzuwehren.

Malte war schon immer ein sportlicher Typ und hatte auch durch das zuhause durchgeführte Hanteltraining stärkere Oberarme, als sie je haben würde.

Nichtsdestotrotz teilte auch sie mit allen ihr zur Verfügung stehenden Mitteln aus. Sie kratzte, schlug um sich und versuchte, ihre Beine unter seinem Gewicht freizubekommen. Er war eine ganze Zeit damit beschäftigt gewesen, ihre Hände in seinen Griff zu bekommen. Als er dies endlich erreicht hatte, klemmte er diese seitlich an ihren Oberkörper und setzte sich rittlings auf sie, dass ihre Bewegungsfreiheit endgültig eingeschränkt war. Sie schaute ihm ungläubig dabei zu, als er weitere Knöpfe ihrer Bluse öffnen wollte.

»Du glaubst doch nicht wirklich, dass wir heute noch Sex haben werden, oder? Spinnst du? Geh endlich runter von mir und lass mich in Ruhe!«, spie sie ihm entgegen.

»Du willst es doch auch, genau wie ich!«, antwortete er ihr etwas lallend, und hielt sein Gesicht direkt vor ihres. Sein Atem roch nach Alkohol.

Sie konnte in seinen Augen etwas ausmachen, dass sie von einer ganz anderen Person zur Genüge kannte. Sie hätte niemals erwartet, es in den Augen ihres eigenen Mannes wiederzufinden. In etwa hatte sie eine Vorstellung davon, wie das ganze Szenario sich entwickeln würde und überlegte krampfhaft, wie sie es abwenden könnte, ohne nach Hilfe schreien zu müssen. Ihr kam plötzlich eine Eingebung.

»Auch mit Gewalt wirst du es nicht schaffen, ein Kind zu zeugen!«

Es entstand eine kurze Pause und Malte schaute sie durch ihre Worte verletzt ungläubig an. Malte konnte keine Kinder zeugen.

»Und ich würde es vorziehen, den Sex auszuüben, wenn wir beide Spaß daran haben! Aber wenn du der Meinung bist, dass du es gerade jetzt nötig hast, bitte, bediene dich!«, presste sie ihm mit funkensprühenden, wutentbrannten Augen ruhig und leise entgegen.

Sie konnte Furcht in seinen Augen erkennen, Angst vor dem eigenen Selbst und der plötzlichen Erkenntnis, dass er zu weit gegangen war. Er bewegte sich augenblicklich und so ruckartig von ihr herunter, dass er nur mit Mühe einen Sturz vermeiden konnte. Sobald er sich aufgerappelt hatte und fassungslos auf sie herabschaute, begann er auch schon stammelnd und kaum vernehmlich sein Verhalten zu entschuldigen. Dabei schlang er die Arme um seinen Körper und wiegte sich immer wieder vor und zurück. Sie indes brachte sich in eine sitzende Position und hielt dabei mit einer Hand die Bluse am oberen Rand so fest zusammen, dass die Knöchel weiß hervortraten. Dann machte sie Anstalten, sich von der Couch zu erheben. Sofort trat er so weit zurück, dass sie aufstehen konnte, ohne ihren Mann berühren zu müssen. Dabei fixierte sie ihren Blick auf ein Bild, das auf der gegenüberliegenden Wand befestigt war. Fast hätte sie angefangen zu heulen. Das von ihr gemalte Bild, das sie in diesem Moment betrachtete, war genau das, was sich heute im Flur ihres Hauses befand.

In einem großen Bogen ging sie um den Mann herum, von dem sie dachte, dass sie ihn kenne. Sie verließ das Wohnzimmer auf direktem Weg und begab sich ins Gästezimmer. Sie legte sich ins Bett, ohne irgendein Kleidungsstück auszuziehen. Lediglich die Stiefel legte sie ab und stellte diese ordentlich neben das Nachtschränkchen.

Einschlafen konnte sie in dieser Nacht nicht. Ständig kreisten ihre Gedanken darüber, wie ihr weiteres Leben ab jetzt verlaufen sollte. Ob sie sich auch in eine Person verwandeln würde, wie ihre Mutter es vor langer Zeit getan hatte. Eigentlich war sie sich hundertprozentig sicher, dass sie genau das nicht wollte und etwas dagegen unternehmen müsste.

Er öffnete in dieser Nacht ein einziges Mal ihre Tür, nachdem er zaghaft angeklopft hatte. Sie aber stellte sich schlafend. Eine lange Zeit stand er im Türrahmen. Sein Atmen verursachte eine Gänsehaut bei ihr. Unverrichteter Dinge verließ er irgendwann das Zimmer und schloss leise die Tür.

Die nächsten Tage überschlug sich Malte mit Nettigkeiten ihr gegenüber. Immer wieder versprach er ihr, dass sich dieser Vorfall niemals wiederholen und er ab jetzt die Finger vom Alkohol lassen würde. Sie wollte seinen Beteuerungen nur allzu gerne Glauben schenken, es fiel ihr allerdings ab jener Nacht schwer, ihn in ihrer Nähe zu haben. Trotzdem zog sie nach einigen Wochen wieder ins gemeinsame Schlafzimmer. Berührungen, die über einen Kuss oder ein Streicheln hinauszugehen drohten, untersagte sie ihm aber. Er nahm es zerknirscht, aber einsichtig hin.

Kurze Zeit später bemerkte sie den fremden, und doch so bekannten Parfüm-Geruch an ihm. Sie konnte den Geruch aber keiner Person zuordnen.

Auch blieb er häufig länger auf der Arbeit. Manchmal übernachtete er dann auch angeblich dort. Dies alles machte ihr nicht sonderlich viel aus. Irgendwie begann sie schon, sich innerlich von ihm zu trennen. Nur die äußerst brisante Tatsache, dass die Frau, mit der er sich dann traf, ausgerechnet jemand war, den sie nur zu gut kannte, riss sie erneut in ein tiefes Loch.

HEUTE

Seufzend schüttelt Nele die Gedanken beiseite und räumt ihren Teller und das Messer in die Spülmaschine. Phönix steht vor der Terrassentür, und erwartet mit aufforderndem Blick, dass sie ihm diese öffnet. Sie kommt dieser Bitte auch mit einem Lächeln nach. Die Tür lässt sie offen, damit er jederzeit wieder ins Haus zurück kann. Dann beeilt sie sich, nach oben in ihr Bad zu kommen, um sich fertig zu machen.

Auf dem Weg hört sie ein kurzes Bellen. Im Anschluss erklingt ein leises Knurren. Abrupt wendet sie sich um und läuft nach unten, um nachzuschauen, warum ihr Hund so ungehalten ist. Als sie aus dem Haus in die Sonne tritt, muss sie ihre Augen mit einer Hand beschatten, damit sie bei der noch ziemlich tief stehenden Sonne überhaupt etwas sieht.

Ihr Hund ist damit beschäftigt, seine neugierige Schnauze in einen ausgebuddelten Maulwurfshügel zu vergraben. Schwanzwedelnd schaufelt er mit seinen Pfoten weitere Zentimeter des Ganges frei, auf dem der arme Maulwurf gewiss postwendend das Weite gesucht hat. Immer wieder schaut er mit gespitzten Ohren in den Gang und bellt kurz, genau so, als würde er das kleine Tierchen zum Spielen auffordern wollen. Obwohl sie dieses Verhalten von ihm nicht sonderlich gutheißt, muss sie lachen.

Während sie wieder das Haus betritt, bemerkt sie am Ende der Straße einen Mann im schwarzen Pullover, der gerade hastig um die Ecke biegt. Sicher ist sie sich nicht, aber sie meint den Mann von ihrem Spaziergang in ihm wiedererkannt zu haben. Ein leichter Schauer läuft ihr über den Rücken. Noch während sie überlegt, ob es ein Stalker sein könnte, bewegt sie sich auch schon wieder eilig in Richtung Bad.

Nachdem sie sich fertig gemacht und die Akten in ihrem Fahrradkorb verstaut hat, macht sie sich auf den Weg zur Klinik.

5

Etwas aus der Puste, kommt sie eine knappe Viertelstunde später bei der Klinik an. Sorgsam stellt sie ihr Fahrrad ab und verschließt die Kette. Mit dem Korb in der Hand eilt sie zur Drehtür. Vor lauter Hast bleibt ihr fast der Korb in der Tür stecken. Ihr etwas gestresster Gesichtsausdruck fällt der Dame an der Patienten-Aufnahme sofort ins Auge.

»Moin Nele! Was schaust du so gestresst? Es sind gerade mal sieben Uhr! Übrigens, ich habe das Sport Gel mal ausprobiert, das du mir letztens empfohlen hast. Es hat tatsächlich geholfen. Die Schmerzen im Knie sind fast wie weggeblasen. Danke, für den Tipp. Da ist noch etwas. Gertrud möchte nächste Woche Mittwoch mal wieder Karten spielen. Sie hat schon im ›Zum kleinen Tanker‹ einen Tisch für uns reserviert. Ich hoffe, du bist wieder mit von der Partie!«, wird sie von der jungen Frau sofort mit fröhlichem Smalltalk empfangen.

Tina ist eine der wenigen Angestellten der Klinik, mit der sie auch privat engeren Kontakt pflegt. Sie ist eine gutaussehende Frau Ende zwanzig und achtet sehr auf ihr Äußeres. Meist trägt sie ihre rote Lockenmähne offen und betont damit ihr schmales Gesicht mit den hohen Wangenknochen. Ihre grünen, mandelförmigen Augen strahlen Lebensfreude aus, selbst wenn sie mal nicht gut gelaunt ist. Stets trägt sie modische Kleidung, die ihrer sehr schmalen Figur schmeichelt. Ihre langen, meist dunkelrot lackierten Nägel hindern sie nicht, ihre Tastatur schneller zu bearbeiten, als man es für möglich hält.

Nele mag ihre offene Art. Diese Sympathie geht von beiden Seiten aus. Oft verbringt sie ihre Freizeit mit ihr und zwei weiteren Kollegen schon mal in einer der hiesigen Kneipen oder Cafés, um sich bei einem Glas Wein oder Kaffee und Kuchen etwas zu entspannen und zu quatschen. Auch an dem alle zwei Wochen stattfindenden Kartenspiel nimmt sie hin und wieder teil.

»Moin Tina! In der Tat habe ich es heute sehr eilig! Es steht in einer halben Stunde ein Treffen für Geburtstags-Vorbereitungen an. Der Chefarzt meiner Abteilung wird doch bald sechzig! Wir planen heute vor Dienstbeginn den Ablauf einer kleinen Feier. Ach ja, das mit der Salbe hat bei mir ja auch prima angeschlagen, als ich die Probleme mit dem Ellbogen hatte. Ist echt ein super Zeug! Und mit Mittwoch … da muss ich erst mal schauen. Meine Freundin kommt am Wochenende. Du kennst doch Clarissa schon. Da sag ich dir aber noch mal Bescheid.

So, jetzt sehe ich aber mal zu, dass ich weiterkomme! Dir noch eine ruhige Schicht! Bis dann …!«

Mit einem Nicken in Tinas Richtung eilt sie in Richtung Treppenaufgang.

Sie erreicht den Eingang zum kleinen Wartebereich vor ihrem eigentlichen Arbeitszimmer. Nachdem sie den passenden Schlüssel gefunden hat, betritt sie den Raum und sucht sogleich den nächsten Schlüssel für ihr eigenes angrenzendes Arztzimmer. Es erfüllt mit seinem einfachen, aber zweckmäßigen und modernen Mobiliar alle von ihr gewünschten Ansprüche. Außerdem besitzt es ein großes Panoramafenster, das die Aussicht auf die Ostsee freigibt. Wie jedes Mal, wenn sie diesen Raum betritt, schaut sie erst einmal aus dem Fenster und erfreut sich daran, einen solch großartigen Arbeitsplatz zu haben.

Ihr vorheriges Behandlungszimmer hatte nur ein winziges Fenster mit Aussicht auf ein gegenüberliegendes Hochhaus. Wieder einmal findet sie, dass sich ihr Leben zum Positiven hin verändert hat.

Während sie den Inhalt ihres Fahrradkorbes ausräumt, wirft sie gelegentliche Blicke auf die immer wieder heran rollenden Wellen der See und die darüber hinweg fliegenden Möwen. Die mitgebrachten Lebensmittel, zwei der kleinen Küchlein von Frau Ulm, einen Apfel und einige Möhren, legt sie in den kleinen Kühlschrank. Auch die von ihr fertig bearbeiteten Akten bringt sie im Anschluss in dem dafür vorgesehenen Schrank unter. Sie hängt die Jacke über ihren Stuhl und verlässt den Raum. Rasch verschließt sie wieder beide Türen und macht sich auf den Weg zum Besprechungszimmer auf der unteren Ebene.

Die Planung für die Geburtstagsfeier ist innerhalb einer Dreiviertelstunde schon erledigt. Sie hat lediglich den Auftrag erhalten, einen Kuchen zu backen. Das ist für sie vollkommen in Ordnung. Einer ihrer Kollegen hat den Part der Rede übernommen, den man zuerst ihr zugedacht hatte. Allerdings stimmte sie freudig zu, als Robert Faust vorschlug, dies gerne für sie zu übernehmen.

Auch Robert zählt zu ihrem engeren Bekanntenkreis auf

Rügen. Sie verspricht sich seit geraumer Zeit etwas mehr als nur eine lockere Freundschaft. Er ist gerade mal neununddreißig, wirkt aber viel jugendlicher. Hinzu kommt, dass er ein attraktives Erscheinungsbild hat. Außerdem scheint es, als könnte er sich auch mehr als nur Freundschaft mit ihr vorzustellen. Aber irgendetwas hält ihn davon ab, sie einfach mal auf ein Gläschen Wein bei sich zuhause einzuladen.

Als sie das Büro kurze Zeit später wieder betritt, klingelt ihr Handy. Sie kramt es aus dem Korb.

Die Nummer von Jennifer wird auf dem Display angezeigt. Mit einem missmutigen und lauten Seufzen drückt sie den Anruf weg, stellt auf lautlos und legt es in der Schublade ab. Innerlich breitet sich Frustration bei ihr aus. Eigentlich fällt es ihr fürchterlich schwer, ihre einzige Schwester auf diese Art immer wieder zu ignorieren.

Einerseits wurde sie von ihr stark verletzt, andererseits ist das alles auch schon sehr lange her.

Wieder einmal wandern ihre Gedanken an den einen, für sie alles verändernden Morgen. Trotz des Gefühls der Abwehr und auch ein wenig Angst, nimmt sie sich fest vor, sich schon bald in einem ausführlichen Gespräch mit Jennifer auseinanderzusetzen.

Sie schüttelt ihre trüben Überlegungen beiseite und versucht, sich auf ihren ersten Patienten einzustellen. Dieser hat sich sehr wahrscheinlich schon im Wartezimmer eingefunden, und wartet nur darauf, von ihr hereingerufen zu werden. Sie legt sich ihren Block und Stift bereit, erhebt sich, und bittet den tatsächlich schon anwesenden Mann für seine Sitzung herein. Er schließt die Tür. Und wie auch sonst, fällt in diesem Augenblick ihr eigener Kummer von ihr ab und sie konzentriert sich vollends auf ihren Patienten.

Zwei Sitzungen hat sie schon hinter sich gebracht. Sie hatte hierbei leichtes Spiel. Der erste Patient hat Probleme damit zu akzeptieren, dass er an einer unheilbaren Krankheit leidet, die ihm aber nicht verwehrt, ein normales Leben zu führen. In der zweiten Sitzung versuchte sie, die äußerst zurückhaltende Patientin mit einer Zwangsneurose wiederholt davon zu überzeugen, dass sie diese überwinden kann. Die dritte und auch letzte für diesen Vormittag wird für sie eine nervliche Zerreißprobe werden. Sie kämpft für einige Minuten gegen ihre Abneigung an, die sie bezüglich ihres nächsten Patienten hegt. Vor dem, was sie in der nächsten halben Stunde erwarten wird, graut es ihr. Wie schon einige Male zuvor, nestelt sie an dem Kragen ihrer Bluse und überprüft noch einmal, ob auch der oberste Knopf geschlossen ist. Dann öffnet sie die Tür.

Ein Mann Ende sechzig steht auch schon mit ungeduldigem Blick direkt davor.

Sobald er mit einem süffisanten: »Moin, schöne Frau!« an ihr vorbei ins Zimmer tritt, nicht ohne den Versuch zu wagen, mit seiner linken Hand über ihren Oberschenkel zu streichen, weicht der ungeduldige Blick einem herausforderndem.

Da sie schon zweimal das Vergnügen mit ihm hatte, ist sie vorgewarnt und bewegt sich sofort gezielt zur Seite. Dies macht ihm eine Berührung unmöglich.

Die feinen Härchen auf ihren Armen stellen sich auf.

Ein Bild erscheint sofort vor ihrem inneren Auge: Phönix mit aufgestelltem Nackenhaar, leise knurrend vor der Haustür. Sie blinzelt und verscheucht das Bild. Mental stellt sie sich auf das anstehende Gespräch ein.

Sie hat ihm unmissverständlich nahegelegt, seine Behandlung bei ihrem Kollegen fortzuführen. Als ausschlaggebende Gründe gibt sie Dinge an, die noch nicht einmal im Entferntesten mit den tatsächlichen Motiven übereinstimmen. Zu Beginn versucht er mehrmals, sie als weiterbehandelnde Ärztin zu behalten. Nach einiger Zeit gibt er sich allerdings geschlagen.

Als er sich beim Hinausgehen noch einmal umdreht, erwischen seine Abschiedsworte sie eiskalt.

»Wäre schön gewesen, Sie näher kennen zu lernen, aber ich weiß ja, wo Sie wohnen! Vielleicht läuft man sich zufällig mal über den Weg! Bis dann …!«

Ihr gefriert das Blut in den Adern. Er zwinkert ihr noch einmal auf eine bösartige und ordinäre Art zu und verschwindet dann endlich hinter der Tür.

Die Anspannung der vergangenen Stunde fällt nur langsam von ihr ab. Seine letzten Worte stimmen sie sehr nachdenklich und hinterlassen ein ungutes Gefühl. Der Mann hatte ihr auf eine widerliche Art klar gemacht, dass er bei Bedarf in ihre Welt eindringen kann, ohne dass sie die Chance hat etwas daran zu ändern. Es sei denn, sie würde schon wieder an einem anderen Ort von vorne anfangen.

Sie verstaut seine Akte in ihrem Korb, schnappt sich noch rasch den Apfel und macht sich eilig auf den Weg zu Robert.

Ihre Hoffnung, dass sie ihn noch in seinem Büro

erwischt, schwindet, als sie endlich seine schon verschlossene Tür erreicht.

Etwas unschlüssig bleibt sie im leeren Gang stehen und überlegt, ob sie ihn vor ihrem Arbeitsbeginn noch einmal aufsuchen sollte. Sie würde ihm gerne noch heute mitteilen, dass er einen Patienten von ihr bekommen hat. Es ist normalerweise nicht üblich, ohne irgendeine Absprache solch eine Handlung durchzuführen.

Dann kommt ihr der Gedanke, ihn anzurufen, um ihn auf den abgeschobenen Patienten vorzubereiten und nachträglich um sein Einverständnis zu bitten. Eigentlich ist sie sich sicher, dass er versteht, dass sie diesen Mann nicht weiter behandeln kann.

Vor lauter Eile hat sie ihr Handy nicht eingesteckt. Wenn sie jetzt noch mal zurück in ihr Büro geht, wird die Mittagspause sehr viel kürzer ausfallen. Zuhause wartet ja noch jemand auf seinen gewohnten Auslauf. Also verwirft sie die Überlegung.

Noch während sie sich in Richtung Ausgang wendet, kommt Marc um die Ecke geschlendert. Sie waren auf der gleichen Uni. Nur kennen sie sich nicht von gemeinsamen Lehrgängen, sondern er hatte ein Zimmer gleich neben ihrem.

Von den meisten Angestellten und Kollegen wird er behandelt wie ein Außenseiter. Er wirkt introvertiert und häufig macht es den Anschein, als sei er gedanklich nicht ganz bei der Sache. Bei den meisten Menschen nimmt er eine stark abweisende Haltung ein.

Ihr gegenüber allerdings gibt er sich die größte Mühe, sie zu beeindrucken. Seine schüchternen Versuche, ihr mit kleinen Gesten zu gefallen, blockte sie immer freundlich ab, was ihn nicht davon abhielt, es weiterhin zu versuchen. Sie hatte von ihm schon oft Blumen oder mal eine Flasche Rotwein bekommen.

Als er sie einmal zu einem Abendessen einlud, gab sie ihm deutlich zu verstehen, dass sie nicht interessiert sei.

Danach vermied er es auch für eine ganze Weile, ihr in der Klinik über den Weg zu laufen.

Sie ist erleichtert darüber, dass er es mittlerweile zu akzeptieren scheint, dass er für sie nie mehr sein kann als ein guter Bekannter.

Was ihr allerdings ein Dorn im Auge ist, hängt mit seinem ständig denunzierenden Gerede über Robert zusammen. Immer wieder stichelt er in ihrer Gegenwart über ihren Kollegen, wenn dieser sich nicht in ihrer Nähe befindet.

Schon mehrfach versuchte sie ihm begreiflich zu machen, dass sie so etwas nicht akzeptiert. Er legte dieses Verhalten aber nie ab.

Ihr gegenüber ließ er sogar einmal während eines gemeinsamen Abends in ihrer Stammkneipe verlauten, dass er über Robert etwas in Erfahrung gebracht hat, dass sie gewiss interessieren könnte.

EINES ABENDS IN DER KNEIPE

Tina stand an der Theke, um neues Bier zu ordern und Robert war auf der Toilette verschwunden.

Marc beugte sich zu ihr hinüber. Er saß ihr gegenüber an einem der kleinen Vierertische. Die Musik aus den

Boxen erfüllte den Raum. Das Lied von ›Pink Floyd – Learning to fly‹ ließ sie gerade im Takt mitschwingen und sie summte leise die Melodie vor sich hin.

Er schaute sie über seine braune Hornbrille an. Mit der rechten Hand bedeutete er ihr, sich seinem Gesicht zu nähern. Erst hatte sie die Vermutung, er würde sie küssen wollen. Dann erkannte sie an seinen verkniffenen Lippen und den verschwörerischen Augen, deren Blau leicht verwaschen wirkt, dass er ihr etwas mitteilen wollte. Also beugte sie sich ihm entgegen. Allerdings so, dass er auf gar keinen Fall auch nur in die Nähe ihres Mundes kommen konnte.

»Robert hat ein Geheimnis! Ich habe es herausgefunden, weil ich auf seine Daten zurückgreifen kann.«

Verschwörerisch blinzelte er ihr nach dieser Botschaft zu, und durch eine kurze Kunstpause gab er ihr Gelegenheit, über seine Worte nachzudenken.

»Ich weiß auch, dass du diesen Typen magst. Ich möchte dir allerdings raten, die Finger von ihm zu lassen. Wahrscheinlich ist er nicht umsonst aus einer großartigen Klinik hierher gewechselt. Wenn es dich interessiert, kann ich dir darüber Näheres erzählen …!«

»Was habt ihr denn so Interessantes zu Besprechen? Scheint äußerst wichtig zu sein. Wenn ihr über abwesende Personen am Lästern seid, werde ich das Feld noch mal räumen!«, sagt in diesem Moment Robert gespielt beleidigt.

Er war unbemerkt an den Tisch getreten und hatte gewiss ihren ernsten Gesichtsausdruck bemerkt. Allerdings hatte er von ihrem Gespräch scheinbar nicht das Mindeste mitbekommen, da er anschließend wieder auf seine ungezwungene Art den Stuhl neben ihrem besetzte. Sofort schenkte sie ihm ein strahlendes Lächeln. Er erwiderte es auf seine charmante Art. Sie aber versuchte in seinen dunkelbraunen Augen einen Hinweis auf etwas Unentdecktes, eventuell Bösartiges zu erkennen. Da gab es allerdings nichts, was sie beunruhigt hätte.

Aus dem Augenwinkel konnte sie den plötzlich sehr abschätzenden Blick von Marc in Roberts Richtung ausmachen.

Gerade im richtigen Moment erschien Tina wieder am Tisch. Sie jonglierte ein Tablett in ihren Händen, beladen mit vier übervollen Getränken. Der Abend verlief dann ohne weitere Vorkommnisse.

HEUTE

Ihr fällt in diesem Augenblick ein, dass Marc es seit jenem Abend vermeidet, mit ihnen gemeinsam auszugehen. Dieses Detail ist ihr bisher nicht aufgefallen, da sie sich darüber nie Gedanken gemacht hat. Er hatte seither auch keine Gelegenheit mehr, sie noch einmal auf seine Andeutung aufmerksam zu machen.

Sie schätzt, dass er darauf wartet, von ihr in einer ruhigen Minute noch einmal präzise auf dieses Thema angesprochen zu werden. Allerdings zieht sie es vor, ihn in dem Glauben zu lassen, dass sie sich nicht für ein Fehlverhalten aus Roberts Vergangenheit interessiert.

Dies entspricht zwar absolut nicht den Tatsachen, aber von ihm Informationen über einen Mann einzuholen, den sie sehr mag, steht für sie außer Frage.

Marc bleibt mit einem breiten Grinsen direkt vor ihr stehen.

»Moin Nele, schön dich mal wieder zu treffen! Ich wollte gerade zu Robert. Er hat ein Problem mit seinem Computer. Wartest du auf ihn, oder ist er in seinem Büro? Wir hatten keinen direkten Termin miteinander ausgemacht, aber ich hatte gehofft, dass ich ihn noch antreffen würde. Mmhhh … was hast du denn in der nächsten Zeit so geplant? Wir könnten mal wieder auf ein Bierchen ausgehen!«

»Moin! Oh, ja, eigentlich hatte auch ich gehofft, Robert noch anzutreffen. Ich habe etwas arbeitsrelevantes mit ihm zu klären. Aber er ist leider schon in der Pause. Und, na ja, in den nächsten Tagen werde ich keine Zeit für ein Treffen haben. Clarissa kommt zu Besuch und ich muss noch einiges vorbereiten. Ein anderes Mal bestimmt! Aber im Moment ist es ganz schlecht!«, antwortet sie ihm hektisch.

Sie ist sich sicher, dass er ihren fast gehetzt wirkenden Blick in Richtung Ausgang bemerkt haben muss. Sie folgert, dass er ihr Verhalten auf sich beziehen wird, was ja eigentlich auch der Fall ist. Es ist ihr nicht recht, sich hier allein im Flur mit ihm aufzuhalten.

»Schade! Na ja, beste Freunde gehen halt vor! Ich persönlich finde ja, dass sie so ganz anders ist als du! Aber das heißt natürlich nichts! Wenn sie eine wirkliche Freundin ist, warum kommt sie eigentlich nur so selten?«

Er setzt gerade an, noch weiterzusprechen, wird aber abrupt von ihr unterbrochen.

»Tut mir leid, ich muss mich sputen! Eigentlich hätte ich noch nicht einmal die Zeit für ein Gespräch mit Robert gehabt, aber diese Angelegenheit ist durchaus wichtig! Mach's gut, ich muss jetzt wirklich los!«

Sie lächelt ihm noch einmal kurz zu. Er schaut sie nur verblüfft an, währen sie sich dem Treppenhaus Richtung Ausgang zuwendet. Seinen bohrenden Blick kann sie in ihrem Rücken deutlich spüren.

Sie möchte jetzt nur noch nach Hause. Es ist ihr zuwider, dass Marc versucht, Clarissa ihr gegenüber schlecht zu machen. Eigentlich kennt er sie nicht richtig. Die seltenen Gelegenheiten, wenn er während der Studienzeit mal mit ihnen zusammen hockte, kann man gewiss an zwei Händen abzählen.

Sie nimmt sich fest vor, Marc in der nächsten Zeit so gut es eben geht, aus dem Weg zu gehen. Da sein Büro in einem anderen Haus der Klinik untergebracht ist, dürfte dies auch kein großes Problem darstellen. Denn selbst wenn sie nicht versucht, ein zufälliges Zusammentreffen mit ihm zu vermeiden, trifft sie ihn in den Gängen ihrer Ebene nur äußerst selten an.

Durch einen Blick auf ihre Uhr erkennt sie, dass ihr kostbare Minuten verloren gegangen sind. Sie wird nicht mehr viel Zeit haben, für alles, was sie sich für die Mittagszeit vorgenommen hat.

Sie kommt bei ihrem Rad an und befestigt den Korb. Nachdem sie die Kette entfernt hat, steigt sie auf und radelt nach Hause.

6

Als Nele zuhause ankommt, fällt ihr auf, dass das Gartentor offen steht. Sie ist sich sicher, dass sie es verschlossen hatte. Nachdenklich schaut sie es an und beschließt, in der nächsten Zeit einen etwas höheren Zaun anbringen zu lassen. Außerdem ein Tor, das man abschließen kann.

Sie geht ins Haus und wird ungestüm von Phönix empfangen. Nachdem sie ihn ordentlich geknuddelt hat, fällt ihr die Akte ein, die sich noch im Korb befindet. Es würde allerdings wieder wertvolle Zeit in Anspruch nehmen, die Papiere zu verstauen.

Noch während sie Turnschuhe anzieht, hat sie ein ungutes Gefühl, die Akte unbeaufsichtigt in der Wohnung liegen zu lassen. Also schnappt sie sich das Schriftstück und geht damit zum Aktenschrank.

Die Tür vom Schrank ist leicht geöffnet. Mit gerunzelter Stirn überlegt sie, ob sich jemand Zutritt zur Wohnung verschafft haben könnte. Kurzerhand wendet sie sich ab, um nachzuschauen, ob die Terrassentür aufgebrochen wurde. Auf diesem Weg besteht die Möglichkeit, unbemerkt ins Haus zu gelangen. Dies ist allerdings nicht der Fall, es gibt keine Einbruchspuren.

Ein kleiner Pfad hinter ihrem Haus führt über Umwege zum Strand. Da wäre es möglich, ungesehen zum Haus zu kommen. Sie verwirft diesen Gedanken aber wieder, weil man erst über die Hecke klettern müsste, und dafür benötigt man eine Leiter. Außerdem befinden sich beide Schlüssel an ihrem Schlüsselbund, auch der für den Aktenschrank.

Es muss einen anderen Grund für die offene Tür geben, nämlich den, dass sie diese nicht richtig verschlossen hat!

Niemand, außer Frau Ulm besitzt einen Schlüssel zu ihrem Haus, und sie hat ihre eigenen Schlüssel auch nur ein einziges Mal verloren. Das ist jetzt auch schon einige Monate her. Außerdem geschah es auch in der Klinik und sie bekam ihn innerhalb kürzester Zeit zurück. Es war ihr noch nicht einmal aufgefallen, dass sie abhandengekommen waren.

Marc hatte ihr den Schlüsselbund ins Büro gebracht mit der Anmerkung, ein Kollege hätte ihn bei ihm abgegeben. Außerdem wies er sie noch einmal explizit darauf hin, dass es für sie ein teurer Spaß wäre, wenn sie den Schlüssel für die Türen der Klinik verlieren würde. Dass sich Marc in ihrer Wohnung aufgehalten haben könnte, ist überdies ausgeschlossen, da sie sich ja vor noch nicht allzu langer Zeit mit ihm in der Klinik unterhalten hat.

Mit einem Kopfnicken geht sie zurück zum Schrank. Sie überprüft die einzelnen Fächer noch einmal genau auf eine Veränderung. Da sie nichts feststellen kann, verschließt sie ihn ordentlich, nachdem sie die Akte hineingelegt hat.

Sie kommt sich paranoid vor.

Bei Robert oder Marc hatte sie einmal erwähnt, dass sie noch Tagebuch schreibt, aber warum sollte sich jemand dafür interessieren? Außerdem lagen diese noch genau so aufgestapelt an ihrem Platz, wie sie es in Erinnerung hatte.

Sie nimmt sich fest vor, ab jetzt nicht in allem eine Verschwörungstheorie zu sehen.

Als sie endlich das Haus verlässt und mit schnellen Schritten den gewohnten Weg einschlägt, kommt ihr ein weiterer Spaziergänger mit einem kleinen Hund entgegen. Er grüßt freundlich beim Vorbeigehen. Etwas an seinem Äußeren lässt sie stutzig werden. Sie braucht einen kurzen Moment, doch dann weiß sie, welche Assoziation seine Kleidung bei ihr auslöst.

Sie stört sich an dem schwarzen T-Shirt. Nicht, dass sie denkt, dieser Spaziergänger hätte irgendetwas mit ihr zu tun. Es ist das schwarze Kleidungsstück, dass sie mit einem schwarzen Pullover in Zusammenhang bringt.

Trug der Mann, den sie heute Morgen zwei Mal scheinbar rein zufällig in ihrer Nähe gesehen hatte, nicht einen schwarzen Pullover?

Was ihr gerade ganz besonders auf den Magen schlägt, ist der Gedanke an ein bestimmtes Detail eines lapidaren Gesprächs. Noch vor wenigen Tagen hatte sie es geführt.

Robert und sie hatten sich zufällig in dem Café ihrer Klinik getroffen. Sie saßen im Außenbereich und beobachteten die vorbei hastenden Menschen. Irgendwie kamen sie auf das Thema Kleidung, und wer was am liebsten trug. Dabei äußerte Robert auch Marcs Vorliebe für schwarze Pullover und beige Hosen.

Konnte es sein, dass Marc ihr nachspionierte? Ganz aus der Luft gegriffen ist der Gedanke auf keinen Fall. Er weiß wahrscheinlich, wo sie wohnt. Solche Daten wird er unbefugt einsehen. Dass er es kann, weiß sie ganz genau. Er selbst hatte ja versucht, ihr etwas aus Roberts Vergangenheit mitzuteilen. Diese Information kann er sich nur intern besorgt haben.

Ein guter Psychologe postet seine dunkelsten Geheimnisse nicht gerade über öffentliche Foren. Von ihr selbst sind im Netz noch nicht einmal Bilder zu sehen. Das Einzige, was man über sie erfährt, ist ihre derzeitige Arbeitsstelle, außerdem einen Ausschnitt aus ihrem Werdegang. Aber es ist nicht möglich in Erfahrung zu bringen, was sich in ihrem Privatleben abspielt. Auch ihr derzeitiger Wohnort ist nicht aufgeführt.

Sie hatte nach dem unvollendeten Gespräch, dass sie mit Marc in der Kneipe führte, am nächsten Tag vorsorglich im Internet Nachforschungen über Robert und auch sich selbst durchgeführt. Es befinden sich zwar keine Leichen in ihrem Keller, wie es so schön ausgedrückt wird, aber dass Marc sie wahrscheinlich ausspioniert, hinterlässt ein ungutes Gefühl.

Allerdings konnte sie auch nichts Besonderes über Robert herausbekommen. Über ein paar Querverweise erfuhr sie lediglich, dass sein Vater ein hoch angesehener Richter in München ist. Davon hatte er nie etwas erwähnt. Seine Familie schien zur High Society zu gehören. Es verwunderte sie etwas, dass er hier auf Rügen gelandet war, obwohl er durch den Einfluss seines Vaters gewiss andere Voraussetzungen für einen viel besser bezahlten Job in der Münchner Umgebung hätte.

In diesem Moment wird ihr klar, dass sie eigentlich von keinem ihrer Bekannten auf der Insel versucht hat, mehr von deren Privatleben in Erfahrung zu bringen.

Wieder Zuhause angekommen, hat sie noch eine kurze Unterhaltung mit ihrer Nachbarin und betritt ihr Heim.

Dann hört sie den Anrufbeantworter ab. Ein angeblicher Gewinn wartet nur darauf, von ihr angefordert zu werden.

Ihre Verärgerung über diese Nachricht verflüchtigt sich, als sie die Stimme ihrer Schwester beim nächsten Anruf erkennt.

Jennifer bittet sie wieder einmal sehr eindringlich, sich mit ihr treffen zu dürfen. Es klingt, als hätte sie beim Hinterlassen ihrer Nachricht geweint. Sie sieht Jennifer deutlich vor sich. Die stark verheulten Augen und auf *IHRER* alten Couch sitzend, den Telefonhörer in der Hand.

Etwas wie Mitgefühl für ihre Schwester stellt sich ein. Sie ist sich sicher, dass sie sich in den nächsten Tagen tatsächlich dazu bereit erklärt, ein Treffen mit ihr zu vereinbaren. Was ist schon dabei? Vielleicht ist es an der Zeit, sich mit ihr auszusprechen.

Ihr Vorgehen möchte sie allerdings noch mit jemandem durchkauen. Clarissa ist glücklicherweise dieses Wochenende als kompetenter Ansprechpartner verfügbar.

Auch sie hatte einen Bruder. Dass sie mit ihm keinen Kontakt mehr hat, resultiert allerdings aus anderen Gründen. Sie verlor ihn schon in frühester Jugend durch einen tragischen Autounfall, und weiß, was es heißt, wenn einem jemand sehr fehlt.

Sie wird ihr also gut zureden, wenn sie ihr eröffnet, dass sie nun eventuell bereit ist für eine Aussprache mit Jennifer.

Und wieder einmal freut sie sich auf den anstehenden Besuch. Es ist immer erfrischend, wenn Clarissa mit ihrer unkomplizierten Art über einen kurzen Zeitraum das gewohnte Alltagsleben etwas durcheinanderbringt. Sie ist unglaublich spontan und bringt sie auf eine Weise zum Lachen, wie es sonst kaum einer vermag.

Mit einem Lächeln löscht sie nur den ersten Anruf. Aus irgendeinem Grund möchte sie die auf Band festgehaltene Stimme ihrer Schwester noch nicht eliminieren, wie sonst immer. Es kommt ihr wie ein Zeichen vor. Sie ist sich gerade sicher, dass sich diese Angelegenheit schon bald zum Guten wenden wird.

7

Nele erreicht die Klinik überpünktlich. Gerade will sie sich zum Eingang der Klinik in Bewegung setzen, da hält ihr jemand die Hände vor die Augen. Sie ist für einen Moment erstarrt. Aber sogleich gibt sich auch schon Robert leise lachend hinter ihr zu erkennen. Für sie ist dies im Moment kein Spaß, aber sie dreht sich trotzdem lächelnd zu ihm um.

»Hey, hab dich seit heute Morgen nicht mehr gesehen! Ich war in der Pause bei deinem Büro, aber du warst schon weg. Es geht um ein spezielles Anliegen! Ich habe einen Patienten, den ich lieber dir überlassen würde. Ich habe ihm auch schon nahegelegt, sich mit dir in Verbindung zu setzen für weitere Termine. Es ist mir nicht möglich, diesen Menschen weiter zu behandeln. Ich weiß, eine Psychologin sollte mit jeder Art von Menschen zurechtkommen, aber dieser ist mir einfach nicht geheuer. Dir kann ich es ja sagen! Durch seine aufdringliche Art ist er mir unheimlich. Seine Art mir gegenüber grenzt an sexuelle Belästigung!

Ich hoffe, du bist nicht sauer, dass ich vorher noch nicht mit dir darüber geredet habe, aber bis jetzt hatte ich noch keine wirkliche Gelegenheit dazu. Ich wollte dir auch heute Mittag … Ach Mist, ich habe sie zuhause liegen lassen! Ich wollte die Akte bei dir vorbeibringen und grob durchsprechen, worum es bei ihm geht! Ich würde sie dir aber spätestens morgen Mittag vorbeibringen. Ist das ok für dich?«

Bei der Mitteilung, dass ein Patient ihr an die Wäsche will, erscheint es ihr, als würden sich seine Augen verdunkeln und etwas Undefinierbares blitzt darin auf. Sie kann es nicht genau bestimmen, ist aber der Ansicht, dass es ihr wieder einmal zeigt, dass er für sie mehr als nur Freundschaft empfindet. Dies löst ein leichtes Kribbeln in ihrer Magengegend aus.

Er fasst sie an den Schultern. Einen Augenblick stehen sie sich wortlos gegenüber. Kurz hat sie die Vorstellung, dass er sie küssen wird, aber nach nur wenigen Sekunden lässt er sie wieder los.

»Wow, das ist ein starkes Stück! Natürlich werde ich ihn dir abnehmen! Ich möchte doch nicht, dass dir von jemand anderem weh getan wird! Du kannst mir die Akte gerne morgen in der Mittagspause oder morgen Früh vorbeibringen. Dann habe ich die Möglichkeit, mich auf diesen Kerl vorzubereiten. Geht's dir ansonsten gut? Gab es irgendwelche Vorkommnisse in den letzten Tagen?«

Gewiss hat er Angst, dass der ›Kerl‹ wie er ihn nennt, ihr auch privat nachstellt. Wobei sie sich in dieser Beziehung noch nicht einmal sicher ist, ob dies nicht tatsächlich der Fall ist. Trotzdem macht sie ihm mit einer wegwerfenden Handbewegung klar, dass bei ihr alles ok ist. Dass sie die Befürchtung hat, von einem Stalker verfolgt zu werden, wird sie ihm ganz bestimmt nicht auf der Straße vor Arbeitsbeginn haarklein berichten. Da sie ihm aber vertraut, kann es sein, dass sie es ihm bei dem nächsten gemeinsamen Treffen erzählt. Es ist besser, wenn man einen Verbündeten an seiner Seite hat, sollte mal irgendetwas sein. Außerdem ist sie der Auffassung, dass sie ihn eventuell auch etwas mehr in ihr Alltagsleben einbeziehen sollte.

Er nimmt ihren Korb an sich und hakt sie unter. Sie protestiert leicht, als er ihren Korb an den anderen Arm hängt, als Antwort erhält sie nur einen amüsierten Blick und ein spitzbübisches Grinsen. Gemeinsam betreten sie das Gebäude und er begleitet sie noch bis zu ihrem Büro. Dann verabschiedet er sich galant, nicht ohne sie zu fragen, wann sie noch mal Lust auf ein Treffen mit ihm hat. Sie weiß, dass er donnerstagabends keine Zeit hat, die Gründe dafür kennt sie nicht und hat ihn auch nie danach gefragt. Deshalb erklärt sie ihm, dass es diese Woche nicht mehr funktionieren wird. Heute ist schon Mittwoch und am Freitag kommt Clarissa im Laufe des Tages. Bei der Bekanntgabe, dass eine Freundin sie besuchen wird, scheint es für sie, als wäre dies für ihn eine negative Überraschung. Aber fast im gleichen Moment verschwindet der seltsame Gesichtsausdruck und sein charmantes Lächeln setzt wieder ein. Ihr kommt der Gedanke, dass er vielleicht vorhatte, sie an diesem Wochenende zu sich nach Hause einzuladen.

Ein leichtes Kribbeln durchläuft sie bei dem Gedanken, er und sie, ganz allein!

Schon will sie ihm einen Termin für den nächsten Freitag vorschlagen, da nimmt er ihre Hand in seine.

»Hast du heute noch etwas vor, oder könntest du dich frei machen und den Abend mit mir verbringen? Ich würde mich sehr freuen!«, fragt er sie dann mit gekonntem Hundeblick.

Der Druck seiner Hand wird etwas fester. Sie schließt daraus, dass er genau so aufgeregt ist wie sie in diesem Moment. So schnell will sie ihm aber nicht zusagen, also legt sie ihre Stirn in Falten, als müsse sie angestrengt nachdenken. Für einige Sekunden lässt sie ihn noch zappeln und genießt den angespannten Blick, mit dem er sie taxiert. Dann tauscht sie die Falten gegen ein strahlendes Lächeln und teilt ihm freudig mit, dass sie heute Abend noch nichts vorhat und gerne Zeit mit ihm verbringen würde.

Sie hofft darauf, dass er sie zu sich nach Hause einlädt. Ihre Hoffnung wird sofort zunichte gemacht. Mit seinem strahlenden Lächeln erklärt er ihr, dass er ab neunzehn Uhr in ihrer gewohnten Stammkneipe auf sie warten würde. Kurz darauf verbessert er sich und wendet ein, dass er sie nur ungern allein zu dem Treffpunkt kommen lassen würde und sie daher abhole.

Das hat er bisher noch nie vorgeschlagen. Sie findet, dass dies schon mal ein guter Anfang ist. Er scheint zu wissen, wo sie wohnt, da er sie nicht nach ihrer Adresse fragt. Er interessiert sich also genau so für sie, wie sie sich für ihn! Vielleicht lädt er sie im Anschluss noch auf ein Glas Wein bei sich zu Hause ein.

Etwas umständlich öffnet sie das kleine Wartezimmer und er verabschiedet sich mit einem erneuten Lächeln und winkt ihr noch einmal zu.

Mit versonnenem Blick schaut sie ihm noch nach, bis er um die nächste Ecke verschwunden ist.

Sobald sie in ihrem Büro ist, fällt ihr wieder ein, dass sie ihr Handy noch in der Schublade liegen hat. Sie holt es hervor und überprüft die eingegangenen Nachrichten. Es sind einige unwichtige E-Mails, die sie auch später beantworten kann. Sie bemerkt, dass wahrscheinlich schon ihr erster Patient im Wartezimmer Platz genommen hat, es wird nämlich ein Stuhl verrutscht. Genau in diesem Moment fällt ihr auf, dass schon wieder ein Anruf mit unterdrückter Nummer eingegangen ist. Die Anrufe häufen sich in den letzten Tagen. Es wird ihr langsam unheimlich. Sie nimmt sich vor, eventuell heute Abend mit Robert darüber zu reden. Obwohl sie vor ihm nicht wie eine ängstliche und übergeschnappte Irre dastehen will, hofft sie darauf, er könnte das nötige Verständnis für ihre Paranoia aufbringen.

Sie merkt immer mehr, dass sie ihn gerne stärker in ihr Privatleben einbeziehen möchte. Seit ihrem Auszug in Frankfurt, hatte sie keine solchen Empfindungen mehr für einen Mann.

Voller Glücksgefühl und mit guter Laune bittet sie die Frau im Wartezimmer einzutreten. Der Nachmittag vergeht, wie im Flug. Oft ist sie gedanklich nicht ganz bei der Sache.

Als endlich auch der letzte Patient ihr Büro verlässt, sammelt sie eilig ihre Sachen zusammen. Sie hat nicht mehr viel Zeit, bis Robert bei ihr zuhause aufkreuzen wird. Bis dahin ist noch ein Spaziergang fällig, sie muss sich noch umziehen und sie möchte wenigstens noch einen kleinen Happen essen.

Sie kommt beim Foyer an und will gerade unbemerkt

von Tina, die immer noch hinter der Information sitzt und in eine Lektüre vertieft ist, vorbei huschen, als diese den Kopf hebt und sie bemerkt.

»Na, schon Feierabend? Ich muss heute etwas länger machen. Bruni hatte noch einen Termin. Was machst du denn heute Abend? Wir könnten doch noch etwas trinken gehen! Ich bin hier auch in einer knappen halben Stunde fertig und werde abgelöst. Heute ist so ein herrlicher Tag, da wäre es doch perfekt, wenn wir uns in den Biergarten von dem neuen Pub setzen würden! Was meinst du?«

Sie steckt in einer Zwickmühle. Einerseits möchte sie gerne allein mit Robert den Abend verbringen, andererseits hat Tina vor kurzem ihren langjährigen Freund an eine andere Frau verloren und verbringt ihre Abende im Moment nicht so gerne allein.

Eigentlich wäre es ein Leichtes, sie einzuladen, den heutigen Abend mit Robert und ihr gemütlich ausklingen zu lassen. Sie entscheidet sich aber dagegen. Dies ist für sie so etwas wie ein echtes, erstes Date, das sie ausnahmsweise ganz allein mit ihm verbringen möchte. Jetzt kommt es nur darauf an, wie sie es anstellen soll, ihr dies schonend beizubringen.

Kurz überlegt sie, was sie antworten soll.

»Du Tina, heute ist ganz schlecht, ich treffe mich noch mit Robert und wir haben einiges bezüglich eines Falles zu besprechen. Es wird auch nicht lange werden, da ich morgen wieder früh raus muss. Im Moment habe ich verdammt viel um die Ohren. Den heutigen Abend müsste ich eigentlich auch zu Hause noch so einiges erledigen, aber die Arbeit geht ausnahmsweise mal vor. Vielleicht könnten wir am Wochenende mal gemeinsam was machen. Du hast gewiss nichts dagegen, wenn meine Freundin Clarissa mit dabei ist. Du kennst sie bereits vom letzten Besuch.«

Bei der Aussage, dass sie ein Treffen mit Robert hat und Tina anscheinend nicht dabeihaben möchte, zieht diese etwas pikiert eine Augenbraue nach oben und hört ihr danach nur noch mit einem abschätzigen Blick zu. Sie ist sich sicher, dass sie sich nun ihre Gedanken darüber machen wird, warum sie an diesem Abend nicht erwünscht ist. Das Thema Arbeit war keine gute Idee, da sie ja auch zu einem späteren Zeitpunkt hätte dazu stoßen können.

Tina reibt sich nun einige Male mit ihren lackierten Fingernägeln über ihre perfekt nachgezogene rechte Augenbraue. Fast schon ungeduldig wartet sie auf ihre Antwort. Die wenigen Sekunden ziehen sich richtig in die Länge. Schon will sie noch etwas hinzufügen, als Tina endlich zu reden beginnt.

»Na ja, sonst macht es euch doch auch nichts aus, wenn ich dabei bin, und ihr könntet doch vorher euren Arbeitskram besprechen. Ich hätte echt Lust gehabt, heute noch was zu unternehmen. Aber …mmh …ach, egal!«

Sie klingt nun ungewohnt traurig. Schon tut es ihr leid, dass sie ihr einen Korb gegeben hat. Aber sie wird es bei Gelegenheit wieder gut machen. Da fällt ihr schon etwas ein.

Erleichtert, dass sie auch dieses unangenehme Gespräch hinter sich hat, verabschiedet sie sich.

Ziemlich geknickt und mit gesenktem Blick wünscht Tina ihr einen angenehmen Abend. Dies dämpft Neles vorhin noch so enthusiastischen Drang, endlich die Klinik verlassen zu können. Etwas langsamer als gewohnt, und mit leicht eingezogenem Kopf geht sie dann in Richtung

Ausgang. In ihrem Nacken spürt sie noch die Blicke, die Tina ihr hinterherwirft.

Draußen atmet sie erleichtert auf. In der leichten Brise des späten Nachmittags verfliegt das ungute Gefühl von vorhin ganz schnell wieder. Das Einzige, an das sie jetzt noch denken kann, ist der Ablauf des heutigen Abends.

Leise summend macht sie sich auf den Heimweg.

8

Zuhause angekommen stellt Nele beschwingt ihr Fahrrad in den kleinen seitlichen Anbau. Hier stehen unter anderem ihre Mülltonnen und ein Rasenmäher. Diverser Handwerkskram ist in einem Schrank untergebracht. Auch ihr Holz für den Kamin lagert sie hier. Für ihr Fahrrad hat sie gerade noch eine kleine Lücke. Sie ist froh, dass sie auf der Insel kein Auto benötigt, dafür hätte sie überhaupt keinen Platz. Leute auf der Insel, die weitaus mehr Geld besaßen als sie, stellten sich noch wahnsinnig große Garagen neben ihre Häuser. Sie findet, dass dies das Flair dieser wunderschönen Umgebung verschandelte.

Da fällt ihr ein, dass Robert und sie sich noch nie über Geld unterhalten hatten. Eigentlich weiß sie wenig über den Mann, den sie so gerne näher kennen würde. Aber sie möchte in seinen Augen nicht neugierig erscheinen.

Heute Abend wird sie vielleicht etwas mehr von ihm in Erfahrung bringen. Und sicherlich wird sie ihn nicht mit Fragen überfallen. Sie hofft einfach darauf, dass er von sich aus einiges von sich preisgibt.

Phönix erwartet sie schon schwanzwedelnd. Und quirlig, wie er ist, springt er ständig hin und her und um sie herum.

Sie zieht sich Jogginghose und T-Shirt an. Nachdem

sie auch in ihre Turnschuhe geschlüpft ist, nimmt sie die Leine und verlässt zusammen mit Phönix das Haus. Für heute hat sie sich spontan überlegt, eine Runde zu joggen. Das hat sie schon lange nicht mehr gemacht.

Als sie das Tor schließt, winkt sie Frau Ulm zu, die ihr hinter dem Küchenfenster mit einer Tasse Kaffee und einem Lächeln zuprostet.

Ziemlich ausgepowert, aber mit der Gewissheit, etwas Gutes für ihre Gesundheit getan zu haben, kommt sie etwa eine Stunde später wieder zuhause an. Ihre Nachbarin ist im Garten damit beschäftigt, Ordnung zu schaffen. Sie hat ihr vor längerer Zeit angeboten, dies für sie zu erledigen. Aber die alte Dame lehnte dankend ab. Sie meinte nur, dass es ihr immer noch Freude bereiten würde, wenn sie, soweit es ihr Rücken und alle anderen Zipperlein zuließen, gerne diese Arbeiten an der frischen Luft erledigen würde. Lediglich das Rasen mähen übernimmt Nele. Frau Ulm hat nämlich ein großes Problem mit dem benzinbetriebenen Gerät, das ihr Mann noch kurz vor seinem Tod anschaffte.

Sie betritt ihr Haus. Ein Blick auf die Uhr verrät ihr, dass sie sich nun ganz schön sputen muss, wenn sie noch rechtzeitig fertig werden will.

Sie füllt zuerst den Napf ihres Hundes und verwöhnt ihn mit einer ausgiebigen Streicheleinheit. Schnell checkt sie noch Telefon und Handy. Es sind keine Anrufe mehr eingegangen.

Bis jetzt hat sie bei den gemeinsamen Treffen immer nur legere Klamotten getragen, T-Shirt, einfache Jeans, Turnschuhe. Heute aber könnte es eine Wendung in Sachen

Zusammenkommen geben, daher steht sie prüfend vor dem Kleiderschrank. Bedingt durch ihren Beruf ist fast ihre gesamte Kleidung sehr konservativ gehalten. Alles andere dagegen scheint zu einfach. Sie möchte gerne etwas Besonderes. Nach langem Suchen findet sie tatsächlich ein Oberteil, das schon in Vergessenheit geraten ist. Sie hatte es sich vor über acht Jahren gekauft, um bei einer Ehrung, die ihr Vater erhielt, gut auszusehen. Seither hatte sie es nicht wieder getragen. Es handelt sich um ein türkises Shirt aus leichter Viskose, das einseitig über die Schulter abfällt und somit auch ihr Dekolleté hervorstechen lässt. Dadurch werden auch ihr blondes Haar und die blauen Augen betont. Auch der passende Rock und die zugehörigen Pumps sind noch in den Tiefen des Schrankes versteckt. Sie zieht alles an, entscheidet sich aber gegen die Schuhe. Also wählt sie statt der Pumps einfache helle Ballerinas.

Einige Zeit opfert sie einer herausfordernden Steck-Frisur. Ein leichtes Makeup, und ein fast durchsichtiges Lipgloss vervollständigen ihr Aussehen.

Sie betrachtet sich von allen Seiten in dem großen Schlafzimmerspiegel. Einige Male dreht sie sich im Kreis, als würde sie tanzen. Ihr Rock hebt sich genau in die richtige Höhe. Da er kurz ausfällt, hatte sie etwas Bammel, dass er mehr Bein als von ihr gewünscht zeigen könnte.

Auf ihrem Nachttischchen steht eine mit Muscheln besetzte Schmuckkiste. Sie öffnet sie. Lange starrt sie auf den Schmuck, den sie im Laufe der Jahre gesammelt hat. Das schönste Stück darin ist ein dünnes, goldenes Kettchen. Daran hängt ein höchstens drei Zentimeter großes Herz. Es handelt sich hierbei um ein Medaillon, das sie beim Tod ihrer Mutter erhielt. Man kann es öffnen. Darin befinden sich Bilder von ihr und ihrer Schwester. Jennifer bekam stattdessen die echte Perlenkette. Sie hegt eine starke Abneigung gegen diese.

Tatjana, ihre Mutter, erhielt sie aus einem ganz bestimmten Anlass, der Nele heute noch eine Gänsehaut über den Rücken jagt, wenn sie daran denkt.

ZWANZIG JAHRE ZUVOR

Nele kam eines Abends unerwartet nach Hause. Im Studentenheim fiel ihr nämlich auf, dass sich Wäsche, die sie sich den vorherigen Tag zuhause gewaschen und gebügelt hatte, noch in ihrem Zimmer bei den Eltern befand.

Etwas stürmisch betrat sie die große Halle des Hauses. Flur konnte man es nicht nennen. Ihr Vater legte größten Wert auf Prunk und Erscheinungsbild. Der größte Teil des Bodens war bedeckt mit teurem Teppich, der den Hall ihrer Schritte verschluckte.

Sie ging die breite Treppe zu der ersten Etage nach oben. Aus dem Schlafzimmer ihrer Eltern konnte sie ein leises Wimmern vernehmen. Zwar befand sich ihr Zimmer im sogenannten Ostflügel, aber da sie nicht wusste, was dieses ungute Geräusch bedeutete, blieb sie für einen Moment unschlüssig auf der Stelle stehen. Dann ging sie in die Richtung, aus der sie das Geräusch vermutete. Vor dem Schlafzimmer der Eltern vernahm sie nun tatsächlich die verhaltene Stimme ihres Vaters und ein leises Schluchzen, das von ihrer Mutter stammen musste. Sie legte ihr Ohr an die Tür und versuchte zu verstehen, was dahinter vor sich ging.

»Liebes, es wird nie wieder vorkommen, bestimmt nicht! Es tut mir so leid! Du weißt doch ganz genau, dass es auf der Arbeit im Moment wieder stressig zugeht! Ich kann nichts dafür! Bitte verzeih mir, nur noch dieses eine Mal! Ich mache es wieder gut. Lass uns morgen Nachmittag shoppen gehen. Ich werde dir etwas Schönes kaufen. Bitte, Tatjana, es wird wirklich nicht mehr vorkommen, dies war das letzte Mal. Es tut mir so unendlich leid!«

Sie hörte, wie er sich auf dem Bett aufstützte und ihre Mutter vielleicht küsste, oder es zumindest versuchte.

»Geh weg! Lass mich allein! Du kannst heute Nacht das Gästezimmer nehmen. Bitte, Friedrich, geh endlich!«

»Tatjana, ich liebe dich, vergiss das bitte nicht! Ich werde dich immer lieben! Es tut mir so unsagbar leid! Morgen wird alles wieder gut sein! Ich werde dich heute Nacht allein lassen, wie du es wünschst. Trag es mir bitte nicht nach! Es war ein Ausrutscher und passiert nie mehr, versprochen!«

Nele hörte, wie Friedrich sich der Tür näherte und wich zurück. Sie hatte keine Lust auf eine Konfrontation mit ihrem Vater, und versteckte sich kurzerhand hinter dem Vorhang des kleinen Abstellplatzes von diversen Reinigungsgeräten. Dabei stieß sie fast einen Schrubber um. Mit angespanntem Atem wartete sie so lange, bis ihr Vater in dem Gästezimmer in einiger Entfernung die Tür schloss und der Fernseher eingeschaltet wurde. Leise tastete sie sich bis zur Schlafzimmertür ihrer Mutter vor. Ebenso leise klopfte sie an und trat ein, ohne eine Aufforderung abzuwarten.

Ihre Mutter saß auf dem kleinen Hocker vor ihrem großen Schminkspiegel, drehte abrupt den Blick in ihre

Richtung, um ihn sofort wieder dem Spiegel zuzuwenden. Ihre tränenverschleierten Augen wurden von dem Spiegel reflektiert. Sie waren leicht unscharf in dem durch eine kleine Lampe angestrahlten Gesicht. Allerdings konnte dies die rote Umrandung nicht verstecken, die von vergossenen Tränen herrühren musste. Ihr stark gerötetes Gesicht wirkte erschrocken. Vereinzelte Tränen hatten nasse Spuren auf den Wangen hinterlassen.

Aber Nele bemerkte noch eine Auffälligkeit. Rote Striemen, die sich auf dem Hals abzeichneten, und von großen Männerhänden stammen konnten, stachen auf der ansonsten ziemlich blassen Haut hervor.

Entsetzt kam ihr in den Sinn, dass es sich dabei um frische Würgemale handeln konnte. Immerhin hatte sie noch vor wenigen Minuten eine Entschuldigung ihres Vaters mit angehört.

Sofort griff ihre Mutter mit stark zittrigen Händen nach einem blassblauen Schal, der vor ihr auf dem kleinen Tisch lag. Rasch legte sie ihn sich um den Hals. Sie konnte sich gewiss denken, dass ihre Tochter eigene Schlüsse aus dem zog, was sie gerade gesehen hatte.

Nachdem das Tuch die Male vollständig bedeckte, wischte sie noch rasch die Tränen aus dem Gesicht. In einem ungewöhnlich hohen Tonfall und viel zu schnell, fragte sie mit belegter Stimme, was ihre Tochter von ihr wolle, und schlug dabei die Augen nieder. Wahrscheinlich aus Scham.

Nele war noch zu jung und dem Ganzen nicht wirklich gewachsen. Sie wusste nicht, was sie sagen sollte, da ihre Mutter nun einen trotzigen und äußerst abwehrenden Blick ihr gegenüber aufgesetzt hatte. Ihre Augen waren wieder auf das Spiegelbild gerichtet.

Noch nie fühlte sie sich so verloren, wie in diesem Moment. So gerne hätte sie ihre Mutter in die Arme genommen und von ihr gehört, das alles wäre nur ein Missverständnis gewesen. Aber tief in ihrem Inneren wusste sie genau, dass es nie wieder so werden würde, wie zuvor. Sie hatte etwas mitbekommen, was immer zwischen ihr und ihren Eltern stehen würde.

Also setzte sie mit zittriger Stimme an ihr zu erklären, dass sie lediglich gekommen sei, um die Wäsche zu holen. Ihre Mutter antwortete nicht, sondern beobachtete sie nur, fast abfällig. Es kam ihr plötzlich so vor, als wäre nun sie selbst diejenige, die etwas Falsches gemacht hätte.

Etwas unschlüssig darüber, was sie noch hinzufügen könnte, stand sie für eine Weile unentschlossen in dem großen Schlafzimmer, bevor sie sich kurz räusperte und es dann mit raschen Schritten und einem »Gute Nacht!« Gruß völlig entgeistert verließ und die Tür leise hinter sich schloss.

Die Frau, von der sie immer gedacht hatte, dass sie in diesem Haus das Zepter in der Hand hielt, war für sie ab da nur noch eine Frau, die sich von ihrem Mann unterjochen ließ. Sie tat ihr nur noch leid. Auch Friedrich sah sie ab diesem Zeitpunkt mit anderen Augen. Sie hatte schon vorher seine Art sich durchzusetzen nicht immer gutgeheißen, dass er allerdings zu so etwas fähig war, hätte sie niemals gedacht. Gewiss war die Behandlung seiner Frau gegenüber schon des Öfteren so ausgeartet, nur hatten sie davon nichts mitbekommen.

Und die Ausrede ihrer Mutter, wenn sie an so manch bewölktem Tag im Haus eine Sonnenbrille trug und dies auf eine starke Migräne schob, zweifelte sie seither an.

Sie versuchte in den nächsten Jahren das Gesehene, so gut es eben ging, zu verdrängen. Auch mit Jennifer redete sie nie darüber, da diese bei allem hinter ihrem Vater stand.

Sie war eben ein Papa-Kind, und hätte ihr wahrscheinlich nicht geglaubt. Sie würde ihn niemals so sehen, wie sie selbst, daher ließ sie Jennifer in dem Glauben, Friedrich wäre ein toller Vater.

HEUTE

Behutsam nimmt sie die Kette heraus, wiegt sie kurz in ihrer Hand, und legt sie dann wieder zurück. Sie hat noch niemandem etwas von Jennifer erzählt. Und ausgerechnet an einem besonderen Abend wie diesem, möchte sie auch nicht, dass dieses Thema auf den Tisch kommt. Und das würde es gewiss, wenn sie und Robert sich näherkämen. Ganz bestimmt würde er sie fragen, was sich in dem Medaillon versteckt, wenn er den Schließmechanismus erkennt.

In ihrer Fantasie sieht sie in diesem Moment, wie er ihr mit einer Hand erst zart über das Gesicht streicht und sie dann langsam weiter nach unten gleiten lässt …

Sie wird abrupt aus ihren Gedanken gerissen, als sich eine kalte, feuchte Hundeschnauze unter ihren Rock schiebt.

Lachend drückt sie den großen so vertrauten Kopf zur Seite.

Sie hatte ihm die Tür zum Garten geöffnet und er hat noch etwas Dreck vom Buddeln an seinen Pfoten und auch an der Schnauze. Noch immer lächelnd schubst sie Phönix zur Seite, als sie den Dreck bemerkt. Dann beugt sie sich zu ihm hinunter und erzählt ihm, was sie heute Abend vorhat, während sie ihn hinter den Ohren krault. Er scheint auch genau zu verstehen, dass ihr dieser Abend besonders wichtig ist, denn als sie ihre Erzählung abschließt, bellt er einmal kurz und freudig mit wedelndem Schwanz.

Natürlich achtet sie darauf, dass er nicht unbedingt mit ihrer Kleidung in Berührung kommt. Für einen erneuten Kleidungswechsel hat sie nicht mehr die Zeit, sagt ihr ein erneuter Blick auf die Uhr. Rasch nimmt sie dann doch wieder die Kette mit dem Medaillon aus der Schatulle und legt sie um. Sie wird es drauf ankommen lassen. Über ihren Zeigefinger stülpt sie noch einen silbernen Ring mit schwarzem Stein.

Verträumt schaut sie auf ihre rechte Hand und überlegt, wie sie wieder mit einem Ehering aussehen würde.

Sie schlüpft in die schon bereitstehenden Schuhe und macht sich auf den Weg nach unten.

Robert ist ein Mensch, der Pünktlichkeit liebt und sie möchte fertig sein, wenn er auftaucht.

Sie wirft sich noch eine leichte Jacke über, nimmt ihre Handtasche und geht nach draußen. Sie möchte unbedingt vermeiden, dass Phönix ihn anspringt oder ähnliches.

Vor ihrem Haus hat sie ein kleines Bänkchen stehen, auf dem sie mit geschlossenen Augen in Richtung der schon sehr tief stehenden Sonne auf ihn wartet.

9

Nele muss nicht lange warten. Um Punkt sieben Uhr knarrt ihr Gartentor und sie wird aus ihren Gedanken gerissen. Sie blinzelt direkt in die Sonne und erblickt nur schemenhaft die sich nähernde Person. Dann erkennt sie Robert, und es schleicht sich ein leichtes Lächeln auf ihre Lippen. Auch er lässt sein übliches und äußerst charmantes Grinsen um die Mundwinkel aufblitzen.

Der Abend beginnt für sie sehr vielversprechend. Sie hegt außerdem die große Hoffnung, dass er noch viel besser enden wird.

»Guten Abend, schöne Frau! Bereit für ein Gläschen Wein oder etwas anderes, um diesem Tag einen gelungenen Abschluss zu verpassen?«, fragt er sie dann mit fröhlicher Stimme und einer einladenden Handbewegung.

»Aber klar! Ich habe mich schon darauf gefreut! Großartig, dass es so spontan mit unserem Date funktioniert hat!«

Bei dem Wort ›Date‹ hätte sie sich am liebsten auf die Zunge gebissen, da sie nicht weiß, wie er ihr Zusammensein heute beschreiben würde. Er geht allerdings gar nicht darauf ein, zieht sie spielerisch von der Bank und hakt sie am rechten Arm unter. Mit seinen wunderschönen braunen Augen schaut er sie an. Am liebsten würde sie ihn auf der Stelle küssen.

Er teilt ihr mit, dass er sein Auto einige Meter weiter weg geparkt hat. Erklärt ihr aber sofort, dass er lieber zu Fuß mit ihr zum Pub gehen würde, um noch ein wenig frische Luft schnappen zu können. Gerne stimmt sie ihm zu.

Während sie neben ihm, weiterhin untergehakt, die Straße entlang schlendert, schließt sie für eine kurze Weile die Augen und versucht sich vorzustellen, ab jetzt öfter gemeinsame Wege zu gehen. Er muss ihre geschlossenen Augen bemerkt haben und fragt sie mit einem Lachen in der Stimme, wovon sie gerade träumen würde. Sie schaut ihn schelmisch von der Seite an und erklärt, dass er dies vielleicht irgendwann einmal erfahren würde. Er schmunzelt nur und verstärkt seinen Griff um ihren Arm etwas. Es ist, als wollte er sie spüren lassen, dass sie ihm blind vertrauen kann. Und genau so empfindet sie ihm gegenüber auch.

Den Rest des Weges legen sie in angenehmem Schweigen zurück. Sie könnte noch ewig mit ihm die Straßen der Insel entlang schlendern.

Gerade stellt sie sich vor, dass er unerwartet stehen bleibt, sie in seine Arme zieht und leidenschaftlich küsst. Da stoppt er auch prompt seine Schritte, und zieht seinen Arm unter ihrem heraus. Dies macht er allerdings nicht, um sich ihr anderweitig zu nähern, sondern weil sie die Gaststätte erreicht haben. Er stellt sich in den Eingang der weit geöffneten Tür und durch eine leichte Verbeugung und eindeutiger Geste der rechten Hand, bedeutet er ihr als Erste einzutreten.

»Nach Ihnen, junger Mann!«, entgegnet sie seiner Aufforderung mit einem leichten Grinsen.

Es wird schwierig werden, einen Platz in dem schon ziemlich überfüllten Raum zu finden, und die Suche überlässt sie lieber ihrem Begleiter. Robert hat ihre Beweggründe diesbezüglich auch wahrscheinlich sofort durchschaut. Mit einem gutmütigen Nicken geht er ihr voran in ihr Stammlokal.

Direkt werden sie von dem turbulenten Durcheinander lachender Menschen, umher huschender Bedienungen und dem alles untermalenden Lärmpegel empfangen. Normalerweise ist hier an einem gewöhnlichen Wochentag nicht so viel los. Sie ärgert sich gerade, dass sie nicht besser ein anderes und ruhigeres Lokal gewählt haben.

Robert drängt sich durch die Menge und fasst sie dabei an der Hand. Mit der großen Hoffnung, dass sie noch einen freien Tisch ergattern, oder Robert den Vorschlag machen wird, dass sie ein anderes Lokal aufsuchen sollten, folgt sie ihm bereitwillig. Es ist nicht so einfach, ihn in dem vorherrschenden Gerangel nicht zu verlieren. Mehr als einmal muss sie ihre Hand aus seiner lösen, greift aber sofort wieder danach. Immer wieder sieht er sich nach ihr um, so, als wollte er sich vergewissern, dass er immer noch die richtige Begleitung an seiner Seite hat. Fast haben sie das Ende des Raumes erreicht, da wendet er sich abrupt nach rechts und steuert zielstrebig einen Tisch an, der gerade von zwei Personen verlassen wird. Da es sich hierbei um einen kleinen Tisch mit nur zwei Stühlen handelt, können sie sich eigentlich sicher sein, dass sich niemand zu ihnen setzen wird.

Er zieht einen der Stühle nach hinten. Wieder ganz Kavalier bedeutet er ihr mit einem leichten Nicken, auf

diesem Platz zu nehmen. Sie folgt seiner charmanten Aufforderung, mit der grazilen Andeutung eines damenhaften
Knicks. Mit einem breiten Grinsen wird sie für ihr Mit-
spielen von ihm belohnt.

Nachdem auch er auf dem Stuhl gegenüber Platz genommen hat, legt er sein Handy auf dem Tisch ab. Suchend
schaut er sich nach der für sie zuständigen Bedienung um.
Auch Nele blickt sich aufmerksam um. Allerdings möchte
sie nur sicher gehen, dass sich heute keiner ihrer Bekannten
hier aufhält, und sie stören könnte. Nirgendwo ist jemand
zu entdecken, und sie hat sich ziemlich genau umgeschaut.

Mit einem leichten Seufzer der Erleichterung legt sie
nun ihre Hände locker und nicht ohne Hintergedanken
auf dem Tisch ab. Es ist ein winziges Möbel, und sie berührt fast sein Handy, obwohl sie ihre Arme leicht an-
gewinkelt hält. Sie hofft, dass auch er rein zufällig seine
Hände neben den ihren ablegt und sie berührt.

Sein Blick wandert weiterhin stetig durch den Raum
auf der Suche nach einer Bedienung. Seine Hände lässt
er dabei in seinen Schoß gleiten, was sie enttäuscht registriert.

Nach einigen Minuten hat Robert endlich ein junges Mädchen entdeckt, gekleidet im Dress der hiesigen Service
Kräfte. Er winkt sie mit seinem anziehenden Lächeln an
ihren Tisch. Sofort steuert diese auch darauf zu. Unterwegs nimmt sie noch eine weitere Bestellung eines anderen Tisches auf. Als sie dann neben ihrem Stuhl steht,
die Augen auf Robert fixiert, fragt sie freundlich, was sie
bringen darf. Nele überlegt nicht lang, und bestellt sich
einen Hauswein und ein Wasser.

Sofort ärgert sie sich darüber, ein Wasser bestellt zu haben, da nun der Platz gefüllt sein wird, mit ihren ganzen Getränken. Da ist dann kein Platz mehr für Hände, die sich vielleicht im Laufe des Abends auf dem Tisch gefunden hätten. Robert bestellt nicht wie sonst immer, ein einfaches Bier vom Fass, sondern ordert eine ganze Flasche ihres Weines, um ihn gemeinsam zu trinken.

Das Mädchen verschwindet sogleich wieder in der Menge, nicht ohne vorher noch einmal ein keckes Lächeln mit gekonntem Augenaufschlag in seine Richtung zu werfen. Für Nele hat sie nur noch ein flüchtiges Grinsen übrig.

Ihr wird in diesem Moment erstmals richtig bewusst, dass auch andere Frauen einen attraktiven Mann in ihm sehen. Eine kleine Welle von Eifersucht macht sich bei ihr bemerkbar. Sofort nimmt sie sich vor, sich heute Abend ganz besonders ins Zeug zu werfen, damit er gar nicht mehr auf die Idee kommt, sich nach anderen Frauen umzuschauen.

Sie kennt ihn jetzt schon seit fast einem Dreiviertel Jahr und weiß eigentlich so gut wie gar nichts von ihm. Genau das möchte sie heute ändern.

Als er damals in der Klinik plötzlich als ihr neuer Kollege vorgestellt wurde, wollte sie noch nicht wirklich etwas von ihm wissen. Der tiefliegende Groll gegenüber Ärzten, wie ihrem Vater und Malte, hatte sich in ihr Herz gegraben. Lange Zeit hatte sie absolut nicht das Bedürfnis, wieder einen Mann in ihr Leben zu lassen. Natürlich flirtete sie mit anderen Männern, wenn sie mit Clarissa oder auch Tina unterwegs war, allerdings waren dies alles nur belanglose Begegnungen, die nie zu einer festen Verabredung, geschweige denn näherem körperlichen Kontakt führten. Und auch das musste sie nach über zwei Jahren erst wieder erlernen. Zu Beginn fiel es ihr auch noch äußerst schwer, aber mittlerweile ist sie wieder ziemlich fit in diesen Dingen.

Bei Robert hat sie ihren Flirt-Modus bisher noch nie wirklich angewendet. Außerdem interessiert sie sich erst seit einigen Wochen für ihn.

Es begann an einem Abend im Pub. Ausnahmsweise waren sie ohne weitere Kollegen dort. Das Lied »The Time of My Life« von Bill Medley und Jennifer Warnes ertönte. Der DJ, der an diesem Abend für die anwesenden Gäste musikalisch für eine leicht aufgeheizte Stimmung sorgte, schob auch sogleich den Regler der Lautstärke bis fast auf Anschlag. Viele der älteren Anwesenden kannten den Song noch von früher und gewiss kamen bei so einigen Erinnerungen aus vergangenen Tagen wieder hoch. Innerhalb kürzester Zeit begannen mehrere Pärchen sich in fester Umklammerung auf den Takt der Musik zu bewegen.

Robert und sie saßen sich gegenüber. Als er sah, dass die Leute um sie herum sich ganz der Musik hingaben, stand auch er auf und bat sie, mit ihm zu tanzen. Für sie war es zu Anfang ein rein spaßiges Unternehmen gewesen, aber als sie dann von ihm eng umschlungen und mit geschlossenen Augen den Kopf an seine Brust geschmiegt merkte, dass ihr dies sehr gefiel, begann sie davon zu träumen, dass mehr daraus wird.

Er trug an diesem Abend ein leichtes und wohlriechendes Parfum. Bisher war sie ihm noch nie so nahegekommen, um es intensiv aufnehmen zu können. In diesem Moment wurde ihr schlagartig klar, dass sie diesen Mann mehr als nur mochte. Aber da es von der Klinikleitung nicht gern gesehen wird, wenn sich Kollegen näherkommen und mehr als nur freundschaftlich miteinander umgehen, versuchte sie, ihn sich wieder aus dem Kopf zu schlagen.

Heute Abend hat sie die Gelegenheit, ihm zu zeigen, dass sie an ihm interessiert ist. Dies wird sie sich auf keinen Fall nehmen lassen.

Es ist eigentlich viel zu laut, um ein ruhiges Gespräch zu führen. Um sich miteinander zu unterhalten, müssen sie sich über den Tisch hinweg beugen, um die Worte des Gegenübers verstehen zu können. Also rutscht sie ihren Stuhl näher zu ihm hin und beginnt, ihm viel zu leise von dem Patienten, den sie an ihn abgeben möchte, zu berichten. Genau wie von ihr erwartet, nähert er sich ihrem Gesicht, um ihren Erzählungen besser lauschen zu können. Noch einmal macht er ihr klar, dass es für ihn kein Problem darstellt, diesen Mann für sie zu übernehmen. Es dauert nicht lange, da kommen sie auf andere Themen. Sie lässt sogar einige private Informationen einfließen. An seinem stets interessierten Gesichtsausdruck erkennt sie, dass sie bisher alles richtig gemacht hat.

Er selbst allerdings hält sich mit privaten Details gekonnt zurück.

Nach einigen Minuten erscheint die Bedienung mit ihren Getränken. Sie stellt sie vor ihnen ab und legt den dazugehörigen Bon in die Mitte des Tisches, so als würde sie nicht wollen, dass er die Rechnung auf jeden Fall bezahlen wird. Er allerdings zwinkert dem Mädel kurz zu und schiebt den Zettel unter sein Glas.

Nele schaut ihr noch mit einem etwas missmutigen Gesichtsausdruck hinterher, während diese sich den Gästen des Nachbartisches zuwendet.

Als sie ihren Kopf wieder in seine Richtung lenkt, bemerkt er wohl ihren Blick. Sofort setzt sie ein Lächeln auf. Sie möchte auf keinen Fall, dass es offensichtlich für ihn ist, dass sie schon jetzt ein wenig eifersüchtig auf andere Frauen reagiert. Natürlich wird sie ihm auch nicht sofort auf die Nase binden, warum dies bei ihr der Fall ist.

Die Sache mit Malte und Jennifer wird sie ihm vielleicht nie erzählen.

Etwas umständlich füllt er die Gläser und nimmt eins in die Hand.

»Auf einen netten Abend! Ich finde es klasse, dass wir uns mal allein treffen! Wir sollten darauf anstoßen, dass wir heute gemeinsame Zeit miteinander verbringen.«

Er erhebt sein Glas und schaut sie mit zur Seite geneigtem Gesicht an.

Ob er, genau wie sie, Hemmungen hat, sich auf eine feste Beziehung einzulassen? Es würde nicht leicht sein, vor all ihren Kollegen und den Vorgesetzten zu verheimlichen, dass zwischen ihnen mehr besteht als nur eine freundschaftliche Verbindung.

Auch sie erhebt ihr Glas mit etwas zittriger Hand, und schenkt ihm ihr, wie sie hofft, schönstes Lächeln.

»Ja, auf einen wunderschönen Abend! Ich wünsche mir sehr, dass ihm noch viele weitere folgen werden. Es ist schön, mal mit dir auszugehen. Wir hätten das früher schon viel öfter machen sollen! Mhhh, hoffentlich bin ich mich da jetzt nicht zu weit vorgeprescht, aber ich finde es echt toll, mal alleine mit dir zu sein!«

Sie blicken sich in die Augen. Ob unbewusst, oder absichtlich, Robert bewegt seinen linken Arm und stößt damit gegen ihren Ellbogen. Ein Stromstoß zuckt durch ihren Körper. Die feinen Härchen stellen sich auf, und sie kann es nicht verhindern, dass ihre Augen sich automatisch kurz schließen und ihr ein kleiner wohliger Laut über die Lippen kommt. Durch den immer noch anherrschenden Lärmpegel ist er für ihn zwar nicht zu hören, aber erschrocken durch diesen Seufzer, öffnet sie schlagartig wieder ihre Augen und ihre Hand stößt nun etwas zu hart gegen sein Glas. Seine Augen wirken amüsiert und es bilden sich kleine Lachfältchen. Da er sich etwas weiter nach vorne beugt, steigt ihr sofort wieder der leichte Duft seines Parfum in die Nase.

»Prost, Nele! Auf diesen Abend!«, sagt er dann und seine Stimme hat ein leichtes Kratzen, als würden seine Stimmbänder aneinander reiben.

»…und auf uns!«, fügt er dann noch mit einem Lächeln hinzu.

Er räuspert sich kurz, hebt sein Glas in ihre Richtung etwas an und führt es an seine Lippen. Den Blick weiterhin auf ihre Augen gerichtet.

Wie hypnotisiert beobachtet sie währenddessen jede seiner Bewegungen ganz genau. Hätte sie jetzt ihre Kamera dabei, würde sie versuchen, diesen Moment festzuhalten, um ihn später immer wieder betrachten zu können. Sie überlegt sogar, ob sie es schaffen könnte, diesen Augenblick auf einer Leinwand wiederzugeben.

Sie bemerkt, dass ihr Glas immer noch in der Luft schwebt. Während sie es nun hektisch zum Mund führt, umfasst er locker die Haut um den Ellenbogen ihres anderen Armes. Dies führt dazu, dass sie sich verschluckt. Unwillkürlich beginnt sie zu husten, und sie spürt, wie ihr Gesicht sich mit Röte überzieht.

Sofort springt Robert auf, um ihr locker auf den Rücken zu klopfen. Dies entfacht bei ihr eine kleine Hitzewallung.

Ein großer Schluck Wein, der beim Abstellen ihres Glases auf den Tisch schwappt, verteilt sich nun vor ihr. Entsetzt stellt sie fest, dass ein Stück Stoff des Ärmels genau in dieser kleinen Pfütze liegt. Sie erkennt, dass ein Teil der roten Flüssigkeit von dem türkisfarbenen Stoff aufgesogen wird.

Noch schlimmer kann der Abend nicht mehr werden, steht für sie gerade fest, während sie sich resigniert mit einem erneuten Hustenanfall herumschlägt. Ihre Hände streckt sie in einer abwehrenden Geste aus, um ihn davon abzubringen, ihr weiterhin auf den Rücken zu klopfen.

»Sorry, alles gut!«, bringt sie dann krächzend mit vorgehaltener Hand mühsam heraus.

Verlegen räuspert sie sich noch einmal.

Sie beobachtet ihn, während er nun wieder auf seinem Stuhl Platz nimmt. Verstohlen wischt sie eine Träne aus ihrem linken Augenwinkel. Fieberhaft überlegt sie, was sie sagen könnte, um von ihrem Missgeschick abzulenken, oder es irgendwie ins Lächerliche ziehen zu können, damit sie beide darüber lachen können. Er greift ihr vor.

»Ist wirklich wieder alles OK?«, fragt er in einem mitleidigen Tonfall, der in den wenigen Worten unüberhörbar mitschwingt.

Da sie von ihm auf keinen Fall für dieses Missgeschick

auch noch bemitleidet werden will, schenkt sie ihm wieder ein strahlendes Lächeln. Es soll darüber hinwegtäuschen, dass ihr der Vorfall wirklich unangenehm ist.

»Na klar, ich habe mich doch nur verschluckt! Dass ich mir dabei auch noch die Klamotten ruiniere, ist nicht so häufig der Fall! Ich hätte vielleicht besser ein Oberteil passend zu den Getränken wählen sollen, dann würde es nicht so auffallen!«

Sie schaut beim Sprechen an ihrem Arm hinab. Mit zusammengekniffenem Mund und einem Grinsen bleibt ihr Blick an dem Rotwein Fleck ihres Shirts hängen. Als sie sich sicher sein kann, dass auch er ihn auf jeden Fall bemerkt haben muss, wendet sie die Augen kurz zur Seite, um zu prüfen, ob sonst noch jemand auf sie aufmerksam geworden ist. Allerdings scheint sich niemand darum zu scheren, was in den letzten Minuten an ihrem Tisch passierte.

Erleichtert schaut sie Robert an. Sein aufmerksamer Blick in ihre Richtung lässt sie aufs Neue leicht verlegen werden.

»Weißt du, dass du richtig knuffig aussiehst, wenn du einen so verlegenen Gesichtsausdruck hast? Nicht nur dieser steht dir gut! Ich mag es, wenn du nachdenklich schaust, verärgert und am liebsten mag ich dein Lächeln, es ist dann, als würdest du strahlen! Was soll ich sagen, eigentlich mag ich jedes Verhalten von dir!«

Er greift bei seinem letzten Satz nach ihren Händen und umfasst sie. Sie bemerkt die Kälte, die davon ausgeht. Dies ist ihr bisher noch gar nicht aufgefallen.

Eigentlich haben Männer meistens warme Hände und Frauen obliegt es, sich mit kalten herumschlagen zu müssen.

Dass ihr Gesicht wieder einen roten Farbton angenommen hat, kann sie deutlich spüren. Im ersten Moment weiß sie nicht, wie sie auf sein Kompliment reagieren soll. Er hat ihr gerade unmissverständlich zu verstehen gegeben, dass er sie so mag, wie sie ist.

Sie seufzt einmal kurz auf und mit wieder gefestigter Stimme antwortet sie ihm:

»Das ist schön zu wissen, dass du das so siehst. Vielen Dank für dieses äußerst nette Kompliment, es bedeutet mir wirklich viel! Na ja, wenn es dir nichts ausmacht, könnten wir ja mal ein wenig über dich reden, was du so magst, was du in deiner Freizeit machst, und solche Sachen halt. Ich habe festgestellt, dass ich eigentlich rein gar nichts von dir weiß. Ich würde dich gerne näher kennenlernen. Entschuldige, du musst natürlich nichts erzählen, aber wenn du magst, ich höre dir gerne zu.«

Eigentlich hatte sie gar nicht vorgehabt, ihn so direkt auf seine Lebensumstände anzusprechen. In ihren Ohren hallt das Gesagte mit einem viel zu neugierigen Klang nach. Um sich abzulenken, nimmt sie die Flasche Wasser und gibt einen Teil des Inhaltes in das bereitstehende Glas. Sie bemerkt, dass er jeder ihrer Bewegungen mit seinen Blicken folgt.

Als sie ihm wieder in die Augen schaut, meint sie einen seltsamen Ausdruck, der seinen Blick zu streifen scheint, ausmachen zu können. Schon hat sie das unangenehme Gefühl, etwas Falsches gesagt zu haben, da ist der Ausdruck einem amüsierten gewichen. Innerlich atmet sie spürbar auf.

»Da gibt es eigentlich nicht viel zu erzählen. Mein Leben ist unspektakulär. Die Liebe zum Wasser hat mich auf diese Insel verschlagen. Vorher habe ich in einer Klinik in Dresden studiert und auch gearbeitet, was mir aber nicht im Mindesten so gut gefallen hat, wie es hier der Fall ist. Vielleicht liegt es aber auch an einer bestimmten Kollegin, die sich gerade auf einem Platz mir gegenüber befindet. Ich könnte noch etwas mehr aus meinem Privatleben verraten, aber dies werde ich machen, wenn wir beide einmal ungestört und allein sind. In diesem Tumult versteht man kaum etwas!«

In genau diesem Moment leuchtet das Display seines Handys auf und entschuldigend verlässt er seinen Platz, um ein Telefonat entgegen nehmen zu können. Er entfernt sich nur so weit, dass sie ihn immer noch sehen kann. Während er sich seinem Gesprächspartner widmet, kramt sie in ihrer Handtasche nach einem Taschentuch, um endlich den Tisch von dem verschütteten Rotwein zu befreien. Sie zieht eins aus der Packung und will damit gerade über den Tisch wischen, da bemerkt sie eine leichte Vibration, die von ihrer Tasche herzurühren scheint. Ein kurzer Blick auf ihr Telefon lässt sie erkennen, dass sie schon wieder einen anonymen Anruf erhält. Angewidert klaubt sie das Handy aus ihrer Tasche und hält es unschlüssig vor sich. Es vibriert weiter. Sie nimmt den Anruf an und hält sich das andere Ohr zu, um die äußeren Geräusche auszublenden.

Hilfesuchend schaut sie dabei in Roberts Richtung, als könnte sie ihn allein durch ihren Blick dazu bewegen, wieder an den Tisch zurückzukehren. Er allerdings hält sein Telefon gerade vor sich und scheint irgendetwas zu tippen. Nele lauscht angespannt mit dem Handy am Ohr. Außer den Geräuschen, die sie von ihrer derzeitigen Umgebung wahrnimmt, kann sie nichts hören. Kein Stöhnen, keine

Stimme, nichts. Wie so oft, schweigt der Anrufer einfach. Sie nimmt das Handy vom Ohr und drückt den Anruf weg. Auch Robert scheint sein Gespräch beendet zu haben und kehrt an den Tisch zurück.

»Stimmt etwas nicht? Du siehst so verändert aus! Habe ich etwas falsch gemacht? Sorry, aber den Anruf musste ich entgegennehmen. Es war ein guter Bekannter, er hat Probleme und braucht ab und zu mal etwas Beistand! Ab jetzt bin ich wieder nur für dich da!«

Er scheint den angespannten Ausdruck, der sich in ihrem Gesicht widerspiegelt, missverstanden zu haben. Schnell setzt er ein entschuldigendes Lächeln auf.

»Kein Ding, alles Gut! Ich bin gerade etwas durch den Wind. Das liegt aber nicht an dir. Lass uns jetzt einfach den Abend genießen. Wo waren wir stehen geblieben? Ach ja, wir waren dabei, uns etwas näher kennen zu lernen!«, versucht sie ihn zu beruhigen.

»Ok, und wolltest du mir nicht gerade ein wenig von dir erzählen?«

Da sie nicht weiß, wie sie beginnen soll, greift sie zum Wasserglas, dreht es einige Male, bevor sie es bis zur Hälfte austrinkt. Ihr Hals ist plötzlich trocken.

Auch er hat einen Schluck genommen und wartet darauf, dass sie endlich etwas von sich erzählt. In seinen weit geöffneten Augen erkennt sie Neugier.

Sie seufzt. Eigentlich soll sie ihm lediglich ein wenig von sich erzählen, aber dies fällt ihr nicht leicht.

»Weißt du, über mich gibt es nicht viel zu erzählen. Ich komme aus Frankfurt, und auch ich liebe die Aussicht auf die Weite des Wassers hier. Deshalb hat es mich hierher verschlagen. Schon als Kind verbrachte ich meine Ferien am liebsten an der Ostsee.«

Sie hebt das Weinglas. Noch bevor sie daraus trinkt, schaut sie ihn verträumt an.

Etwas schnell sprudelt ein weiterer Satz aus ihrem Mund:

»Und, ich mag dich!«

Erschrocken über sich selbst, trinkt sie von ihrem Wein. In kleinen Schlucken leert sie fast den ganzen Inhalt.

Während ihrer Erzählung lauschte er aufmerksam. In diesem Moment kommt sie sich vor wie einer seiner Patienten, denen er ohne großes Zutun viele Informationen entlockt.

Fast selbstgefällig nimmt er eine andere Position auf seinem Stuhl an. Sein Lächeln wirkt nicht echt. In leichter Abwehrhaltung schaut sie ihn herausfordernd an. Am liebsten würde sie ihren letzten Satz zurücknehmen.

Spielt er nur mit ihr?

»Wow, Nele, dein letzter Satz haut mich einfach um! Entschuldige meine Reaktion. Ich glaube, du interpretierst gerade etwas Falsches in mein Verhalten«, sagt er und greift nach ihren Händen.

»Ich möchte dich näher kennenlernen, weil es mir genau so geht, wie dir! Im Laufe der letzten Wochen habe ich gemerkt, dass du etwas ganz Besonderes für mich bist. Schon lange habe ich einer Frau nicht mehr so etwas gesagt. Ich hoffe, ich habe es nicht kaputt gemacht! Das, was zwischen uns ist! Ich denke, ich habe auf dich gewirkt, als würde ich dir als Psychologe zuhören. So ist es aber ganz und gar nicht! Es ist für mich schwierig, mich auf jemanden näher einzulassen. Ich bin keine einfache Person, aber ich möchte, dass du mich so magst, wie ich bin! Ich hoffe, zwischen uns entsteht mehr als Freundschaft!«

Nun ist es an ihm, sie mit hoffnungsvollem Blick anzuschauen. Eine starke Anspannung geht von ihm aus. Seine Finger wandern unruhig immer wieder über ihre Fingerspitzen.

Nele lächelt. Er erkennt die Aufrichtigkeit darin und hält ihre Finger nun locker umschlossen.

Den weiteren Abend verbringen sie damit, die Flasche Wein zu leeren und ihre Gespräche in eine andere Richtung zu lenken.

Aber was Nele an diesem Abend wichtig war, hat sie in Erfahrung gebracht. Zwar nicht so, wie gewünscht, aber dennoch hat er ihr gestanden, dass er sie mag.

Gegen dreiundzwanzig Uhr wirft sie einen ersten Blick auf ihre Uhr und teilt ihm erschrocken mit, dass es für sie nun an der Zeit wäre, den Heimweg anzutreten. Nachdem er ihren Protest mit einer Handbewegung und einem Lächeln abwehrt, zahlt er die Rechnung. Er hilft ihr in die Jacke, und sie verlassen das Lokal.

10

Als sie aus der Tür treten, empfängt sie die kühle Nachtluft. Ein leichter Schauer überläuft Neles Körper und bedeckt ihn mit einer Gänsehaut. Robert, der dies sofort bemerkt, legt wie zum Schutz seinen Arm um ihre Schultern und sie schmiegt ihren Kopf an ihn. Es hat so etwas Vertrautes und fühlt sich wahnsinnig gut an. Dies könnte auch daran liegen, dass sie heute mehr als ein Glas Wein getrunken hat und ein Gefühl der Leichtigkeit über sie kommt. Ihren rechten Arm legt sie wie selbstverständlich um seine Hüfte. Sie bemerkt ein kurzes Stocken in seiner vorher fließenden Bewegung, aber so schnell wie sie auftauchte, verschwindet sie auch wieder und sein Griff um ihre Schulter wird in diesem Moment um einiges fester.

Er seufzt einmal auf und es klingt, als genieße er diese Berührung fast noch mehr als sie.

Sie haben sich nur wenige Schritte von der Tür entfernt, da bemerkt sie noch den Umriss eines Mannes, der gerade schnell um die Ecke verschwindet. Er trägt einen schwarzen Pullover und eine helle Hose. Dadurch, dass er sich zwischen zwei nur wenig Licht spendenden Straßenlaternen befunden hat, konnte sie ihn nicht richtig erkennen. Auch könnte sie im Nachhinein nicht mit absoluter Sicherheit sagen, ob er sich von ihnen wegbewegte bevor er um die Ecke verschwand, oder ob er dort irgendwo in Lauerstellung verharrte.

Mit pochendem Herzen und erhöhter Atemfrequenz bleibt sie abrupt stehen. Robert, der gerade einen weiteren Schritt machen wollte, wird durch den harten Ruck, den sie beim Stehenbleiben auf ihn ausübt, aus der Bewegung gerissen und stolpert kurz.

Auch er bleibt sofort stehen und wendet ihr sein Gesicht zu. Es wird von der hinter ihnen liegenden Laterne beleuchtet und sie kann seinen irritierten Blick erkennen.

»Hast du auch den Mann gesehen, der gerade um die Ecke verschwunden ist?«, fragt sie und schaut ihn ängstlich an.

Er muss ihre Angst erkannt haben, denn er nimmt sie nun fest in seine Arme und streicht ihr mit einer Hand über die Haare.

»Was ist denn los mit dir? Du scheinst richtig verängstigt! Ja, ich habe den Mann gesehen. Kennst du ihn? War es vielleicht der Patient, den du an mich verwiesen hast? Soll ich ihm hinterherlaufen, und fragen, was er will?«, fragt er sie.

Immer noch etwas angespannt, aber schon wieder gefasst, beginnt sie zu lächeln.

»Nein, alles ok, lauf ihm bitte nicht nach! Kam er dir bekannt vor?«, fragt sie ihn dann.

Nachdenklich wendet er den Blick in die Richtung, in die der Mann verschwunden ist. Mit einem leichten Kopfschütteln wendet er ihr sein Gesicht wieder zu. Es scheint, als würde ihn die ganze Sache weitaus mehr belasten, als sie erwartet hätte.

Für einen Augenblick hat sie das unangenehme Gesicht

ihres Patienten vor Augen. Sie ist sich plötzlich nicht mehr sicher, ob nicht er es gewesen sein könnte. Ihre erste Vermutung ließ sie auf Marc schließen. Er hätte auch viel besser zum Gesamtbild gepasst. Die Kleidung, die Bewegung!

Während sie noch ihren eigenen Gedanken nachhängt, antwortet Robert ihr plötzlich. Sie hat schon wieder vergessen, dass sie ihm eine Frage gestellt hat.

»Eigentlich war das Einzige, was ich bewusst wahrgenommen habe, dass er ziemlich schnell um die Ecke verschwunden ist. Was glaubst denn du, wer es gewesen sein könnte? Hast du eine Vermutung? Ist er dir schon öfter aufgefallen?«

»Ach, es könnte sein, dass mich meine Sinne täuschen. Einbildung ist bekanntlich auch eine Bildung! Ich meine, dass ich ihn in den letzten Tagen schon öfter gesehen habe. In der letzten Zeit habe ich viel zu tun gehabt. Vielleicht versuche ich mich durch etwas Verfolgungswahn abzulenken!«

Sie lacht, um ihn von der Situation abzulenken, aber er springt darauf nicht an. Sein eindringlicher Blick lässt sie etwas betreten zur Seite schauen. Er aber umfasst mit Daumen und Zeigefinger der rechten Hand ihr Kinn und dreht es langsam und zärtlich in seine Richtung. Es folgt ein langer Blick in ihre Augen. Er hat jetzt beide Hände um ihre Wangen gelegt.

Dann geschieht etwas, womit sie nicht gerechnet hat, nicht nach dem, was sie noch vor wenigen Stunden hörte.

Er bewegt sein Gesicht langsam auf sie zu. Auch zieht er dabei ihr Gesicht ein wenig zu sich heran. Wie gebannt starrt sie auf seine langen, dunklen Wimpern.

Dann verschließt er ihre Lippen mit seinen.

Sie ist perplex und erstarrt. So oft hat sie genau davon geträumt. Da der Kuss so unerwartet geschieht und sie unvorbereitet ist, hält es sie davon ab, diesen Kuss zu genießen und vor allem, ihn zu erwidern. Mit geöffneten Augen steht sie vor ihm. Die Arme hängen wie unnötiger Ballast an ihren Seiten herab. Sie sieht sich selbst, wie eine Außenstehende und empfindet diesen Augenblick irgendwie surreal.

Sie blinzelt kurz und schließt dann ihre Augen.

Gerade will sie den Kuss erwidern. Als sie die Arme anhebt, um ihn um die Hüften zu fassen, lässt er auch schon wieder von ihr ab. Seine Lider hält er noch für wenige Augenblicke geschlossen, als könnte er so den Nachhall dieses Kusses besser in sich aufnehmen.

Verwirrt lässt sie die Arme wieder sinken.

Sie ist enttäuscht! Von dem Moment, den sie sich so sehr erträumt hat, und der, kaum dass er begann, schon wieder endet.

Er blinzelt, als wollte er imaginäre Staubkörnchen entfernen. Dann schaut er sie mit einem seltsamen Ausdruck an. Sie kann ihn nicht deuten. Aber es scheint ihr etwas ähnliches wie Vorfreude auf das, was noch kommen wird, zu sein. Diese Erkenntnis drängt ihre eben noch verspürte Enttäuschung in den Hintergrund.

Als er sie dann auch noch mit seinen Armen umfängt und fest an sich drückt, seine Nase in ihr Haar gräbt, ist alles andere vergessen.

Sie schließt die Augen und schmiegt sich an ihn. Leicht streicht sie über seinen Rücken. Sie kann deutlich spüren, dass er sehr muskulös ist und wahrscheinlich hat er einen BMI, von dem viele Sportler träumen.

»Entschuldige, ich habe dich gerade einfach überfallen, das hatte ich eigentlich so nicht geplant! Aber in deiner Nähe verweigern bei mir einige Synapsen gelegentlich ihren Dienst oder haben Übertragungsschwierigkeiten. Ich hoffe, du kannst mein Verhalten entschuldigen.«

Leise hat er diese Sätze in die kleine Mulde ihres Halses gemurmelt. Dabei laufen ihr wohlige Schauer über den Rücken.

Er kann doch gar nichts falsch gemacht haben! Einen Kuss kündigt man nicht an, welchen Reiz hätte er dann noch!?

Sie schaut ihn mit geneigtem Kopf von der Seite an und streicht ihm mit den Fingerrücken einmal über seine Wange. Er quittiert die Geste mit einem Lächeln.

Nachdem sie noch eine kleine Weile so zusammengestanden haben, machen sie sich auf den Weg.

Vor ihrem Gartentor bleiben sie stehen.

»Möchtest du noch mit reinkommen?«, fragt sie ihn hoffnungsvoll, obwohl sie fast schon erwartet, dass er dankend ablehnt.

»Vielleicht ein anderes Mal. Es ist schon sehr spät. Du musst morgen früh raus, und ich glaube, bei mir wird es auch langsam Zeit, unter die Decke zu schlüpfen. Darf ich dir noch etwas anvertrauen?«

Gespannt nickt sie. Was könnte es wohl sein? Sie ahnt, dass es nicht die bekannten drei Worte sein werden.

»Ich bin mir sicher, dass du die Frau bist, die ich schon seit langer Zeit suche! Ich hatte die Suche schon fast aufgegeben, und jetzt habe ich dich doch noch gefunden! Ich möchte das nicht kaputt machen, indem ich etwas überstürze. Lass uns auch vorerst noch niemandem etwas von dir und mir erzählen! Ist das ok für dich?« flüstert er leise.

Er spielt dabei mit einer ihrer Haarsträhnen, und macht nicht die geringste Anstalt, sie ein weiteres Mal zu küssen.

Sie ist etwas irritiert, nickt aber zustimmend.

»Danke für dein Verständnis. Ich wünsche dir eine gute Nacht und schöne Träume!«, ist alles, was er noch hinzufügt.

Nachdem auch sie ihm Gute Nacht gewünscht hat, steht er für einen kurzen Moment vor ihr, als wäre er sich nicht schlüssig, was er tun soll. Dann aber lächelt er, drückt kurz ihre Hände, dreht sich um und ist schon bald verschwunden.

Da ihr mittlerweile ziemlich kalt geworden ist, verschwindet auch sie kurze Zeit später hinter ihrer Haustür, wo sie freudig von Phönix erwartet wird.

Sie macht sich rasch fertig fürs Bett. Phönix erhält ein Leckerchen und seine gewohnten Streicheleinheiten, dann schlüpft sie unter die Decke.

Kurz darauf schläft sie ein und wird von seltsamen Träumen heimgesucht.

11

Noch bevor der Wecker ertönt, wird Nele vom Herumspringen ihres Hundes geweckt. Ein leichter Kopfschmerz zieht ihr über die Stirn. Sie hatte gewiss zu viel Wein am gestrigen Abend. Bei der Erinnerung daran, erscheint ein Grinsen auf ihrem Gesicht. Gerade setzt Phönix wieder mit einem gekonnten Sprung auf ihr Bett und verfolgt etwas.

Ein Schmetterling hat sich in ihr Schlafzimmer verirrt und flattert aufgeregt durch den Raum. Währenddessen jagt Phönix ihm ununterbrochen hinterher.

Sie befiehlt ihm, sich auf seinen Platz zu legen. Man kann ihm die Enttäuschung anmerken, aber dennoch folgt er brav ihrem Befehl. Nachdem sie alle Fenster weit geöffnet hat, versucht sie, den kleinen Eindringling dazu zu bewegen, in die Freiheit zu fliehen. Ihr Hund beobachtet das Spiel mit aufgestellten Ohren. Es ist offensichtlich, dass er schon ein wenig beleidigt ist, weil seine Herrin ihren Spaß hat, und er nicht daran teilhaben darf.

Nach einigen Minuten hat sie es endlich geschafft. Der übermütige Falter ist endlich in der gewohnten Freiheit.

Phönix scheint dies nicht zu gefallen, mit hängenden Ohren liegt er immer noch auf seinem Platz und wartet darauf, dass er ihn endlich wieder verlassen darf.

»Na komm schon, mein Kleiner! Man muss auch

gönnen können! Beim nächsten Mal hast du vielleicht Glück!«

Er genießt es, von ihr gekrault zu werden, während er mit gespitzten Ohren vor ihr sitzt. Sie kommt aus der Hocke hoch, schnappt sich den Morgenmantel und macht sich auf den Weg nach unten. Erst öffnet sie alle Rollläden und die Terrassentür. Sofort läuft Phönix nach draußen und sie folgt ihm. Eine Weile beobachtet sie sein wildes Treiben und geht dann ins Haus, um sich fertig für den Spaziergang zu machen.

Nachdem sie einen Kaffee getrunken hat, greift sie nach der Leine und pfeift ihn herbei. Gemeinsam verlassen sie das Haus.

Sie wirft einen Blick ins Küchenfenster gegenüber. Frau Ulm winkt ihr von dort mit einem strahlenden Lächeln zu. Sie erwidert den netten Guten-Morgen Gruß. Eilig macht sie sich auf den Weg zur See. Sie möchte gerne noch einige gute Fotos der aufgehenden Sonne machen.

Am Wasser angekommen setzt sie sich auf ihre Lieblingsbank. Sie ist heute wieder sehr früh unterwegs und hat den Strand fast für sich allein. Nur wenige Menschen haben sich schon nach draußen verirrt. Die meisten sind auf dem Weg zum Bäcker, um frische Brötchen zu besorgen.

Nachdem auch Phönix neben ihr Platz genommen hat, streift sie das Band ihrer Kamera ab und beginnt, Fotos von Joggern am Strand, Sonne, See und ihrer Umgebung zu machen. Das ständige Klicken wirkt auf sie beruhigend. Sie genießt es, am Wasser zu sitzen, ihre Gedanken fliegen zu lassen und dem beginnenden Tag Hallo zu sagen.

Es verspricht ein wundervoller Tag zu werden. Sie hofft, dass sich dieses Wetter hält, da ja morgen Clarissa kommt.

Sie hat sich einiges überlegt, was sie mit ihr unternehmen möchte. Vielleicht wird sie ihr auch Robert vorstellen. Sie ist gespannt, was sie von ihm hält. Außerdem steht noch die Sache mit Jennifer an. Gut möglich, dass sie diese auf Anraten von Clarissa auch noch auf ein Treffen einladen wird. Ihr wäre es lieber jemanden dabei zu haben, wenn sie ihre Schwester nach so langer Zeit zum ersten Mal trifft.

Allein bei dem Gedanken daran, wird ihr ein wenig flau in der Magengegend.

Unwillkürlich schüttelt sie die trüben Gedanken ab, und lässt sie in eine ganz andere Richtung schweifen.

Robert!

So vieles hätte sie Gestern gerne von ihm erfahren, aber eigentlich hat er fast gar nichts von sich erzählt.

Zu Beginn einer Beziehung möchte sie schon gerne wissen, auf was für eine Sorte Mensch sie sich einlässt. Bei Malte hat dies leider nicht wirklich funktioniert.

Im Nachhinein war ihr der Mann, den sie für lange Zeit zu kennen und lieben glaubte, ein ihr völlig Unbekannter.

Sie seufzt. Noch einmal lässt sie den Blick über die See schweifen und beobachtet eine Möwe, die im Sturzflug auf eine Welle zusteuert. Kurz bevor sie die Wasseroberfläche berührt, stößt sie wieder nach oben.

Ihr Begleiter merkt sofort, dass sie im Begriff ist, den Heimweg anzutreten. Er streckt sich erst einmal kräftig, bevor er seinen Kopf auf ihrem Schoß ablegt und sie mit seinen treuen, braunen Augen aufmerksam anschaut.

»Na komm, kleiner Schlawiner! Es wird langsam Zeit, für dein Frühstück! Für mich allerdings auch! Ich kann meinen Magen schon rebellieren hören. Dann lass uns mal nach Hause traben.«

Als sie in ihre Straße einbiegen, kann sie schon von Weitem die Frau mit den grauen und wie immer abstehenden Haaren vor dem Haus ihr gegenüber erkennen. Sie schmunzelt und lässt Phönix von der Leine. Dieser sprintet direkt auf die alte Dame zu. Aus der Ferne vernimmt sie freudige Wortfetzen und ein leises Bellen. Auch sie kommt kurze Zeit später bei den beiden an. Sie halten noch einen Plausch und verschwinden dann hinter ihren Eingangstüren.

Phönix erhält seine Mahlzeit und wird von ihr mit einer extra langen Streicheleinheit verwöhnt, die er auch wie immer sehr genießt. Wie schon so oft zuvor denkt sie darüber nach, wie glücklich sie sich schätzen kann, gerade ihn als treuen und besten Freund an ihrer Seite zu wissen.

Sie summt vor sich hin und sucht sich Kleidung für den heutigen Tag aus dem Schrank. Es fällt ihr schwer, sich für etwas zu entscheiden. Der Grund dafür ist Robert!

Nach einer raschen Dusche nimmt sie mit einer Tasse Kaffee und aufgebackenen Brötchen im Esszimmer Platz. Sie checkt ihr Handy. Es gibt keine neuen Anrufe. Während sie ihre Nachrichten abarbeitet, genießt sie die Ruhe des Morgens.

Auch Robert hat ihr geschrieben. Schlicht gesteht er ihr, dass er den Abend mit ihr sehr genossen hat und sich darauf freuen würde, dies zu wiederholen. Mit leichtem

Kribbeln im Magen pflichtet sie ihm bei und auch sie gesteht, dass sie gerne wieder mit ihm ausgehen würde.

Ihr fällt ein, dass sie heute noch die Akte bei ihm vorbeibringen muss, holt sie schon mal aus ihrem Schrank, und legt sie in den Fahrradkorb. Sie nimmt sich vor, sie noch vor ihrer ersten Therapiestunde bei ihm abzugeben. Alleine bei dem Gedanken daran, dass sie ihn gleich sehen wird, macht ihr Herz Freudensprünge.

Sie beendet ihr Frühstück, ruft Phönix, der im Garten Schmetterlingen hinterherjagt, wieder ins Haus und räumt alles weg. Dabei fällt ihr auf, dass sie einkaufen muss, da sie Clarissa wenigstens am Samstag Morgen einen ausgewogenen Frühstückstisch bieten möchte.

Sie wird wahrscheinlich gegen fünfzehn Uhr ankommen. Gewiss gehen sie abends etwas essen. Zuhause werden sie nur noch ein Gläschen Wein gemeinsam genießen, während sie sich bis tief in die Nacht austauschen. Das Frühstück am ersten Morgen zelebrieren sie dann immer ausgiebig.

12

Nele verlässt das Haus und schaut suchend über das Nachbargrundstück. Sie möchte ihrer Nachbarin sagen, dass sie heute noch einkaufen wird und sie bitten, ihr bis heute Mittag noch eine Liste anzufertigen, um auch die von ihr benötigten Sachen direkt mitbringen zu können. Frau Ulm hat ihre suchenden Blicke sehr wahrscheinlich gesehen und tritt kurze Zeit später aus der Haustür.

Nachdem Nele ihr Anliegen hervorgebracht hat, halten sie noch einen kleinen Schwatz. Frau Ulm erklärt ihr dabei wiederholt, dass sie sich sehr auf den gemeinsamen Nachmittag mit ihr und Clarissa freut. Sie fragt auch noch einmal nach, für wann sie den Kuchen backen soll. Sie einigen sich auf den Sonntag Nachmittag.

Als auch dies geklärt ist, schwingt sie sich auf ihr Rad und fährt gut gelaunt und leise vor sich hin summend zur Klinik. Die Umgebung scheint heute besonders schön zu sein. Die Sonne wirkt heller, der Himmel blauer, die Menschen fröhlicher und die Luft frischer.

Ihr kommt es so vor, als könnte ihr ab jetzt einfach alles gelingen.

Voller Motivation kommt sie kurze Zeit später bei der Klinik an. Fröhlich betritt sie das Empfangsgebäude.

Tina blickt von ihren Unterlagen auf. An ihrem

Gesichtsausdruck ist klar erkennbar, dass sie immer noch sauer ist. Mit einem schnippischen »Moin!« grüßt sie kurz angebunden, und schaut sofort wieder auf die vor ihr liegenden Papiere.

Nele stellt kurzerhand ihren Korb vor der Anmeldung ab, verschränkt die Arme und legt sie auf den Empfangstresen. Etwas provokant schaut sie Tina nun an. Diese blickt kurz darauf wieder auf.

»Was? Ist noch irgendwas? Ich habe zu tun!«, fragt sie dann, und man merkt ihr an, dass sie auf eine Entschuldigung oder ähnliches wartet.

»Moin Tina! Sag nicht, du bist sauer auf mich, weil ich mich gestern rein beruflich mit Robert getroffen habe! Ich musste etwas sehr Wichtiges klären! Tut mir leid, aber wir können ein gemeinsames Treffen ja in der nächsten Zeit nachholen. Falls ich dich verletzt haben sollte, möchte ich mich hiermit in aller Form entschuldigen! Bitte, sei nicht mehr sauer! Komm schon, zeig mir ein Lächeln und sei wieder gut mit mir!«

Während des letzten Satzes schneidet sie eine Grimasse, um Tina zum Lachen zu bewegen. Tatsächlich muss diese darüber grinsen.

»Weißt du, ich bin in der letzten Zeit vielleicht etwas überempfindlich. Seit Manuel weg ist, fühle ich mich oft so einsam. Und ehrlich gesagt, bist du seitdem zu einer Vertrauten geworden. Wenn du mal allein ausgehst, bin ich schon etwas neidisch. Sorry! Und: Entschuldigung angenommen! Du bist nicht mein Babysitter und hast auch noch ein eigenes Leben. Und gerne würde ich mal wieder mit dir ausgehen. Das hilft mir über meinen Schmerz hinweg. Außerdem bist du eine gute Zuhörerin! Merke ich jetzt auch wieder einmal! Du stehst vor mir, und sofort fange ich an zu quatschen, schlimm! Außerdem, selbst wenn der Abend gestern nicht nur rein beruflich abgelaufen ist, gönne ich dir natürlich auch den Spaß, den du hast, wenn ich nicht dabei bin. Robert ist schon ein echt toller Kerl! Hatte zu Beginn selbst ein Auge auf ihn geworfen, aber ich scheine nicht sein Typ zu sein. Er steht, denke ich, eher auf blond!«, versucht sie sich zu erklären und lächelt sie etwas hilfesuchend an.

»Alles gut! Vergessen wir das Ganze! Ich werde sehen, dass ich in der nächsten Zeit mal wieder allein mit dir losziehe und die Gegend unsicher mache! Aber ich habe dir ja schon gesagt, dass am Wochenende Clarissa kommt. Vielleicht ergibt sich was und wir machen was gemeinsam. Vielleicht Samstag oder Sonntag Abend. Die Getränke gehen dann auf mich, als Wiedergutmachung. Na, was hältst du davon?«, fragt sie mit einem Lächeln auf den Lippen.

Tina strahlt schon wieder.

»Klar, so machen wir es! Ich freue mich schon drauf! So, dann will ich dich mal nicht weiter von deiner Arbeit abhalten! Übrigens, Robert kam heute Morgen unglaublich gut gelaunt hier rein. Scheint, als hättet ihr gestern einen netten Abend gehabt! Marc war vorhin auch bei mir. Er hat sich nach dir erkundigt. Als ich ihn gefragt habe, ob er etwas Bestimmtes von dir will, hat er nur ausweichend geantwortet. Ich glaube, der ist verliebt in dich! Scheint so, als hättest du gleich zwei Männer an der Angel! Allerdings wäre er nicht so mein Fall, ist mir zu eigenbrötlerisch. Zwar nett, aber manchmal etwas unheimlich. Pass bei ihm auf, ich kann ihn ehrlich gesagt nicht so wirklich einschätzen!«, merkt sie dann noch an, als Nele sich schon zum Gehen abwenden will.

Gerade hat sie den Korb angehoben, stellt ihn aber noch mal ab.

»Hat er sonst noch irgendetwas gesagt? Marc meine ich!«, fragt sie neugierig nach.

Tina hat keine Ahnung davon, dass sie Marc aus ihrem Studentenleben kennt. Auch hat sie nicht vor, dies breitzutreten. Auch er hat bisher, soweit sie weiß, niemandem etwas erzählt. Dies könnte daran liegen, dass sie ihm damals einen Korb gab und er es nur mit Mühe verdaut hat. Bisher hat er auch bei Tina noch nie nach ihr gefragt, dass kommt ihr schon etwas seltsam vor.

»Nein, er hat eigentlich nur gefragt, ob du schon da bist. Als ich ihm erklärt habe, dass du normalerweise immer erst so um kurz vor acht kommst, ist er auch schon wieder abgewackelt. Wollte vielleicht auch nur Small-Talk machen. Ich muss gestehen, der Typ wird immer seltsamer, je länger man ihn kennt. Na ja, er ist ja eigentlich eher ruhig, aber er schaut immer so komisch! Vor allem beobachtet er dich ständig, und auch gegen Robert scheint er etwas zu haben. Wir sollten da besser ein wenig aufpassen!«, antwortet sie.

»Ja, vielleicht hast du recht! Aber er hat ja hier auch eigentlich keine anderen Freunde außer uns. Da sollten wir ihn nicht ganz ausgrenzen!

So, nun muss ich aber wirklich mal los! Der erste Patient ist gewiss gleich schon da, und ich möchte heute nicht länger arbeiten als nötig. Ich habe eben meiner Nachbarin noch gesagt, dass ich für sie einkaufen würde. Bis später dann!«

Tina nickt ihr noch einmal zu und senkt den Blick.

Ziemlich aus der Puste erreicht sie ihr Büro. Sie hat länger gequatscht, als sie wollte. Aber sie ist noch früh genug, um sich auf ihren ersten Patienten vorzubereiten. Dies verbindet sie wie üblich mit einem ausgiebigen Blick aus ihrem Panoramafenster.

Durch die regelmäßigen Wellenbewegungen kommt sie ins Träumen.

Wie es wohl wäre, käme Robert jetzt zur Tür herein, nähme sie in den Arm …

Ein Stuhl wird im Wartebereich vor ihrer Tür verrutscht, und erschrocken wendet sie den Blick vom Fenster ab.

Sie trägt ihr Haar heute offen und schiebt sich eine blonde Strähne hinters Ohr. Dann zupft sie ihr etwas weit ausgeschnittene Top zurecht und bittet ihren ersten Patienten herein.

Nachdem auch die zweite Stunde beendet ist, beginnt ihr Herz etwas schneller zu schlagen. Sie möchte jetzt die Akte zu Robert bringen.

Rasch geht sie auf die Toilette. Sie betrachtet sich im Spiegelbild, legt einen Hauch Lipgloss auf und zieht ihr Top ein wenig nach unten. Prüfend betrachtet sie noch einmal ihr Gesicht.

Die Akte in der Hand, geht sie mit schnellen Schritten über den Flur zu seinem Büro.

Auch er hat vor dem eigentlichen Büro ein kleines Wartezimmer. Sie öffnet die Tür und erkennt, dass sich niemand darin befindet.

Es ist ähnlich eingerichtet wie das ihre. Zwei Stühle, ein

kleiner Tisch mit diversen Zeitschriften und ein Behälter, der zum Abstellen von mitgebrachten Regenschirmen dient. Zwei an der Wand angebrachte Aquarelle lockern die Atmosphäre in dem kleinen Raum noch ein wenig auf.

Ihr Herz klopft stärker als vorher, und sie weiß, dass es nicht an dem kurzen Weg hierher liegt, sondern daran, dass sie ihm gleich wieder gegenübersteht. Sie holt noch einmal tief Luft und klopft an seine Bürotür. Es erklingt ein gut gelauntes »Herein!«

Sie betritt seinen Arbeitsbereich.

Er blickt nicht sofort von den Unterlagen auf, sondern notiert etwas in der Akte, die sich auf seinem Tisch befindet.

Das Zimmer ist ebenso aufgeräumt wie ihres. Seine Anzug-Jacke hängt ordentlich auf einem Bügel des Garderobenständers. Die einzigen persönlichen Gegenstände, die sich auf seinem Tisch befinden, sind ein Bilderrahmen, und eine kleine aus Holz geschnitzte Figur, die einen Läufer darstellt.

Bisher interessierte sie sich nicht für den Bilderrahmen. Dies ändert sich in genau diesem Augenblick. Sie wüsste gerne, wen oder was er für so wichtig befindet, um es jeden Tag auf der Arbeit anzuschauen.

Sie hat ihren Blick immer noch auf den Bilderrahmen gerichtet, als sie bemerkt, dass Robert mittlerweile seine Notizen beendet hat und sie amüsiert betrachtet.

»Ah, Moin Robert! Ich bin nur eben vorbeigekommen, um dir die Akte des Patienten vorbeizubringen. Ich hoffe, ich störe nicht!«, bringt sie etwas verlegen hervor.

Schnell richtet sie ihren Blick auf ihn und fühlt sich

ertappt, weil er gewiss bemerkte, dass sie für eine ganze Weile auf die Rückseite des Bilderrahmens starrte.

Sein Lächeln, das sich nun über das ganze Gesicht ausbreitet, lässt ihr Herz schneller schlagen. Sie erwidert es und ihre Verlegenheit ist vergessen. Seine braunen Augen lassen keinen Zweifel daran, dass er sich freut, sie zu sehen. Auch erkennt sie, dass sie bei der Wahl der Kleidung alles richtig gemacht hat. Er scheint das, was er sieht, mit einem anerkennenden Blick flüchtig zu streifen. Dann blickt er ihr wieder in die Augen.

»Moin, schöne Frau! Aber natürlich störst du mich nicht! Wie könntest du! Für dich würde ich glatt meine Patienten rausjagen.«

Mit diesen Worten erhebt er sich von seinem Stuhl, kommt um den Schreibtisch herum und direkt auf sie zu. Die Vorfreude darauf, von ihm geküsst zu werden, treibt sie dazu an, ihren Kopf ein wenig in den Nacken zu legen. Sie wird enttäuscht.

Als er sie erreicht, streicht er nur kurz über die Hautfläche ihres linken Armes, geht einen kleinen Schritt zurück und lehnt sich mit dem Oberschenkel an die Tischkante. Seine Arme verschränkt er dabei vor seinem Körper, was eigentlich eine Abwehrhaltung verdeutlicht. Sie hofft darauf, dass sie sein Verhalten diesbezüglich falsch interpretiert und er dies rein gewohnheitsmäßig macht.

Um wieder auf ihr eigentliches Anliegen zu kommen, hält sie ihm die Akte hin. Dabei muss er die zarte Gänsehaut bemerkt haben.

»Ist dir kalt? Eigentlich war ich der Meinung, dass mein Büro viel zu überhitzt ist. Ich habe schon den ganzen

Morgen gelüftet. Aber ich kann das Fenster gerne schließen!«, sagt er mit einem etwas verschlagenen Gesichtsausdruck.

Ihr ist klar, dass er weiß, warum sich die feinen Härchen
auf ihrer Haut aufgestellt haben.

Er nimmt ihr die Akte, die sie ihm immer noch ent-
gegenhält, aus der Hand und geht in Richtung Fenster.

»Nein, nein! Mir ist nicht kalt! Du kannst das Fenster
ruhig offenlassen.«, sagt sie schnell, während sie sein Profil
eingehend betrachtet.

Sie weiß nicht, warum er ihr nicht schon viel früher
ins Auge gefallen ist. Warum sie nicht schon länger das
Verlangen hatte, ihn näher kennen zu lernen. Ihr fällt ein,
dass sie ja, als sie ihn kennenlernte, noch nicht wirklich
ihre Ehe überwunden hatte. Wahrscheinlich lag es daran.

Er dreht sich wieder um und kommt ihr entgegen. Wieder glaubt sie, dass er sie nun in den Arm nehmen und
küssen würde. Aber er bleibt in geringer Entfernung vor
ihr stehen und verschränkt wieder seine Arme. Die Akte
hat er immer noch nicht abgelegt.

»Was machst du eigentlich am Wochenende? Ich habe
dir doch schon ein wenig von meiner Freundin erzählt,
und ich weiß nicht, ob ich erwähnt habe, dass sie dieses
Wochenende bei mir vorbeikommen wird. Wir sehen uns
nur noch äußerst selten! Wie wäre es, wenn wir mal zusammen einen Kaffee trinken? Sie würde sich bestimmt
freuen, dich kennenzulernen. Heute Morgen noch hat
sie mir mitgeteilt, dass sie morgen Nachmittag gegen
fünfzehn Uhr mit dem Zug anreist. Eigentlich wollte ich
sie gerne abholen, aber ich habe da noch ein wichtiges
Gespräch mit dem Chefarzt. Clarissa kommt mit dem

Fahrrad vom Bahnhof zu mir. Sie hat immer ihr eigenes dabei, und wir fahren dann öfter mal über die Insel. Am liebsten zu den Kreidefelsen. Clarissa ist jedes Mal fasziniert von der wundervollen Aussicht und Umgebung …. Oh, entschuldige, das ist gewiss nichts, was dich interessiert. Aber ich wollte damit sagen, den Freitag werden wir wohl viel zu erzählen haben, aber am Samstag, wenn du magst, könnten wir vielleicht mal ein Treffen organisieren.«

Die Worte sprudeln einfach so aus ihr heraus. Selten ist sie so beredsam, und sie ist von sich selbst schockiert. Sie hatte nicht vorgehabt, ihm so viele Dinge zu erzählen, die ihn eigentlich nicht interessieren. Etwas unsicher schaut sie ihn an und steckt ihre Hände in die Hosentaschen.

Sein Gesichtsausdruck wirkt im ersten Moment, als würde er überlegen, was er noch auf seine Einkaufsliste schreiben müsste, aber schon kurz darauf strahlt er wieder gut gelaunt und fasst sie mit seiner freien Hand locker am Oberarm.

»Aber natürlich würde ich mich gerne mit euch treffen! Nicht nur gerne, es ist mir eine Ehre, deine Freundin kennenzulernen. Clarissa muss eine tolle Frau sein, wenn sie mit dir befreundet ist! Sieht sie auch so gut aus, wie du? Hast du nicht zufällig ein gemeinsames Bild von dir und ihr?«, gibt er ihr zur Antwort und zwinkert einmal kurz.

»Ich muss doch wissen, auf was ich mich da einlasse, wenn ich mit mehr als nur einer Dame in der Öffentlichkeit erscheine!«, führt er dann weiter aus und lacht.

Sie muss grinsen und greift in der Hosentasche nach ihrem Handy, das sie zum Glück eingesteckt hat.

»Warte, ich habe da das perfekte Bild für dich!«, erwidert sie.

Er schaut aus dem Fenster, während sie ihre Bilder durchstöbert.

Endlich hat sie einen Schnappschuss gefunden, den sie sehr mag. Clarissa und sie bei einem Road-Trip durch die Schweiz. Sie tragen beide Schlapphüte und lachen entspannt mit gebräunten Gesichtern in die Kamera.

Sie zupft ihn leicht am Ärmel und hält ihm das Bild, nachdem er sich ihr wieder zugewendet hat, in angemessenem Abstand vor sein Gesicht.

Lächelnd betrachtet er die Fotografie und sieht dann wieder sie an.

»Du bist wunderschön, weißt du das eigentlich? Aber in natura gefällst du mir noch besser als auf einem Foto!«, sagt er und schaut trotzdem noch eine Weile auf das Bild, als wollte er sich alle Einzelheiten einprägen.

»Vielen Dank, für das Kompliment! Und, was sagst du?«

»Wozu?«, fragt er etwas irritiert.

»Na, zu dem Treffen!«, antwortet sie geduldig.

»Aber sicher! Das war doch schon vorher klar. Du kannst mir dann noch die genaue Uhrzeit nennen, ich werde auf jeden Fall kommen!«, erwidert er dann und legt die Akte auf den Tisch.

Er dreht sich wieder zu ihr um und schaut sie für eine kurze Weile einfach nur an.

Dann zieht er sie in seine nun freien Arme und drückt sie an sich. Durch die etwas hektische Bewegung stoßen sie an den Schreibtisch und mit einem lauten Knall fällt der Bilderrahmen darauf mit der Vorderseite nach unten auf die Tischplatte.

Ein kurzer Ruck durchfährt sie, da das unerwartete Geräusch sie erschreckt. Er achtet nicht weiter darauf, sondern zieht sie noch etwas mehr in seine Arme.

Sie hört, wie er den Duft ihres Haares langsam einatmet. Dann hält er sie ein Stück von sich entfernt, und sie wartet gespannt darauf, was als nächstes passiert. Nach einer Weile, die sie sich schweigend gegenüberstehen, nähert er sich mit seinem Gesicht dem ihren.

Heute ist sie auf das, was jetzt kommt, gefasst.

Als ihre Lippen sich endlich treffen, erwidert sie diesmal seinen Kuss und lässt dabei ihre Hände locker auf seine Hüfte gleiten. Der Kuss ist diesmal länger und Roberts Lippen und Zunge sind so viel fordernder als beim letzten. Auch sie lässt ihn spüren, dass sie sich danach gesehnt hat. Er lässt seine Zunge für wenige Sekunden um ihre Zungenspitze kreisen. Sie schmeckt Pfefferminz.

Hatte er sich auf das Treffen mit ihr vorbereitet, und vielleicht schon damit gerechnet, dass er sie küssen würde? Sie selbst schmeckte gewiss nach Möhre, da sie kurz bevor der letzte Patient ihr Büro betrat, noch schnell eine gegessen hatte. Sie hätte daran denken, und vorher noch ein Kaugummi kauen sollen. Jetzt hofft sie nur, dass ihm dieses kleine Detail nicht den Spaß am Küssen mit ihr nimmt.

›Und schon wieder ist es kein perfekter Kuss‹, geht es ihr durch den Kopf, als er ihn beendet.

Ihr fehlt etwas – das Kribbeln, die Schmetterlinge im Magen, das Gefühl, das man hat, wenn man einen Menschen küsst, den man liebt. Es ist ein Kuss gewesen, der sich anfühlte, als hätte Robert ein Pflichtprogramm abgespielt, und sie war dabei der Statist. Sie schiebt es darauf, dass sie sich auf der Arbeit befinden. Schließlich ist es nicht gern gesehen, dass Kollegen ein Techtelmechtel haben. Genau dieses Thema hatten sie auch am Ende ihres letzten Treffens.

»So, ich habe leider noch eine Menge zu tun. Vielleicht können wir in der Mittagspause noch gemeinsam einen Kaffee trinken.«, merkt er mit ruhiger, aber bestimmter Stimme an.

Wieder steht er mit verschränkten Armen und einem Lächeln vor ihr.

Sie findet es sehr unromantisch, dass er diese innige Nähe so abrupt unterbricht, aber er hat ja, genau wie sie, wenig Zeit. Auch sie muss sehen, dass sie jetzt schleunigst wieder ins Büro kommt, da die Frühstückspause nur sehr kurz ist.

»Sorry, aber in der Mittagspause gehe ich immer nach Hause. Ich muss eine Runde mit meinem Hund drehen. Er wartet schon immer ungeduldig auf mich. Deshalb verbringe ich meine Mittagspausen auch selten in der Klinik. Ihn wirst du dann auch kennen lernen. Es ist ein großartiges Tier! Meine Nachbarin, eine supernette, alte Dame, geht manchmal mit ihm, wenn ich keine Zeit habe. Aber ansonsten bin eigentlich nur ich für ihn verantwortlich. Dann würde ich mal sagen, bis dann! Ich freue mich!«

Sie bleibt erwartungsvoll stehen, da es ja sein könnte, dass er die Sache mit dem Kuss noch einmal wiederholt.

»Ach ja, du hast ja einen Hund! Hoffentlich mag er mich! Was ist es denn für eine Rasse?«, fragt er dann neugierig.

»Ein Labrador! Echt ein ganz besonderer Hund! Er wird dich mögen, da bin ich mir ganz sicher! Er mag jeden, der mich mag. Es sei denn, du magst mich nicht, und er merkt es, dann lass dir gesagt sein, wird es schwierig!«, antwortet sie mit einem kecken Blick in seine Richtung und nimmt das Bild von seinem Tisch in ihre Hand, um es wieder aufzustellen. Dabei nutzt sie die Gelegenheit, es kurz zu betrachten.

»Dann kann ich ja beruhigt schlafen! Wir werden ganz gewiss ein Dreamteam! Und ja, bis dann! Meld dich einfach bei mir!«, antwortet er zu hektisch, findet sie.

Er streicht ihr dabei noch einmal kurz über den Arm und entwendet ihr geschickt das Foto.

Es kommt ihr vor, als wäre es ihm unangenehm, dass sie das Bild in ihren Händen hielt, und auch, dass sie es sich angeschaut hat.

Das Bild zeigt eine junge Frau mit einem Kleinkind auf ihren Armen, die durch den starken Gelbstich aus einem längst vergangenen Jahrzehnt zu stammen scheinen. Auch das Kleid, das sie trägt, weist darauf hin. Ein Mann in gebückter Haltung ist zu erkennen, allerdings nur im Seitenprofil. Irgendetwas ließ sie bei der Fotografie stutzig werden, aber da er ihr nicht die Gelegenheit gab, es sich genauer anzuschauen, weiß sie nicht, was es gewesen sein könnte.

Robert stellt das Bild nun wieder auf den vorherigen Platz, nicht ohne einen kurzen Blick darauf zu werfen. Sie überlegt, ob sie ihn fragen soll, wer die beiden Personen mit dem kleinen Kind auf der Fotografie sind. Eigentlich ist sie sicher, dass es sich um Robert mit seinen Eltern handelt.

Er wendet sich wieder zu ihr um, und beantwortet ihre unausgesprochene Frage.

»Meine Mutter und ich! Leider lebt sie nicht mehr!«

Das ist alles, was er dazu sagt, während er sich mit einem ertappten und etwas missmutigen Ausdruck in den Augen verlegen mit beiden Händen durch sein Haar streicht.

Wahrscheinlich hat er genau so ein schlechtes Verhältnis zu seinem Vater, wie sie zu ihrem. Wie konnte es sonst sein, dass er den Mann auf der alten Fotografie vor ihr mit keinem Wort erwähnt.

Sofort tut es ihr leid, dass sie in seine Privatsphäre eingedrungen ist. Offensichtlich nötigte sie ihn dadurch, sich an eine scheinbar äußerst schmerzhafte Begebenheit der Vergangenheit zu erinnern, die er nicht mit ihr teilen möchte. Zumindest noch nicht.

Es entsteht eine angespannte und unangenehme Stille zwischen ihnen, sie wird nur von dem Geschrei einiger Möwen unterbrochen, das durch das geöffnete Fenster dringt.

Sie weiß nicht, wie sie agieren, oder was sie sagen soll. Auch ihm scheint es schwer zu fallen, Worte zu finden, um die ungezwungene Stimmung von vorhin wieder herzustellen.

Doch dann ändert sich plötzlich der Ausdruck seiner Augen. Ein leichtes Lächeln umspielt seine Lippen und er erfasst ihre Hände, die an ihren Seiten herabhängen.

»Ich freue mich darauf, von dir zu hören!«, sagt er dann gezwungen fröhlich.

Da er keine weiteren Anstalten macht, sie noch einmal in den Arm zu nehmen, drückt sie nur kurz seine warmen Finger.

»Ich melde mich! Wir sehen uns!« antwortet sie ihm und auch sie schenkt ihm ein Lächeln.

Er lässt ihre Hände los und schaut sie mit schief gelegtem Kopf an. Sie hat das Gefühl, dass er jetzt gerne wieder allein wäre. Ihr bleibt nichts anderes übrig, als sein Büro zu verlassen.

Nele geht in Gedanken versunken zurück zu ihrem Büro. Ihre gute Laune ist verschwunden.

Einerseits hat er sie wiederholt geküsst, andererseits hätte sie noch etwas mehr erwartet. Warum war das Leben so kompliziert?

Sie seufzt kurz auf, bevor sie um die Ecke des Flures eilt. Eine Mutter mit ihrem sechzehnjährigen Sohn wartet bereits vor ihrer Tür darauf, eingelassen zu werden. Sofort setzt sie ein Lächeln auf und entschuldigt sich dafür, dass sie sich um einige Minuten verspätet hat.

Sie hat endlich Mittagspause und macht sich auf den Weg nach Hause. Gerade will sie den Schlüssel ihres Büros im Schloss drehen, da wird sie auf quietschende Gummisohlen aufmerksam. Sie wendet den Blick in die Richtung des Geräusches.

Marc kommt um die Ecke. Durch die matte Beleuchtung des Flures kann sie seinen Gesichtsausdruck aus der Ferne nicht wirklich deuten. Er kommt auf sie zu und bleibt in einem, wie sie meint, viel zu geringen Abstand vor ihr stehen.

»Moin Nele! Na, wie läuft es so bei dir? Ich habe gesehen, dass du heute bei Robert warst. Was hast du denn da gemacht? Du bist doch vorher nicht so oft bei ihm rumgeschlichen! Ich weiß, dass es mich eigentlich nichts angeht, aber ich habe dir doch letztens im Pub versucht …«

»Nein, in der Tat, es geht dich absolut nichts an, was ich mache oder auch nicht! Ich habe bisher versucht, freundschaftlich mit dir zu verkehren, allerdings habe ich mittlerweile das Gefühl, es wäre besser, wir würden erst einmal Abstand wahren. Es kommt mir nämlich fast so vor, als würdest du mich verfolgen, und das mag ich absolut nicht! Hast du mich verstanden?«, geht sie sofort mit erhobener Stimme und vor Wut blitzenden Augen gegen ihn an.

Marc weicht erschrocken zwei Schritte zurück und hebt abwehrend seine Arme. Mit ausgestreckten Händen, die er zur Beruhigung auf und ab bewegt beginnt er, sich zu erklären:

»Ich denke, Robert ist nicht der richtige Mann für …«

Und schon wieder unterbricht sie ihn, indem sie auf ihn zugeht und durch ein beabsichtigtes Anrempeln zur Seite schubst. Laut und unüberhörbar für Außenstehende sagt sie dann:

»Kümmere dich gefälligst um deinen eigenen Kram und lass mich in Ruhe! Ist das jetzt bei dir angekommen? Du wirst dich nicht in mein Leben mischen! Und lass auch das Spionieren sein! Mein Privat- und mein Arbeitsleben sind für dich ab heute tabu! Und falls ich irgendwelche Probleme mit dem Computer haben sollte, schick deine Vertretung. Du wirst mir auch nicht mehr in meinem Büro herumschnüffeln!«

Wutentbrannt wendet sie sich beim Weitergehen noch einmal um und sieht ihm an, dass ihre Reaktion Verblüffung bei ihm ausgelöst hat. Außerdem spiegelt sich in seiner Mimik deutlich wider, dass er sich ertappt fühlt.

Eine weitere Erwiderung seinerseits wartet sie nicht

mehr ab, sondern eilt zum Ausgang. Die Information ist nicht besetzt. Erleichtert tritt sie aus dem Gebäude. Sie hätte jetzt nicht die Kraft gehabt, noch ein Gespräch mit Tina führen zu müssen.

Der strahlende Sonnenschein, der sie draußen erwartet, beruhigt ihr Gemüt. Sie sieht Marc in Gedanken vor sich stehen und was ihr deutlich bewusst wird, ist die Kleidung, die er heute trug. Helle Hose und ein schwarzes Sweatshirt. Und plötzlich ist sie sich sicher, dass nur er derjenige sein kann, der sie auch auf der Straße verfolgt haben muss. Einen Zufall schließt sie jetzt endgültig aus. Sie hofft, dass er sich an ihre Anweisungen hält, und sie nicht mehr behelligt oder gar verfolgt und beobachtet. Sie schließt ihre Kette am Rad auf und bemerkt jetzt erst, dass sie einen platten Reifen hat. Suchend schaut sie sich um, da sie glaubt, dass er dafür verantwortlich ist und sie nun schadenfroh beobachtet. Aber es eilen nur einige Patienten an ihr vorbei ins Gebäude.

Fluchend packt sie den Korb aufs Rad und befestigt ihn. Wut steigt in ihr auf. Auf Marc und darauf, dass sie nun länger brauchen wird, um nach Hause zu kommen. Das Einkaufen kann sie in der Mittagspause auch vergessen, sie wird abends gehen müssen. Das ist zwar kein Problem, aber es ärgert sie. Sie hätte den Einkauf gerne mit ihrem Spaziergang heute Mittag verbunden.

Deprimiert schiebt sie ihr Rad und versucht, ihre Gedanken wieder auf schöne Dinge zu lenken. Auf Clarissas Besuch und vor allem auf Robert. Dies gelingt ihr auch nach einiger Zeit. Sie kommt fast wieder gut gelaunt zuhause an.

13

Als Nele ihr Gartentor öffnet, kommt ihr wieder in den Sinn, dass sie immer noch niemanden beauftragt hat, dieses etwas sicherer zu machen. Sie seufzt und schiebt ihr Rad in den Hof.

Just in diesem Moment hört sie die Stimme ihrer Nachbarin, die sich kurz darauf auch schon neben ihr befindet.

Wie fast immer stehen ihr die grauen Haare in einer unmöglichen Formation vom Kopf ab und werden jetzt auch noch vom Wind hin und her geweht. Es erinnert ein wenig an Seegras in einem bewegten Gewässer. Nele muss grinsen. Frau Ulm erwidert es.

»Moin Nele! Ich habe den ganzen Morgen im Garten gewerkelt. Hatte ganz vergessen, dir die Liste zu schreiben. Zum Glück ist es mir noch früh genug eingefallen. Aber du bist heute ganz schön spät! Schaffst du den Einkauf denn überhaupt noch, oder musst du erst später auf die Arbeit? Ich brauche eigentlich nicht viel, nur etwas Mehl, Äpfel und gute Butter wären wichtig. Die Sachen brauche ich noch für den Kuchen!

Ach, ich freue mich schon so sehr, Clarissa mal wieder zu sehen. Wie lange war sie schon nicht mehr hier! Und sie ist eine genau so nette Person, wie du es bist! In der heutigen Zeit hat man es nur noch selten mit solch tollen Menschen zu tun!«, fängt sie auch gleich an zu plaudern und schaut mit einem fröhlichen Ausdruck in den alten grauen Augen zu ihr auf.

Nele ist ein gutes Stück größer als die alte Dame, die auch durch Rheuma und Arthritis geplagt einen deutlich erkennbaren Buckel hat. Aber noch nie hat sie sich darüber bei ihr beschwert. Nele schätzt dies sehr. Sie findet, dass viel zu viele Menschen sich zu oft über ihre Krankheiten unterhalten. Es ändert eh nichts an der Situation.

»Moin! Ich habe einen platten Reifen, daher musste ich den ganzen Weg mein Rad schieben. Aber ich werde heute Abend den Einkauf machen, da habe ich dann etwas mehr Zeit. Jetzt muss ich mir erst mal schnell etwas zu Essen machen und mit Phönix Gassi gehen. Arbeiten Sie bitte nicht so viel! Ich weiß ja, dass Sie Freude an der Gartenarbeit haben, aber betreiben Sie es in Maßen! Auch Sie müssen auf Ihre Gesundheit achten!

So, ich mache mich dann mal daran, meine To Do Liste abzuarbeiten. Immerhin muss ich nachher auch noch den Reifen wieder in Schuss bringen, sonst darf ich heute Abend wieder zu Fuß nach Hause gehen! Ich wünsche Ihnen noch einen sonnigen und schönen Tag! Genießen Sie ihn! Bis heute Abend!«, erklärt sie ihr schnell und nimmt noch den Zettel von ihr in Empfang.

Ungestüm wird sie von ihrem vierbeinigen Freund empfangen. Sobald sie sich eine Tiefkühl-Pizza in den Ofen geschoben hat und die Uhrzeit so einstellt, dass diese fertig ist, wenn sie wieder zurück sind, schnappt sie sich auch schon die Leine und ihre Kamera und spurtet los. Es wird heute nur für eine kleine Runde reichen, aber Phönix kann sie ja im Anschluss noch für eine Weile in den Garten lassen, während sie ihre Pizza verspeist.

Dass sie während des Spaziergangs ständig auf die Uhr schauen muss, findet sie nervig. Sie ist sich jetzt schon sicher, dass sie zu spät auf der Arbeit erscheinen wird, aber sie hat ja eine gute Ausrede.

Da sie unter Zeitdruck steht, ist es ihr unmöglich ein paar gute Schnappschüsse zu machen. Außerdem spukt ihr fortwährend das Gespräch mit Marc im Kopf herum. Sie überlegt, Robert endlich mit ins Boot zu nehmen, und ihn in die für sie so unangenehme Geschichte einzubeziehen. Letztendlich weiß sie nicht, wie Marc tickt, und ob er nicht sogar der Anrufer ist, und nicht Malte oder ein Unbekannter. Und dass er sie ständig beobachtet, hat er ihr ja auch zu verstehen gegeben.

Zuhause angekommen, erhält Phönix erst einmal seine Futter Ration, bevor sie sich ihre Pizza aus dem Ofen holt. Sie verbrennt sich dabei die Finger, da sie aus lauter Eile einen der Topflappen nicht ordentlich um das Blech gewunden hat. Leise fluchend hält sie die verletzte Stelle unter fließendes, kaltes Wasser und betrachtet sie anschließend eingehend. Es ist keine große Verletzung, aber weh tut sie trotzdem. Dann bugsiert sie die noch heiße Pizza auf einen Teller, damit sie schon einmal etwas abkühlen kann und widmet sich dem Fahrradreifen. Sie pumpt ihn auf, um zu sehen, ob irgendwo Luft austritt. Nichts geschieht. Es scheint sich nur jemand einen Scherz mit ihr erlaubt zu haben. Vielleicht wollte jemand, dass sie heute nicht pünktlich nach Hause kommt! Vielleicht sogar aus einem bestimmten Grund, den sie leider nicht kennt. Sie seufzt und geht wieder ins Haus.

Während sie die Pizza verschlingt, checkt sie ihr Handy. Schon wieder einmal hat sie zwei Anrufe in Abwesenheit von einem unbekannten Teilnehmer. Froh, dass sie das Klingeln nicht hörte, liest sie noch die Nachricht von Clarissa. Sie teilt ihr noch einmal mit, dass der angegebene Termin der Ankunft morgen Nachmittag steht, und sie sich wahnsinnig freut, mal wieder Zeit mit ihr verbringen zu können. Nele hat ihr bei der gestrigen Nachricht schon geschrieben, dass Frau Ulm am Sonntag zum Kaffee kommen wird, und Clarissa scheint sich über deren Besuch sehr zu freuen. Sie fragt nach, ob sie einen Strauß Blumen für die Nachbarin besorgen soll, oder ob sie sich über eine kleine Nascherei freuen würde.

Nele schreibt ihr, dass eine Nussschokolade das Herz der alten Dame höherschlagen lässt.

Außerdem fragt sie nach, ob sie es so wie immer halten, dass sie einen Schlüssel unter dem Fuß der alten Holzbank vor dem Haus hinterlegen soll. So kann Clarissa schon mal ins Haus, falls es bei ihr später würde. Sie hat wegen dem platten Reifen das ungute Gefühl, es könnte wieder etwas dazwischenkommen und Clarissa müsste vor der Tür auf sie warten. Das möchte sie nicht.

Auf die Antwort der Freundin kann sie nicht mehr warten. Es wird Zeit, dass sie Phönix von draußen rein ruft und sich auf den Weg macht. Sie geht zur Terrassentür und ruft nach ihm. Ganz ungewohnter Weise erscheint er nicht. Sie geht in den Garten und schaut sich überall nach ihm um. Er scheint spurlos verschwunden. Als sie zur Vorderseite ihres Hauses geht, bemerkt sie das offenstehende Gartentor. Panik macht sich in ihr breit. Ihr Hund ist sehr wahrscheinlich durch die offene Tür entwischt. Mit steigender Panik rennt sie von ihrem Grundstück, ständig den Namen ihres Vierbeiners rufend, und läuft die Straße entlang. Rauf und wieder runter.

Außer dem Haus von Frau Ulm, gibt es kaum benachbarte Häuser. Die wenigen, die zudem fast am Ende der Straße stehen, wirken um diese Uhrzeit meist verwaist. Es sind Ferienhäuser. Die Gäste sind bei dem herrlichen Wetter normalerweise am Strand, im Café, oder vertreiben sich ihre freie Zeit mit anderen Aktivitäten.

Völlig außer sich, und ohne ein bestimmtes Ziel vor Augen wie sie nun weiter verfahren soll, klingelt sie bei ihrer Nachbarin. Nachdem sie nochmals geklingelt hat, schaut sie hinter dem Haus nach, ob sie sich im Garten befindet und das Läuten der Klingel nicht hört. Sie ist nicht da. Als sie wieder auf die Straße treten will, wird sie von Frau Ulm gerufen. Diese kommt die Straße herauf und hat wohl ihre Rufe nach Phönix gehört. Sie kommt gerade von einem Spaziergang, erklärt sie Nele.

Nachdem sie erfahren hat, dass Phönix weggelaufen ist, ist sie schockiert. Sofort beginnt auch sie nach dem Hund zu rufen, und geht zusammen mit Nele die Straße ab. Außerdem schauen sie auch auf den umliegenden Grundstücken nach ihm.

Nach einiger Zeit entschuldigt sich Nele immer noch aufgelöst, um kurz in der Klinik zu sagen, dass sie heute etwas später kommen wird, und sie ihrem ersten Patienten dies bitte mitteilen sollen.

Frau Ulm indes versucht sie zu beruhigen.

»Nele, der Phönix ist ein so gescheiter Hund. Er wird wieder auftauchen, ganz sicher! Ich werde noch eine Weile nach ihm suchen. Falls ich irgendwelche Nachbarn antreffe, werde ich auch ihnen sagen, dass sie die Augen aufhalten sollen. Aber der Polizei solltest du am besten noch Bescheid geben, damit die wissen, an wen sie sich wenden sollen, wenn er gefunden wird. Außerdem ist er doch auch gechipt! Falls er zu irgendeinem Tierarzt gebracht wird, weiß der sofort zu wem der Hund gehört! Mach dich bitte nicht verrückt, das wird schon! Und wie gesagt, ich werde noch weiter nach ihm schauen.«

»Danke, Frau Ulm! Das ist wahnsinnig lieb von Ihnen! Ich werde sehen, dass ich heute so schnell wie möglich wieder nach Hause komme, damit ich auch noch mal nach ihm suchen kann. Ich werde auf dem Weg zur Klinik auch über die kleinen Wege fahren, auf denen ich immer mit Phönix spazieren gehe. Vielleicht ist er dort irgendwo unterwegs und hat ein Rendezvous mit einer anderen Hündin«, versucht sie sich noch in einem Scherz, über den sie aber nicht lachen.

»Falls er auftaucht, sie haben ja meine Handynummer und die meines Büros. Rufen Sie mich jederzeit an!«

Die alte Dame nickt und beginnt aufs Neue die Straße abzuschreiten. Ihre Blicke wandern dabei in alle Richtungen.

Nele sprintet wieder ins Haus, schnappt sich schnell alles, was sie für die Arbeit braucht, und macht sich auf den Weg. Sie ist jetzt schon eine halbe Stunde zu spät. Gerne würde sie einfach zuhause bleiben, um weiter nach Phönix zu suchen.

Noch während sie die Straßen entlang radelt, mit ständig suchendem Blick, telefoniert sie mit der hiesigen Polizei und gibt ihre Daten durch. Man versichert ihr, sich um die Angelegenheit zu kümmern. Sie hat eine sehr nette Dame am Apparat, die ihr sogar versichert, dass sie gleich Streife fahren muss und dabei in allen Ecken und Winkeln sucht, die sie passieren wird. Auch dies kann Nele nicht wirklich beruhigen. Sie hat ein mulmiges Gefühl, als könnte sie spüren, dass es Phönix nicht gut geht.

So oft hat sie schon von Dingen wie Vorahnung und Intuition gehört, und gerade in diesem Moment hat sie eine Vorahnung, die sie aber nicht greifen kann. Sie beginnt, sich Vorwürfe zu machen. Hätte sie doch bloß das Gartentor sicherer gemacht, oder Phönix nicht unbeaufsichtigt im Garten herumtollen lassen. Hätte sie ihm doch bloß die Unart abgewöhnt, von Fremden Leckerchen anzunehmen! Sie ist sich sicher, dass er Personen folgen würde, die er eigentlich nicht kennt.

Sie kommt über eine halbe Stunde zu spät zu ihrer ersten Sitzung.

Ihr Blick wandert ständig unbewusst auf die Uhr an ihrem Handgelenk. Es scheint, als würde die Zeit überhaupt nicht vergehen. In den kurzen Pausen zwischen den Terminen fragt sie immer bei ihrer Nachbarin nach, ob sich etwas Neues ergeben hätte, was diese jedes Mal traurig verneint. Bei bekannten Personen, die sie auf dem Flur antrifft, hält sie jedes Mal kurz an, und gibt auch diesen ein knappes Update bezüglich ihres vermissten Hundes. Außerdem kontaktiert sie die umliegenden Tierärzte und

Tierheime. Allerdings verlaufen auch hier ihre Nachfragen nicht positiv.

Froh, dass der letzte Patient endlich ihr Büro verlassen hat, eilt sie zum Ausgang der Klinik.

Als sie endlich ihr Rad erreicht, stellt sie erleichtert fest, dass diesmal ihre Reifen intakt sind. Noch während sie aufsteigt, sieht sie aus dem Augenwinkel zu allem Überfluss Marc, der mit einem abschätzenden Blick an ihr vorbeifährt. Auch er ist mit dem Rad unterwegs. Er besitzt zwar auch ein Auto, nutzt es aber selten.

Sie nestelt noch eine Weile an ihrem Korb herum, um nicht in die Verlegenheit zu kommen, ihn grüßen zu müssen. In diesem Moment wäre ihr lieber gewesen, er hätte heute ausnahmsweise sein Auto gewählt. Sie ist sich sicher, dass er heute wie auch sonst sehr langsam fährt, und sie muss einen kleinen Teil des Weges hinter ihm herfahren. Überholen kommt für sie nicht in Frage. Sie möchte nicht, dass er sie von hinten beobachten kann, oder ihr gar über eine längere Strecke hinweg folgt.

Die Besorgnis um das Befinden ihres Hundes ist für einen kurzen Moment vergessen, aber sobald Marc sich von ihr entfernt, weicht der Unmut bezüglich ihres Kollegen wieder. Sie überlegt, was sie noch alles unternehmen könnte, um ihn zurückzubekommen. Auf jeden Fall wird sie alle Wege, die sie sonst mit ihm entlang spaziert, zu Fuß ablaufen und auch in den hintersten Ecken nachschauen, ob sie nicht irgendein Lebenszeichen von ihm erhält.

Die ganze Fahrt über schaut sie in alle Seitenstraßen, in jede Ecke. Auch hält sie bei einigen Passanten an und fragt nach, ob sie irgendwo einen herrenlosen Labrador gesehen hätten. Aber sie hat kein Glück. Phönix bleibt verschwunden.

Irgendwann, kurz bevor sie in ihre Straße einbiegt, klingelt ihr Handy. Sie bremst abrupt ab und stürzt fast.

Mit zitternden Händen greift sie nach dem Mobilteil in ihrem Korb. Das Display zeigt einen unbekannten Anrufer. Sie nimmt den Anruf an.

»Moin? Nele Gilden am Apparat!«, bringt sie etwas außer Atem krächzend hervor und räuspert sich sofort.

Da sie den Namen ihres Mannes damals nicht mehr behalten wollte, nahm sie ihren Mädchennamen wieder an.

Sie hört erst einmal gar nichts, da gerade ein vollbeladener kleiner LKW, mit scheppernd aneinanderstoßenden Eisenteilen die Straße entlang holpert. Es dauert eine Weile, bis er sich so weit entfernt hat, dass sie wieder verstehen kann, was die Person am anderen Ende ihr mitzuteilen hat.

»Hallo? Hallo? Sind Sie noch dran?«, fragt sie noch einmal eilig nach.

Als sie auch nach einigen Sekunden noch keine Antwort erhält, schaut sie erneut aufs Display, um zu prüfen, ob die Verbindung überhaupt noch besteht. Dies ist der Fall. Sie vernimmt undeutlich ein leises Stöhnen. Da weiß sie, dass es sich bei diesem Anruf nicht darum handelt, ihr mitzuteilen, wo ihr Vierbeiner steckt. Frustriert und wütend drückt sie den Anruf weg. Sie legt das Handy wieder in ihrem Korb ab und bleibt für eine kurze Weile einfach auf der Stelle stehen. Vor ihrem inneren Auge stellt sie sich, wie schon so oft, den Mann vor, mit dem sie soeben noch eine telefonische Verbindung hatte. Heute kristallisiert sich bei ihrer Vorstellung immer mehr das Gesicht von Marc heraus.

Sie schüttelt heftig ihren Kopf, steigt auf ihr Rad und nimmt ihren Weg nach Hause wieder auf.

14

Die letzten fünfzig Meter, die Nele noch auf dem Weg zu ihrem Haus zurücklegt, fährt sie etwas schneller, natürlich nicht ohne auch hier aufmerksam nach links und rechts zu blicken. Aber in ihrer Straße wird Frau Ulm ganz gewiss schon mehrmals nach Phönix geschaut haben. Sie weiß ja, dass sie ihn genau so ins Herz geschlossen hat, wie sie selbst. Daher wird sie den ganzen Nachmittag nach ihm Ausschau gehalten haben. Wahrscheinlich hat sie auch einige der Nachbarn darauf aufmerksam gemacht, dass er vermisst wird.

Sie beginnt, sich Vorwürfe zu machen, sich nicht für den Rest des Tages frei genommen zu haben, um direkt nach Phönix zu suchen. Die Horror-Visionen, die sie ständig vor Augen hat, tragen nicht gerade dazu bei, sie zu beruhigen.

Das Gartentor bei Frau Ulm steht weit offen, als sie endlich ihr Haus erreicht. Sie blickt sich suchend um und erkennt in der Ferne eine kleine, gebückte Gestalt, die sich auf sie zubewegt. Ihre Nachbarin ist wahrscheinlich gerade dabei, wieder einmal die Straße abzulaufen.

Sie ist so froh, einen so lieben Menschen an ihrer Seite zu haben!

Mit traurigen Augen bleibt sie mitten auf der Straße stehen, um die Ankunft der alten Dame abzuwarten.

»Nele! Schön, dass du endlich da bist! Ich habe den ganzen Nachmittag nach dem kleinen Liebling Ausschau gehalten! Die meisten Nachbarn sind auch informiert. Die, die es wissen, geben es auch an alle anderen weiter. Wir werden den Ausreißer schon wiederfinden! Hast du noch etwas in Erfahrung bringen können? Vielleicht sollten wir in den hiesigen Tierheimen mal nachfragen, ob er dort abgegeben wurde. Oh Nele, es ist so schrecklich!«

Sie rauft sich die abstehenden Haare.

»Ich mache mir solche Gedanken um den Schatz! Wenn du irgendetwas weißt, was ich sonst noch tun kann, sag mir Bescheid!«

Frau Ulm wirkt noch älter und gebrechlicher, als es gewöhnlich schon der Fall ist. Man merkt ihr die Traurigkeit überdeutlich an. Eine Träne, die ihr unbewusst über die Wange gelaufen ist, trocknet gerade im Wind. In der rechten Hand hält sie eine Kaustange, die Phönix so gerne mag.

»Frau Ulm, machen Sie sich bitte nicht so viele Sorgen! Es ist so wahnsinnig lieb von Ihnen, dass Sie das alles für mich gemacht haben! Aber jetzt muss ich sehen, dass ich mich selbst auf die Suche mache. Ich habe bei Tierärzten und Heimen schon nachgefragt. Allerdings hatte ich dabei kein Glück! Die Zuständigen werden sich melden, falls sie etwas hören, oder Phönix abgegeben wird.

Sie halten in der Zeit einfach die Stellung zu Hause. Das, was Sie bisher alles getan haben, ist mehr als genug! Jetzt sollten Sie sich erst mal ausruhen und gemütlich einen Kaffee trinken. Es war nicht richtig von mir, Sie mit der ganzen Situation allein zu lassen. Auf der Arbeit war ich sowieso nicht bei der Sache.

Ich werde jetzt mal alle Stellen absuchen, die wir immer

für unsere Spaziergänge nutzen. Das sind schon einige. Es wird bei mir also etwas später. Auf dem Heimweg springe ich noch eben schnell in den Laden, und kaufe für uns ein. Ich ziehe mich rasch um, und mach mich auf die Socken! Vielen lieben Dank noch mal für alles! Sie sind die beste Nachbarin, die man sich nur vorstellen kann! Es wird alles wieder gut, ganz bestimmt! Halten Sie ihr Telefon bereit, falls ich fündig werde, rufe ich Sie natürlich sofort an!«

Nachdem sie ihre Arme kurz um die traurig blickende Frau geschlungen hat, öffnet sie das Gartentor und schiebt ihr Rad in den Hof.

Im Haus angekommen, streift sie die Ballerinas ab, rennt ins Schlafzimmer und zwängt sich aus der unbequemen Hose, die sie heute nur wählte, um Eindruck bei Robert zu schinden. Seufzend schlüpft sie in bequeme Shorts und ihre alten Turnschuhe.

Dabei fällt ihr Blick auf die Kommode an der Seitenwand. Ein Schnappschuss von ihr und Phönix thront darauf. Die Aufnahme zeigt sie dabei, wie sie ihn eng umschlungen hält und in die Kamera lacht.

Mit beiden Händen nimmt sie den Rahmen von seinem Platz und betrachtet seine ausdrucksstarken treuen Augen, die sie dazu brachten, diesen kleinen Kerl überhaupt in ihr Leben zu lassen. Leise flüstert sie dem Bild ihres Hundes zu, dass sie ihn so lange suchen wird, bis sie ihn wiederfindet. Dann stellt sie die Aufnahme zurück und eilt nach unten.

Dort angekommen, steht sie für einen Moment unschlüssig im Flur. Während ihr Blick durch den Raum gleitet, weiß sie, warum sie gerade so ziellos ist. Normalerweise nimmt sie die Leine vom Haken und befestigt sie am Halsband. Heute ist sie sich nicht sicher, ob sie die Leine überhaupt benötigt.

Sie tritt aus dem Haus und begibt sich zu Fuß auf die Suche nach ihm.

Auf ihrem Weg begegnen ihr heute ungewöhnlich viele Personen mit Hunden. Oder es kommt ihr nur so vor.

Nachdem sie schon gute drei Stunden fast alle ihre Spazierwege abgelaufen ist, immer in der Erwartung, ihn hinter einer Weggabelung oder einem Gebüsch beim fröhlichen Jagen eines Schmetterlings zu erspähen, verlässt sie mehr und mehr die Hoffnung auf ein Wiedersehen.

Langsam setzt auch die Dämmerung ein.

Sie befindet sich auf der letzten Route, die sie oft mit ihm gegangen ist. Er führt zum Teil am Strand entlang. Auch hier kann sie ihn nirgendwo erblicken.

Frustriert und traurig erreicht sie das Einkaufscenter und kauft noch die von Frau Ulm und ihr benötigten Lebensmittel. Dabei kommt sie auch am Regal mit dem Hundefutter vorbei. Traurig blickt sie auf die große Auswahl und bemerkt, dass ausgerechnet heute seine Lieblings-Leckerchen im Angebot sind. Auch wenn sie nicht weiß, ob sie noch Verwendung dafür haben wird, kauft sie zwei der Packungen.

An der Kasse trifft sie auf Marc. Er steht vor zwei weiteren Kunden an der Kasse. Gerade ist er dabei, seinen Einkauf zu bezahlen. Sie dreht sich um, geht zurück und hält sich eine Zeit lang zwischen den Regalen auf. Als sie sich sicher sein kann, dass er auf jeden Fall den Bezahlvorgang beendet haben muss, schlendert sie langsam wieder in Richtung Kassenbereich. Marc ist tatsächlich verschwunden. Sie atmet auf und reiht sich in die Schlange ein.

Es ist nichts Ungewöhnliches daran, ihn hier beim Einkauf anzutreffen. Heute aber interpretiert sie Vorsatz in sein Erscheinen. Entweder, weil er hoffte sie anzutreffen, um sich mit ihr auszusprechen, oder weil er eventuell der vermeintliche Stalker ist. Falls es überhaupt einen gibt.

Sie hat das Gefühl, dass ihr gerade alles über den Kopf wächst. Das Phönix nicht an ihrer Seite ist, macht die ganze Sache noch schwerer für sie. Dann fällt ihr ein, dass sie ja ab morgen nicht mehr allein zurechtkommen muss. Clarissa wird ihr helfen, mit alldem besser klarzukommen.

Sie klammert sich an diesen Gedanken, wie eine Ameise an einen Strohhalm, der im Wasser treibt.

Nachdem sie bezahlt hat, tritt sie aus dem Laden. Bepackt mit zwei Einkaufstaschen, schaut sie suchend in alle Richtungen.

Von Marc keine Spur, also macht sie sich auf den Heimweg.

15

Zuhause angekommen, klingelt Nele erst einmal an der Nachbartür. Fast im gleichen Augenblick steht ihr auch schon Frau Ulm gegenüber. Der erwartungsvolle Blick weicht sofort einem resignierten, nachdem sie Neles traurigen Gesichtsausdruck erkennt.

»Komm rein, Liebes! Ach, ich hätte gedacht, du würdest ihn irgendwo finden! Es tut mir so leid für dich! Ich vermisse den kleinen Racker auch sehr. Aber er wird schon wieder auftauchen!«, sagt sie mit traurigem Unterton.

Mit einer Handbewegung bedeutet sie ihr, ins Haus zu treten.

»Sie haben Recht! Wir finden ihn! Ich habe übrigens alles bekommen, was Sie aufgeschrieben haben. Allerdings musste ich bei den Äpfeln eine andere Sorte nehmen. Ich hoffe, das ist kein Problem!«, antwortet sie und geht voraus in die Küche.

Sie stellt die Taschen auf dem alten Küchentisch ab.

Dabei wandern ihre Augen zur kleinen Anrichte, auf der sich eine Fotografie befindet, die Frau Ulm und ihren Mann bei einem gemeinsamen Strandspaziergang zeigt. Sie schauen sich verliebt in die Augen. Es wirkt vertraut, genau so, als wüsste jeder der Beiden, was der andere denkt und fühlt. Ihre Hände haben sie ineinander verschränkt und im Hintergrund spiegelt sich ein blutroter Sonnenuntergang in der See.

Genau so stellt sie sich eine Beziehung vor.

Wirkliche Liebe, die Höhen genießen kann und Tiefen aushält. So ganz anders als das, was sie hatte.

Sie mag dieses Bild sehr, und beneidet die alte Frau um die Liebe zu ihrem verstorbenen Mann. Ein Seufzer kommt ihr über die Lippen.

»Nicht aufgeben, er taucht schon wieder auf!«, sagt ihre Nachbarin und streicht ihr über den Rücken.

Sie hat das Seufzen falsch interpretiert und versucht sie zu trösten.

»Du kannst die Sachen einfach stehen lassen. Ich räume sie später weg. Möchtest du noch etwas quatschen, oder hast du es eilig?«

Nele denkt kurz nach und schüttelt dann den Kopf.

»Das ist lieb gemeint, aber ich gehe jetzt mal rüber. Ich habe leichte Kopfschmerzen und werde gleich eine Tablette nehmen, etwas essen und mich dann ins Bett legen. Es war ein langer Tag für mich. Und auch Sie sollten versuchen, zur Ruhe zu kommen. So viel Aufregung ist nicht gut für Sie!«, antwortet sie.

Dann schließt sie die Frau noch einmal in ihre Arme, und nimmt die Tasche mit ihren Lebensmitteln vom Tisch.

Sie kann die aufsteigenden Tränen gerade noch zurückhalten.

Sie verabschiedet sich schnell und geht zur Tür. Normalerweise folgt ihr die alte Dame immer, doch heute bleibt sie in der Küche zurück. Auch sie hatte, als Nele sich verabschiedete, ziemlich feuchte Augen.

Zuhause angekommen, schaut sie sich um. Jeder Raum ist von einer ungewohnten Ruhe umhüllt, als wäre die gesamte Umgebung in Watte gepackt. Alles ist so anders, weil die Geräusche, die das Haus normalerweise beinhaltet, fehlen.

Kein freudiges Bellen oder Winseln. Keine Rute, die gegen irgendwelche Türen oder Wände wedelt. Kein Getrappel von Pfoten …

Sie überlegt, ob sie nicht jemanden anrufen soll, um sich von der Leere abzulenken, aber es ist schon spät. Clarissa möchte sie nicht gerne stressen, da sie gewiss noch einiges zu erledigen hat.

Robert hat donnerstags keine Zeit. Da sie nicht weiß, was genau er dann macht, möchte sie auch ihn nicht anrufen.

Tina wäre eine Möglichkeit, aber da sie ihr noch vor kurzem einen Korb für einen gemeinsamen Abend gegeben hat, schließt sie auch diese Alternative aus.

Die Stille im Haus lässt sie unruhig durch die Zimmer schleichen. Auch die leise Musik, die sie eingeschaltet hat, ändert nichts an der Tatsache, dass ihr die Gesellschaft ihres Mitbewohners unendlich fehlt. Nie hätte sie gedacht, dass man sich so allein fühlen kann, wenn man ein Tier plötzlich nicht mehr an seiner Seite hat.

Aus Angst, vor den immer wieder auftauchenden Bildern ihres Notleidenden, oder gar toten Hundes, und davor, dass sie dadurch nicht schlafen kann, gießt sie sich ein Glas Wein ein und setzt sich mit angezogenen Beinen auf die Couch.

Sie lehnt den Kopf in die Kissen und schließt die Augen.

Zwar versucht sie, ihre Gedanken abzulenken, aber immer wieder denkt sie über Phönix nach.

Nach einer guten Stunde ist ihr Weinglas bis auf den

letzten Tropfen geleert, und die Wirkung der Kopfschmerztablette hat eingesetzt.

Sie stellt das Glas auf dem Tisch im Wohnzimmer ab,
auf dem auch immer noch der Teller vom Abendbrot steht.
Sie muss sich heute keine Gedanken darum machen, ob
Phönix auf der Suche nach den übrigen Krümeln das Geschirr vom Tisch schubsen könnte.

Traurig gleitet ihr Blick durch die Räume. Die leere
Decke auf dem Sofa, das unbesetzte Hundekissen am
Boden, der abgenutzte Beißknochen in einer Ecke, die
Futternäpfe. Alles erinnert an ihn, an die wundervolle
Zeit, die sie bisher miteinander verbrachten.

Als sie auch die Musik zum Schweigen gebracht hat, ist
die Stille überwältigend.

Sie seufzt, und schaltet sie wieder ein. Der Gedanke
daran, dass sie die Nacht allein verbringen muss, fühlt
sich fürchterlich an.

Nachdem sie die Rollläden geschlossen hat, steigt sie
die Treppe hinauf.

Da klingelt ihr Handy. Mit dem Gedanken daran, dass
jemand Phönix gefunden hat, eilt sie nach unten.

Die Nummer ist unterdrückt.

»Gilden. Hallo!?«, bringt sie flüsternd hervor.

Es folgt eine kurze Stille, die von einem leichten Räuspern aus dem Hörer unterbrochen wird.

»Hallo Nele, ich bin es, Ma …«

Schockiert hat sie den Anrufer schon bei den ersten
Worten erkannt.

Das Malte sie gerade jetzt am Telefon belästigt, empfindet sie so unpassend, dass sie sofort mit zittrigem Finger
das Gespräch unterbricht.

Sie ist überrascht, wie schwer es ihr auch nach all den Jahren noch fällt, die Stimme ihres Ex zu ertragen. Ihr Herz rast und droht ihre Brust zu sprengen.

Sie lässt sich an der Wand entlang auf eine Stufe gleiten. Wäre Phönix jetzt da, könnte sie mit ihm über ihre Probleme reden. Aber er ist nicht da, sie ist ganz allein.

Es dauert eine Weile, bis sie sich dazu zwingt, ins Schlafzimmer zu gehen. Die Musik ist dadurch immer schwächer zu hören. Um dem vorzubeugen, geht sie zurück, und dreht die Lautstärke so hoch, dass sie sich sicher sein kann, die Musik auch in ihrem Schlafzimmer zu hören.

Fast die gesamte Nacht verbringt sie schlaflos. Immer wieder dreht sie sich von einer Seite auf die andere. Ihre Überlegungen darüber, was Phönix passiert sein könnte, machen sie kirre. Auch die Sache mit Malte, der gewiss der unbekannter Anrufer ist, macht ihr schwer zu schaffen.

Sie kann sich beim besten Willen keinen Reim darauf machen, warum er ständig versucht, sie zu erreichen. Eigentlich müsste er nach so langer Zeit von Nicht-Beachtung endlich registriert haben, dass sie absolut kein Interesse hat, mit ihm zu kommunizieren.

Durch die Grübeleien bekommt sie erneut Kopfschmerzen. Sie geht nach unten, um eine weitere Tablette zu nehmen. Dabei fällt ihr Blick unwillkürlich auf den leeren Schlafplatz ihres Hundes, was die Traurigkeit noch verstärkt.

Mit traurigen Gedanken klettert sie wieder ins Bett und findet doch noch etwas Schlaf, gespickt mit Albträumen, in denen Malte und Phönix die Hauptrollen spielen.

16

Am nächsten Morgen wird Nele von ihrem Wecker und lautem Vogelgezwitscher geweckt. Die aufgehende Sonne malt kleine Lichttupfen durch die halb geschlossenen Jalousien auf ihre Bettdecke. Das kaum zu vernehmende monotone Surren einer Fliege hört in diesem Moment abrupt auf. Schweißgebadet setzt sie sich auf, und wendet sich ruckartig nach beiden Seiten um, in dem Versuch, die letzte Szene ihres Traumes loszuwerden.

In diesem stand Malte mit einem bösartigen Grinsen auf einer Brücke und hielt ein Seil, an dessen Ende sich ein Sack befand, mit beiden Händen über die Absperrung. Der Sack baumelte über dem Wasser, und es waren schätzungsweise fünfzig Meter freier Fall zwischen Brücke und Wasser. Das Schlimme an der Sache war, der Sack bewegte sich.

Nele wusste ganz genau, dass sich ihr Hund darin befand. Da sie sich in ihrem Traum immer weiter von der Szenerie entfernte, konnte sie ihm nicht helfen. Sie konnte noch nicht einmal laut schreien.

Die einsetzende Trauer, und der immer noch an ihr haftende und so real wirkende Traum, lähmen ihre Gedanken. Sie starrt auf einen fernen Punkt, den sie zwar fixiert, aber nicht wirklich wahrnimmt.

Dann schüttelt sie ihren Kopf mit geschlossenen Augen, zieht die nach Sommer duftende Luft ein, und schlägt seitlich mit den Fäusten auf die Bettlaken. Am liebsten würde sie laut Schreien.

Ein Kloß hat sich in ihrem Hals gebildet. Und plötzlich beginnt sie zu weinen.

Schluchzend steigt sie aus ihrem Bett und schlurft nach unten in die Küche. Sie bereitet sich einen starken Kaffee zu. Das fertige Getränk nimmt sie mit in ihr Atelier, schaut durch die großen Fenster nach draußen und nippt gedankenverloren daran. Sie betrachtet ihr letztes Werk und hat auf einmal eine Heidenwut auf sich selbst.

Wieso hat sie noch nie eine Zeichnung von Phönix auf einer Leinwand festgehalten? Und zwar während er ihr wie fast immer, in ihrer Künstlerwerkstatt Gesellschaft leistete.

Was war so wichtig an Landschaften, Blumen und all dem Kram, den sie jetzt vor sich sieht?

Ihre Wut wird immer stärker und plötzlich wirft sie die noch nicht ganz geleerte Tasse gegen die Leinwand.

Die Wucht der aufprallenden Tasse wird von dieser abgefedert. Ihr hätte es gutgetan, wenn es einen lauten Knall gegeben hätte, bei dem die Tasse in tausend Teile zerschmettert wäre. Allerdings läuft nur der Rest Kaffee in kleinen, unschönen Rinnsalen über die Zeichnung und hinterlässt braune Streifen, die absolut gar nicht mit dem Rest des Bildes harmonieren.

Die Tasse landet auf dem dicken, grauen Teppich, den sie ausgelegt hat, damit sie beim Malen keine kalten Füße bekommt. Durch den Aufprall hüpft die Tasse noch einmal auf und ab, kommt am Henkel auf und zerbricht dann in zwei Teile.

Es tut ihr kein bisschen leid, wegen des ruinierten Bildes, oder der kaputten Tasse.

Sie holt einen nassen Lappen, um die braunen Kaffeespritzer, die sich auf dem Teppichboden befinden, zu entfernen.

Danach geht sie duschen und macht sich fertig für den heutigen Arbeitstag.

Es ist Freitag und das heißt, sie hat heute früher Schluss. Allerdings nicht früh genug, um Clarissa vom Bahnhof abzuholen. Der Schlüssel für die Haustür liegt schon bereit, wenn sie eintrifft.

Sie hat plötzlich das dringende Bedürfnis, mit ihr zu telefonieren.

Sie nimmt sich ihr Handy zur Hand und startet einen Videoanruf. Leider hat sie kein Glück. Der Anruf bleibt unbeantwortet. Also hinterlässt sie ihrer Freundin eine Nachricht auf dem Anrufbeantworter. Dann geht sie in den Garten, pflückt einige Blumen und arrangiert sie in ihrer Lieblingsvase auf dem Wohnzimmertisch. Sie stellt noch ein kleines Schildchen dabei, auf dem sie Clarissa herzlich Willkommen heißt. Für solche Dinge hätte sie normalerweise keine Zeit. Aber der übliche Spaziergang fällt ja aus. Allein kann sie heute einfach nicht nach draußen. Zwar könnte sie dabei wieder nach Phönix Ausschau halten, aber sie möchte nicht den ganzen anderen Hunde-Spaziergängern begegnen.

Außerdem wird sie auch gleich mit dem Rad zur Arbeit fahren, und kann dann nach ihm suchen.

Da ihr immer noch genügend Zeit bleibt, macht sie sich

erneut einen Kaffee und schmiert sich ein Marmeladenbrot. Eigentlich hat sie keinen Hunger.

Während sie frühstückt, beantwortet sie E-Mails. Außerdem überfliegt sie noch die wenigen Nachrichten.

Jennifer hat ihr schon wieder geschrieben, und fleht sie förmlich an, sich doch bitte mit ihr treffen zu dürfen.

Sie putzt sich noch rasch die Zähne und legt etwas Wimperntusche und Make-up auf. Dass sie vor kurzem geweint hat, kann man nur noch bei näherem Hinsehen erkennen.

Sie packt ihren Korb und geht aus dem Haus.

Auf der Straße angekommen, wird sie schon von Frau Ulm erwartet, die auf der kleinen Bank vor ihrem Häuschen sitzt. Mühsam erhebt sie sich und geht sofort auf Nele zu.

»Moin, meine Liebe! Hast du etwas von Phönix gehört?«, beginnt sie ein Gespräch.

Der Blick in Neles Augen genügt ihr als Antwort. Traurig steckt sie die Hände in die Taschen der alten Jacke.

Es ist für Nele schwer mitanzusehen, wie sehr auch die alte Dame unter dem Verlust leidet.

Wie gerne hätte sie ihr eine positive Antwort gegeben, stattdessen schüttelt sie nur leicht den Kopf.

»Moin! Nein, leider habe ich keine Neuigkeiten. Bis jetzt hat sich niemand gemeldet. Seien Sie bitte nicht so traurig! Heute Nachmittag kommt Clarissa. Vielleicht hat sie eine Idee, was wir noch tun können!«

Ihre Nachbarin nickt abwesend mit dem Kopf, so, als hätte sie gar nicht zugehört und wäre mit ihren Gedanken weit entfernt.

»Vielleicht wurde er ja auch von diesem Unbekannten, der sich bei uns herumgetrieben hat, gekidnappt! Ach, wenn ich doch bloß gesehen hätte, wie er aussah, dann könnten wir der Polizei die Beschreibung geben, und sie könnten nach ihm fahnden! Aber ich habe ja absolut keine Ahnung, wie er ausgesehen hat. Schade!«

»Sie können nichts dafür, dass Sie ihn nicht erkennen konnten! Lassen Sie uns nicht über das Hätte, Wenn und Aber grübeln! Kopf hoch, er taucht schon wieder auf! So, nun muss ich aber los, sonst komme ich zu spät. Bis später!« entgegnet sie, und versucht, ihr mit einem aufgesetzten Lächeln Mut zu machen.

Auch sie schenkt ihr ein kleines Lächeln, das sofort wieder verschwindet, als sie sich dann wortlos umdreht und mit traurigem und gesenktem Blick zum Haus zurückgeht.

17

Unterwegs hält Nele unentwegt Ausschau nach Phönix, aber er taucht nirgendwo auf.

Sie hat das Bedürfnis mit Robert zu reden. Also nimmt sie sich vor, ihn noch vor ihrer ersten Sitzung aufzusuchen. Sie hofft, dass er es schafft, sie aufzumuntern.

Sie erreicht die Klinik, stellt ihr Rad ab und bewegt sich auf den Eingang zu. Unbemerkt taucht eine Person plötzlich neben ihr auf und tippt ihr auf die Schulter.

»Moin Nele! Ich habe gehört, dein Hund ist verschwunden. Wenn du magst, drucke ich dir Suchanzeigen aus und helfe dir, sie überall aufzuhängen! Dafür müsstest du mir mal ein gutes Foto geben! Es tut mir echt leid für dich!«

Sie ist abrupt stehen geblieben.

Betont langsam dreht sie sich zu Marc um. Er steht mit verlegenem Gesichtsausdruck vor ihr, kratzt sich mit einer Hand am Kinn, und kann ihr gar nicht richtig in die Augen schauen. Allerdings erkennt sie echtes Mitgefühl.

Gerade will sie zu einer schnippischen Antwort ansetzen, da besinnt sie sich und schweigt für einen Moment. Marc schaut sie nach einer Weile an und zuckt bloß mit den Schultern, als würde er ihre unausgesprochene Antwort als ein klares Nein akzeptieren.

»War ja nur so ein Vorschlag! Ich wollte dir bloß behilflich sein! Aber wenn du nicht willst, dann halt nicht!«, gibt er dann resigniert von sich, und wendet sich mit hängenden Schultern ab, um sich in Richtung Eingang zu entfernen.

Da fasst sie ihn am Arm und hindert ihn daran. Sofort dreht er sich wieder zu ihr um.

Eigentlich hatte sie nicht vor, ihn in der nächsten Zeit an sich heranzulassen, aber in diesem Fall könnte er ihr eine große Hilfe sein. Eigentlich hat er ja auch nichts wirklich Schlimmes verbrochen, außer dem Versuch, Robert vor ihr schlecht zu machen. Dies liegt wahrscheinlich einzig daran, dass er immer noch verliebt in sie ist, und Gefühle für sie hegt. Das kann sie ihm nun wirklich nicht verübeln.

Sie holt tief Luft.

»Hey Marc! Das ist eine echt gute Idee! Eigentlich hätte ich selbst darauf kommen können. Und ich finde es echt klasse von dir, dass du mir bei der Suche helfen möchtest. Von wem weißt du eigentlich, dass mein Hund verschwunden ist?«

»Tina hat es mir gesteckt. Sie weiß es von einer der Schwestern. Wann könntest du mir denn ein Bild geben? Ich mache normalerweise freitags schon um dreizehn Uhr Feierabend, könnte aber auch früher Schluss machen, das ist kein Problem. Dann würde ich die Flyer rasch aufsetzen. Du kannst mir gerne dabei behilflich sein, da du ja am besten weißt, welche Angaben wir hineinschreiben sollen und so weiter. Wir könnten das bei mir zuhause machen! Was meinst du?«, entgegnet er sofort mit eifriger Stimme.

Darüber hatte sie noch gar nicht nachgedacht! Natürlich

hat er Recht mit dem Aspekt, dass sie ihm dabei helfen muss, die richtigen Daten auf Papier zu bringen. Was ihr an der ganzen Sache aber keineswegs behagt, ist der Umstand, dies mit ihm allein bei ihm zuhause ausüben zu müssen. Ihre Gedanken überschlagen sich förmlich bei dem Versuch, sich aus dieser Misere heraus zu winden.

Während sie überlegt, starrt Marc sie an. In seinem abwartenden Blick kann sie auch eine gewisse Vorfreude erkennen. Diese bezieht sich aller Wahrscheinlichkeit darauf, dass sie endlich einmal eine Einladung von ihm annimmt, ihn in seiner Wohnung zu besuchen. Die Gründe, die sie dazu antreiben würden, seine Einladung anzunehmen, scheinen ihn dabei nicht sonderlich zu interessieren.

»Mhhh, wenn es dir nichts ausmacht, würde ich Clarissa nachher fragen, ob sie uns bei den Zetteln hilft. Dann könnten wir morgen vorbeikommen und die Sache gemeinsam ausarbeiten. Sie kommt heute Nachmittag mit dem Zug und hat gewiss nichts dagegen, uns bei der Suche zu helfen.«, antwortet sie ihm dann mit etwas zur Seite geneigtem Kopf.

Eigentlich ist sie davon ausgegangen, dass er nun auf irgendeine Weise zurückrudert, da er Clarissa ja scheinbar nicht sonderlich mag. Zu ihrem Erstaunen ist seine Reaktion eine völlig andere.

»Wann genau kommt sie denn an?«, fragt er sofort.

»Sie wird gegen fünfzehn Uhr eintreffen!«, antwortet sie.

»Natürlich kann sie uns gerne helfen. Wir könnten die Flyer auch heute schon anfertigen und dann morgen gemeinsam verteilen. Ich könnte auch ein paar Flaschen Wein besorgen, und wir machen es uns danach noch etwas gemütlich. Wäre das ok? Ich muss nämlich morgen noch mal weg, und weiß nicht genau, wann ich zurück sein werde.«

Es entsteht eine kurze Pause. Sie überlegt, ob sie wirklich schon heute mit Clarissa zu ihm gehen soll. Dass ihre Freundin mitkommt, ist eigentlich sicher.

Sie mag ihn zwar nicht besonders, lässt sich dies aber in seiner Gegenwart absolut nicht anmerken. Ganz im Gegenteil! Da sie davon ausgeht, dass er ein kleiner Spinner ist, der nichts dafür kann, bezieht sie ihn immer besonders herzlich in die Gespräche ein.

Vielleicht hat Marc dieses Verhalten auch durchschaut, und kann sie aus genau diesem Grund nicht leiden. Damit wäre auch seine abwertende Haltung ihr gegenüber geklärt.

Sie möchte jetzt nicht darüber nachdenken, da sie vorhat, noch bei Robert vorbeizuschauen.

Er hat seine Hände tief in den Hosentaschen vergraben und wirkt wie ein Schuljunge, der auf die Antwort seiner Lehrerin wartet.

»Du, ich habe jetzt wirklich keine Zeit, um noch über einen Termin nachzudenken. Ich schicke dir dann eine Nachricht. Ist das ok für dich? Und noch mal vielen lieben Dank für dein Angebot. Ich weiß es sehr zu schätzen! Ich muss jetzt auch mal los! Bis dann!«

Ohne einen weiteren Kommentar seinerseits abzuwarten, geht sie zum Eingang. Sie blickt nicht mehr zurück.

Allerdings hat sie das untrügliche Gefühl, dass er ihr hinterher schaut, was ihr eine leichte Gänsehaut über den Rücken jagt.

Das einzig Gute an ihrem Treffen heute ist lediglich, dass ihr Verhältnis zueinander wieder etwas entspannter ist.

Nachdem sie an der Anmeldung noch kurz mit Tina gequatscht hat, die sich auch sofort erkundigt, ob Phönix wieder aufgetaucht ist und sie ihr bei der Suche auf irgendeine Art behilflich sein kann, macht sie sich eilig auf den Weg zu Roberts Büro.

Da er die gleichen Arbeitszeiten wie sie hat, müsste er eigentlich schon da sein.

Sie kommt bei seiner geschlossenen Tür an und drückt die Klinke herunter, um ins Vorzimmer einzutreten. Die Tür ist allerdings verschlossen.

Sie wartet für einige Minuten vor der Tür und hofft darauf, dass er auftaucht. Da sie in dieser Hinsicht allerdings enttäuscht wird, und sich jetzt schleunigst zu ihrem Arbeitsplatz begeben muss, entfernt sie sich eiligen Schrittes und mit niedergeschlagener Miene.

Die Stunden an diesem Morgen ziehen sich wie Kaugummi.

Ständig kreisen ihre Gedanken um Phönix, und Robert, dem sie leider nicht von ihrem Verlust berichten konnte. Sie hatte sich erhofft, dass er sie durch tröstende Worte und vielleicht einer kleinen Umarmung wieder etwas aufgebaut hätte. Stattdessen geht es ihr jetzt noch schlechter.

Aus diesem Grund versucht sie, ihn in der Frühstückspause telefonisch zu erreichen, während sie wiederholt vor seiner Tür steht, die auch diesmal wieder verschlossen ist. Allerdings erreicht sie nur seine Mailbox, auf der sie aber keine Nachricht hinterlässt, da sie nicht weiß, was sie sagen soll.

Immer noch niedergeschlagen kommt sie wieder in ihrem Büro an. Sie könnte zur Anmeldung gehen und ein wenig mit Tina schnacken, aber ihr ist nicht nach Small-Talk. Stattdessen klappert sie noch einmal alle Tierärzte telefonisch ab, mit denen sie schon am vorherigen Tag telefonierte. Es wäre immerhin möglich, dass aus irgendwelchen Gründen der Chip nicht funktionierte und die Tätowierung nicht lesbar ist. Sie hat aber auch hier kein Glück. Phönix bleibt spurlos verschwunden.

Die letzten zwei Sitzungen bringt sie nur mit Mühe hinter sich. Ihre Niedergeschlagenheit ist fast greifbar. Auch das Clarissa schon auf sie warten wird, wenn sie nach Hause kommt, kann sie gerade nicht aufbauen. Zudem hat sie gleich auch noch ein wichtiges Gespräch mit ihrem Chefarzt, dass sicherlich wieder einmal länger dauern wird, als erwartet.

Seufzend schickt sie noch rasch eine Nachricht ab, um ihrer Freundin zu sagen, dass sie sich nicht wundern soll, dass Phönix nicht da ist. Ihr ist nämlich eingefallen, dass sie noch gar nichts von seinem Verschwinden weiß, und sich sehr wundern würde, wenn sie in ein leeres Haus kommt.

Dann macht sie sich auf den Weg ins Büro ihres Chefs.

Es sind schon fast halb fünf, als sie sich endlich auf den Heimweg machen kann. Ihr kommt es vor, als könnte an diesem Tag einfach gar nichts mehr gelingen. Das Chefarztgespräch begann erst mit knapp einer halben Stunde

Verzögerung, da ihr Chef zuhause noch die Handwerker hatte und verspätet zum Termin erschien, zudem noch mit äußerst schlechter Laune.

Auch erfuhr sie im Laufe des Gesprächs, dass Robert sich für heute frei genommen hatte, was seine Abwesenheit aufklärt.

Sie ist schon ein wenig sauer, dass er ihr dies mit keiner Silbe mitgeteilt hat. Andererseits hat auch sie ihn noch nie darüber informiert, wenn sie mal einen oder mehrere Tage Urlaub genommen hat. Nur ist sie der Meinung, sie sollten sich auch privat etwas mehr austauschen. Hätte sie nach dem letzten gemeinsamen Abend irgendwann einen freien Tag geplant, hätte sie ihm ganz bestimmt davon berichtet.

Der Unmut, der bezüglich seiner Verhaltensweise ihr gegenüber aufkommt, vertreibt ein wenig die Niedergeschlagenheit.

Schneller als gewöhnlich macht sie sich auf den Weg nach Hause. Unterwegs begegnet sie in den Gängen und auch vor der Klinik niemandem, mit dem sie noch ein Gespräch hätte führen müssen, worüber sie sehr erleichtert ist.

Bevor sie sich auf ihr Rad schwingt, schaut sie noch kurz nach, was Clarissa ihr geantwortet hat.

Es ist nur eine kurze Nachricht von ihr eingegangen. Sie möchte wissen, was mit Phönix ist.

Nele schickt ihr eine Sprachnachricht, dass sie ihr alles gleich berichten würde, steigt auf ihr Rad und tritt fest in die Pedale, um schnell nach Hause zu gelangen.

18

Schon von Weitem sieht Nele, dass ein ihr unbekannter schwarzer Pkw vor ihrem Haus auf der Straße steht. Als sie näherkommt, kann sie erkennen, dass sich auf dem Nummernschild ein ihr allzu bekanntes Kennzeichen befindet. Es stammt aus dem Raum Frankfurt und trägt die Initialen und Geburtsdaten ihres Ex Mannes. Das Auto muss neu sein, deshalb hat sie es auch nicht sofort als seinen Wagen erkannt.

Sie ist verwirrt und geschockt zugleich. Was will er hier?

Unschlüssig stoppt sie einige Meter hinter dem Fahrzeug.

Um in ihr Haus zu gelangen, muss sie an der Vorderseite des Fahrzeugs vorbei. Ob sie will, oder nicht, die Person, die sich auf dem Fahrersitz befindet, wird ihr Eintreffen unweigerlich mitbekommen. Da sie nicht weiß, wer dort auf sie wartet, überlegt sie tatsächlich, ihr Fahrrad bei einem anderen Nachbarn, einige Meter weiter zurück auf der Straße abzustellen, und zu versuchen irgendwie von hinten an ihr Haus zu gelangen.

Die Person, die sie auf dem Fahrersitz ausmachen kann, scheint sie noch nicht bemerkt zu haben. Das Leuchten eines Handys verrät ihr, dass die Person damit beschäftigt sein muss, irgendetwas nachzuschauen oder einzutippen.

Sie zieht ihr eigenes Handy aus dem Korb, und versucht,

Kontakt mit Clarissa herzustellen, die sich ja eigentlich schon im Haus befinden müsste. Sofort ist deren Mailbox aktiviert. Auch erkennt sie jetzt, dass sie die Nachricht, die sie noch vor der Klinik an sie abschickte, nicht abgehört wurde. Dies kommt ihr äußerst seltsam vor.

Hin und Her gerissen überlegt sie fast kopflos, wie sie nun weiter verfahren soll. Auf keinen Fall möchte sie Malte in die Arme laufen, der ganz gewiss die unbekannte Person im Fahrzeug ist. Selbst wenn es nicht er, sondern Jennifer wäre, verhält es sich ebenso.

Ihr treten plötzlich Tränen in die Augen, da es ihr vorkommt, als befände sie sich in einer für sie vollkommen aussichtslosen Lage. Selbst wenn sie zu ihrer Nachbarin flüchten würde, bliebe sie von dem Insassen nicht unbemerkt. Und außerdem liegt es ihr fern, die alte Dame in diese Angelegenheit zu involvieren.

Es würde ihre Nachbarin nur unnützer Weise noch mehr aufregen, als gut für sie wäre. Das sie sich Gedanken um Phönix macht, ist schon mehr als genug. Weitere Aufregung könnte ihr schwaches Herz zu sehr belasten.

Sie sieht keine andere Möglichkeit, als sich dem Unvermeidlichen zu stellen. Sie muss an dem Wagen vorbei, ob sie will, oder nicht. Allerdings wird sie versuchen, so schnell wie möglich in ihr Haus zu gelangen.

Sie versucht noch einmal, Clarissa anzurufen. Es ändert sich nichts daran, dass sofort die Mailbox anspringt.

Mit vor Nervosität zitternden Nasenflügeln, zieht sie die salzige Meeresluft tief in ihre Lungen. Langsam lässt sie sie wieder entweichen und steigt auf ihr Rad.

Sie muss nur einmal kurz mit Schwung in die Pedale treten, da ist sie auch schon um das Auto herumgefahren und steigt wieder ab, um das Tor zu öffnen. Durch einen Anflug von Panik zittert sie am ganzen Körper.

Schon hört sie, wie hinter ihr die Fahrertür geöffnet wird.

»Nele???«, erklingt dann auch sofort der laute Ruf ihres Ex-Mannes.

Sie hat keine Ahnung, von wem er erfahren hat, wo sie wohnt. Aber sie war sich immer sicher, dass er es irgendwann herausfinden würde. Es ist ihr in diesem Augenblick auch vollkommen egal.

Mit zittrigen Fingern sucht sie in der Handtasche nach dem Haustürschlüssel. Dabei verflucht sie sich selbst, dass sie nicht auf die Idee gekommen ist, ihn, noch bevor sie ihren Schnellstart hinlegte, aus der Tasche zu kramen, um dadurch einen Zeitvorsprung zu gewinnen.

»Nele, so warte doch! Ich muss unbedingt mit dir reden! Bitte, du musst mich anhören, es ist wichtig! Bitte!«

Noch immer kann sie ihre Schlüssel in dem ganzen Kram nicht finden. In ihrer Verzweiflung ist sie fast schon so weit, dass sie den kompletten Inhalt einfach auskippen möchte, um ins Haus flüchten zu können. Sie kommt aber nicht mehr dazu, diesen Plan tatsächlich auszuführen.

Etwas unsanft wird sie nämlich durch einen starken Griff um ihren linken Arm daran gehindert.

Der saure Geruch von Zwiebeln und Fisch umhüllt ihn. Da ist aber noch die Nuance eines anderen Duftes. Er hat eine Fahne! Sie ist angewidert und muss würgen.

Dass sie den Geruch seines Atems so genau analysieren kann, liegt daran, dass Malte direkt neben ihrem Gesicht eindringlich beginnt, auf sie einzureden. Sie schaut ihn dabei nicht an, sondern blickt auf einen Punkt am Boden.

»Jenny ist vollkommen durchgedreht! Sie hat mich tatsächlich angezeigt! Sie wirft mir Dinge vor, die absolut nicht stimmen! Nele, du musst unbedingt für mich aussagen! Vor allen Leuten diskreditiert sie mich und lässt kein einziges gutes Haar an mir! Aber du weißt doch, dass ich eigentlich immer ein netter Kerl war und ich bin es auch heute noch. Ok, das mit Jenny war wirklich scheiße, aber nur ein Ausrutscher. Eigentlich war ich es auch gar nicht Schuld! Sie hat mich verführt, in einem schwachen Moment. Es war auch nur dieses eine Mal! Das musst du mir glauben! Ich bin echt total am Ende! Bitte, lass uns reingehen und in Ruhe über alles reden! Es ist wichtig, und vor allem ziemlich eilig. Am besten fährst du so schnell wie möglich mit mir nach Frankfurt. Du könntest dir rasch ein paar Klamotten packen und wir fahren sofort los. Aber lass uns jetzt bitte erst einmal ins Haus gehen. Da können wir alles ungestört besprechen.«

Er scheint nicht viel getrunken zu haben, da er nicht lallt. Allerdings hat er getrunken, und aus Erfahrung weiß sie genau, dass dies für sie fatale Folgen haben könnte. Natürlich wird sie ihn nicht ins Haus lassen!

Innerlich mahnt sie sich zur Ruhe. Sie hat Angst, vor ihm in Panik zu verfallen.

Sie stehen noch immer beide in gebückter Haltung unter dem Vordach. Sie, weil sie ihre Schlüssel in der Tasche sucht, er, weil er sein Gesicht dicht neben ihrem platziert hat. Wahrscheinlich um ihr zu demonstrieren, dass sie ihm nicht entwischen kann. Sie bemerkt, wie sich der anfangs noch unsanfte, aber noch nicht grobe Griff um ihren Arm immer weiter zusammenzieht. Sie ist sich jetzt vollkommen sicher, dass er sie dadurch einzuschüchtern versucht, und sie glauben lassen will, dass sie gegen ihn sowieso keine reelle Chance hat.

Ganz langsam kommt sie aus ihrer ungemütlichen Haltung in den aufrechten Stand. Er folgt ihren Bewegungen, ohne seinen Griff auch nur im Geringsten zu lockern.

»Na also, ich wusste doch, dass du weißt, was zu tun ist!«, sagt er währenddessen auf eine Art, die sie darauf schließen lässt, dass er den Kampf schon gewonnen glaubt.

»Warst du schon einmal hier, um mich zu sehen?«, fragt sie ganz leise, ohne ihren Blick auch nur einen Deut in seine Richtung zu lenken.

Sie legt dabei ihre rechte Hand auf seine, die sich um ihren Oberarm windet.

Er ist über ihre Frage im ersten Moment verdutzt, aber dann lacht er ein gluckerndes Lachen, und scheint über ihre Frage tatsächlich belustigt.

»Natürlich war ich schon ein paarmal hier! Ich habe mir angeschaut, wie du so lebst! Und ich muss sagen, dir scheint es wirklich gut zu gehen«, beginnt er in Plauderton, als wäre dies das Natürlichste der Welt.

Mit seiner völlig von sich überzeugten Art und rausgestreckter Brust, als wäre es etwas ganz Besonderes, dass er ihr scheinbar schon länger nachspioniert, und nicht vollkommen absurd, steht er vor ihr.

Sie hat nur darauf gewartet, dass er sich in einer sicheren Position wähnt. Während er nämlich auf sie einzureden beginnt, lockert er die Umklammerung seiner Finger um ihren Arm.

Von ihm vollkommen unerwartet, dreht sie sich

blitzschnell und windet dabei ihren Arm komplett aus seinem Griff.

Vor über drei Jahren hat sie einen Kurs in Selbstverteidigung belegt. Es wurde ihr wichtig, sich jederzeit wehren zu können, sollte sie jemals wieder in eine Situation geraten, wie der von damals, als es fast zur Vergewaltigung durch ihn kam. Sie wusste daher, dass es vor allem auf das Überraschungsmoment ankam.

Genau diesen hatte sie erzielt.

Gekonnt wendet sie nun einen der ihr beigebrachten Griffe an, um ihn mit einer einstudierten Attacke zu bezwingen.

Mit einem dumpfen Schlag geht er tatsächlich zu Boden, schlägt hart mit dem Kopf auf den kleinen Kieselsteinen auf, und bleibt mit weit geöffneten Augen und nach Sauerstoff gierenden Atemzügen liegen. Man kann ihm die Überraschung deutlich ansehen. Einem Mann seiner Statur käme wahrscheinlich nie in den Sinn, dass ihn eine zierliche Frau, wie sie es ist, zu Boden befördern könnte.

Nele steht neben ihm, in sicherem Abstand, so dass er sie nicht fassen kann, falls ihm dies in den Sinn käme. Sie betrachtet ihn eingehend mit spöttischem Blick und einem kaum sichtbaren, aber triumphierenden Lächeln auf den Lippen.

Was ist aus dem früher so schönen, sportlichen und stattlichen Mann bloß geworden? Nichts von dem, was er mal war, ist geblieben.

Er sieht sehr viel älter aus, als er ist. Nele ist mit ihren sechsunddreißig Jahren vier Jahre jünger als er. Er wirkt aber wie ein Mann um die fünfzig. Im Gegensatz zu ihm könnte sie für Mitte zwanzig durchgehen.

Viele Falten haben sich in sein Gesicht gegraben. Seine früher so wachsamen und tiefgründigen Augen sind rot unterlaufen und lassen zudem jegliche Anziehungskraft, die sie früher ausstrahlten, vermissen. Dies resultiert sehr wahrscheinlich aus übermäßigem Alkoholgenuss, mutmaßt sie.

Seine Kleidung, früher akkurat gebügelt und immer adrett, jetzt irgendwie schmuddelig und mit Flecken behaftet. Und dann der Geruch. Er selbst riecht, als hätte er schon Tage nicht mehr geduscht.

Ihr kommt in den Sinn, dass er sich schon sehr viel länger hier auf Rügen befindet und vielleicht seinen Wagen als Schlafplatz zweckentfremdet hat.

Das, was sie hier vor sich liegen sieht, ein Häufchen Elend, ist nur noch die Hülle von dem, was er früher einmal darstellte. Fast tut er ihr leid, aber nur fast!

Nach einer geraumen Weile, in der sie ihn nicht einen Augenblick aus den Augen lässt, schaut er sie an. Und in genau diesem Moment sieht sie es!

In der Zeit ihres Kennenlernens und ihrem gemeinsamen Zusammenleben lag immer ein Hauch von etwas Hartem und Rohem in seinem Blick. Gerade so viel, dass es ihn für sie interessant machte und sie sich dadurch von ihm angezogen fühlte. Es gab ihm einen Reiz, den andere Männer vermissen lassen.

Jetzt ist dieses sonst verdeckte Wesen aus ihm hervorgebrochen. In seinen zusammengekniffenen Augen entdeckt sie die pure Härte und den abgrundtiefen Hass ihr gegenüber.

Sie ist froh, dass es ihr möglich war ihn daran zu hindern, mit ihr ins Haus zu gehen. Sie kommt zu der festen Überzeugung, dass dies für sie ganz bestimmt nicht gut ausgegangen wäre.

Langsam beginnt er, sich wieder aufzurappeln, dabei fasst er sich mit der rechten Hand prüfend an den Hinterkopf. Als er in seiner ganzen Größe vor ihr steht, schaut er auf seine Handfläche, wahrscheinlich um festzustellen, ob er sich eine Platzwunde zugezogen hat.

Erleichtert kann auch sie erkennen, dass dem nicht so ist, da sich keine Spur von Blut auf seiner Hand befindet.

Dann blickt er sie erst fassungslos, und kurz darauf wutentbrannt an. Seine Augen sind zu schmalen Schlitzen zusammengepresst und sein Mund ist nur noch eine einzige dünne Linie.

Sie weicht einige Schritte vor ihm zurück. Nur so weit, dass er sie nicht durch einen schnellen Sprung nach vorne erreichen kann, und so wenig, um ihm zu demonstrieren, dass sie keine Angst vor ihm hat. Sie vermeidet es außerdem, die Hände in die Hosentaschen zu stecken, oder die Arme zu verschränken, um jederzeit einem Angriff seinerseits entgegenhalten zu können.

Nun ist sie es, die ihn mit herausforderndem Blick und mit Wut in den Augen anstarrt. Er hält dagegen.

»Was ist eigentlich los mit dir? Tickst du nicht mehr richtig? Ich habe dir nichts getan und du greifst mich aus heiterem Himmel einfach so an. Hast du irgendein Problem, von dem ich nichts weiß?«, fragt er sie dann leise. Der Ausdruck seiner Augen zeigt die reine Boshaftigkeit.

Sie will ihm gerade eine passende Antwort geben, da

vernimmt sie hinter sich die aufgebrachte und dadurch etwas schrille Stimme ihrer Nachbarin.

»Nele! Oh Gott! Ist alles in Ordnung mit dir? Wer ist dieser Mann und was will er von dir? Ich habe vom Fenster aus gesehen, dass du ihn zu Boden geworfen hast, Mensch, alle Achtung!«

Nele blickt sich nicht um, aus Furcht, er könnte sie in diesem unachtsamen Moment packen und zu Boden werfen. Mit Frau Ulm hätte er leichtes Spiel. Sie ist so zierlich und zerbrechlich, dass sie gegen ihn keine Chance hat, selbst wenn auch sie einen Kurs in Selbstverteidigung belegt hätte.

»Frau Ulm, es ist alles in Ordnung! Gehen Sie bitte wieder ins Haus zurück! Sollte dieser Mensch sich in den nächsten Minuten nicht schleunigst in sein Auto gesetzt haben und von meinem Grundstück verschwunden sein, rufen Sie die Polizei!«, erwidert sie ihr, ohne Malte aus den Augen zu verlieren.

Nur durch eine Bewegung ihrer rechten Hand und einem fast unmerklichen Nicken bedeutet sie ihr, sich schnell vom Ort des Geschehens zu entfernen. Sie möchte sie unbedingt außerhalb des Gefahrenbereichs wissen.

Plötzlich beugt er sich mit dem gesamten Oberkörper kurz nach vorne, als wollte er sie ergreifen. Überlegt es sich aber scheinbar im selben Moment wieder. Mit einem tiefen Atemzug geht er dann sogar noch einen Schritt zurück und hebt beschwichtigend seine Arme.

»Schon gut, lass uns noch kurz reden, bitte!«, wendet er sich dann wieder mit fast normalem Tonfall an sie.

Sie kann die Schritte ihrer Nachbarin vernehmen, die sich langsam entfernen. Sie kommt ihrer Bitte nach, und geht ins Haus zurück. Nele weiß ganz genau, dass sie das Treiben auf dem Nachbargrundstück keine Sekunde außer Acht lassen wird. Dies gibt ihr eine zusätzliche Sicherheit.

»Lass uns das Ganze hier vergessen! Du bist wahrscheinlich nur ein wenig durch den Wind. Du hast mich ja auch schon lange nicht mehr gesehen. Nun kommen wir noch mal auf mein Anliegen zu ...«

Sie lässt ihn gar nicht erst ausreden. Für heute hat sie genug von ihm gehört. Mit einem lauten »Schschsch!« und an den Mund gelegten Zeigefinger, bringt sie ihn sofort zum Schweigen.

»Sieh zu, dass du von hier verschwindest! Ich werde nicht für dich aussagen, falls du noch einmal darauf zurückkommen wolltest! Und solltest du mich auf irgendeine Weise dazu nötigen, vor Gericht zu erscheinen, werde ich tatsächlich aussagen, allerdings anders als du es gerne hättest! Also, sieh jetzt endlich zu, dass du dich von meinem Grundstück und aus meinem Leben entfernst! Sollte ich dich noch einmal hier erwischen, erwirke ich eine Verfügung, die es dir untersagt, dich mir weiterhin zu nähern! Hast du mich verstanden? Ich meine das vollkommen Ernst! Du bist ein richtiges Ekelpaket geworden! Ich habe keine Ahnung, wie ich mich in einen Typen wie dich vergucken konnte!«, bringt sie mit leiser und fester Stimme hervor.

Und während ihrer Worte zeigt sie die ganze Zeit mit einem Zeigefinger auf seine Brust, da sie genau weiß, dass er eine solche Geste verabscheut.

Sie geht noch einen kleinen Schritt zurück.

»Du kannst mich mal! Und du wirst noch sehen, was du davon hast, dass du mich so hängen lässt! Denk dran,

du lebst im Moment ganz allein in deinem blöden Haus!
Deine alte hässliche Nachbarin kann dir auch nicht immer
helfen und deine Freundin auch nicht! Du wirst noch
sehen, wer am längeren Hebel sitzt! Such du mal schön
weiter nach deiner ollen Thöle, Auch der Köter kann dir
ja nicht mehr helfen!«, sagt er dann und wendet sich zu
seinem Wagen um.

»Was hast du mit Phönix gemacht?«, fragt sie ihn sofort
aufgebracht.

Er dreht sich wieder zu ihr um, baut sich vor ihr auf
und sein Gesicht streckt er so nah an sie heran, dass sie
den Alkohol in seinem Atem riechen kann.

»Gar nichts, aber wenn ich ihn in die Finger kriege,
weiß ich nicht, was ich mit ihm machen werde!« antwortet
er ihr. Dabei blitzen seine dunkelbraunen Augen gefährlich auf.

Für eine kurze Weile stehen sie sich direkt gegenüber
und sie kann ihn noch einmal genauer inspizieren. Mit
zusammengekniffenen Augen und in die Seite gestemmten
Händen hält sie seinem aggressiven Blick stand.

Seine sonst so gepflegte Frisur lässt zu wünschen übrig.
Das schwarze Haar, früher ordentlich kurzgehalten, ist viel
zu lang. Sein fettiges Pony fällt ihm in diesem Moment wirr
in die Stirn. Auch fällt ihr jetzt deutlich auf, dass sich viele
graue Haare zwischen die schwarzen geschlichen haben.
So wie sie Malte in Erinnerung hat, würde er normalerweise sofort mit einem Besuch beim Friseur und einer
Ladung Farbe dagegen ankämpfen, um bloß nicht als alt
angesehen zu werden. Die jetzt noch auffälliger hervorstechenden Falten und Bartstoppeln geben seiner schon
bedrohlich wirkenden Mimik etwas äußerst Abstoßendes.

Im Zusammenspiel mit der etwas gräulichen Gesichtsfarbe ist die Attraktivität von früher vollständig verschwunden. Ihr wird bewusst, dass in seinem derzeitigen Leben nicht alles so läuft, wie es noch vor einigen Jahren der Fall war.

Mit einem mitleidigen Lächeln auf ihren Lippen schüttelt sie dann angeekelt den Kopf.

Er weicht zurück, schleudert ihr einige bösartige Flüche entgegen und wendet sich abrupt wieder seinem Rückweg zu.

»Du weißt doch was! Rück raus damit, oder ich melde dich bei der Polizei!«, schreit sie ihm jetzt fast schon hinterher, da er den Weg weiter geht, ohne sich noch einmal nach ihr umzuschauen.

»Ich weiß nix! Schalt doch ein, wen du willst! Du müsstest mir erst mal was nachweisen! Und das kannst du nicht! Blöde Kuh!«, brüllt er als Antwort, und zeigt ihr den erhobenen Mittelfinger der rechten Hand, ohne den Kopf auch nur ein einziges Mal zu drehen.

»Malte!«

Sie ist verzweifelt. Ihre Gedanken rasen. Ob er Phönix gekidnappt hat? Oder ob er ihn einfach nur aus ihrem Garten vertrieben hat? Ob er ihn sogar …

Daran möchte sie nicht denken! Aber sie traut ihm eine solche Fähigkeit seit dem heutigen Zusammentreffen auf jeden Fall zu.

Dass sie ihn nicht zwingen kann, ihr irgendetwas zu sagen, ist ihr vollkommen klar. Daher muss sie ihm untätig zusehen, wie er in sein Auto steigt. Ohne noch einmal einen Blick in ihre Richtung zu werfen, startet er das Auto und lässt dabei den Motor laut aufheulen.

Durch sein viel zu hastiges Anfahren verschwindet der

dunkle Wagen dann mit überhöhter Geschwindigkeit in einer grauen Staubwolke.

Noch lange nachdem das Heck seines Wagens hinter der Kreuzung verschwunden ist, schaut sie ihm hinterher und Verzweiflung breitet sich in ihr aus.

Sie sinkt auf den Boden und beginnt bitterlich zu schluchzen. Ihre Tränen rinnen unaufhaltsam über ihre Wangen, tropfen auf den von der Sonne aufgeheizten Untergrund und trocknen fast augenblicklich. Sie stützt ihre Ellenbogen auf den Steinen ab, verbirgt das Gesicht in ihren Händen, und lässt den Tränen weiter freien Lauf.

Plötzlich legt sich zum Trost behutsam eine Hand auf ihre Schulter. Erschrocken blickt sie auf. Frau Ulm ist zu ihr zurückgekehrt und schaut sie mit großen irritierten Augen an.

»Liebes, wer war das? Ist das der Mann, der sich nachts hier herumtreibt? Hat er etwas mit Phönix Verschwinden zu tun? Ach entschuldige, ich bin so unruhig, ich sollte nicht so auf dich einreden. Komm mit zu mir rüber, ich habe uns eine starke Tasse Kaffee gekocht! Dann unterhalten wir uns erst einmal in aller Ruhe! Du bist ja total fertig!«

Während sie mit einer Hand tröstend über ihren Rücken streicht, schaut sie Nele auffordernd an.

Sie seufzt und steht auf. Dann klopft sie sich den Staub von der Kleidung und sammelt ihre Sachen zusammen, um ihr ins Nachbarhaus zu folgen.

»Schön ist, dass heute ja Clarissa kommt! Sie wird dich wieder ein wenig aufbauen. Darüber bin ich froh. Es ist nicht gut für dich, wenn du mit all dem Kummer allein bist!«, sagt Frau Ulm, während sie sich in Bewegung setzt.

Nele stockt mitten in der Bewegung, als sie die Bedeutung der Worte begreift.

Clarissa scheint noch gar nicht angekommen zu sein, sonst wäre sie doch längst nach draußen gestürmt, um zu sehen, was vor dem Haus los ist.

Sie fragt sich, ob der Zug wohl Verspätung hat. Dann hält sie Frau Ulm am Arm zurück.

»Ich komme gleich nach! Zuerst muss ich mal nachschauen, ob Clarissa nicht schon im Haus ist. Eigentlich müsste sie schon längst da sein! Ihre Ankunft war für circa fünfzehn Uhr geplant. Ich hoffe, ihr ist nicht auch noch etwas passiert! Bis gleich, ich beeile mich!«

Sie geht in Richtung Eingang, kramt den Schlüssel hervor und öffnet die Tür.

Stille empfängt sie. Sie vermisst schmerzlich die freundliche Begrüßung, die normalerweise immer erfolgt. Es fühlt sich alles so leer und ungewohnt an. Sie will sich nicht ausmalen, wie es ist, wenn sie nun nie wieder mit einem freudigen Bellen, einem Stupser und fröhlichem Hundegetrappel durch die Wohnung begleitet wird. Die Leine am Haken scheint nur darauf zu warten, von ihr abgenommen zu werden. Alles ist immer noch so unwirklich, nicht greifbar.

Sie seufzt. Dann geht sie, laut nach Clarissa rufend, durch die leeren Räume. Sogar im Schlafzimmer und in ihrem Bad schaut sie nach, ob sie sich nicht doch dort befindet.

Das Haus ist leer. Auch steht nirgends ein Rucksack herum. Absolut nichts deutet darauf hin, dass jemand die Wohnung während ihrer Abwesenheit betreten hat. Alles sieht genau so aus, wie bei ihrem Verlassen.

Sie schnappt sich ihr Handy und wählt Clarissas Nummer. Sofort springt die Mailbox an. Sie hinterlässt ihr eine Nachricht, dass sie sich Gedanken um sie macht und einen Rückruf erwartet. Dann schickt sie auch noch eine Nachricht mit der dringenden Bitte sich zu melden.

Unschlüssig darüber, was sie jetzt tun soll, steht sie mit hängenden Armen im Flur und starrt auf das Porträt ihrer Mutter und Schwester. Dann gibt sie sich einen Ruck, nimmt ihre Schlüssel und verlässt das Haus.

19

Die Tür ihrer Nachbarin steht offen. Aus der Küche vernimmt sie geschäftiges Treiben. Frau Ulm räumt gerade noch eine kleine Platte mit Muffins auf den Tisch. Es sind noch die übrig gebliebenen Reste vom letzten Backen. Nele fällt ein, dass sie auch noch zwei davon zuhause stehen hat. Sie wundert sich über sich selbst, dass ihr in einem solchen Moment Gedanken wie diese kommen. Kurz schüttelt sie den Kopf und tritt in die Küche.

Auf dem Tisch stehen zwei Tassen und Tellerchen bereit. Außerdem liegen auf der Küchenanrichte diverse Utensilien, die darauf hindeuten, dass sich ihre Nachbarin schon daran gemacht hat, den Kuchen für Sonntag vorzubereiten.

»Hallo Liebes, setzt dich doch schon mal! Ich bin auch jeden Moment so weit«, bittet sie Nele.

Mit einem angedeuteten Lächeln und einer Handbewegung zeigt sie auf einen der drei Stühle am Tisch.

Nele bleibt etwas unschlüssig im Türrahmen stehen.

»Kann ich Ihnen noch behilflich sein? Ich möchte Ihnen keine Umstände machen!«

Sie würde der alten Frau gerne etwas Gutes tun, da diese sich immer so viel Mühe und Arbeit macht.

»Aber nein, meine Liebe. Ich bin schon fertig mit allem. Du solltest dich jetzt erst einmal etwas entspannen. Ich denke, du hast für heute genug Stress gehabt. Und gleich erzählst du mir bitte mal, was das eben zu bedeuten hatte! Das sah nicht gut aus!«

Sie wendet sich wieder geschäftig ihrer Kaffeekanne zu und schüttet den frisch aufgebrühten Kaffee in eine alte Thermoskanne. Der starke und aromatische Duft des Getränkes durchzieht die Küche, und Nele zieht mit geschlossenen Augen einen tiefen Atemzug in ihre Nase.

Genau das hat sie jetzt gebraucht, eine gute, starke frisch aufgebrühte Tasse Kaffee.

Nach kurzer Zeit dreht sich dann auch Frau Ulm in ihre Richtung, schenkt erst ihr, und dann sich selbst ein. Nachdem sie die Kanne auf dem Tisch abgestellt hat, weist sie mit einer leichten Handbewegung auf die Muffins.

»Bitte, bediene dich! Sie sind jetzt richtig durchgezogen und schmecken dann noch besser, als wenn sie frisch gegessen werden!«

Sie lächelt. Aber in ihren Augen ist nur Traurigkeit erkennbar. Das ganze Drumherum ist für eine Frau ihres Alters auch zu viel.

Erst schleicht jemand nachts um die Häuser, Phönix verschwindet spurlos, sie muss mit ansehen, wie ein wildfremder Mann mit ihr kämpft und jetzt macht sie sich ganz bestimmt auch noch Sorgen um Clarissa. Für solche Dinge ist sie definitiv zu alt!

Nele legt sich eines der kleinen Gebäcke auf das dafür vorgesehene Tellerchen und nippt dann vorsichtig an ihrem Kaffee. Er ist heißer als gewohnt, da er mit kochendem Wasser aufgebrüht wird.

Frau Ulm zelebriert das Kaffeekochen noch wie früher. Eine Kaffeemaschine besitzt sie nicht.

Etwas gedankenverloren schiebt sie das mit dunkler Schokolade und bunten Streuseln verzierte Küchlein immer wieder hin und her, ohne es aus der Papierhülle zu befreien.

Auch Frau Ulm hat jetzt ihr gegenüber Platz genommen. Es ist eine angenehme Stille eingetreten. Lediglich die alte Standuhr im Wohnzimmer gibt ein stetes und monotones Ticken von sich.

Es vergehen einige Minuten, in denen sie sich schweigend gegenübersitzen und jede ihren eigenen Gedanken nachgeht.

»Nun erzähl mal, was war denn da eben los, und wer war der Mann?«, unterbricht ihre Nachbarin dann plötzlich die Stille.

Mütterlich legt sie dabei eine ihrer alten, faltigen Hände beruhigend auf ihren Arm. Die andere benutzt sie als Stütze für ihren Kopf, den sie schräg darauf ablegt. Ihre mitfühlenden Augen schauen sie aufmerksam an.

Nele lässt von dem Gebäck ab. Seufzend schaut sie erst zum Fenster, dann in das gütige Gesicht der alten Frau.

»Ach Frau Ulm, es ist alles so schrecklich! Im Moment scheint mein Leben aus den Fugen zu geraten. Es tut mir so leid, dass Sie in diese ganze Misere mit hineingezogen werden! Erst die Sache mit Phönix, dann der Streit mit meinem Ex-Mann Malte und jetzt ist auch noch Clarissa irgendwie nicht erreichbar.«

Sie blickt kurz auf ihr Handy. Es ist immer noch keine Nachricht von ihr eingegangen. Wieder seufzt sie hörbar auf.

»Wissen Sie, ich habe mich damals, als ich meinen

Mann verlassen habe, nicht im Guten von ihm getrennt. Es sind einige Dinge vorgefallen, die es mir schwer gemacht haben, ein Leben mit ihm zu führen. Das Verhalten, dass sie eben mitansehen mussten, hat er schon früher gezeigt, zumindest so ähnlich. Außerdem habe ich eine Zwillingsschwester und ich habe ihn mit ihr bei einem Stelldichein erwischt.

Aus eben diesen Gründen habe ich mich von ihm getrennt. Er hat von mir nie erfahren, wohin es mich verschlagen hat.

Dass Sie das ganze Spektakel mit ansehen mussten, ist mir ehrlich gesagt, sehr peinlich. Bitte, denken Sie jetzt nicht schlecht über mich!

Als ich Malte damals kennenlernte, war er äußerst charmant und darauf bedacht, mir zu gefallen. Wir führten auch einige Jahre eine vorbildliche Ehe. Wenn ich heute so darüber nachdenke, hätte mir allerdings schon früher auffallen müssen, dass dieser Mann nicht das ist, was er zu sein scheint. Sie selbst haben eben miterlebt, wie ausfallend er werden kann, wenn er nicht das bekommt, was er gerne möchte!

Tja, ich habe einen Kurs in Selbstverteidigung belegt, nachdem ich ihn verlassen hatte, da ich gemerkt habe, dass es besser ist, in bestimmten Situationen handeln zu können. Ich denke, wenigstens in dieser Beziehung habe ich alles richtig gemacht, und ich konnte mich dadurch gegen ihn wehren. Er hat sich auch sehr zu seinen Ungunsten verändert. Alles an ihm ist anders und vollkommen heruntergekommen. Ich bin froh, dass er wieder verschwunden ist. Ich denke auch, dass er die Person war, die sich nachts auf meinem Grundstück herumgetrieben hat. Er selbst hat mir gegenüber zugegeben, dass er mich ausspionierte. Es hörte sich geradezu so an, als hätte er etwas mit dem Verschwinden von Phönix zu tun, aber genau weiß ich es nicht. Es hörte sich halt danach an! Oh mein Gott, es ist alles so grausam! Und jetzt kann ich noch nicht einmal Clarissa erreichen, ihr Handy hat mich sofort auf die Mailbox weitergeleitet. Und bis jetzt habe ich noch keine Nachricht von ihr erhalten.

Sie ist eigentlich zuverlässig, wenn es um Pünktlichkeit geht. Ich hoffe, dass sie heute Abend noch aufkreuzt, da ich mir jetzt schon ernsthaft Gedanken mache. Und ich weiß ja auch nicht, ob ihr eventuell etwas zugestoßen ist! Vielleicht ist sie vom Rad gestürzt und liegt jetzt irgendwo schwer verletzt im Krankenhaus. Oder, oder, oder …

Vielleicht sollte ich doch schon mal die Polizei verständigen. Aber die machen bestimmt noch nichts! Sie ist noch nicht mal vierundzwanzig Stunden verschwunden! Ach, ich hoffe einfach, dass es ihr gut geht! Bestimmt ist nur ihr Akku leer!«

Frau Ulm hat ihr die ganze Zeit schweigend zugehört und man kann erkennen, dass sie angestrengt darüber nachdenkt, was sie antworten soll, ohne Nele noch mehr zu belasten.

Sie atmet einmal tief ein und nippt an ihrem immer noch heißen Kaffee. Gewiss hat sie durch die ganze Aufregung einen trockenen Mund. Nele weiß, dass sie damit öfter ein Problem hat.

»Liebes, das ist ja wirklich schrecklich! Was du schon alles mitmachen musstest! Du hast mir bisher noch nie etwas von deinem Mann erzählt, außer dass du dich von ihm getrennt hast. Das er zu solch einem Ekelpaket wurde, ist kaum zu glauben, aber ich habe ihn ja eben selbst erlebt!

Ich bin froh, dass du sein wahres Gesicht rechtzeitig erkannt, und dich dann sofort von ihm getrennt hast! Was soll ich sagen? Ich kann mir gut vorstellen, dass er derjenige war, der bei dir nachts ums Haus geschlichen ist. Sein Verhalten dir gegenüber spricht Bände! Gewiss will er dich wieder zurückhaben! Aber mach bloß nicht den Fehler, dich wieder auf ihn einzulassen! Manche Männer schaffen es tatsächlich, ihre Frauen immer wieder einzulullen. Allerdings denke ich nicht, dass du diese Art Frau bist. Du bist sehr stark und selbständig! Und wer weiß, irgendwann triffst du den richtigen Mann fürs Leben! Manchmal muss man ein wenig auf sein Glück warten.

Und Phönix taucht auch wieder auf, da bin ich mir sicher! Er war bestimmt neugierig und ist in irgendeinen LKW-Anhänger gesprungen, wurde nicht bemerkt und befindet sich jetzt auf einer Reise. Wenn der Fahrer die Tür öffnet, wird er schon wieder nach Hause kommen. Lass den Kopf nicht hängen!

Ja, und Clarissa! Sie ist eine erwachsene und sehr kluge Frau. Gewiss ist ihr etwas dazwischengekommen und ihr Akku ist leer. Genau wie du vermutest. Also bitte, Liebes, mach dir nicht so viele Sorgen! Es wird sich schon alles wieder richten.

Bloß die Angelegenheit mit diesem bösen Menschen, deinem Ex-Mann, die solltest du nicht auf die leichte Schulter nehmen! Dieser Mann ist, da bin ich mir ganz sicher, äußerst gefährlich und stellt eine Bedrohung für dich dar. Bitte, tu in dieser Sache schon ganz bald etwas, ich würde mir sonst ständig Gedanken um dein Wohlergehen machen! Das willst du einer alten Frau doch bestimmt nicht antun, oder?«

Ihre Gesichtszüge bleiben während ihrer Ausführung ernst. Bei Beendigung ihres letzten Satzes allerdings bildet sich ein Lächeln auf ihren Lippen und ihre Augen wandern zur mittlerweile leeren Kaffeetasse von Nele. Sofort greift sie nach der Kanne und füllt die Tasse wieder auf.

Um der alten Dame einen Gefallen zu tun, lächelt auch sie und versichert, dass sie schnellstmöglich eine Verfügung erwirken wird, woraufhin Frau Ulm augenblicklich etwas beruhigter wirkt.

Erneut schaut sie auf ihr Handy, ob sie nicht in der Zwischenzeit eine Nachricht verpasst hat.

Sie wird enttäuscht. Noch einmal wählt sie Clarissas Nummer. Sofort landet sie auf deren Mailbox.

Um sich und ihre Nachbarin etwas von allem abzulenken, beginnt sie ihr von Robert zu erzählen. Sie nimmt sich vor, ihn sobald sie wieder zuhause ist anzurufen. Sie will ihn fragen, ob sie nicht heute Abend noch etwas zusammen trinken wollen, falls Clarissa bis dahin immer noch nicht aufgetaucht ist. Über ihr Handy ist sie jederzeit für sie erreichbar.

Es scheint ihr und auch Frau Ulm gut zu tun, dass sie sich jetzt über eine Person unterhalten, die nicht verschwunden ist, oder ihnen Schwierigkeiten bereitet. Sie versuchen beide, die Gespräche über Clarissa, Phönix und Malte zu vermeiden. Nur ab und an schaut Nele auf ihr Handy, um zu überprüfen, ob unbemerkt eine Nachricht eingegangen ist. Aber wie zuvor wird sie jedes Mal enttäuscht.

Sie sitzen noch bis kurz vor sieben in der kleinen Küche,

trinken Kaffee, essen von dem köstlichen Gebäck und jede von ihnen scheint es zu genießen, nicht allein sein zu müssen.

Sie hat Angst davor, den ganzen Abend allein zuhause zu sitzen, ohne irgendeine Nachricht von Clarissa und Phönix. Es würde ein sehr langer Abend werden, wenn sie von keinem der Beiden etwas Neues hört.

Sie verabschiedet sich dann schweren Herzens. Frau Ulm drückt sie zum Abschied fest und herzlich. Sie kann der alten Dame die Müdigkeit ansehen, die gewiss auch zum Teil durch die ganze Hektik dieses Tages entstanden ist.

Noch ein kurzer Blick auf ihr Handy, dann macht sie sich auf den kurzen Weg nach Hause. Frau Ulm begleitet sie bis zur Tür. Sie hört noch, wie hinter ihr der Schlüssel im Schloss sorgfältig herumgedreht wird.

20

Nele betritt ihre Wohnung. Und wieder wird sie von dieser undurchdringlichen Stille empfangen, die ihr Herz schneller schlagen lässt. Nachdem sie die Tür hinter sich geschlossen hat, lehnt sie sich dagegen.

Kein fröhliches Bellen, kein leichtes Stupsen einer Hundeschnauze gegen ihr Bein, um sich ein Leckerchen zu erschleichen. Nichts, absolute Stille. Auch das Clarissa noch nicht angekommen ist, bereitet ihr immer mehr Kopfzerbrechen. Sie kann sich nicht vorstellen, dass sie so lange nichts von sich hören lässt.

Natürlich ist es möglich, dass ihr Akku leer ist, aber es gibt andere Mittel und Möglichkeiten, ein Lebenszeichen von sich zu geben.

Sie seufzt, kramt ihr Handy aus der Hosentasche und starrt es für eine kurze Weile einfach nur an. Dann wählt sie Roberts Nummer. Auch bei ihm springt nach einigen Klingeltönen, die ihr vorkommen wie ein böses Omen, die Mailbox an. Sie wird von einer Telefonansage gebeten, eine Nachricht zu hinterlassen. Da sie nicht weiß, was sie sagen soll, bricht sie das Telefonat kurzerhand ab. Sie überlegt, ob sie ihn noch einmal anrufen soll, um ihm dann doch eine kurze Mitteilung zu hinterlassen. Falls er sie noch frühzeitig abhören würde, könnte es ja doch noch etwas aus dem gemeinsamen Glas Wein werden. Nachdenklich dreht sie unbewusst einige Male das Telefon in ihren Händen hin und her. Dann wählt sie erneut seine Nummer. Nachdem die automatische Ansage geendet hat, und der obligatorische Ton erfolgt, fragt sie ihn, ob er nicht Lust hätte, sich mit ihr in ihrem Lieblingslokal zu treffen, um ein wenig zu quatschen.

Es ist mittlerweile schon fast halb acht, und sie kommt sich dämlich vor, weil sie ihn um diese Uhrzeit noch um ein Date bittet. Sie ist sich sicher, dass er denkt, sie würde ihm hinterherlaufen. Selten hat sie sich so miserabel gefühlt, wie in diesem Moment. Wenn sie könnte, würde sie die Nachricht am liebsten wieder löschen.

Geknickt lässt sie den Kopf hängen und geht ins Wohnzimmer. Auch hier herrscht die gleiche Stille wie im Flur und auch in allen anderen Räumen dieses Hauses. Sie vermisst Phönix, der allein durch seine Anwesenheit die unnormale Stille vertreiben würde.

Um ihre innere Unruhe zu bekämpfen, schenkt sie sich ein Glas Rotwein ein, und wendet sich in ihrem Atelier einer neuen Zeichnung zu. Allerdings steht sie fast eine Stunde vor der hellen Leinwand, ohne auch nur einen Pinselstrich auszuführen. Immer wieder schaut sie auf ihr Handy und wird stets enttäuscht. Das Clarissa sie immer noch nicht angerufen, oder angeschrieben hat, ist ungewöhnlich. Die Sorge um ihren Verbleib bewirkt, dass die Ruhelosigkeit immer stärker an ihr nagt.

Seufzend stellt sie den Pinsel endgültig in ein Wasserglas.

Nachdem sie alle Rollläden geschlossen hat, schnappt sie sich ihr Handy und geht in die Küche. Sie füllt ein Glas mit Leitungswasser. Aus einem der oberen Schränke kramt sie eine kleine Kiste hervor, in der sich ihre Arznei befindet. Sie muss nicht lange suchen. Direkt neben einem abgelaufenen Hustensaft und diversen kleinen Fläschchen mit homöopathischen Mitteln, liegt die Schachtel mit dem gesuchten Medikament. Es handelt sich um Schlaftabletten. Etwas zittrig entnimmt sie dem Blister eine der Tabletten.

Seit dem Vorfall damals mit Malte, hat sie immer welche im Haus, da es ihr in manchen Nächten einfach nicht möglich ist, in den benötigten Schlaf zu finden. Allerdings wendet sie diese Maßnahme nur in äußersten Notfällen an, wie von ihrem Arzt empfohlen.

Lange überlegt sie, mit der Pille in der Hand, ob sie diese wirklich schlucken soll. Ihr ist bewusst, dass sie dadurch Schlaf finden wird, der Nebeneffekt bewirkt aber auch, dass sie voraussichtlich bis in die späten Morgenstunden völlig ausgeknockt sein wird. Wenn sie sie also wirklich nimmt, würde sie eventuell nicht mitbekommen, wenn Clarissa in der Nacht noch auftaucht. Da sie ihr aber einen Schlüssel für die Haustür hinterlegt hat, kann sie ja jederzeit ins Haus.

Mit diesem Wissen schluckt sie die Pille und spült sie hinunter.

Nach einem erneuten Blick auf ihr Handy, muss sie resigniert erkennen, dass sie immer noch keine neuen Nachrichten erhalten hat. Weder von Clarissa noch von Robert.

Dass Robert sich noch meldet, zweifelt sie stark an. Außerdem würde es um diese Uhrzeit sowieso keinen Sinn mehr machen, sich noch zu treffen, zumal sie schon bald die Wirkung der Tablette spüren wird.

Mit dem Handy in der Hand steigt sie die Stufen nach oben.

Während sie die Zähne putzt und nach ihrer Schlafmaske greift, bemerkt sie erst richtig, wie aufgewühlt sie wirklich ist und trotzdem total fertig.

Das Zittern ihres Körpers hat nachgelassen. Also setzt sie sich auf die Bettkante, und zieht die Hose aus. Mit geschlossenen Augen und der aufgesetzten Maske schlüpft sie unter die Bettdecke.

Trotzt der Tablette hat sie Schwierigkeiten einzuschlafen. Sie schaltet am Handy Musik ein, aus Angst vor der Stille.

Es kommt ihr vor, als wäre es ihr heute überhaupt nicht mehr möglich, einzuschlafen. Und nachdem sie eine kurze Weile nur vor sich hin döst, fällt sie endlich in einen tiefen Schlaf, der von wirren Träumen begleitet wird.

21

Die Sonne erhellt das Zimmer und durch die anherrschende Wärme ist erkennbar, dass die kühlende Nachtluft schon vor längerem von ihr vertrieben wurde. Ein Möwenschwarm überfliegt kreischend das Dach auf seinem Weg in Richtung See. Aus der Ferne kann man das röhrende Hupen eines großen Schiffes vernehmen.

Der neue Tag ist schon lange angebrochen und alles scheint seinen normalen Gang zu gehen. Zumindest für die meisten anderen Menschen auf der Insel und um sie herum, stellt Nele gähnend und mit einem Anflug leichten Kopfschmerzes fest. Es kommt ihr vor, als wären alle Gedanken in Watte gepackt. Sie zieht sich die Maske vom Gesicht und legt sie zur Seite.

Mit der rechten Hand greift sie suchend neben ihr Bett. Die Augen hält sie geschlossen. Nach kurzer Zeit findet sie, was sie sucht. Mühsam setzt sie sich auf. Dann öffnet sie den Verschluss der kleinen Wasserflasche. Da sie sehr durstig ist, leert sie die Flasche bis zum letzten Tropfen. Sie verschließt sie und lässt sie einfach neben ihr Bett gleiten. Dann legt sie sich noch einmal in die Kissen zurück. Sie lauscht den Geräuschen der Außenwelt und den leisen Klängen der Musik im Hintergrund.

Irgendetwas fehlt, aber was?!?

Sie schlägt ihre Hände vor das Gesicht. Schlagartig

und wie ein Tritt in den Magen, kehrt die Erinnerung, die durch die eingenommene Tablette in die hinterste Schublade ihres Denkens gerutscht war, augenblicklich mit voller Wucht zurück.

Phönix fehlt! Clarissa ist nicht aufgetaucht!

Augenblicklich öffnet sie die Augen. Mit ungeahnter Schnelligkeit sitzt sie schon auf ihrer Bettkante. Sie stemmt die Hände auf die Oberschenkel und starrt aus dem Fenster auf den, mit nur wenigen weißen Schleier-Wölkchen bedeckten, tiefblauen Himmel.

Phönix ist nicht bei ihr! Außerdem hat sie auch immer noch nichts von Clarissa gehört. Sofort greift sie nach dem Handy, das sie gestern auf ihrem Nachtschränkchen abgelegt hat. Der Akku ist leer! Sie starrt auf ein schwarzes Display.

»Mist, so ein verdammter Mist! Echt jetzt?! Wieso immer im falschen Moment? Warum habe ich es gestern nicht ans Kabel gehangen? Manchmal bin ich echt dämlich!« flucht sie laut vor sich hin und steht auf.

Sie schnappt sich ihre alte und schon ziemlich abgetragene dünne Sportjacke, die auf einem Bügel hängt und wirft sie sich über. Eine Shorts, die auf einem Stuhl liegt, streift sie ungelenk über ihre Beine. Dann macht sie sich auf den Weg nach unten.

Nachdem sie das Telefon mit dem Ladekabel verbunden hat, öffnet sie alle Rollos und stellt den Vollautomaten an. Dieser zeigt an, dass Wasser fehlt. Sie nimmt den Behälter und füllt Wasser hinein. Dann füllt sie noch die Bohnen auf, da auch in diesem Behältnis vollständige Leere herrscht.

Sie ist ziemlich genervt, da sie zwischendurch einen

Blick auf das Handy geworfen hat, und ihr angezeigt wird, dass es noch etwas dauert, bis sie es wieder nutzen kann.

Als sie schließlich das laute Mahlen der Maschine hört und gleich darauf verfolgt, wie die frisch aufgebrühte schwarze Flüssigkeit langsam und mit gluckerndem Geräusch in ihren Lieblings-Becher fließt, wird sie wieder etwas ruhiger. Das starke Aroma von frischem Kaffee verteilt sich im gesamten Raum und lässt ihre Sinne wieder aufleben. Endlich kann sie auch ihr Handy wieder einschalten.

Es sind nur einige unwichtige E-Mails und eine Nachricht von Robert eingegangen. Kein Lebenszeichen von Clarissa. Am liebsten würde Nele das Handy an die Wand werfen! Da sie allerdings einsieht, dass dies absolut sinnfrei ist, unterlässt sie es.

Mit dem dampfenden Kaffee in der einen, und dem Smartphone samt Kabel in der anderen Hand, schlurft sie ins Wohnzimmer und stellt die Tasse ab. Dann steckt sie den Stecker des Ladekabels in eine Steckdose neben der Couch und nimmt mit untergeschlagenen Füßen zwischen den gemütlichen Kissen darauf Platz.

Sie legt das Handy neben sich auf der Couch ab und nippt vorsichtig an der Tasse. Durch den Genuss des starken Gebräus merkt sie, wie ihre Lebensgeister langsam wieder hochfahren.

Sie ärgert sich, dass sie gestern die Tablette genommen hat, obwohl sie genau weiß, dass sie am Tag drauf immer etwas länger braucht, bis sie völlig klar denken kann. Ein kurzer Blick auf den leeren Platz, der normalerweise von ihrem Hund besetzt wird, und ein etwas längerer in Richtung Atelier, in dem sie Clarissa und sich bei einem

Plausch bildlich vor sich sieht, lässt sie laut aufseufzen. Mit einem bedrückten Schulterzucken wendet sie die Augen ab und führt die Tasse erneut an ihre Lippen. Den leichten Schmerz des heißen Bechers spürt sie kaum.

Der Schmerz, der ihr Herz durchflutet ist stärker. Irgendwie kann sie spüren, dass etwas Schlimmes passiert sein muss. Und was für sie noch schrecklicher ist, sie kann absolut nichts tun! Clarissas Verschwinden kann sie der örtlichen Polizei erst in frühestens sechs Stunden melden, da sie die vierundzwanzig Stunden-Regelung kennt.

Was sie noch bezüglich Phönix‹ Verschwinden unternehmen kann, weiß sie nicht. Die Idee von Marc, Flyer zu verteilen ist wahrscheinlich die letzte Alternative. Da fällt ihr auch wieder ein, dass sie dies heute mit ihm gemeinsam erledigen will. Eigentlich sollte Clarissa auch dabei sein.

Gerade will sie erneut versuchen, ihre Freundin auf dem Handy zu erreichen und lesen, was Robert ihr geschrieben hat, da schrillt ein lautes Läuten durchs Haus.

Erschrocken verschüttet sie fast die Hälfte des heißen Getränks auf ihre Jacke und das darunter hervorlugende T-Shirt. Der dadurch hervorgerufene Schmerz lässt sie mit einem lauten Zisch-Geräusch die Luft durch ihre zusammengebissenen Zähne einsaugen. Mit einem Blick auf den braunen Fleck, der sich auf Jacke und T-Shirt ausbreitet, stellt sie die Tasse auf den Tisch. Alles an ihrem Körper ist auf das Äußerste angespannt.

Ängstlich zieht sie ihre Füße auf das Sofa. Ihre Gedanken schwirren dabei in verschiedene Richtungen. Die erste Idee allerdings bleibt beständig. Sie ist der festen

Überzeugung, dass Malte vor ihrer Tür steht und nur darauf wartet, dass sie endlich die Tür für ihn öffnet. Was dann alles passieren könnte, malt sie sich gerade in den verschiedensten Szenerien aus. Eine weitere zeigt ihr Clarissa, die vor der geschlossenen Tür auf Einlass hofft, da sie den Schlüssel nicht gefunden hat. Nele ist sich allerdings sicher, dass sie sich auf andere Weise bemerkbar machen würde, falls die Tür geschlossen bliebe. Selbst ihre Nachbarin würde wahrscheinlich an eines der Fenster klopfen, um sie auf sich aufmerksam zu machen.

Ein weiteres Läuten lässt sie wiederholt erschrocken hochfahren.

Fest verschließt sie ihre Augen und presst sich dann fast starr vor Angst so tief es geht in die äußerste Ecke der Couch. Es ist ihr nicht möglich aufzustehen, um durch das kleine Fenster neben der Haustür nachzusehen, wer der unerwartete Besucher ist.

Die Stille, die im Haus herrscht, macht sie fast verrückt. Dies ist wieder einer der Momente, in dem ihr der schmerzhafte Verlust des vierbeinigen Beschützers das Atmen erschwert. Der Wunsch, jetzt ihr Gesicht in das dichte Fell vergraben zu können, lässt ihr heiße Tränen die Wangen herablaufen. Sie öffnet die Augen, aus der plötzlichen Angst heraus, Malte könnte unbemerkt vor eines ihrer Fenster geschlichen sein, oder sich vor der Terrassentür aufhalten und sie beobachten.

Aber dort steht niemand.

Nach einer gefühlten Ewigkeit hört sie das Startgeräusch eines Autos. Es muss direkt vor ihrem Haus oder ganz in der Nähe stehen.

In diesem Augenblick ist sie wieder fähig, sich zu bewegen.

Sie springt vom Sofa auf. In gebückter Haltung schleicht sie so schnell sie kann in den Flur. Vor der Haustür bleibt sie einen Moment lauschend stehen. Es sind keine auffälligen Geräusche vor der Tür zu hören, außer dem immer leiser werdenden Fahrzeugmotor. Sie weiß, wenn sie sich jetzt nicht beeilt, wird sie nicht mehr sehen können, welches Fahrzeug die Straße verlässt.

Mit fahrigen Fingern dreht sie den Schlüssel im Schloss. Kurz kommt ihr der Gedanke, das Auto könnte jemand anderem gehört haben und Malte stünde immer noch vor der Tür. Energisch schüttelt sie ihren Kopf und öffnet die Tür.

Angespannt reckt sie ihren Hals aus dem Spalt.

Gerade in diesem Moment fährt das Auto um die Kurve und aus ihrem Blickfeld. Nur für einen Bruchteil kann sie noch die Farbe ausmachen, die in dem ungünstig einfallenden Sonnenlicht zu stark reflektiert, um sie genau zu erkennen. Aber es ist nicht schwarz, was bedeutet, dass es sehr wahrscheinlich nicht Malte war.

Nachdem sie sicher ist, dass sich niemand vor ihrem Haus aufhält, tritt sie ganz hinaus und schaut die Straße noch einmal hinauf und wieder zurück. Alles scheint vollkommen friedlich. Die Geräusche eines entfernten Rasenmähers lassen den Morgen wie einen ordinären Tag wirken. Auch der vertraute Schrei einer Möwe, die in unmittelbarer Nähe sehr wahrscheinlich etwas Essbares zu verteidigen scheint, kommt ihr so bekannt vor. Und doch stimmt irgendetwas nicht ganz. Unschlüssig steht sie noch eine ganze Weile in der offenen Tür im grellen

Sonnenlicht. Mit zusammengekniffenen Augen starrt sie auf das Nachbarhaus, während sich ihre Gedanken weiter um die Frage drehen, wer vor wenigen Minuten noch an der gleichen Stelle gestanden haben muss.

Unvermittelt wird sie sich ihres seltsamen Erscheinungsbildes, das sie für Außenstehende abgibt, bewusst. Es ist ihr auf einmal sehr peinlich, in mit braunen Flecken beschmutzter Jacke und T-Shirt, ohne Hose und gewiss wirrer Frisur vor dem Haus zu stehen. Außerdem starrt sie ohne ersichtlichen Grund in die Gegend. Sie stellt sich vor, wie sie auf einen Beobachter wirken muss und vergleicht sich mit Frau Ulm, wenn diese sich in ihrem morgendlichen Aussehen auf einen kleinen Plausch mit ihr einfindet.

Dieses Bild bewirkt, dass ein breites Grinsen auf ihrem Gesicht erscheint.

Kopfschüttelnd, und noch immer grinsend wendet sie sich um und geht zurück ins Haus.

Nachdem sie wieder auf der Couch Platz genommen hat und gerade ihr Handy in die Hand nimmt, klingelt es in der Nähe. Allerdings stammen die Töne nicht von dem Gerät in ihrer Hand, sondern es versucht sie jemand über das Festnetz zu erreichen.

Wieder erstarrt sie in ihrer Bewegung. Kurz darauf springt sie auf und geht mit eiligen Schritten zu dem kleinen Tisch, auf dem die Station steht, in der auch das Mobilteil positioniert ist.

Nach einem schnellen Blick auf das Display erkennt sie, dass es sich um einen Teilnehmer mit unterdrückter

Nummer handelt. Sie wartet auch das letzte Klingeln ab, bis ihr Anrufbeantworter anspringt.

Eine fremde Frauenstimme durchdringt sodann die Stille. Sie stellt sich als eine Frau Klausen vom Landeskriminalamt vor.

Nele will schon den Anruf annehmen, als auch ihr Handy zu klingeln beginnt. Sofort nimmt sie das Smartphone, um es lautlos zu stellen. Sie kann nicht mehr verstehen, was die Dame am Telefon sagt, während sie fahrig versucht, das Handy stumm zu schalten. Als es in ihrer Hand nur noch leicht vibriert, wird das Gespräch am anderen Telefon gerade mit einem » …rufen Sie mich bitte zurück. Danke schön!« beendet.

Sie hat noch mitbekommen, dass die Frau eine Nummer nannte, unter der sie sich an sie wenden kann.

Schnell geht sie zum Telefon und hört den AB ab. Aber außer dem Namen der Anruferin, der Telefonnummer und der Mitteilung, dass sie Kriminalbeamtin ist, kann sie der Nachricht keine weiteren Informationen entnehmen.

Sie überlegt mit gerunzelter Stirn, worum es sich handeln könnte.

Vielleicht hat es etwas mit Clarissa zu tun, oder Malte. Es könnte sogar sein, dass Phönix in etwas verwickelt wurde, was einen Anruf der Kripo rechtfertigt.

Ihre Gedanken rasen. Genau in diesem Moment fällt ihr auch wieder der Anruf auf dem Handy ein. Vor lauter Hast hat sie nicht darauf geachtet, wer über diese Leitung versuchte, Kontakt aufzunehmen.

Urplötzlich fällt ihr ein, dass Robert ihr ja geschrieben hat und sie ihm immer noch eine Antwort schuldet. Er könnte der Anrufer gewesen sein!

Also eilt sie zurück zum Handy und will es gerade auf den letzten Anruf überprüfen, da vibriert es erneut in ihrer Hand.

Mit dem Namen, der auf dem Display erscheint, hat sie nicht im Mindesten gerechnet!

»Hallo Nele, ich bin's, Jenny! Bitte, leg nicht auf, bevor du dir angehört hast, was ich dir zu sagen habe! Bitte, es ist dringend!«, erklingt die ihr nur allzu bekannte Stimme leise und flehend aus dem Mikro, nachdem sie den Anruf nach langem Überlegen annimmt.

Es entsteht eine unangenehme Pause, in der sie sich unbewusst mit der freien Hand durch die Haare streicht. Die schwere Atmung am anderen Ende verrät ihr, dass ihre Schwester keine Ahnung hat, wie sie das Gespräch weiterführen soll. Allerdings verspürt sie nicht das geringste Interesse daran, es ihr auf irgendeine Art leichter zu machen. Sie sitzt die fast elektrisch geladene Stille aus und wartet darauf, dass sie ihr Anliegen endlich hervorbringt.

Während sie die Luft angehalten hat, ist ein letzter tiefer Atemzug zu hören, außerdem ein Schniefen, woraus sie schließt, dass Jenny geweint hat, oder es immer noch tut. Dann endlich vernimmt sie wieder die jetzt noch leisere Stimme ihrer Schwester.

»Es tut mir alles so leid, alles, was ich gemacht habe! Das war ein großer Fehler! Ich würde das alles gerne wieder gut machen! Allerdings rufe ich dich nicht nur aus diesem Grund an. Es ist einiges passiert in den letzten Jahren und vieles betrifft auch dich! Ich würde dir die ganze

Geschichte, nein, das ist der falsche Ausdruck dafür, es ist keine Geschichte, sondern die harte Realität, mhhh … ja, ich würde dir gerne alles in einem persönlichen Gespräch und nicht so übers Telefon erzählen. Aber was ganz wichtig ist, und ich dir vorab schon sagen muss, Malte ist nicht mehr der, der er mal war! Er ist, denke ich, auf dem Weg zu dir. Er hat herausgefunden, wo du jetzt arbeitest und wo du wohnst. Ich habe ihn seit einigen Tagen schon nicht mehr gesehen, da ich vor ihm geflüchtet bin.

Es steht ein Gerichtstermin an, in dem er als Beschuldigter anwesend sein wird. Er benötigt dafür eine Aussage von dir, um ihn besser dastehen zu lassen! Aber ich würde dir dies alles wirklich lieber erklären, wenn ich bei dir bin. Ich habe mir ein paar Klamotten eingepackt und würde mich auf den Weg zu dir machen. Lass mich dir bitte alles erklären! Rausschmeißen kannst du mich dann immer noch, wenn du der Meinung bist, dass du nichts mehr mit mir zu tun haben möchtest.«

Wieder entsteht eine Pause. Diesmal ist es an ihr, einige tiefe Atemzüge zu machen, während aus dem Telefon kein Laut zu hören ist. Gewiss hat nun Jenny die Luft angehalten und wartet auf eine Antwort.

Angespannt überlegt sie, was sie sagen soll, und ob sie möchte, dass ihre Schwester bei ihr aufkreuzt. Sie starrt aus dem Fenster und beobachtet ein paar Schmetterlinge dabei, wie sie umeinander flattern und sich dann auf den Blüten eines Strauches niederlassen, um den Nektar aus den Blütenkelchen zu saugen.

»Was kümmert es dich, ob Malte bei mir aufkreuzt oder auch nicht? Hast du Schiss, dass ich ihn dir wegnehmen könnte? Da kannst du ganz beruhigt sein! Ich will ihn nicht zurück! Du kannst ihn gerne behalten, sogar mit Kusshand! Außerdem, er war schon hier! Ich muss sagen, ich habe ihn kaum wiedererkannt. Ich weiß nicht, was du mit ihm veranstaltet hast, aber er hat sich nicht zu seinen Gunsten verändert.

Des Weiteren halte ich es für keine gute Idee, dich bei mir zu empfangen. Du hast mich damals sehr verletzt! Außerdem, ich komme ganz prima ohne dich klar! Papa ist auch noch da, bei ihm kannst du dir ja die Augen ausheulen, er ist genau so ein Psycho wie Malte. Ehrlich gesagt habe ich die Nase gestrichen voll, von den Erlebnissen, die ich in meiner Vergangenheit hatte. Ich bin absolut nicht scharf darauf, wieder mit meinem alten Leben konfrontiert zu werden, und du bist nun einmal ein Teil davon. Ich habe lange gebraucht, um darüber weg zu kommen, dass gerade DU mich so hintergehst! Es war nicht einfach für mich, das alles zu verdauen und hinter mir zu lassen, das lass dir gesagt sein!«

Sie wollte sich eigentlich kurzhalten, und Jenny lediglich verdeutlichen, dass sie in einem Treffen keinen Sinn erkennt, aber aus einem unbestimmten Grund war es ihr plötzlich ein Bedürfnis, sich Luft zu machen und ihre Schwester anzugreifen.

Sobald die Worte aus ihrem Mund gesprudelt sind, schämt sie sich fast für diesen Ausbruch. Aber es gibt ihr auch ein befreiendes Gefühl.

Ihre Schwester hat einen schwerwiegenden Fehler gemacht, aber schon seit Jahren versucht sie, Kontakt mit ihr aufzunehmen, und wahrscheinlich plagen sie heftige

Gewissensbisse. Es ist nicht richtig von ihr, sie nicht wenigstens einmal anzuhören und ihr die Chance zu geben, sich zu entschuldigen. Vielleicht ist es ihr auch möglich, ihr zu verzeihen, wenn sie sich nur einmal ordentlich aussprechen. Sie sind eineiige Zwillinge. Da besteht sehr wahrscheinlich die Möglichkeit, dass die eine, genau wie die andere die gleichen Männer gut findet. Und vielleicht war es Jenny einfach nicht möglich, sich dem Charme von Malte zu entziehen, der sie von Anfang an immer netter behandelte, als es erforderlich gewesen wäre.

Ihr wird plötzlich bewusst, dass sie schon damals zum Teil eifersüchtig war, wenn sich Jenny in Maltes Nähe befand und er mit ihr herumalberte. Dieses Detail hatte sie wohl komplett verdrängt.

Außerdem sind immer beide Partner einer Beziehung schuld, wenn sie zerbricht.

Diese Erkenntnis, zu der sie in genau diesem Moment gelangt, lässt sie etwas sagen, worüber sie später noch sehr froh ist.

»Jenny, ich würde mich freuen, mich mit dir auszusprechen! Komm einfach zu mir und wir werden sehen, wie es weiter geht. Es ist vielleicht an der Zeit, den Groll endlich abzulegen, auch wenn es nie wieder so wird, wie es einmal war!«, sagt sie dann mit Nachdruck und fester Stimme.

Aus dem Hörer kann sie dem erstaunten »Ohhh!« entnehmen, dass Jenny nicht mit einer derartigen Reaktion gerechnet hat.

Sie sieht ihre Schwester vor ihrem geistigen Auge.

Ein kleines Mädchen im Alter von höchstens sechs Jahren, die blonden Haare mit dunkelroten Samtbändern zu

Ratten-Zöpfchen gebunden, sitzt sie ihr im Wohnzimmer der Eltern gegenüber, und lächelt sie an.

Dieses Lächeln sagt alles. Es drückt die enge Verbundenheit und Liebe zu ihr aus. Auch das Bedürfnis, von ihrer ›großen‹ Schwester geführt zu werden, spiegelt es wider.

Zwar verfiel Jenny im jugendlichen Alter immer mehr in trotziges Verhalten, aber eigentlich nur ihren Eltern gegenüber.

Durch die Beziehung und spätere Ehe mit Malte verlor sie ein wenig den Bezug zu ihr, allerdings ungewollt. Auch die ständig wechselnden Männer im Leben der Schwester ließen sie etwas Abstand nehmen. Jenny allerdings suchte weiterhin ständig den Kontakt zu ihr.

Es zeigt Nele, dass sie schon immer die Stärkere von ihnen beiden war, die sich eigentlich mehr um sie hätte kümmern müssen.

»Wenn du nichts dagegen hast, nehme ich den nächsten Zug und komme so schnell es geht. Danke, dass du mir eine Chance gibst! Ich werde mich bessern und mache mein Verhalten dir gegenüber wieder gut!

Ich freue mich auf dich! Schick mir bloß noch mal deine genaue Adresse.«

»Ich schicke sie dir und ganz ehrlich: Ich freue mich auch auf dich! Nie hätte ich gedacht, dass ich das dir gegenüber noch einmal sagen würde!«, antwortet Nele.

Sie fühlt in diesem Augenblick wieder die tiefe Verbundenheit, die sie früher miteinander teilten.

Sie verabschieden sich. Nachdem die Verbindung beendet ist, schickt sie ihr die aktuelle Adresse.

23

Nele schaut auf ihr Handy. Sie erinnert sich an die Nachricht von Robert, die sie immer noch nicht beantwortet hat. Noch nicht einmal gelesen. Ungeduldig öffnet sie den Chat. Nachdem sie seine Zeilen überflogen hat, rumort es so heftig in ihrem Magen, als würden hunderte von Schmetterlingen einen Tanz darin aufführen.

Bisher waren seine Nachrichten immer kurz und recht unpersönlich. In der heutigen allerdings lässt er sich ausführlich darüber aus, dass er auf sich selbst sauer ist, ihre Nachricht nicht schon früher gelesen zu haben. Er gibt keine genaue Erklärung darüber ab, warum er sie erst heute Morgen gelesen hat, aber das ist ihr auch vollkommen egal. Etwas völlig anderes in den verfassten Zeilen lässt ihr Herz höher hüpfen. Unumwunden gesteht er ihr, dass er sie vermisst und sich darauf freut, endlich wieder gemeinsame Zeit mit ihr verbringen zu können. In seiner letzten Zeile fragt er nach, ob sie nicht heute Abend zusammen ein Gläschen Wein bei ihr zuhause trinken wollen.

Sie schaut sich im Zimmer um, als würde sie hier die Worte finden, die sie zurückschreiben möchte. Dabei fällt ihr Blick wieder einmal auf den leeren Platz von Phönix.

Sofort verschwinden die Schmetterlinge und die Traurigkeit setzt wieder ein.

Es ist mittlerweile schon fast elf Uhr. Der plötzliche Drang, zu erfahren, was das Landeskriminalamt von ihr will, lässt sie den Anruf ihrer Schwester und die Nachricht von Robert für den Moment vergessen. Gedanklich stellt sie sich schon einmal auf den Erhalt einer äußerst schlechten Botschaft ein, während sie einen Zettel vom Notizblock reißt, und einen Kuli zur Hand nimmt, um sich die Nummer zu notieren.

Das Rufzeichen ertönt einige Male, bevor sie an einem neuerlichen Läuten erkennt, dass eine Rufumleitung geschaltet ist. Auch hier klingelt es noch mehrmals. Gerade will sie den Anruf unterbrechen, als das Telefonat angenommen wird.

Es knackt und laute Geräusche lassen erkennen, dass sich der andere Teilnehmer scheinbar im Freien befindet, wo der Wind über die Oberfläche des Mobilteil fegt.

» …einen Moment, bitte! …Nein, sperrt das Gebiet noch einige Meter weiter ab, das ist zu wenig!«, hört sie eine verzerrte, weibliche Stimme am anderen Ende, als würde das Handy weiter weg gehalten, oder mit etwas verdeckt.

Noch einige Sekunden kann sie nur bruchstückhaft hören, dass sich ihre Gesprächspartnerin mit weiteren Personen unterhält.

Sie hat sich mittlerweile wieder auf die Couch gesetzt und knabbert am Fingernagel des linken Daumens, während sie weiter das Smartphone an ihr Ohr presst.

Ihre Anspannung wird durch die Wartezeit noch stärker. Sie kann es nicht leiden, wenn man einen Anruf annimmt, obwohl man eine andere Sache noch nicht abgeschlossen hat. Dies löst bei ihr einen leichten Anflug von Missmut und Ungeduld aus.

Sie möchte endlich erfahren, was die Dame am anderen Ende der Leitung von ihr will!

»Klausen, LKA, Hallo, sind Sie noch dran?«, vernimmt sie dann endlich laut und deutlich die Stimme am Hörer.

»Moin, Nele Gilden, Sie hatten vorhin bei mir angerufen, mit der Bitte um Rückruf. Was kann ich für Sie tun?«, antwortet sie etwas ungeduldig.

»Ah, ja, Moin Frau Gilden! Ich wollte Sie bitten, sich schnellstmöglich bei uns auf dem Revier einzufinden, wenn Ihnen dies möglich ist. Wenn es geht, heute noch! Wir brauchen dringend einige Informationen in einer bestehenden Ermittlung, die wir am frühen Morgen einleiten mussten. Mein Kollege Prinz und ich würden Sie dort befragen. Könnten Sie heute noch vorbeischauen?«

Nele ist sich sicher, dass diese Befragung etwas mit ihrer Freundin zu tun haben muss. Allerdings hat die Beamtin nicht den leisesten Hauch eines Hinweises verlauten lassen, was sie stutzig macht. Ist es nicht üblich, dass man Zeugen, oder als was auch immer sie gerade vorgeladen wurde, nicht darauf hinweist, um was es sich überhaupt handelt?

Da sie wissen will, worauf sie sich bei der Befragung einstellen muss, stellt sie vorsichtig eine Gegenfrage, ohne der angesprochenen Einladung zuzustimmen.

»Können Sie mir sagen, um was es sich bei der Ermittlung dreht? Natürlich werde ich nach bestem Wissen die von Ihnen benötigten Informationen abgeben, aber ich wüsste schon ganz gerne, um was genau es sich in dieser Angelegenheit handelt!«

»Es geht um ihre Nachbarin, Frau Ulm. Genaueres werde ich Ihnen mitteilen, wenn Sie vor Ort sind. Wie gesagt, es ist sehr wichtig und äußerst dringlich!«

Wenn Nele nicht schon sitzen würde, müsste sie sich wahrscheinlich dringend auf den nächstbesten Platzt niederlassen. Eine solche Antwort hat sie nicht erwartet. Ihre Gedanken kreisen um die letzten Geschehnisse des gestrigen Tages.

Sollte Malte noch einmal zurückgekehrt sein und ihrer Nachbarin etwas angetan haben? Sie selbst hatte sich ja in ihrem Haus verbarrikadiert und damit ein Eindringen in ihre Wohnung fast unmöglich gemacht. Da sie aber weiß, dass Frau Ulm ihre Rollläden zum Teil nicht schließt, weil sie sich dadurch eingezwängt fühlt, könnte er sich dies zunutze gemacht haben, und in ihr Haus eingedrungen sein. Und wenn dies der Fall ist, was hat er der guten Frau angetan?

Sie zittert am ganzen Körper. Fast wäre ihr das Telefon aus der Hand gefallen, dass sie nun noch fester an ihr Ohr drückt, und ungläubig schüttelt sie den Kopf.

Es entsteht eine Pause, in der ihr die verschiedensten Verletzungen an ihrer Nachbarin durch den Kopf schießen. Auch beginnen Tränen über ihr Gesicht zu rinnen.

Dass es sich bei der ganzen Sache nicht nur um eine Bagatelle handeln kann, ist logisch. Ihr kommt der Gedanke, dass Frau Ulm sich momentan im Krankenhaus befindet und darauf hofft, dass Nele ihr notwendige Sachen vorbeibringt. Die Möglichkeit, dass sie sich sogar im Koma befinden könnte, verwirft sie sofort wieder und hofft, dass es sich, wenn ihr tatsächlich etwas angetan wurde, nur um leichte Verletzungen handelt.

»Liegt sie im Krankenhaus? Wenn ja, in welchem? Falls sie irgendetwas benötigt, könnte ich es ihr vorbeibringen! Ich besitze einen Schlüssel zu ihrem Haus und habe schon einmal Sachen ins Krankenhaus gebracht, als sie wegen einer Untersuchung für einige Tage dort bleiben musste!«

Wieder entsteht eine längere Pause, in der ihre Gesprächspartnerin scheinbar über ihre Worte nachdenkt.

In diesem Moment fällt ihr schlagartig ein, was sie heute Morgen so seltsam fand, als sie die Umgebung vor ihrem und dem Nachbarhaus überprüfte. Es war ihr zwar aufgefallen, als ihre Augen es visualisierten, aber ihr Hirn hatte es nicht so weit verarbeitet, dass dies für sie eine Rolle gespielt hätte.

Das Gartentürchen bei Frau Ulm hatte sperrangelweit aufgestanden, obwohl sie immer penibel darauf achtet, dass es über Nacht geschlossen ist. Nele weiß, dass sie es nicht leiden kann, dass sich Füchse oder ähnliches Getier in der Dunkelheit in ihren Garten verirren.

Natürlich wäre es auch möglich, dass die alte Dame heute Morgen schon unterwegs war, und bei dem Spaziergang vergaß, das Tor hinter sich zu schließen.

Jetzt allerdings ist sie sich sicher, dass dieses markante Detail etwas mit der ganzen Angelegenheit zu tun haben muss.

»Ähhm, Frau Gilden, wie kommen Sie darauf, dass Frau Ulm im Krankenhaus liegt?«, wird die entstandene Stille von Frau Klausen mit einer etwas erstaunten Stimme unterbrochen.

Kurz muss sie ihre Gedanken wieder sammeln, und

überlegen, worüber sie zuletzt mit ihr gesprochen hat, da ihre Überlegungen weitere Kreise schlagen.

»Es muss etwas Gravierendes passiert sein, sonst wären Sie gewiss nicht mit mir in Kontakt getreten!«, presst sie unter heftigem Schlucken stammelnd hervor.

»Mein Mann …nein, Ex-Mann ist gestern hier aufgetaucht und Frau Ulm wurde Zeuge eines Handgemenges zwischen ihm und mir …ich habe …ich denke …ach, ich weiß auch nicht …ich habe mir überlegt, ob er nicht vielleicht noch einmal zurückgekehrt ist und ihr etwas angetan hat …Oh, Mann, sagen Sie mir doch bitte, was passiert ist! Ich mache mir große Sorgen um die alte Dame!«, stammelt sie dann weiter.

Und wieder entsteht eine Pause.

Ihr Mund scheint wie ausgedörrt. Sie greift nach der Kaffeetasse und trinkt gierig einen großen Schluck von dem schon vollständig erkalteten Getränk. Angewidert verzieht sie im gleichen Moment die Lippen.

Noch während sie die Tasse wieder auf dem Tisch abstellt, beginnt Frau Klausen nun überraschend sanft und beruhigend auf sie einzureden.

»Frau Gilden, geht es Ihnen gut? Brauchen Sie vielleicht medizinische Hilfe? Soll ich Ihnen jemanden vom Rettungsdienst schicken, der sich um Sie kümmert? Das ist kein Problem! Ich könnte auch veranlassen, dass eine Streife zu Ihrem Haus fährt und die Umgebung etwas im Blick behält. Oder kann ich sonst irgendetwas für Sie tun?«

Die monotone und äußerst einfühlsame Stimme von der Beamtin schafft es, dass sie sich wieder etwas beruhigt. Mit geschlossenen Augen atmet sie einmal tief ein und lässt die Luft ganz langsam aus ihren Lungen entweichen. Danach kann sie wieder klarer denken.

»Nein, mir geht es gut! Ich brauche niemanden. Aber Sie haben mir immer noch nicht gesagt, was mit Frau Ulm ist!«, antwortet sie dann, wieder einigermaßen gefasst.

»Dass es Ihnen gut geht, ist schön zu hören! Alles andere würde ich gerne persönlich mit Ihnen besprechen, und zwar in aller Ruhe! Wenn es Ihnen zu viele Umstände bereitet, bei uns vorstellig zu werden, kämen wir zu Ihnen! Ich muss allerdings dazu sagen, dass Sie dann trotzdem noch einmal bei uns im Revier vorbeischauen müssten, um Ihre Aussage zu unterschreiben.

Eine wichtige Frage hätte ich aber noch an Sie: Hat Ihr Mann Ihnen etwas angetan?«

Den letzten Satz leitet sie durch eine kleine Kunstpause ein und Nele kann förmlich spüren, wie die andere Frau gebannt darauf wartet, eine Antwort auf ihre Frage zu erhalten.

»Nein, ich habe seinen Angriff auf mich abwehren können. Er hatte keine Chance mir irgendetwas anzutun. Aber ich denke, er ist auf irgendeine Art gefährlich. Zumindest gefährlich für eine alte und gebrechliche Frau. Können Sie mir wenigstens sagen, ob sie für ihre Sicherheit Sorge tragen können? Ich gehe davon aus, dass sie sich nicht mehr in ihrem Haus befindet!«, antwortet sie nun mit fester und wie sie hofft, etwas einschüchternder Stimme.

»Um Frau Ulm brauchen Sie sich im Moment keine Sorgen zu machen. Aber um IHR Wohlergehen mache ICH mir gerade Sorgen!«, kommt die prompte Entgegnung eine Spur zu schnell.

Nachdem Nele ihr erklärt hat, dass sie sich darüber keine
Gedanken machen muss, da sie einen Kurs in Selbstverteidigung absolviert hat, scheint die Beamtin ein wenig
beruhigt.

Sie klären noch ab, in welchem Präsidium sie sich ein-
finden soll und setzen den Termin für siebzehn Uhr an.
Da Nele mit dem Zug fahren wird, ist es für beide Seiten
eine optimale Zeit.

Im Moment befindet sich Frau Klausen nämlich noch in
einer anderen Ermittlung, wie sie ihr kurz mitteilt.

Neles Gedanken überschlagen sich, nachdem Frau Klausen das Gespräch beendet hat.

Sie weiß immer noch nicht was los ist, und macht sich
nun nicht nur Sorgen um Clarissa und Phönix, sondern
auch um Frau Ulm. Es scheint kein guter Tag zu werden,
dessen ist sie sich ganz sicher!

JENNIFER

Erleichtert legt Jennifer ihr Handy zur Seite und beginnt,
im Kleiderschrank etwas Passendes für ihre Reise zu finden. Es fällt ihr nicht schwer, die vielen eleganten Kleider
und Röcke auf den Bügeln in die Ecke des Schrankes zu
schieben. Stattdessen sucht sie nach den alten Jeans, die
sie früher immer so gerne getragen hat.

Nach kurzer Zeit wird sie fündig. Versteckt unter einem
Reisekoffer liegen ihre zwei Lieblingshosen.

Nur diese konnte sie vor Malte verstecken, damals, als
er in einem Anfall von unkontrollierbarer Wut die meisten

ihrer so geliebten Klamotten zerriss oder auf andere Weise zerstörte. Sie war allerdings damals froh, dass er seine Wut fast ausschließlich an diesen Sachen und nicht wie so oft, an ihr ausließ.

Ihr Blick fällt auf einen hellblauen Schlabber-Pulli mit Kapuze.

Nachdem sie ihn in dem kleinen Koffer verstaut hat, greift sie nach den schon ziemlich ausgebleichten blauen Hosen. Sie zieht noch einige T-Shirts aus dem Schrank hervor, und versenkt sie neben der übrigen Kleidung.

Wahllos entnimmt sie einen kleinen Teil ihrer Unterwäsche aus zwei riesigen Schubladen und stopft sie hinein.

Dort, wo sie hingeht, braucht sie für den Anfang nicht viel. Und später wird sie sich andere Kleidung kaufen, Dinge, die IHR gefallen! Niemand wird ihr jemals wieder sagen, was sie zu tragen hat! Ab heute wird sich ihr komplettes Leben verändern, davon ist sie überzeugt. Sie wird bei ihrer Schwester reinen Tisch machen und wer weiß, vielleicht kann diese ihr tatsächlich vergeben.

In den vier letzten Höllenjahren hat sie immer nur daran gedacht, endlich mit Nele Frieden zu schließen und mit ihr wieder lachen und weinen zu können.

Gerade schließt sie den Kofferdeckel, da fällt ihr noch etwas ein, das sie in der Eile vergessen hat.

Sie öffnet den Koffer noch einmal. Dann huscht sie ins Badezimmer, nimmt das kleine Toilettentäschchen vom Haken und füllt hinein, was sie für unbedingt notwendig hält.

Ein teures Parfüm, das Malte so gerne an ihr mag, hat keine Chance ihre Reise mitzuerleben, und das aus gutem Grund. Er schenkt es ihr, seid sie zum ersten Mal miteinander schliefen.

Ein erneuter Blick auf die Uhr lässt sie erkennen, dass es höchste Zeit wird, das Haus zu verlassen. Das Taxi wird jeden Moment kommen!

Malte hatte ihr schon angedroht, dass sie sich darauf verlassen kann, gewaltigen Ärger zu bekommen, falls sie es sich einfallen lassen sollte, während seiner Abwesenheit zu verschwinden. Und was dies für sie bedeutet, mag sie sich nicht ausmalen.

Bisher waren ihre Verstecke begrenzt. Es gab keine Freundinnen, auch ins Haus ihrer Eltern konnte sie nicht fliehen. Ihr Vater hatte sich endgültig von ihr abgewandt, nachdem Nele sich nach Rügen absetzte und sie allein ließ. Allein mit Malte! Ihre Mutter ist tot. Wie so oft macht sie ihre Mutter für das, was aus ihr geworden ist, verantwortlich. Sie braucht einfach einen Sündenbock für ihre eigenen Verfehlungen.

Ansonsten hat sie keinen großartigen Spielraum, ihrem derzeitigen Leben zu entfliehen, da ihr kaum mehr Geld zur Verfügung steht. Sie zwackt immer ein wenig vom Haushaltsgeld ab. Es reicht aber nicht aus, um damit wirklich zu verschwinden.

Einige Male floh sie in Hotels, allerdings kehrte sie immer wieder zurück, wenn ihr das Geld ausging.

Mit jedem neuen Tag verließ sie der Mut ein wenig mehr, diesen Mann endgültig loszuwerden.

Sie hatte damals nicht auf ihre Eltern hören wollen und erlernte nie einen anständigen Beruf.

Ihr Vater hatte sie mittlerweile enterbt, als er von Malte erfuhr, dass sie Gelder von ihm veruntreute.

Gutgläubig und naiv, wie sie ist, hatte sie wirklich

geglaubt, ihr Ehemann und angeblicher Besitzer des Fitnessstudios bräuchte Geld für nötige Anschaffungen. Das er der Spielsucht verfallen war, und alle finanziellen Mittel von ihr verspielte, ahnte sie nicht. So einige Unterschriften hatte sie für ihn geleistet, ohne sich der Folgen bewusst zu sein. Ihre Sorglosigkeit hatte sie teuer bezahlen müssen. Das Haus, finanziert von ihrem Vater, der Sportwagen, das kleine Vermögen, das sie von ihrer Tante erbte, und auch ihr altes Leben gehörten innerhalb kürzester Zeit der Vergangenheit an.

Als es ihr ausweglos erschien, ihre Geldsorgen länger vor ihrem Vater geheim halten zu können, wandte sie sich vertrauensvoll an Malte. Sie bat ihn um eine sechsstellige Summe, um wieder auf die Füße zu kommen. Seltsamerweise musste sie ihn nicht lange überzeugen. Sie war allerdings der Meinung, er ließ sich nur so schnell darauf ein, weil er sie mochte, und außerdem war sie ja die Schwester seiner Frau.

Damals dachte sie noch, es wäre kein Problem, diese Summe innerhalb weniger Jahre zurückzuzahlen. Eigentlich müsste sie nur ein paar Model-Verträge ergattern. Im Nachhinein stellte es sich aber heraus, dass alles ganz anders laufen sollte.

Auch ihm musste sie eine Unterschrift leisten und so einiges mehr.

Mittlerweile hatte sie sich schon fast aufgegeben. Den Wunsch nach einem Leben ohne Schmerz, Schikane, Angst und vor allem die Versöhnung mit ihrer Schwester.

So gerne hätte sie ihr den Sachverhalt erklärt und sich in ihre offenen Arme geworfen.

Aber nachdem Nele damals so schockiert und

wutentbrannt das Haus verlassen hatte, reagierte sie nicht einmal mehr auf ihre Anrufe und Nachrichten.

Sie war eine von vielen, die sich von ihr abwandten.

Letztendlich hat sie doch noch einmal all ihren Mut zusammengenommen.

Malte muss vor Gericht und er braucht Nele, um für ihn auszusagen. Er konnte in Erfahrung bringen, wo sie jetzt lebt und wird versuchen, sie von dort in ihr altes Leben zurückzuholen. Er hat so seine Mittel, um zu bekommen, was er will!

Sie muss weg von Malte, raus aus der Stadt und vor allem fort von ihrem bisherigen Leben!

Wenn dieser Versuch scheitert, wird sie es nie wieder versuchen, da ist sie sich ganz sicher. Außerdem geht sie stark davon aus, dass sie dieses Mal mit ihrem Leben bezahlen wird, wenn es ihr misslingt! Durch die Wut, die er an den Tag legen wird, wenn sie ihm erneut entgegentritt, würde er sie gewiss totschlagen.

Aber sie möchte gar nicht weiter darüber nachdenken, was wäre, wenn … Sie muss jetzt verschwinden, bevor diese vielleicht allerletzte Chance verstreicht, ihrem jetzigen Leben zu entfliehen. Sie hat keine Ahnung, wann er wieder zuhause aufkreuzt.

Ausnahmsweise hat sie es geschafft, schon für mehr als zwei Tage unterzutauchen. Die blauen Flecken und Schwellungen sind fast abgeheilt.

Den Kontakt über ihr Handy mit Malte hat sie trotz allem beibehalten. Sie vermeidet es, mit ihm zu telefonieren, schickte aber immer wieder Nachrichten, um zu erfahren, wann er mal nicht in seinem Haus ist. Sie möchte die wenigen Dinge, die sie nicht zurücklassen will, noch abholen.

Heute ist der perfekte Tag dafür! Er hatte nämlich gestern in einer seiner vielen Nachrichten damit geprahlt, dass er Nele nach Hause holen würde. Das ihm dies nicht gelungen ist, erfuhr sie durch das Telefonat mit ihr. Sie hofft, dass er wirklich wieder auf dem Heimweg ist. Sie wagt es nicht sich auszumalen, was passieren würde, wenn sie ihm bei Nele über den Weg läuft.

Nur noch wenige Stunden trennen sie von ihrer Schwester. Ein Lächeln huscht über ihr Gesicht, als sie aus einem Geheimfach ihres Schmuckkästchens noch die Kette mit dem Medaillon entnimmt und es sich um den Hals legt. Ihre Hände zittern, und sie hat Mühe, es zu schließen.

Es handelt sich um ein Gegenstück der Kette, die sich im Besitz ihrer Schwester befindet. Sie erbte es von ihrer Tante.

Ein lautes Hupen kündigt die Ankunft des Taxis an.

Sie sieht sich noch einmal um, rennt dann plötzlich ins Bad und zertrümmert den Flacon des verhassten Parfüms im Waschbecken. Auch dies schenkt ihr ein weiteres Stück Freiheit.

Mit dem Koffer in der Hand hastet sie die wenigen Treppenstufen nach unten, rennt über den Hof zu dem wartenden Taxi und gibt als Ziel den Hauptbahnhof an.

Sachte setzt sich der Wagen in Bewegung. Während er langsam an Fahrt aufnimmt, fühlt es sich an, als würden Ketten, die ihr Herz umspannten, gesprengt.

Sie widersteht dem Drang, noch einmal zurückzublicken, und behält mit weit geöffneten Augen die

Kopfstütze der Beifahrerseite im Blick. Unhörbar beginnt sie eine Melodie aus längst vergangenen Zeiten zu summen. Ihre Fingerspitzen gleiten dabei sanft, wie bei einem Klavierspiel über das kalte Leder des Autositzes. Sie entspannt sich ein wenig und schließt nach einigen Minuten die Augen mit so etwas wie Vorfreude auf das, was kommen wird.

24

Neles Magen rumort. Sie verspürt Hunger und gleichzeitig ein Gefühl, als müsste sie sich jeden Moment übergeben. Auf das Äußerste angespannt hockt sie noch immer auf der Couch, und weiß nicht, was sie jetzt machen soll.

Ihr fällt ein, dass sie Robert noch nicht geantwortet hat, und dass Jennifer vor verschlossener Tür stehen würde, sollte sie vor ihr ankommen. Der Termin auf der Wache ist erst um siebzehn Uhr, und sie hat nicht die geringste Ahnung, wie lange dieses Treffen dauern wird.

Nur für einen kurzen Moment überlegt sie ernsthaft, ihre Schwester vor verschlossener Tür stehen zu lassen. Aber dann gibt sie sich einen Ruck und ruft sie erneut auf deren Handy an.

Nachdem sich Jennifer etwas außer Atem meldet, erklärt sie ihr, an welcher Stelle vor dem Haus sie den Schlüssel für die Tür findet. Warum sie eventuell nicht zuhause sein wird, erwähnt sie aber nicht.

Schnell beendet sie das Gespräch und ruft Robert an. Sofort wird sie an die Mailbox geleitet und flucht vor sich hin. Da sie ihn telefonisch nicht erreichen kann, schreibt sie ihm eine kurze Mitteilung, in der sie ihm für den heutigen Abend absagt.

Dann kommt ihr aber ein anderer spontaner Einfall in den Sinn. Zwar hat sie vor, sich mit Jennifer auszusprechen, aber warum sollte Robert nicht anwesend sein? Eigentlich hatte sie auf Clarissas Unterstützung gehofft.

Sie lädt Robert für halb neun zu einem Glas Wein ein und löscht die noch ungelesene Nachricht an ihn. Da sie nicht genau weiß, wann sie wieder zuhause sein wird, setzt sie den Termin etwas später an, damit Robert nicht allein mit Jennifer ist. In dieser Hinsicht möchte sie kein Risiko eingehen. Immerhin wurde sie schon einmal hintergangen und möchte es nicht noch einmal darauf anlegen. Außerdem teilt sie ihm auch mit, dass Clarissa eventuell noch erscheint. Jennifer erwähnt sie allerdings mit keiner einzigen Silbe.

Sie hofft sehr darauf, dass Clarissa bis dahin endlich auftaucht. Ihre Anwesenheit würde die ganze Sache abrunden. Dass Robert etwas dagegen haben könnte, den Abend mit zwei weiteren Personen zu verbringen, ist ihr eigentlich egal. Er wird sich schon amüsieren.

Jetzt, wo sie Robert geantwortet hat, überkommen sie wieder die altbekannten Fragen. Ihr ganzes Leben scheint aus den Fugen geraten zu sein.

Der erneute Versuch Clarissa zu erreichen, endet erfolglos.

Kurz kommt ihr der Gedanke, sie könnte Robert ja fragen, ob er sie ins Präsidium begleiten möchte. Im selben Moment verwirft sie ihn aber wieder.

Eigentlich ist es schon verwerflich, dass sie ihn zu sich bittet, wenn sie nach all den Jahren ihre Schwester zum ersten Mal wiedersieht. Was würde er von ihr denken, wenn er mitbekommt, was bei ihr zurzeit alles passiert? Auch ihr Angebot, ihn heute Abend bei sich zuhause zu empfangen, stellt sie jetzt in Frage.

Wie würde er reagieren, wenn er sich auf traute Zweisamkeit eingestellt hat, und wird bei ihrem ersten wirklichen Date durch weitere Anwesende gestört? Sie nimmt das Handy in die Hand und überfliegt mit gerunzelter Stirn ihre Nachricht an ihn. Er hat sie noch immer nicht gelesen. Noch hätte sie die Möglichkeit, sie wieder zu löschen.

»Ach, was soll's, besser er gewöhnt sich daran, dass in meinem Leben nicht immer alles glatt läuft. Was habe ich zu verlieren? Außerdem möchte ich ihn so gerne wiedersehen!«, sagt sie laut zu sich selbst.

Sie seufzt, geht hinauf ins Schlafzimmer und macht sich fertig. Immer in Gedanken daran, was Frau Ulm, Clarissa und Phönix zugestoßen sein könnte.

Nachdem sie sich angekleidet hat, holt sie wieder die Kette mit dem Medaillon hervor. Aus irgendeinem unerfindlichen Grund ist sie der Auffassung, dass es wichtig wäre, sie gerade heute zu tragen. Vielleicht liegt es daran, dass auch Jennifer eine ähnliche Kette besitzt.

Immer noch in Gedanken, legt sie sich das Schmuckstück um.

Sie wirft einen Blick aus dem Fenster. Es ist für sie unfassbar, dass an einem Tag wie diesem die Sonne so hell vom Himmel strahlt. Es scheint, als wäre alles in bester Ordnung. Sie aber weiß es besser. Nichts ist, wie es einmal war.

Es ist schon schlimm genug, dass Phönix verschwunden ist, dass aber jetzt auch von Clarissa jede Spur fehlt, und ihrer Nachbarin irgendetwas zugestoßen ist, macht ihr das Herz schwer. So gerne würde sie jetzt mit Clarissa reden. Sie fehlt ihr wahnsinnig.

Wenn sie sich später auf dem Präsidium befindet, wird sie eine Vermisstenanzeige aufgeben. Sie hat die unbestimmte Vermutung, dass alles, was in den letzten Tagen passierte, irgendwie zusammenhängt. Es kann kein Zufall sein, dass in ihrer Umgebung plötzlich Menschen und Tiere verschwinden oder ihnen gar etwas Schlimmes zustößt.

Die Stille im Haus ist unerträglich. Sie schaltet das Radio ein, um sie zu vertreiben. Aber selbst die leisen Klänge eines ihr unbekannten Songs können nichts daran ändern. Sie fühlt sich vollkommen allein und verlassen.

Da sie noch einige Stunden vor sich hat, in denen sie nur warten kann, beschließt sie, zu malen.

Ihr Magen macht sich wieder bemerkbar. Dadurch angetrieben, bereitet sie sich ein Frühstück.

Während sie mit untergeschlagenen Beinen im Wohnzimmer sitzt, ein Teller mit Rührei, Brot und etwas Obst auf ihrem Oberschenkel, schaut sie immer wieder traurig auf den leeren Platz neben ihr.

Es hat ihr noch nie etwas ausgemacht, allein zu sein, aber jetzt fühlt sie sich nicht allein, sondern einsam!

Nach einer guten halben Stunde ist sie fertig mit ihrer Mahlzeit und schaut auf ihr Handy. Natürlich wird sie wieder enttäuscht.

Sie wischt sich die letzten Krümel von den Lippen, räumt Besteck und Teller in die Spülmaschine und wischt die Anrichte sauber.

25

Es fällt ihr schwer, sich auf das neue Gemälde einzulassen. Tränen laufen ihr die Wangen herunter, und sie kann sich kaum auf die Farben konzentrieren, die sie mischt. Sobald sie aber mit flinken Pinselstrichen die ersten Konturen aufgebracht hat, geht es ihr wieder etwas besser.

Die Hoffnung, dass sich doch wieder alles zum Guten wenden wird, beginnt stärker zu werden. Sie will sich nicht mehr vorstellen, dass den ihr geliebten Menschen und Phönix etwas Schlimmes zugestoßen sein soll. Immer wieder ermahnt sie sich selbst zu positiven Gedanken. Sie ist sogar nach einer Weile zu der festen Überzeugung gekommen, dass Clarissa jemanden kennen gelernt hat, und gerade mit ihm eine ungestörte Zeit verbringen möchte.

Auch für den Verbleib von Frau Ulm musste es eine simple Erklärung geben, für die sie zurzeit nur leider noch keine Idee hat.

Plötzlich kommt ihr der Einfall, dass sie noch gar nicht nachgeschaut hat, ob die alte Dame nicht doch zuhause ist.

Frau Klausen hatte doch mit keiner Silbe erwähnt, wo sie sich aufhält.

Sie ärgert sich, dass ihr dies bisher noch gar nicht eingefallen ist. Schnell legt sie den Pinsel ab. In ihrer Hast verfehlt sie das Glas. Der Pinsel rollt über den Tisch, hinterlässt überall bräunliche Farbe und landet mit einem kleinen ›Plopp‹ auf dem Boden.

Ihre Unachtsamkeit bemerkt sie schon nicht mehr, da sie zur Haustür rennt, sich die Schlüssel schnappt und mit schnellen Schritten zum Nachbargrundstück eilt.

Vor der Haustür angekommen, drückt sie auf die Klingel. Erst einmal, und nach einer Minute, die ihr vorkommt wie eine halbe Ewigkeit, klingelt sie Sturm. Dann wartet sie wieder einige Minuten, in denen sie immer wieder laut den Namen ihrer Nachbarin ruft.

Die Tür öffnet sich aber nicht.

Nele wird unruhig. Sie nimmt den Schlüssel in die Hand und will ihn ins Schloss stecken. Überrascht stellt sie fest, dass über dem Schloss der Tür Reste irgendeiner Klebefolie haften, von denen sie nicht weiß, woher sie stammen könnten.

Mit dem Fingernagel kratzt sie das Material ab und steckt den Schlüssel ins Schloss.

Nachdenklich dreht sie ihn herum und öffnet langsam die Tür.

Sie steckt den Kopf ins Haus.

»Frau Ulm, Hallo, sind Sie zuhause? Ich bin's, Nele! Sind Sie da? Ich wollte nur wissen, ob es Ihnen gut geht! Hallooooo! Ich komme jetzt rein!«

Nele geht nun in geduckter Haltung, als könnte ihr irgendjemand im Haus auflauern, in den kühlen Flur.

Im ersten Moment scheint alles wie immer. Allerdings stellen sich bei ihr sofort die kleinen Härchen am gesamten Körper auf.

Irgendetwas stimmt in diesem Haus ganz und gar nicht! Sie kann es nur auf den ersten Blick nicht feststellen.

Im Flur steht alles an seinem gewohnten Platz.

Als sie allerdings langsam die Tür zur Küche aufstößt, erkennt sie erschrocken, dass hier irgendetwas seltsames passiert sein muss.

Auf der Anrichte steht der fertige Kuchen, den Frau Ulm für das geplante Treffen morgen schon vorbereitet hat, unter einer Plastikhaube. Die Küche ist ansonsten ordentlich aufgeräumt, nichts liegt herum.

Allein in der Spüle steht ein Pappbecher mit einem Rest bräunlicher Flüssigkeit. Auf der Oberfläche hat sich eine weißliche und leicht flockige Substanz abgesetzt, die von Kaffeesahne stammen könnte. Der Becher kann nicht von der alten Dame sein, da diese es verabscheut, Kaffee aus einem Pappbecher zu trinken. Sie zieht es vor, Keramik dafür zu benutzen. Außerdem trinkt sie ihn schwarz.

Der Tisch und auch die Anrichte sind mit staubigen Partikeln übersät. Außerdem gibt es da noch etwas, was so ganz anders ist als gewöhnlich. Sie kommt im ersten Moment nicht drauf, was es sein könnte. Als sie aber den Kopf langsam in Richtung Wohnzimmer dreht und dabei tief einatmet, weiß sie, was sie noch als störend empfindet. Es ist der Geruch, den sie von Anfang an zwar unbewusst bemerkte, ihr Gehirn setzt ihn allerdings erst in diesem Moment um, da es zuvor nur auf die visuellen Reize reagierte.

Mit aufgerissenen Augen, in denen sich die auftretende Panik widerspiegelt, verharrt sie in ihrer Haltung. Es ist ihr nicht möglich, sich auch nur einen Millimeter von der Stelle zu rühren.

Nicht der Geruch des markanten, aber schon verschwindenden Männerparfums und Schweiß, der sich mit dem schalen Kaffeegeruch vermischt, lässt ihr Herz für einen kurzen Moment aussetzen.

Die Standuhr beginnt kurz zu rasseln. Ein Glockenschlag verkündet in genau dieser Sekunde, dass es dreizehn Uhr ist. Das sonst so gewohnte Geräusch lässt Nele erschrocken zusammenfahren.

In der anherrschenden Stille, ähnlich wie bei ihr, kann sie in diesem Augenblick vollkommen klar denken. Schlagartig dringt etwas in ihr Bewusstsein, das sie dazu bringt, sich am Türrahmen festzuhalten.

Übelkeit steigt in ihr hoch und nur mit Mühe kann sie die sauer schmeckende Galle wieder Schlucken.

Sie lehnt sich an den Rahmen und schließt die Augen. Es erscheint eine lebhafte Szene vor ihrem inneren Auge.

Ihre Nachbarin liegt unbeweglich und starr auf dem Küchenboden mit geöffneten Augen, die ohne ein Lebenszeichen ins Nichts blicken. Polizisten stehen mit Kaffeebechern herum oder gehen durch die umliegenden Räume und bringen mit Pinseln auf den Oberflächen ein Pulver auf, um Fingerabdrücke zu sichern. Eine große Frau mit gestrafftem Dutt am Hinterkopf und strengem Blick, erteilt immer wieder Anweisungen an die anderen Beamten. Jeder der Anwesenden scheint zu wissen, was er tut.

Die Vorstellung wirkt so realistisch, dass sie der Meinung ist, zu wissen, was sich hier abgespielt haben muss.

Und in genau diesem Moment muss sie auch feststellen, dass sie gerade herausgefunden hat, wie der Tod riecht.

Angewidert verzieht sie das Gesicht und wischt die Handflächen an ihrer Hose ab, als könnte sie dadurch alles abstreifen, was sich darauf befindet.

Es ist etwas anderes darüber zu lesen, oder zu reden. Nun hat sie ihn selbst zum ersten Mal wahrgenommen. Mit nichts anderem ist er zu vergleichen.

Eine Gänsehaut überzieht ihren ganzen Körper und plötzlich kommt ihr ein Satz von Frau Klausen in den Sinn: ›Wir brauchen dringend einige Informationen in einer bestehenden Ermittlung, die wir am frühen Morgen einleiten mussten.‹

Diesen Satz hat sie zwar bewusst wahrgenommen, aber auch hierbei hatte sie nicht weitergedacht. Mit hoher Wahrscheinlichkeit wurden Ermittlungen in einem Mordverdacht eingeleitet, und zwar bezüglich eines Mordes an ihrer Nachbarin.

Sie kann sich nicht noch länger in diesem Haus aufhalten, alles in ihr möchte nur noch weg! Fort von all den Gerüchen, dem Pappbecher, dem Pulver der Spurensicherung und vor allem weg von den dadurch hervorgerufenen Bildern. Die Luft scheint plötzlich stickiger und vollkommen verbraucht. Das Atmen ist ihr kaum mehr möglich. Sie drückt sich vom Türrahmen ab, und rennt in Richtung Haustür, gerade so, als wäre jemand hinter ihr her. Nachdem sie endlich in dem gleißenden Licht der Sonne auf der Außentreppe angekommen ist, zieht sie gierig mit geschlossenen Augen die leicht salzige Meeresluft in ihre Lungen.

Sie bebt am ganzen Körper. Die positiven Gedanken, die sie noch vor wenigen Minuten in ihrem Atelier hatte, sind verschwunden.

Die Schlussfolgerung, die sie soeben gezogen hat, lenkt ihre Gedanken in einen trüben Strudel aus Vorahnungen und lässt wiederholt Bilder aufblitzen, die sie gerne verbannen würde, es aber nicht schafft.

Die Sonne scheint ihr plötzlich unerträglich heiß. Das sie immer noch vor einem Haus steht, in dem wahrscheinlich wenige Stunden zuvor etwas Furchtbares passierte, treibt sie an, die Tür fest zuschlagen zu lassen. Sie fällt mit einem lauten Geräusch ins Schloss, und Nele glaubt, ein leichtes Zittern des Mauerwerks zu verspüren. Aber dieses kommt nicht gegen das Klappern ihrer Zähne an, die hart immer wieder aufeinanderschlagen, als hätte sie Schüttelfrost. Eine Kälte hat sich in ihr ausgebreitet, die selbst die herrschende Sommerhitze nicht zu vertreiben vermag.

Langsam und immer noch zitternd, steigt sie die beiden Stufen hinunter. Ihre Beine fühlen sich an, als gehörten sie nicht zu ihr und bestünden aus Pudding. Irgendwie schafft sie es, zu ihrem Haus zu gelangen. Sie schaut sich nicht mehr um. Als sie die Tür hinter sich geschlossen hat, lehnt sie sich dagegen, da sie Angst hat zu fallen. Sie lässt sich langsam daran hinab gleiten. Immer noch zitternd, zieht sie ihre Beine an den Körper und umfasst sie mit den Armen. Dann legt sie den Kopf darauf ab und beginnt lautstark zu weinen. Immer wieder wird ihr Körper von einem erneuten Schütteln erfasst und das Gefühl, dass sie ganz allein ist, breitet sich wie ein Mantel um ihr Bewusstsein.

Sie kann die Vermutung, dass alles irgendwie zusammenhängt, nicht abschütteln. Allerdings kann sie sich keinen Reim darauf machen, wie es miteinander verflochten ist. Aber sie ist der festen Überzeugung, dass sie selbst in dem ganzen Geschehen eine Rolle spielt.

Sollte wirklich Malte hinter all dem stecken? Hatte er womöglich auch ihren Hund verschwinden lassen? Könnte er tatsächlich einen Mord aus niederen Beweggründen begehen?

Sie kann sich nicht vorstellen, dass er dazu in der Lage ist. Allerdings hat sie in ihrem Beruf schon in so manche Abgründe geschaut. Nicht umsonst heißt es: Man kann einem Menschen nur vor den Kopf schauen!

Das Zähneklappern hat endlich aufgehört. Langsam verschwindet auch das Gefühl der Kälte aus ihren Gliedern. Sie schluchzt noch ein paar Mal und die Tränen versiegen endlich.

Es ist ihr wieder möglich, ihre Gedanken zu ordnen und sie versucht, die unglaubliche Vermutung, Malte könnte hinter all dem stecken, zu vertreiben. So ganz will ihr dies aber nicht gelingen. Immer wieder überlegt sie, ob er Frau Ulm wirklich umgebracht haben konnte, nur weil sie versuchte, ihr zu helfen.

Würde er für sie töten, nur um ihr zu zeigen, zu welchen Dingen er fähig ist?

Vielleicht ist es aber auch ganz anders abgelaufen, als sie vermutet. Die verschiedensten Vorstellungen darüber, was passiert sein könnte, gehen ihr durch den Kopf.

Eigentlich kann sie nicht glauben, dass er zu einer solchen Tat fähig ist, aber hat sie nicht selbst vor einigen Jahren am eigenen Körper spüren müssen, dass etwas Böses in ihm schlummert, in dem Mann, den sie einmal geliebt hat?

Nach einer gefühlten Ewigkeit wird ihr bewusst, dass sie noch immer auf dem Boden sitzt, mit an die Tür gelehntem Rücken und nachdenklichem Blick auf das Geweih an der Wand.

Sie seufzt. Dann bewegt sie unhörbar ihre Lippen und sendet ein kurzes Stoßgebet in Richtung Decke. Ein wenig ungelenk drückt sie sich dann mit ihren Händen an der Tür hoch, bis sie wieder auf den immer noch wackligen Beinen steht.

Normalerweise trinkt sie nie Schnaps, hat daher auch keinen im Haus, aber in diesem Moment ist sie der festen Überzeugung, hätte sie welchen da, sie würde sich jetzt auf jeden Fall ein Gläschen, wenn nicht sogar noch ein weiteres, einschenken.

Überrascht, von diesen Gedanken verzieht sie den Mund und schüttelt den Kopf.

Sie geht zurück ins Atelier. Lange starrt sie auf das angefangene Bild. Dann blickt sie in den Garten hinaus und stellt sich vor, Phönix würde wie gewohnt den umherflatternden Schmetterlingen nachjagen.

Mit geschlossenen Augen holt sie tief Luft. Dann kramt sie ihr Handy hervor. Nachdem sie sich auf der Couch niedergelassen hat, sucht sie nach einer bestimmten Nummer. Sie möchte endlich Klarheit und will gerade die Wahlwiederholung auf ihrem Handy drücken, da geht mit einem viel zu lauten ›Ping‹ eine Nachricht von Robert ein.

Er freut sich auf ein Treffen mit ihr, allerdings erst später. Eine genaue Uhrzeit gibt er nicht an.

Schon will sie ihm absagen, da sie nicht weiß, wie sie heute drauf sein wird, unterlässt es aber. Wegschicken kann sie ihn immer noch. Und wer weiß, vielleicht ist er ihr eine große Stütze in dieser schwierigen Zeit.

Erneut will sie die Wahlwiederholung drücken. Ihr Finger allerdings bleibt zitternd über dem Display schweben.

Auf einmal findet sie es gar nicht mehr so gut, über das Telefon zu erfahren, was heute auf dem Nachbargrundstück passiert ist. Ganz bestimmt hat die Beamtin sie nicht grundlos darum gebeten, persönlich mit ihr über den Vorfall zu sprechen. Auch möchte sie nicht allein sein, wenn sie die genauen Umstände erfährt, was ihrer Nachbarin zugestoßen ist.

Sie wählt die Nummer von Clarissa. Wie so viele Male zuvor wird sie sofort an die Mailbox geleitet.

Mit einem enttäuschten und traurigen Seufzen schaut sie nun nach den möglichen Zugverbindungen. Etwas entsetzt muss sie feststellen, dass sie sich sputen muss, um den Zug in Sagard zu erwischen, der sie noch pünktlich zum vereinbarten Treffpunkt bringen wird. Sie nutzt die Gelegenheit und bestellt auch direkt eine Fahrkarte. Wenn sich eine Schlange vor dem Automaten angesammelt hat, würde sie das Zeit kosten, die sie dann vielleicht nicht hat. Immerhin hat sie auch noch knapp dreißig Minuten mit dem Fahrrad vor sich. Außerdem möchte sie noch eine Kleinigkeit gegessen.

Hastig springt sie von der Couch und sprintet ins obere Geschoss, um zu duschen und sich anzukleiden. Sie braucht ausgerechnet heute länger, da der Abfluss der Dusche verstopft ist. Laut fluchend stochert sie mit einem Kabelbinder in dem Rohr herum, bis das Wasser wieder abfließt.

Erleichtert stellt sie sich unter den heißen Wasserstrahl

und genießt für kurze Zeit einfach nur das Geräusch des herabregnenden Wassers.

Als sie nach einigen Minuten die Dusche verlässt, fühlt sie sich entspannter.

Der Geruch des Nachbarhauses, von dem sie glaubte, dass sie ihn niemals wieder aus ihrer Nase verbannen könnte, ist fast vergessen.

Sie bindet ihr Haar zu einem lockeren Zopf. Dann steht sie für einige Zeit unschlüssig vor ihrem Kleiderschrank, weil sie unsicher ist, was sie bei dem heutigen Anlass tragen soll. Da sie davon ausgeht, dass ihre Nachbarin nicht mehr unter den Lebenden weilt, wäre wahrscheinlich etwas Schwarzes richtig. Nach langem Überlegen entscheidet sie sich für eine kurze, graue Hose und ein weißes Top. Das passt immer!

Gedankenverloren legt sie das Medaillon wieder an. Kurzerhand klappt sie das kleine Herzchen auf und betrachtet die Fotografien darin. Hübsch und niedlich wirken die zwei Gesichter, die ihr daraus entgegenblicken. Sie schaut immer wieder zwischen den Bildern hin und her und ein warmes Gefühl durchströmt ihren Körper. Der Gedanke daran, dass sie sich heute mit ihrer Schwester aussprechen wird, stimmt sie etwas fröhlicher. Nie hätte sie gedacht, dass sie sich jemals wieder auf ein Treffen mit Jennifer freuen würde. Aber in diesem Moment fühlt es sich richtig und gut an.

Sie blickt in den Spiegel, das kleine Herz immer noch aufgeklappt in ihrer Hand. Ein leichtes Lächeln umspielt ihre Lippen. Dies war ihr gar nicht bewusst. Noch einmal wirft sie einen Blick auf die beiden Bilder in ihren

Händen, bevor sie das Herz zudrückt. Ein Schauer durchläuft sie bei dem leisen Klicken des Verschlusses. Es hat etwas Magisches.

Traurig, und mit einem unbehaglichen Gefühl in der Brust, bereitet sie sich ein deftiges Frühstück zu. Spiegelei mit Speck und dazu zwei dicke Scheiben Vollkornbrot. Immerhin ist eigentlich schon Mittagszeit, aber zum Kochen hat sie keine Zeit mehr.

Sie nimmt ein großes Glas aus dem Küchenschrank und betrachtet den eingravierten Spruch darauf: Träume können wahr werden, wenn du es nur zulässt!

Clarissa schenkte es ihr an dem Tag, als sie ihr Haus auf Rügen zum ersten Mal sah.

Sie füllt das Glas zur Hälfte mit Orangensaft. Während sie es an die Lippen führt und einige Schlucke trinkt, denkt sie an Clarissa.

Sie hat extra ein paar Flaschen von dem Saft der Marke geholt, den sie immer in deren Kühlschrank vorfindet, wenn sie bei ihr zu Besuch ist.

Obwohl sie weiß, dass sie nicht mehr viel Zeit hat, trägt sie ihr Essen auf die Terrasse und nimmt am Tisch Platz.

Ein Vogelpärchen fliegt ständig etwas aufgeregt an ihr vorbei, bevor es in einem Strauch ganz in der Nähe verschwindet. Ihr fällt die kleine Vogeltränke ein, die sie schon seit Wochen aufstellen wollte, es aber immer wieder vergaß.

Die Sonne brennt erbarmungslos auf die Erde hinunter, und nur ein paar harmlose Schleierwolken ziehen langsam über den azurblauen Himmel. Die Stille wird nur durch das Dröhnen der Motoren einiger Flugzeuge und dem Piepsen der kleinen Vögel und vorüberziehender Möwen unterbrochen.

Sie lehnt sich mit geschlossenen Augen in ihrem Gartenstuhl zurück, und stellt sich vor, wie es wäre, würde jetzt Clarissa an ihrer Seite sitzen und Phönix auf seine lebenslustige Art durch den Garten sprinten, um nach Maulwürfen zu buddeln.

Das Gefühl des Verlustes ist so überwältigend, dass sie keinen Appetit mehr hat.

Mit traurigem Blick schaut sie sich noch einmal im Garten um, bevor sie die Reste des Frühstücks und ihr Geschirr in die Küche trägt. Ein kurzer Blick auf die Armbanduhr verrät ihr, dass es jetzt Zeit wird, sich auf den Weg zum Bahnhof zu machen.

Nachdem sie die Zähne geputzt hat, packt sie ihren kleinen Rucksack mit allen Dingen, die sie benötigt. Ihren Haustürschlüssel findet sie nicht sofort. Sie hat ihn, nachdem sie drüben war, nicht in den Schlüsselkasten gehangen, sondern ihn im Atelier achtlos abgelegt. Mit einem beruhigten Seufzen nimmt sie ihn an sich und verlässt das Haus.

Als sie den Anbau betritt, immer Bedacht darauf, den überall sichtbaren Spinnennetzen auszuweichen, fällt ihr der platte Reifen wieder ein.

Panisch überprüft sie, ob er wieder Luft verloren hat. Beide Reifen sind in Ordnung. Mit einem lauten Prusten der Erleichterung schiebt sie ihr Rad auf den Hof. Sie vermeidet es, zum Nachbargrundstück zu schauen. Während sie jedoch das Gartentor öffnet, gleitet ihr Blick unbewusst hinüber.

Sofort hat sie wieder den Geruch in der Nase. Ein Gefühl der Leere macht sich in ihr breit. Alles, was ihr Geist zu verdrängen suchte, stürzt mit voller Wucht auf sie ein.

Schnell schiebt sie ihr Rad aus dem Hof und schließt mit zittrigen Händen das Tor.

Ohne noch einen weiteren Blick auf das Nachbarhaus zu werfen, steigt sie auf ihr Rad und tritt sofort fest in die Pedale, um ihrem Umfeld fürs erste zu entfliehen. Sie will jetzt nur weg von allem.

26

Es dauert länger als dreißig Minuten, bis sie endlich das Bahnhofsgebäude vor sich auftauchen sieht. Ein Blick auf die Uhr verrät ihr, dass es gut war, die Karte schon vorab über ihr Handy zu kaufen. Als sie dann endlich den Bahnhof erreicht, muss sie grinsen. Eine Horde Frauen und Kinder stehen vor den Automaten und sie ist sich sicher, dass sie dort noch viel Geduld hätte aufbringen müssen. Gewiss wäre sie nicht mehr rechtzeitig im Zug gewesen. So allerdings hat sie noch genügend Zeit, das Rad abzustellen, es mit der Kette zu sichern und in aller Ruhe zu dem schon bereitstehenden Zug zu marschieren.

Sie schaut kurz über ihre Schulter und nimmt gerade noch wahr, wie sich ein Mann in schwarzem Shirt und heller Hose in einer größeren Ansammlung von Jugendlichen zu verstecken scheint. Die laut grölenden jungen Männer, wahrscheinlich unterwegs zu einem der nächstgelegenen Biergärten, versperren ihr die Sicht auf den Unbekannten. Sie glaubt, in ihm Marc erkannt zu haben. Schnell drückt sie ihren Rucksack etwas fester gegen ihren Körper und rennt auf die Menschen-Traube zu, die sich in diesem Moment in Bewegung setzt.

Kurze Zeit später befindet sie sich an ihrem angestrebten Ziel und packt den Unbekannten am Arm, der auf das Bahnhofsgebäude zueilt.

Da er sich in raschem Tempo bewegte, wird er durch ihren Griff ruckartig mitten im Laufschritt aufgehalten und sie prallt ungewollt gegen ihn. Sofort wendet der Unbekannte seinen Kopf in ihre Richtung und schaut sie aus verdutzten Augen an. Als er sieht, wer sie aufhält, wird sein Blick sehr ungehalten.

»Was wollen Sie von mir? Ich habe es eilig!«, presst er genervt und schroff hervor.

Dann wischt er ihre Hand, die sich noch immer auf seinem Arm befindet, zur Seite.

Nele weiß im ersten Moment nicht, was sie sagen soll. Sie hat diesen Mann noch nie gesehen und wie es scheint, geht es ihm ähnlich.

Sie hat sich vertan, es handelt sich nicht um Marc und sie überlegt fieberhaft, was sie erwidern soll. Sie versucht es mit etwas nahe liegendem.

»Entschuldigen Sie bitte, ich habe Sie mit einer anderen Person verwechselt! Es tut mir leid, dass ich Sie aufgehalten habe!«

»Na dann, kann ja mal passieren!«, erwidert er etwas versöhnlicher und betrachtet sie eingehend.

Sie fühlt sich nicht wohl dabei. Sein Blick wird jetzt fast aufdringlich und es kommt ihr vor, als würde er sie mit seinen Blicken ausziehen. Es vergehen einige Sekunden, in denen sich keiner von ihnen bewegt. Da wird sie plötzlich von einer weiteren Person leicht angerempelt. Sie wendet den Kopf. Eine ältere Dame entschuldigt sich bei ihr und geht weiter ihres Weges. Als sie wieder in Richtung des Mannes schaut, bemerkt sie, dass er seine Haltung verändert hat. Zuvor stand er noch schräg vor ihr, als wäre er bereit, seinen Weg fortzusetzen. Jetzt allerdings hat er die Arme vor der Brust verschränkt und macht keine Anstalten, sich zu bewegen. Ein beklemmendes Gefühl steigt in ihr auf und plötzlich geht sie in die Offensive.

»Kann es sein, dass Sie mich in den letzten Tagen verfolgt haben? Wenn ja, warum?«, fragt sie dann geradeheraus.

Sie bemüht sich dabei, ihrer Stimme einen ruhigen und eindringlichen Ton zu verleihen, um ihm zu vermitteln, dass sie weiß, dass es sich genau so verhält, wie sie vermutet.

Mit überraschtem Gesichtsausdruck beginnt er nun den Kopf zu schütteln. Seine Lippen formen sich zu einem spitzen Lächeln, als würde er nachsichtig darüber hinwegsehen, was sie ihn gerade gefragt hat.

Sie achtet genau auf seine Mimik und kann anhand dieser erkennen, dass das, was er nun sagt, nicht aus einer Lüge heraus resultiert.

»Junges Fräulein, ich habe Sie bisher noch nie gesehen, und es liegt mir fern, Sie zu verfolgen. Ich glaube, Sie sind nicht mehr ganz dicht! Sehen Sie zu, dass Sie weiterkommen!«

Noch während er sich abwendet, kann sie ihn leise vor sich hin murmeln hören. Sie kann den Gesprächsfetzen entnehmen, dass er sie für komplett bescheuert hält und sie die Schuld daran tragen wird, wenn er zu spät zu seinem Termin gelangt.

Sie schaut ihm nach, bis er hinter der Tür des Gebäudes verschwunden ist, und seufzt einmal kurz auf. Dann fällt ihr ein, dass sie sich sputen sollte, um ihren Zug noch zu erreichen. Dieser steht immer noch am Bahnsteig bereit.

Allerdings wird es nicht mehr lange dauern, bis er abfährt. Also eilt sie in die Richtung zurück und denkt dabei darüber nach, ob sie wirklich nicht mehr ganz zurechnungsfähig ist. Immerhin hat sie einen wildfremden Mann des Stalkings bezichtigt.

Sie kommt zu dem Schluss, dass das Verschwinden von Phönix sie zu Wahnvorstellungen treibt, weil sie sich allein fühlt. Aus diesem Grund interpretiert sie zu viel in manche Dinge hinein.

Kopfschüttelnd nimmt sie sich vor, ab jetzt alles pragmatischer anzugehen und nicht hinter allem und jedem eine Gefahr zu wittern.

Schon nach wenigen Sekunden hat sie den Zug erreicht und öffnet eine der Türen. Sie steigt ein, geht in das folgende Abteil und schaut sich suchend im Gang um. Die meisten Plätze sind belegt. Endlich entdeckt sie einen freien Sitzplatz. Der Sitz am Fenster ist von einem älteren Herrn besetzt, der scheinbar seine ganze Aufmerksamkeit dem aufgeklappten Laptop widmet und leise redet.

Es ist ihr sehr recht, dass er sie nicht im Mindesten beachtet. Er schaut sie noch nicht einmal an, als sie ihm ein zurückhaltendes: »Moin« zuruft.

Mit geöffnetem Mund atmet sie die staubige und stickige Luft ein, während sie sich erleichtert in den Sitz fallen lässt und sich zurücklehnt. Ihren Rucksack hat sie vor sich auf den Knien abgelegt. Sie zieht das Handy daraus hervor. Kurz überprüft sie es noch einmal auf neue Nachrichten oder unbemerkt eingegangene Anrufe.

Es bildet sich ein dicker Kloß in ihrem Hals, den sie

durch ein lautes Räuspern zu vertreiben sucht. Leider ist immer noch nichts von Clarissa eingegangen.

Wieder beschleicht sie ein beklemmendes Gefühl, dass dies für immer so bleiben könnte.

Laut ertönt ein kurzer Pfiff und der Zug setzt sich mit einem leichten Ruckeln in Bewegung.

Noch einmal atmet sie tief ein und entlässt die Luft durch ein leichtes Pusten aus ihren Backen. Etwas entnervt schaut ihr Sitznachbar sie kopfschüttelnd von der Seite an und vertieft sich dann wieder in sein Gespräch. Er scheint zu glauben, dass er der einzige Mensch in diesem Abteil ist, der stören darf.

Da sie Ärger vermeiden will, schaut sie noch eine ganze Weile auf ihr Handy und tut so, als hätte sie seine Reaktion ihr gegenüber gar nicht bemerkt.

Sie schließt die Augen und wartet darauf, dass der Zug seine Geschwindigkeit erhöht, um sie endlich an ihr Ziel zu bringen.

So viele Fragen möchte sie beantwortet haben. Das ist aber nur im Polizeirevier möglich, und bis sie dort ankommt, wird sie sich noch einige Zeit gedulden müssen.

Gerade will sie noch einmal tief einatmen, überlegt es sich aber im letzten Moment anders und zieht nur leise die Luft durch die Nase ein. Es ist absolut nicht in ihrem Sinne, sich doch noch den Missmut des Mitfahrers zuzuziehen. Die abfällige Kopfbewegung von vorhin hat ihr gereicht. Außerdem weiß sie, dass gereizte Menschen ziemlich ausfallend werden können, wenn sie sich durch andere gestört fühlen.

Sie überlegt, was sie in Bergen machen soll, da sie bis zum Termin noch über eine Dreiviertelstunde Zeit hat.

Aus diesem Grund nimmt sie sich vor, bei einer Tasse Kaffee in einem der kleinen Cafés ihre übrige Zeit abzusitzen.

Mit geschlossenen Augen grübelt sie während der gesamten Fahrt darüber nach, was noch alles auf sie zukommen wird. Was passiert sein könnte, und vor allem, wer hinter dem Verschwinden von Clarissa und Phönix steckt, oder ob alles nur auf Zufällen beruht. Vor allem der Tod ihrer Nachbarin kreist ständig in ihren Gedanken. Ob es ein natürlicher Tod ist, oder ob tatsächlich jemand nachgeholfen hat.

Seit sie den Geruch des Todes in deren Haus einatmete, steht für sie immer noch fest, dass Frau Ulm nicht mehr lebt. Nun ist für sie nur noch das Warum und Wie relevant.

27

Die Ansage aus dem Lautsprecher gibt mit eintöniger Stimme in Kürze die Ankunft im Bahnhof Bergen bekannt.

Froh darüber, endlich nicht mehr neben dem unfreundlichen Mann sitzen zu müssen, streckt sie kurz ihre Beine unter den Vordersitz, um ihre Gliedmaßen wieder in Schwung zu bringen und steht auf. Sie zieht sich ihren Rucksack über und gähnt kurz hinter vorgehaltener Hand. Die triste Bahnfahrt und das ständige und monotone Rattern haben sie ermüdet. Sie muss sich sogar kurz an der Lehne festhalten, da sie ein leichter Schwindel überkommt.

Nachdem sie den Bahnhof verlassen hat, schaut sie erst einmal in alle Richtungen, um sich zu orientieren. Sie ist schon länger nicht mehr in Bergen gewesen und überlegt, in welche Richtung sie sich bewegen muss, um ein Café in der Nähe der Polizeidienststelle aufsuchen zu können. Es dauert auch nicht lange, da weiß sie, wohin sie sich wenden muss.

Mit geschultertem Rucksack schlendert sie langsam an einigen herumstehenden Touristen mit Sonnenbrillen und Wanderstiefeln vorbei. Traurig bemerkt sie zwei Frauen in ihrem Alter, die sich vertraut umarmen, wie sie und Clarissa es gewohnheitsmäßig machen, wenn sie sich begrüßen oder auch aus vielen anderen Anlässen.

Für sie ist im Moment nichts mehr so, wie es mal war. Ihre Augen füllen sich mit Tränen, die sie trotzig wegwischt. Sie ärgert sich, dass sie ihre Sonnenbrille nicht dabei hat. Es ist ihr unangenehm, dass fremde Menschen ihre Tränen sehen.

So gut es geht schaut sie ab jetzt auf die Wege vor sich, und versucht, ihre Umgebung weitestgehend auszublenden.

Einige Zeit später hat sie ein nettes kleines Café erreicht. Einige wenige und gemütlich wirkende Tische mit Rattan Sessel laden den Vorbeigehenden dazu ein, Platz zu nehmen, um sich von einem Stadtbummel zu erholen. Man kann durch das breite Fenster auch auf die Auslage schauen, die mit einer großen Vielfalt an Kuchen, Törtchen und anderen Spezialitäten ausgestattet ist.

Nele bleibt vor dem Fenster stehen und betrachtet für einige Zeit die Leckereien, ohne sie wirklich wahr zu nehmen. Sie dreht sich zu dem letzten freien Tisch, stellt den Rucksack ab und mit einem kleinen Seufzen lässt sie sich auf das weiche Kissen plumpsen

Sie ist noch dabei die Karte zu studieren, da kommt die Bedienung nach draußen und fragt am Nebentisch, ob noch Wünsche offen sind. Nachdem sie dort eine Bestellung aufgenommen hat, wendet sie sich mit einem Lächeln und freundlicher Stimme an Nele.

»Moin, was darf es denn sein? Wir haben heute einen besonderen Schokoladenkuchen im Angebot, den sollten Sie unbedingt probieren! Auch unsere Waffeln sind sehr lecker.«

Nele bestellt einen Kaffee und ein Stück des vorgeschlagenen Kuchens. Die junge Frau bedankt sich und tippt die Bestellung in ihr Gerät, bevor sie wieder im Gebäude verschwindet.

Ihr kommt der Kuchen von Frau Ulm in den Sinn, den sie eigentlich morgen gemeinsam genießen wollten. Dieses Treffen würde nun nicht stattfinden. Und das Schlimmste ist, dass es auch nie wieder ein solches Zusammensein geben wird.

Ob und wann sie Clarissa wiedersieht, ist unklar, aber mit ihrer Nachbarin wird sie definitiv nie wieder einen Tisch teilen oder sich zu einem Plausch auf der Straße treffen.

Erneut wird sie von einer Welle der Traurigkeit erfasst und es steigen Tränen in ihre Augen. Sie schlägt beide Hände vors Gesicht und drückt die Finger fest auf die Augenlider, um sie zurückzudrängen. Es gelingt. Sie versucht sich abzulenken, indem sie die vorbei schlendernden Menschen bei ihrem Treiben beobachtet.

Immer wieder sieht sie sich selbst lachend, Arm in Arm mit Clarissa, Phönix an ihrer Seite.

Sie fühlt sich furchtbar einsam und verlassen.

Die Bedienung erscheint kurz darauf mit einem fröhlichen Lächeln und stellt einen großen Pott Kaffee und das gewünschte Tortenstück vor ihr ab.

»Dann lassen Sie es sich mal schmecken!« sagt sie, und wendet sich neuen Gästen zu.

Nele nimmt die große Tasse in beide Hände und nippt immer wieder. Der Kaffee tut ihr gut.

Nachdem sie auch das Kuchenstück geleert hat, wirft sie einen Blick auf ihre Uhr.

Es wird Zeit, dass sie sich auf den Weg zum Präsidium begibt. Sie kramt ihr Handy hervor und nachdem sie sich vergewissert hat, dass immer noch keine erneuten Nachrichten eingegangen sind, will sie es wieder in ihrem Rucksack verstauen.

In genau diesem Augenblick ertönt die leise Melodie für eingehende Anrufe. Ein weiterer Blick aufs Display verrät ihr, dass es sich um einen unbekannten Teilnehmer handelt. Sie zögert für einen Moment, nimmt den Anruf aber dann doch an.

»Moin!«, hört sie sich selbst viel zu laut sagen.

Ein Ehepaar am Nachbartisch schaut sich erstaunt nach ihr um. Sie kann den Unmut der Beiden über die unnötige Ruhestörung fast spüren.

Ihr selbst geht es ähnlich, wenn Menschen viel zu laute Telefongespräche führen.

Sie senkt ihren Kopf und macht eine entschuldigende Handbewegung in Richtung des Nachbartisches. Dann hält sie das Handy fest an ihr Ohr gepresst und schaut auf ihre leere Kaffeetasse. Aus dem Hörer kommt kein Geräusch und in diesem Moment weiß sie, dass sie wieder einmal auf den mittlerweile verhassten Anrufer hereingefallen ist.

Genervt drückt sie den Anruf weg und verstaut das Handy in der kleinen Seitentasche. Mit geschlossenen Augen holt sie tief Luft. Als sie die Augen wieder öffnet, tritt gerade die Bedienung aus der Tür und sie macht ihr ein Zeichen, dass sie gerne zahlen würde. Das Mädchen bedeutet ihr, dass sie sich gleich darum kümmern wird und stellt einige Getränke am Nachbartisch ab.

Wenige Minuten später steht sie schon neben ihrem Tisch. Nele legt noch ein großzügiges Trinkgeld auf den Betrag. Dafür erntet sie ein zufriedenes »Dankeschön«.

Sie steht auf und greift nach ihrem Rucksack. Ein plötzlich auftretender Schmerz kündigt Migräne an. Mit zusammengepressten Lippen stellt sie den Rucksack zurück auf den Stuhl und handelt sich dadurch den missmutigen Blick einer Mutter ein, die ihren Tisch mit drei kleinen Kindern im Schlepptau gerade ansteuerte und vorhatte, ihn zu besetzen.

»Einen kleinen Moment, ich bin sofort weg, ich muss nur noch etwas suchen!«, sagt sie entschuldigend zu der jungen Frau und kramt nach einer Kopfschmerztablette.

Sie findet unter anderem eine lang vermisste Sonnenbrille, die sie sich sofort auf die Nase setzt. Als sie eine Tablette aus dem Blister entnommen, und sie ohne Wasser geschluckt hat, nimmt sie ihren Rucksack und macht sich auf den Weg.

28

Mit schnellen Schritten bewegt sie sich ihrem Ziel entgegen. Ihr Weg führt sie an dekorativ gestalteten Schaufenstern vorbei, von denen die Straße unter anderem gesäumt wird. Immer wieder schaut sie in Gedanken versunken in die großen Fenster, ohne die ausgestellte Ware wirklich wahr zu nehmen. Normalerweise würde sie immer mal wieder nach einem schönen Kleidungsstück Ausschau halten. Heute aber steht ihr absolut nicht der Sinn danach.

Ihre Überlegungen gehen dorthin, wie sie den zuständigen Beamten klar machen kann, dass ihre Freundin schon längst bei ihr hätte auftauchen müssen, sie aber noch immer kein Lebenszeichen von ihr erhalten hat. Sie geht davon aus, dass man versuchen wird, sie zu beruhigen und einräumt, dass viele Menschen nach kurzer Zeit wieder auftauchen.

Dass auch ihr Hund kurz zuvor verschwunden ist, wird sie selbstverständlich auch anbringen. Es kann kein Zufall sein, dass ihr Ex-Mann auftaucht und Menschen und Tiere in ihrem Umfeld einfach verschwinden. Sein Verhalten zeigte so viel von verletzter Wut, dass sie ihm mittlerweile sogar einen Mord zutrauen würde.

Die Gedanken, die sie sich diesbezüglich gemacht hat, steuern immer wieder in diese Richtung. Sie hegt die

Hoffnung, dass die Polizisten, wenn sie erst einmal die Lage überblickt haben, ähnliche Schlüsse ziehen und eine sofortige Suche nach Clarissa einleiten.

Immerhin sollte sie eigentlich vor mehr als vierundzwanzig Stunden schon bei ihr zuhause angekommen sein! Aus diesem Grund ist sie sich nun sicher, dass ihr irgendetwas zugestoßen sein muss.

Die Vermutung, dass sie jemanden kennenlernte, und mit ihm eine Nacht verbracht hat, ist mittlerweile hinfällig. Es ist später Nachmittag, und ganz bestimmt hätte sie sich inzwischen längst gemeldet. Auch wenn ihr Akku leer war, sie müsste zwischendurch irgendwann die Möglichkeit gehabt haben, es wieder zu laden.

Sie seufzt und stolpert dabei über einen großen Stein, den sie nicht registriert hat und der mitten auf dem Gehweg liegt. Wütend tritt sie ihn zur Seite.

Da fällt ihr Blick in eines der Schaufenster, und sie bleibt abrupt stehen.

Es scheint sich um ein sehr exklusives Geschäft zu handeln. Sie erkennt es daran, dass die Preisschilder in der Kleidung stecken und so für den Betrachter nicht sichtbar sind. Ihr Blick bleibt auf einem bestimmten Kleidungsstück hängen.

Eine Schaufensterpuppe trägt ein ähnliches Kleid wie das, welches sie an dem Abend trug, als Malte sie fast vergewaltigte.

Sofort fühlt sie sich an den Abend zurückversetzt und erlebt die Szene noch einmal. Bei der Erinnerung daran wird ihr übel.

In ihrer Fantasie endet dieser Abend nicht so glimpflich

wie in Wirklichkeit. Am Ende lässt er sie nicht gehen, sondern drängt sie zurück auf die Couch und schließt seine Hände um ihren Hals. Es ist ihr nicht möglich, sich aus seinem Griff zu befreien. Er würgt sie so heftig, mit einem furchterregenden Funkeln in den Augen, dass ihr klar wird, ihr letztes Stündlein hat geschlagen.

Verstört durch diese unerwarteten Bilder, schließt sie die Augen. Mit beiden Händen stemmt sie sich gegen die große Panoramascheibe und schluckt die aufkommende Galle hinunter. Sie benötigt ein paar Sekunden, um die Bilder zu verdrängen. Dabei geht ihr der Gedanke durch den Kopf, dass es vielleicht für Frau Ulm oder Clarissa genau so abgelaufen sein könnte. Abrupt öffnet sie die Augen, um die Bilder abzuschütteln. Es dauert einen Moment, bis sie wieder Herr ihrer Selbst ist. Mit großen Augen starrt sie durch das Glas.

Eine Verkäuferin schaut ihr aus dem Fenster entgegen. Sie kann nicht sagen, ob sich in ihrem Blick Erstaunen oder Entsetzen widerspiegelt. Allerdings ist sie sicher, dass sie gerade ein seltsames Bild für die Dame abgeben muss.

Sie stößt sich vom Fenster ab. Entschuldigend winkt sie ihr kurz zu, um zu bedeuten, dass mit ihr alles in Ordnung ist. Sofort setzt sie sich mit wackligen Beinen in Bewegung, den Blick starr auf den Weg vor sich gerichtet.

Nicht bei einem einzigen Geschäft, schaut sie in die Auslage, um sich vor weiteren peinlichen Situationen zu schützen.

Sie fühlt Angst in sich aufkeimen, vor dem, was noch alles auf sie einstürzen könnte. Ihr Kopf beginnt leicht zu schmerzen. Da taucht das Polizeigebäude vor ihr auf.

29

Das Gebäude ist ringsherum von einem Eisenzaun umgeben. Ein großes Tor, durch das man Eintritt zur Haupteingangstür erlangt, steht weit offen. Es wird wahrscheinlich elektrisch gesteuert und sicherlich ab einer bestimmten Uhrzeit geschlossen, ist Neles erste Überlegung. Unschlüssig bleibt sie stehen.

Der vermeintliche Geruch des Todes, schalem Kaffee und Schweiß macht sich wieder in ihrer Nase breit. Er ist so überwältigend, dass sie sich unbewusst schüttelt.

Angst vor dem, was jetzt auf sie zukommt, wenn sie den geteerten Weg zu ihrem Termin antritt, bereitet ihr erneut eine Gänsehaut.

Entschlossen kramt sie noch einmal ihr Handy hervor, um zu prüfen, ob sich nicht irgendjemand bei ihr gemeldet hat. Nichts!

Anhand der Uhrzeit auf dem Display kann sie erkennen, dass es Zeit wird, sich ins Gebäude zu begeben.

Mit einem flauen Gefühl in der Magengegend, steckt sie das Handy ein, und geht entschlossen auf die Eingangstür zu.

Im Inneren empfängt sie eine angenehme Kühle. Sie fröstelt und reibt sich über die durch die schwüle Hitze von außerhalb etwas feuchte Arme. Bedingt dadurch, dass sie aus dem gleißenden Sonnenlicht in die dämmrige Eingangshalle getreten ist, ist sie für einen Moment desorientiert.

Während sich ihre Pupillen langsam an die dunklere Umgebung gewöhnen, schaut sie sich etwas unbeholfen in dem großen Raum nach einer Person um, die ihr weiterhelfen kann.

»Moin! Kann ich Ihnen irgendwie weiterhelfen?« wird sie auch prompt von einer zierlichen Person hinter einem Informationsschalter angesprochen.

Die junge Frau trägt eine Uniform mit jeweils einem Stern auf den Schultern und schenkt ihr ein fragendes, aber absolut freundliches Lächeln.

Nele wendet sich sofort in ihre Richtung und umrundet ein mitten auf dem Fußboden stehendes Schild, welches Besucher darauf aufmerksam machen soll, dass der Boden nass und rutschig ist.

Erst als sie vor dem langen Tresen angekommen ist, erkennt sie die hässliche Narbe auf der linken Gesichtshälfte der Beamtin, die auf einen Schnitt vermuten lässt, der sich von der Augenbraue über das ganze Gesicht bis zum Ende des Unterkiefers zieht. Da sie nur noch leicht rötlich ist, schließt sie, dass es sich um eine ältere Verletzung handelt. Sie scheint sich mit dieser Entstellung arrangiert zu haben, denn sie versucht sie durch nichts zu verstecken oder zu kaschieren. Ihr schulterlanges, glattes Haar trägt sie als fransigen Dutt. Vereinzelte Strähnen von natürlichem Blond umrahmen das ansonsten äußerst hübsche Gesicht.

Unbewusst hat sie die Entstellung etwas länger als nötig betrachtet. Sie grübelt darüber nach, was dieser so freundlich wirkenden Person wohl Schlimmes zugestoßen sein könnte.

Die junge Frau hat die Musterung lächelnd über sich ergehen lassen.

»Ähhh, Moin, ich habe einen Termin bei Frau Klausen. Könnten Sie mich bitte bei ihr anmelden, oder mir sagen, wo ich sie finde?«, gibt sie in etwas kleinlautem Ton von sich.

»Frau Klausen ist leider noch unterwegs, und es könnte noch etwas dauern. Wie ist denn ihr Name?«

Nachdem sie ihr die Frage gestellt hat, blättert sie auch schon geschäftig in den Unterlagen, die vor ihr auf dem Tisch liegen. Ihr Lächeln ist verschwunden und konzentriert schaut sie die Namen auf einer Liste durch, während Nele ihren Namen nennt und ihr auch noch mitteilt, aus welchem Anliegen sie vorstellig ist.

»Mhhh, Frau Gilden, wäre es Ihnen möglich zu warten, bis Frau Klausen wieder im Haus ist? Wie gesagt, es könnte noch eine Weile dauern. Sie hat mir aber eine Nachricht hinterlassen, dass Ihre Aussage äußerst wichtig ist und sie diese heute noch gerne zu Protokoll nehmen würde. In manchen Angelegenheiten spielt die Zeit eine große Rolle, und in dieser Sache scheint es der Fall zu sein.«

»Oh, ja, natürlich kann ich noch warten. Das ist kein Problem! Bloß müsste ich den letzten Zug nach Sagard noch erwischen, da ich nicht mit dem Auto hier bin. Wenn das ok ist, würde ich warten!«, antwortet Nele nach kurzem Zögern.

Immerhin erwartet sie heute Abend mindestens zwei Personen. Sie möchte gerne zuhause sein, wenn Robert eintrifft. Jennifer hat einen Schlüssel und wird ihr schon nicht das Haus auf den Kopf stellen.

Die Vorstellung, dass sie die beiden in ihrem eigenen Bett erwischen könnte, stiehlt sich in ihr Unterbewusstsein.

Schnell wischt sie den Gedanken beiseite und bemerkt erst jetzt den fragenden Blick.

»Oh, Entschuldigung, was haben Sie gesagt? Ich war in Gedanken, tut mir leid!«

»Ich sagte, Sie können dort hinten im Wartebereich Platz nehmen und wollte wissen, ob Sie eine Tasse Kaffee, oder etwas anderes trinken möchten!«, wiederholt sie sich geduldig und deutet gleichzeitig mit einer flüssigen Handbewegung in Richtung eines angrenzenden Zimmers.

»Wenn es Ihnen keine Umstände bereitet, würde ich ein Glas Wasser oder einen Kaffee nehmen, vielen Dank!«

»Dann nehmen Sie doch schon mal Platz. Ich hole Ihnen etwas zu trinken!«

Sofort verschwindet sie in einem Raum hinter der Anmeldung. Während Nele sich in Richtung Wartebereich begibt, hört sie das geschäftige Treiben der Beamtin im Nebenzimmer.

Sie nimmt auf einem der Stühle Platz und kramt ihr Handy hervor.

Es ist nur eine Nachricht eingegangen. Jennifer teilt ihr mit, dass sie sich auf das Wiedersehen freut. Von Clarissa fehlt weiterhin jede Spur. Noch einmal versucht sie, sie anzurufen, wird aber sofort an den Anrufbeantworter weitergeleitet. Schnell tippt sie eine Nachricht an Robert, dass sie sich auf ihn freut.

Dann wandern ihre Gedanken wieder zu Frau Ulm, Clarissa und Phönix.

Sie kann sich mit nichts von diesen Gedanken ablenken,

da sich auf dem kleinen Tisch, um den die sechs Stühle gruppiert sind, nicht eine einzige halbwegs interessante Lektüre befindet.

Sie greift sich einen der übereinander gestapelten Flyer und muss schon nach einem kurzen Blick darauf erkennen, dass es sich hierbei lediglich um Werbung für Interessierte handelt, die sich vorstellen können, eine polizeiliche Laufbahn einzuschlagen. Sofort legt sie die Lektüre wieder ordentlich an den vorherigen Platz und lehnt sich mit geschlossenen Augen in das Rücken-polster.

»Ich habe Ihnen einen Kaffee gemacht und auch direkt ein Glas Wasser mitgebracht. Es ist mit Sprudel, ich hoffe, das ist für Sie in Ordnung!« hört sie dann die Stimme der Beamtin.

Etwas erschrocken über das schnelle Auftauchen der jungen Frau, öffnet sie sofort die Augen. Sie erwidert das nette Lächeln und sieht ihr dabei zu, wie sie ein kleines Tablett vor ihr auf dem Tisch abstellt.

Nie hätte sie gedacht, dass man in einer Dienststelle so hervorragend bewirtet wird.

Auf dem Tablett steht eine Tasse Kaffee, Kaffeemilch und ein Zuckerspender. Außerdem ein Glas Wasser und ein Tellerchen mit Keksen.

»Ach du meine Güte! Ich wollte Ihnen keine Umstände bereiten! Vielen lieben Dank!«, sagt sie erfreut.

»Aber das ist doch kein Ding! Sie kennen gewiss den Spruch: ›Jeden Tag eine gute Tat!‹ Ich halte mich stets daran. Es dürfen auch ein paar mehr sein!«, antwortet sie lachend und wendet sich zum Gehen.

»Entschuldigen Sie bitte!« hindert sie die Frau am Weitergehen.

»Ja, wie kann ich Ihnen noch helfen?«, fragt sie, bleibt stehen und dreht sich in ihre Richtung.

»Ich müsste mal die Toilette aufsuchen. Können Sie mir sagen, wo ich sie finde?«

Nachdem sie die Beschreibung erhalten hat, schnappt sie sich ihren Rucksack und sucht die Toilette umgehend auf.

Ihre Hände sind kalt und verschwitzt. Außerdem haben sich bei ihr wieder Kopfschmerzen breit gemacht. Sie wäscht sich mit kaltem Wasser und Seife die Hände und holt aus ihrem Rucksack eine Tablette hervor.

Mit etwas Wasser schluckt sie die Tablette hinunter.

Sie beugt sich leicht nach vorne und betrachtet ihr abgespanntes Gesicht im Spiegel. Dabei fällt ihr auf, dass sich ein paar neue Falten gebildet haben. Sie schiebt es auf den Stress der letzten Tage und hegt die leise Hoffnung, dass sie wieder verschwinden.

Seufzend nimmt sie ihren Rucksack und blickt noch ein letztes Mal ihr Spiegelbild an.

»Du hast auch schon mal bessere Tage gesehen!«, sagt sie flüsternd und fährt sich mit beiden Händen durch ihr Gesicht.

Dann verlässt sie die Toilette.

In dem Moment, als sie sich wieder auf den Stuhl fallen lässt, kommt die Frau vom Empfang. Sie erklärt ihr, dass es gewiss noch fast eine Stunde dauern wird, bis Frau Klausen wieder auf der Polizeistelle eintrifft, sie Nele aber bittet, auf sie zu warten.

Es ist für Nele keine normale Wartezeit, wie wenn man beim Arzt sitzt, oder auf einen verspäteten Bus oder Zug wartet. Die ständige Angst, Clarissa könnte etwas Schlimmes zugestoßen sein, drückt ihr bleischwer auf den Magen. Sie hat auch den Beamten, der gegen sechs Uhr seine nette Kollegin am Empfang abgelöst hat, darauf angesprochen, ob sie bei ihm schon einmal eine Vermisstenanzeige aufgeben sollte. In wenigen Sätzen erklärt sie ihm die Umstände, warum und wie lange sie schon auf Clarissa wartet.

Seine hellblauen Augen, die von buschigen Augenbrauen umrandet sind, strahlen eine angenehme Ruhe aus, die auch bei ihr die Anspannung etwas vertreibt. Er bittet sie mit sonorer Stimme, dass sie dies am besten mit Frau Klausen bespricht, wenn sie wieder im Haus ist.

Immer wieder schaut Nele auf ihr Handy, aber außer einer Nachricht von Robert, dass auch er sich auf das Treffen heute Abend freut, geht nichts mehr ein.

30

»Moin! Mensch Gert, das war vielleicht ein Tag! Ich mache drei Kreuze, wenn er endlich rum ist, das kann ich dir sagen! Manchmal meint man echt, man hätte den falschen Job erwischt. Ich hoffe, du hast wenigstens eine entspannte Nachtschicht. Ich gönne es dir auf jeden Fall! So, dann geh ich mal ins Büro, ist ja noch so einiges zu tun. Ich bin dann mal hinten …! Ach, ist Frau Gilden noch im Haus? Ich hatte schon um siebzehn Uhr einen Termin mit ihr, und mir wurde gesagt, sie würde auf mich warten.«

Nele hat die Beamtin schon beim Eintreffen an der Stimme erkannt. Da sie im seitlichen Bereich des kleinen Zimmers sitzt, hat sie durch die offene Tür zwar immer einen Blick auf die Beamten hinter dem Tresen, aber um Frau Klausen betrachten zu können, muss sie sich ein wenig nach vorne beugen.

Sie entspricht absolut nicht ihren Vorstellungen. Anhand der Stimme hatte sie eine kleine Frau Mitte- bis Ende dreißig erwartet, das braune Haar in einem strengen Dutt gehalten, und die zierliche Figur in einer etwas zu großen Uniform verborgen.

Als sie jetzt die große, etwas untersetzte Frau vornübergebeugt am Tresen stehen sieht, ist sie doch sehr überrascht.

Die muskulösen Arme ragen aus den Ärmeln einer hochgekrempelten Bluse und sie stützt sich damit auf der Platte ab. Ihre kurz gehaltenen, grauen Locken, die den Anschein erwecken, dass sie schwer zu bändigen sind, stehen wirr und zerzaust von ihrem Kopf ab, dass es an die Frisur von Frau Ulm erinnert. Sie hat tiefe Lachfalten rund um die blass-grünen Augen, die Herzlichkeit ausstrahlen, aber auch Autorität. Der Mund und ihr ovales Gesicht, dass sie ihr mit einem knappen Kopfnicken kurz zuwendet, erinnert fast an eine Bilderbuch-Oma.

Nele schätzt sie jetzt auf Ende fünfzig. Die jugendliche Stimme passt eigentlich gar nicht zu der Frau. Sie erweckt den Eindruck, die Tücken des Lebens zu kennen und auch in Krisensituationen genau zu wissen, was zu tun ist.

Sie trägt einen Rucksack über der rechten Schulter, und in ihrer linken Hand hält sie eine Tüte. Der unverkennbare Geruch nach Fisch strömt daraus hervor und verteilt sich im Raum.

Übelkeit steigt in Nele auf. Eigentlich isst sie sehr gerne Fisch, aber gerade erträgt sie nicht einmal die Ausdünstung davon.

»Moin! Tja, nicht jeder Tag ist so, wie man ihn sich wünscht! Aber wem sage ich das! Übrigens, Frau Gilden sitzt im Wartezimmer. Sie ist geblieben und hat auch noch ein weiteres Anliegen an dich. Ich wollte in dieser Sache nicht vorgreifen«, erwidert der Beamte an die Kollegin gerichtet.

Mit einer Handbewegung in Richtung des Wartezimmers bedeutet er ihr, dass Nele dort sitzt.

Sogleich wendet sie den Blick erneut in ihre Richtung.

»Ah, Moin Frau Gilden! Schön, dass Sie gewartet haben! Wir können auch sofort loslegen. Kommen Sie doch bitte mit in mein Büro, da können wir alles in Ruhe besprechen. Es tut mir leid für die Unannehmlichkeiten, die Sie auf sich nehmen mussten. Aber ich sehe zu, dass wir die ganze Angelegenheit schnell über die Bühne bringen, damit Sie wieder nach Hause kommen.«

»Moin, Frau Klausen. Aber das ist doch selbstverständlich!«, antwortet sie und schenkt ihr ein Lächeln.

Sie greift sich ihren Rucksack und geht zum Empfang.

Frau Klausen nimmt noch einige Unterlagen ihres Kollegen in Empfang und klemmt sie unter den linken Arm. Dann dreht sie sich um. Mit gerunzelter Stirn betrachtet sie nachdenklich Neles Gesicht, die Tüte mit dem Fisch hält sie immer noch in ihrer Hand.

Ihre Augen, die mit einem unergründlichen Grün und Grau gemustert sind, spiegeln ihre Neugier wider.

Ein freundliches Lächeln huscht über ihr Gesicht. Es scheint, als gefiele ihr das, was sie nach der eingehenden Betrachtung als Fazit für sich gezogen hat.

Mit einer einladenden Geste und einem: »Dann folgen Sie mir doch bitte!« lädt sie Nele nun ein, ihr zu folgen.

Kurz wendet sie sich ihrem Kollegen zu und erklärt ihm rasch, dass sie während der Besprechung nur in äußerst dringlichen Fällen gestört werden möchte.

Dann geht sie Nele voran durch eine Sicherheitstür, die sie mit einer Karte entsperrt. Die Karte hatte sie schon griffbereit. Durch die ganzen Gegenstände, die sie trägt, tut sie sich jetzt allerdings schwer, die Tür für Nele offen zu halten. Sofort greift Nele nach dem runden Knauf und quetscht sich durch die noch freie Lücke.

Mit einem lauten Knall fällt die Tür hinter ihr ins Schloss und erschrocken zuckt sie zusammen. Frau Klausen ist schon ein paar Schritte vorausgeeilt und bemerkt ihren erschrockenen Gesichtsausdruck daher zum Glück nicht. Eilig folgt sie ihr, mit dem steten Geruch von Fisch in ihrer Nase.

Sie gehen den nur spärlich beleuchteten Flur entlang. Es ist auffallend ruhig. Scheinbar sind Frau Klausens Kollegen schon alle im wohlverdienten Feierabend. Man kann nur aus einem weit hinten liegenden Büroraum einen Drucker hören, der ununterbrochen Blätter einzieht und sie bedruckt. Vor einer Tür, die durch ein Namensschild anzeigt, dass es das Büro der Kommissarin ist, bleiben sie stehen. Umständlich zieht die Beamtin einen Schlüsselbund aus ihrer rechten Hosentasche. Sie schafft es, die Tüte mit ihrem Essen nicht auf den Boden fallen zu lassen, während sie sofort den richtigen Schlüssel aus einer scheinbar diffusen Anordnung verschiedenster Schlüssel findet und ihn problemlos im Schloss dreht.

Mit Respekt für diese Multi Taskin Fähigkeit hat Nele ihr bewundernd zugesehen.

Sie selbst schafft es kaum, den richtigen Schlüssel an ihrem Bund direkt zu finden.

Frau Klausen muss ihren Blick bemerkt haben und hat ihn außerdem richtig interpretiert. Mit einem Lachen in der jugendlichen Stimme und einem etwas verschmitzten Blick meint sie dann: »Das war nur Zufall, gewöhnlich brauche ich etwas mehr Zeit, um den Richtigen zu finden!«

Mit einer leicht angedeuteten Geste der rechten Hand, fordert sie Nele auf, in ihr Büro zu treten. Der Fischgeruch der darin befindlichen Tüte löst bei ihr einen leichten Würgereiz aus. Auch dies scheint der Beamtin nicht zu entgehen.

»Ich werde nur eben mein Abendessen im Kühlschrank verstauen, dann können wir auch schon loslegen«, merkt sie nämlich mit einem entschuldigenden Blick an.

Dann geht sie zu einem kleinen Kühlschrank in der rechten Ecke des Zimmers und legt die Tüte hinein. Sorgfältig verschließt sie ihn und kommt auf Nele zu.

In einigem Abstand vor ihr bleibt sie stehen.

Sie macht eine einladende Handbewegung in Richtung eines bequem aussehenden Ledersessels, der einige Jahre auf dem Buckel zu haben scheint. Allerdings sehen alle Möbelstücke im Raum schon sehr abgenutzt aus.

Sie überlegt, ob es sich bei den Möbeln um eigens angeschaffte Stücke handelt, oder ob man dieses Büro bei der letzten Renovierung vergessen hat. Denn auch die Wände schreien förmlich nach einem Neuanstrich, selbst das verdorrte Einblatt auf der Marmor-Fensterbank scheint ein Fossil aus längst vergessenen Zeiten zu sein.

»Ich mag alte Möbel! Sie vermitteln einem dieses Gefühl von Geborgenheit. Außerdem bergen sie Erinnerungen, gute, wie auch schlechte. Ich denke, Sie verstehen, was ich damit sagen will!«

Ein seltsamer Klang wie Trauer schwingt in diesen Worten mit.

Mit verschränkten Armen steht sie nun vor ihr, an den schweren Schreibtisch aus dunkler Eiche gelehnt, der mit Akten überhäuft ist und auch ansonsten einen äußerst konfusen Eindruck macht. Ihren Rucksack hat sie daneben abgestellt.

Nele weiß, dass es verschiedene Arten von Ordnung auf dem Arbeitsplatz gibt. Ihrer ist immer aufgeräumt, allerdings liegen auch einige wenige Dinge darauf, die gut und gerne in verschiedenen Schubladen verschwinden könnten. Sie aber mag es, wenn ihr Schreibtisch nicht zu akkurat wirkt. Bei Robert hat sie festgestellt, dass seine Ordnung schon fast steril ist.

Bei dem Bild, das sich ihr hier bietet, hat sie eine weitere Variation vor sich. Zwar wirkt alles sehr unaufgeräumt und unübersichtlich, aber sie hegt die starke Vermutung, dass Frau Klausen in diesem Chaos auf Anhieb genau das findet, was sie benötigt.

Für einen kurzen Moment beneidet sie diese Frau um die Art, mit ihrer Umwelt und dem darin befindlichen Chaos ohne Probleme umgehen zu können.

Sie bemerkt erst jetzt, dass sie immer noch von ihr beobachtet wird. Umständlich nimmt nun auch sie ihren Rucksack ab und stellt ihn neben den Sessel. Dann nimmt sie Platz und schlägt ihre Beine übereinander.

Die Beamtin überfliegt einige Seiten der Papiere ihres Kollegen.

Mit einer schnellen Bewegung umrundet sie jetzt den Tisch und nimmt dahinter Platz. Das Leder ihres Sessels gibt knarzende Geräusche von sich, während sie ihren Körper in das glatte Gewebe sinken lässt.

Die Papiere in ihren Händen ordnet sie kurz und legt sie dann vor sich ab. Es scheint sich um etwas äußerst Wichtiges zu handeln.

Dann wendet sie ihren Blick wieder Nele zu, klatscht leicht in die Hände und reibt sie aneinander. Es scheint, als

wüsste sie noch nicht genau, wie sie das bevorstehende Gespräch beginnen soll, und auf diese Weise versucht sie nun,
das, was sie sagen möchte, noch etwas hinauszuschieben.

31

»Frau Gilden, erst einmal mein herzlichstes Dankeschön, dass Sie sich die Mühe gemacht haben, mich hier und heute aufzusuchen!

Es ist in der Tat sehr wichtig, zeitnah Informationen im Falle von Frau Ulm zu erhalten. Vorrangig möchte ich Ihnen aber zu Beginn unseres Gesprächs die traurige Nachricht übermitteln, dass Ihre Nachbarin einem Kapitalverbrechen zum Opfer fiel. Wir konnten bei unserem Eintreffen leider nur noch ihren Tod feststellen!

Da ich kurze Zeit später in einer weiteren Ermittlung steckte und nicht die nötige Zeit hatte, Fragen Ihrerseits mit Ruhe zu beantworten, hielt ich es für angebracht, Ihnen diese Information erst zu überbringen, wenn ich Sie heute persönlich antreffe. Ich muss gestehen, dass es mir nicht leichtfiel, Sie nicht sofort in dieser Angelegenheit aufzuklären, da Sie bei unserem Telefonat den Eindruck erweckten, eine engere Bindung zu Ihrer Nachbarin zu pflegen. Es tut mir daher leid, Sie so lange im Ungewissen gelassen zu haben. Allerdings reagiert jeder Mensch anders auf eine solche Situation, und ich bin der Meinung, es ist besser für Angehörige, Freunde oder wie in Ihrem Falle, einer nahestehenden Nachbarin, eine solche Nachricht nicht am Telefon zu überbringen.«

Nele fühlt sich, als würde ihr jemand die Luft aus den

Lungen drücken. Etwas Schweres lastet plötzlich darauf und es kostet sie einiges an Überwindung, erneut Sauerstoff einzuatmen.

Sofort springt Frau Klausen aus ihrem Sessel auf und eilt um den Tisch herum auf sie zu.

Sie muss bemerkt haben, dass sich ihr Gesicht bei dieser Auskunft drastisch verändert hat.

Die Beamtin bleibt leicht gebeugt vor ihr stehen und legt mitfühlend eine Hand auf ihren Arm. In ihrem Blick spiegelt sich das Wissen, wie es ihr in diesem Moment gehen muss. Es liegt nahe, dass diese Frau in ihrem Berufsleben schon einigen Menschen mitteilen musste, dass jemand durch eine grausame Begebenheit aus dem Leben gerissen wurde.

Neles Gedanken rasen. Sie hat das ungute Gefühl, dass sie vielleicht einen Teil der Schuld an diesem Mord trägt.

»Ich hole Ihnen ein Glas Wasser, ist das ok?«

Die Stimme holt sie in die Gegenwart zurück. Sie hat keine Ahnung, wie lange Frau Klausen schon vor ihr steht.

»Oh, ja, das wäre nett, danke schön!«, antwortet sie ihr mit kratziger Stimme und räuspert sich.

Schon einige Augenblicke später hält sie ein Glas in der Hand. Sofort nimmt sie einen kleinen Schluck und danach noch einen größeren, als sie merkt, dass ihr das kühle Nass guttut. Dann senkt sie die Hand mit dem Glas und stellt es vorsichtig auf der Sessellehne ab.

Erst jetzt bemerkt sie das Zittern der Hände.

»Geht es wieder einigermaßen? Es ist immer ein Schock, wenn man so etwas erfährt. Da ich mich vorab informiert habe, was Sie beruflich machen, gehe ich davon aus, dass Sie öfter mit Menschen zu tun haben, die mit einer ähnlichen Situation konfrontiert wurden. Daher muss ich Ihnen wohl nicht erklären, was das alles mit sich bringen kann.«

Sie weiß genau, was Frau Klausen mit dieser Aussage zum Ausdruck bringen möchte.

Sie selbst hat in ihrem Beruf schon einige Patienten nach einem Todesfall mit psychischen Störungen behandelt.

Es ist die eine Sache, diesen Menschen dabei zu helfen, sich mit ihren Ängsten auseinander zu setzen.

Aber wie bei mancher Situation zuvor, bemerkt sie jetzt, dass es etwas völlig anderes ist, selbst eine solch drastische Veränderung zu akzeptieren.

Sie seufzt tief auf, fährt sich mit der freien Hand durch das Gesicht und schaut Frau Klausen dann wieder gefasst in die Augen.

»Ich weiß, worauf Sie anspielen. Sollte ich diesbezüglich Probleme bekommen, werde ich mich an einen meiner Kollegen wenden. Aber danke, dass Sie sich darüber Gedanken machen. Ich werde schon zurechtkommen!«, sagt sie dann mit fester Stimme.

»Das beruhigt mich, zu hören! Sollten Sie dennoch meine Hilfe in Anspruch nehmen wollen, können Sie gerne Kontakt zu mir aufnehmen!«

Nele leert ihr Glas, und nachdem sie die Frage nach einem weiteren verneint, nimmt Frau Klausen ihr das Glas ab und stellt es auf der kleinen Spüle ab.

Die Beamtin nimmt wieder Platz und faltet ihre Hände im Schoß. Für eine kleine Weile herrscht Stille im Raum, die nur durch die kaum vernehmlichen Geräusche des Druckers im entfernten Nebenzimmer unterbrochen wird.

Nun nimmt Frau Klausen den Faden wieder auf.

»Frau Gilden, ich würde von Ihnen gerne Näheres über Frau Ulm erfahren! Könnten Sie sich vorstellen, dass sie Feinde hatte, oder haben Sie in der letzten Zeit vielleicht etwas Verdächtiges bei Ihnen oder ihr festgestellt?

Sie wohnen in der direkten Nachbarschaft. Vielleicht ist Ihnen etwas aufgefallen, was uns in diesem Fall weiterhilft. Lassen Sie sich ruhig Zeit, um nachzudenken. Der kleinste Anhaltspunkt könnte uns weiterhelfen. Egal wie unwichtig er zu sein scheint.«

Während sie ihre Aufmerksamkeit bis jetzt ausschließlich Nele widmete, nimmt sie nun einen schwarzen und stark abgegriffenen Notizblock und einen Stift zur Hand.

Nele braucht etwas Zeit, um sich zu sammeln. Nach einem kurzen Räuspern beugt sie sich nach vorne und beginnt mit ruhiger Stimme zu reden.

»Frau Ulm ist … oh, war eine ruhige, äußerst freundliche und sehr angenehme ältere Dame. Eigentlich würde ich sie schon als gute Freundin bezeichnen. Dass sie Feinde haben könnte, kann ich mir nicht vorstellen. Wahrscheinlich war sie zur falschen Zeit am falschen Ort.«

Plötzlich schießen ihr Tränen in die Augen. Frau Klausen kramt aus einer Schublade ein Päckchen Taschentücher hervor. Sie steht auf und reicht ihr die Packung.

Mit einem dankbaren Blinzeln, und ohne Worte ergreift sie es. Nachdem sie sich die Tränen weggewischt und einmal ordentlich geschnäuzt hat, legt sie die Packung zur Seite.

»Ich kann sehr gut verstehen, dass es Ihnen schwerfallen muss, gerade jetzt über Frau Ulm zu reden, allerdings kann dieses Gespräch nicht warten. Je früher wir wissen, wo und bei wem wir mit unseren Ermittlungen ansetzen können, um so Erfolg versprechender ist deren Ausgang.«

Sie steht an ihren Schreibtisch gelehnt vor ihr und schaut sie mitfühlend an. Mit einem kleinen Ruck stößt sie sich ab und holt noch einmal das Glas von der Spüle, füllt es mit Wasser und reicht es ihr.

Tatsächlich bemerkt Nele, dass ihr Mund sich plötzlich staubtrocken anfühlt. Sie trinkt das Glas leer, ohne es auch nur einmal abzusetzen.

Nun fühlt sie sich bereit, fortzufahren.

»Es ist tatsächlich etwas vorgefallen, und zwar gestern. Allerdings kann ich mir nicht vorstellen, dass diese Angelegenheit etwas mit dem Mord zu tun haben könnte. Aber vielleicht ist es trotzdem relevant für Ihre Ermittlungen.«

Frau Klausen hat mittlerweile wieder hinter dem Schreibtisch Platz genommen und beugt sich mit noch größerer Aufmerksamkeit etwas nach vorne.

»Mein Hund ist vorgestern verschwunden und bisher nicht mehr aufgetaucht. Sein Verschwinden ist der Polizei auch schon gemeldet. Des Weiteren ist gestern mein Ex-Mann aus heiterem Himmel vor meinem Haus aufgetaucht.

Es war ein unschönes Zusammentreffen und endete nach einigen bösen Worten damit, dass ich einen Angriff seinerseits abwehren konnte. Frau Ulm war Zeuge dieser Auseinandersetzung und bot sich an, die Polizei zu verständigen. Ich habe allerdings abgelehnt und mein Ex-Mann ist dann auch wutentbrannt abgerauscht.

Vielleicht sollte ich Ihnen noch ein paar wichtige Details

verraten! Vor langer Zeit habe ich mich von ihm getrennt, weil er sich mit meiner Schwester eingelassen hat. Außerdem hat er mich einige Monate zuvor …«

Sie stockt.

Plötzlich wird ihr bewusst, dass sie über die vergangenen Ereignisse mit einer ihr völlig fremden Person redet, obwohl es in dieser Sache vielleicht keine Rolle spielt, und die Beamtin auch gar nichts angeht.

» …mhhh, was ich Ihnen jetzt erzähle, ist in dieser Angelegenheit sehr wahrscheinlich nicht relevant, ich werde es Ihnen dennoch anvertrauen. Unter der Voraussetzung, dass Sie es für sich behalten. Kann ich darauf vertrauen?«

Mit etwas angespanntem Gesichtsausdruck blickt sie ihr in die Augen.

Frau Klausen legt den Stift ab, faltet die Hände und nachdem sie ihr Kinn darauf abgelegt hat, ist ein leichtes Nicken erkennbar.

»Das, was Sie mir jetzt erzählen, wird diesen Raum nicht verlassen, wenn es nicht irgendwann unumgänglich ist. Allerdings kann ich nicht dafür garantieren, dass es für den Sachverhalt irgendwann wichtig sein könnte!«

Durch ein Nicken ermutigt sie Nele dazu, mit ihren Ausführungen fortzufahren.

Es fällt ihr schwer, die richtigen Worte zu finden. Doch einige Zeit später hat sie den Vorfall als Malte sie fast vergewaltigte, mit kurzen Unterbrechungen hervorgebracht.

Dem ruhigen Verhalten und wissenden Blick kann sie entnehmen, dass es nicht das erste Mal ist, dass Frau Klausen eine derartige Unterhaltung führt.

»Frau Gilden, was Sie mir da gerade beschrieben haben,

könnte sehr wohl eine große Rolle in diesem Fall spielen! Ich muss Sie leider darauf hinweisen, dass ich Ihren Ex-Mann zu einem Verhör vorladen werde. Außerdem werde ich versuchen, eine Einheit für Sie abzustellen, die ab heute Ihr Haus im Auge behält. Ich bin mir nicht sicher, ob die Angelegenheiten des Kapitalverbrechens an Ihrer Nachbarin und das Verschwinden Ihres Hundes nicht enger miteinander verknüpft sind.«

Nele gibt ihr noch die Personalien von Malte.

»Entschuldigen Sie mich bitte für ein paar Minuten!«

Die Beamtin springt auf und eilt in Richtung Tür. Kurz wendet sie sich noch einmal um.

»Ich bin in fünf Minuten wieder zurück! Aber ich muss noch schnell etwas erledigen, was keinen Aufschub duldet.«

Schon ist sie aus dem Zimmer gehuscht.

Nele kann deutlich die Klopfgeräusche an einer der benachbarten Türen hören.

Die Kommissarin wird von einem ihrer Kollegen zum Eintreten aufgefordert. Nachdem sie ihn mit einem hektischen »Hallo Fred, du musst sofort eine Fahndung einleiten!« begrüßt hat, tritt unerwartet Stille ein.

Sie ist das erste Mal seit heute Morgen allein mit ihren Gedanken. Kein Geräusch betäubt den Fluss ihres Denkens. Einzig ein kleiner batteriebetriebener Wecker, den sie bisher auf dem Schreibtisch nicht bemerkte, gibt stetig ein leises Klacken von sich. Er bedeutet ihr dadurch unmissverständlich die unaufhaltsam verstreichende Zeit, die sie nicht nutzen kann, um irgendetwas zu tun. Allerdings hat sie nicht die geringste Ahnung, was genau dies überhaupt sein könnte.

Sie schaut in Richtung Fenster und erspäht eine kleine Fliege auf der Fensterbank. Sie krabbelt unbeholfen immer wieder erfolglos die Glasscheibe hinauf. Jedes Mal fällt sie nach kurzer Zeit hinunter. Sie erkennt auch den augenscheinlichen Grund dafür: Einer ihrer Flügel ist leicht abgeknickt und hängt seitlich am Körper herunter.

Eine plötzliche Assoziation steigt vor ihrem geistigen Auge auf: Phönix, der wild und unbeschwert durch den Garten tobt und den unzähligen Schmetterlingen nachjagt. Durch seine Bemühungen, die zarten Geschöpfe zu erhaschen, hat er schon so manch einem der Tierchen die Flügel verletzt.

Dann sieht sie Frau Ulm, wie sie mit fröhlichem Lächeln und wild zerzausten Haaren in ihrer Küche steht und den Hund genüsslich hinter den Ohren krault.

Wieder einmal wird ihr mit einem Kloß im Hals klar, dass sie zumindest das zweite Bild nie wieder erleben wird. Eine einzelne Träne rinnt über ihre Wange. Hastig wischt sie diese mit den Fingerkuppen sofort weg.

Noch eine ganze Weile sitzt sie allein im Raum und fühlt sich verletzlich und niedergeschlagen.

Müdigkeit steigt in ihr auf. Gerade in dem Moment, als sie herzhaft zu gähnen beginnt, kehrt die Beamtin in den Raum zurück. Sie hält einige Seiten bedruckter Papiere in den Händen, die sie auf dem Tisch kurz ordentlich zusammenfasst und sie dann ohne weitere Beachtung zur Seite legt.

»So, wir können nun fortfahren. Entschuldigen Sie bitte die kurze Unterbrechung. Könnten Sie mir bitte noch eine genaue Beschreibung Ihres Hundes geben? Ich möchte mich nicht auf die Suche der Unterlagen begeben, sondern notiere es mir eben selbst.«

Sogleich greift sie nach dem Stift und während sie einige Notizen in ihrem Block vermerkt, die sich auf die Beschreibung von Phönix beziehen, bringt Nele unaufgefordert das Verschwinden von Clarissa an.

Während sie berichtet, dass ihre Freundin schon längst hätte bei ihr auftauchen müssen, sie bisher auch kein Lebenszeichen erhalten hat und Clarissa überdies nicht über ihr Handy erreichbar ist, entgeht ihr nicht, dass sich in den aufmerksamen Augen ihres Gegenüber ein trauriger Ausdruck bildet.

»Es ist die eine Sache, wenn ein Haustier verschwindet, aber Frau Gilden, bei Ihnen treten gerade so viele Auffälligkeiten auf, dass ich die starke Vermutung hege, all diese Vorkommnisse könnten in der Tat miteinander zu tun haben.

In Bezug auf Ihre Freundin, Frau Clarissa Hartwig, gibt es etwas, dass ich nicht gerne mache, aber ich komme gerade von einem weiteren Fall, bei dem eine junge unbekannte Frau heute Morgen nur noch tot aus dem Meer geborgen werden konnte. Ich weiß, dass es eine starke Zumutung ist, aber würden Sie sich zutrauen, einen Blick auf die Bilder zu werfen, um ausschließen zu können, dass es sich um Ihre Freundin handelt?«, fragt sie behutsam.

Während sie dies sagt, fährt sie sich mit beiden Händen durch das zerzaust wirkende Haar. Allerdings bringt sie es dadurch nicht im Mindesten zur Räson, ganz im Gegenteil, es wirkt noch ein wenig mehr, wie Frau Ulms Frisur.

Der traurige Blick hat sich in etwas verwandelt, das sie

als skeptisch bezeichnen würde. Außerdem ist noch eine weitere Reaktion darin erkennbar. Es scheint, als ahnte sie etwas, was sie noch nicht preisgeben möchte.

Dieser Frau saßen selbstverständlich schon einige Menschen gegenüber, denen sie eine solch schwerwiegende Aufgabe zuteilen musste. Sicherlich wägt sie nun ab, wie ihre Reaktion ausfällt, sollte sie auf den Fotos tatsächlich das Gesicht von Clarissa erkennen.

Nele ist wie erstarrt.

KOMMISSARIN STINE KLAUSEN

Es ist acht Uhr morgens, aber Stine Klausen hat das Gefühl, als wäre sie schon seit Stunden auf den Beinen. Ihr Nacken schmerzt und leichte Kopfschmerzen machen sich schon beim morgendlichen Kaffee bemerkbar. Mit einer Schmerztablette versucht sie, einer aufkommenden Migräne vorzubeugen.

Seit sie bei einem ihrer Einsätze von einer Kugel am Hals gestreift wurde, ist sie stark wetterfühlig geworden.

Sie hatte damals noch Glück gehabt. Ihre Narbe ist kaum noch zu erkennen.

Eine ihrer jetzigen Kolleginnen, Anke Freese, die zu diesem Zeitpunkt eine Auszubildende und ihre Schutzbefohlene war, erlitt während des Einsatzes durch eine Messerattacke im Gesicht und Magen schwere Verletzungen.

Bei dem Einsatz handelte es sich um einen Tankstellen Überfall. Der Täter bedrohte ihre Kollegin und verletzte sie, als sie versuchte zu vermitteln. Zum Glück wurden bei ihr keine inneren Organe lebensgefährlich verletzt.

Nie hätte Stine gedacht, dass diese junge Frau weiter für die Polizei arbeiten würde. Entgegen allen Vermutungen absolvierte sie trotz des schrecklichen Vorfalls nach ihrer Genesung ihre letzte Prüfung mit Bravour. Nach einigen weiteren Einsätzen, bei denen sich allerdings zeigte, dass sie für den Außen Einsatz nicht mehr tauglich war, erklärte sie sich bereit, Büroarbeiten im Revier zu übernehmen. Am liebsten arbeitet sie seitdem am Empfang.

Sie stünde so immer in Verbindung mit den Opfern, Kollegen aber auch Tätern, erklärte sie einmal lachend. Durch ihre schnelle Auffassungsgabe und die Fähigkeit zur Kombination bei kniffligen Fällen, hat sie sich bei allen Kollegen profiliert. Jeder geht erst einmal zu Anke Freese, wenn er in einem Fall nicht weiterweiß, oder bloß zum schnacken, da sie es immer wieder schafft, schlechte Laune durch ein nettes Lächeln zu vertreiben.

Etwas missmutig betritt sie das Foyer ihrer Polizeistation. Im Innenraum ist es angenehm kühl. Sie wischt sich den leichten Schweißfilm von der Stirn und schiebt ihre Sonnenbrille nach oben.

Ihr Blick gleitet sofort suchend zum Empfangstresen. Es ist niemand zu sehen, aber das Geräusch im Hintergrund verrät ihr, dass jemand dabei ist, die Kaffeemaschine zu bedienen.

Sie muss lächeln. Der Tag kann beginnen, wie er will, sie freut sich jetzt erst einmal auf ein nettes Gespräch und einen leckeren Kaffee. In diesem Moment kommt Anke mit einer dampfenden Tasse um die Ecke und strahlt übers ganze Gesicht, als sie ihre Chefin erblickt.

Wie immer fühlt Stine Schuldgefühle in sich aufkommen, beim Anblick der hervorstechenden Narbe in ihrem Gesicht.

Hätte sie sich damals nicht hinreißen lassen, mit einer noch zu unerfahrenen Polizeianwärterin den Überfall allein zu meistern, könnte die junge Frau heute ohne diese auffällige Entstellung noch im aktiven Außendienst tätig sein. Sie hatte die Fähigkeit, für den Aufstieg zur Hauptkommissarin, und sie selbst hatte ihr dies durch ihr damaliges Verhalten vermasselt.

Noch heute lässt sie sich psychologisch behandeln, was kaum jemand weiß.

Doch trotz der widrigen Umstände wurden sie zu richtig guten Kollegen, eigentlich Freundinnen.

»Moin Anke! Na, wie läufts? Alles ruhig?

Ich habe heute schlecht geschlafen und leichte Kopfschmerzen. Das deutet sehr wahrscheinlich auf einen Wetterumschwung hin. Aber ich habe ja sowieso Dienst übers Wochenende. Wie ist es bei dir? Hast du was vor, oder hast du auch Dienst?«

Anke erklärt ihr lachend, dass auch sie übers Wochenende Dienst hat, und nach Arbeitsschluss ihr Wohnzimmer weiter tapezieren wird. Dann holt sie eine zweite Tasse Kaffee aus dem Hinterzimmer und weiht Stine in die Fälle der Nachtschicht schon mal grob ein.

»Fischer ist in seinem Büro. Er musste heute Nacht noch raus, es geht um eine alte Dame, die kurz bevor sie ermordet wurde, noch einen Notruf absetzte. Aber da wirst du gleich noch genauestens aufgegleist. Du kennst ja

Fischer!«, erklärt sie mit einem verschwörerischen Grinsen, hochgezogener Augenbraue und wackelt dabei leicht mit dem Kopf.

Stine muss auch grinsen, da sie genau weiß, was ihre Kollegin damit andeuten will.

Just in diesem Moment öffnet sich die Tür, die den Beamten Zutritt zu den angrenzenden Büros gewährt.

Die Begrüßung fällt sehr viel kühler aus als die vorherige. Dies liegt nicht daran, dass ihr Kollege sie nicht mag, eher an seiner zurückhaltenden und etwas überheblich wirkenden Ausstrahlung. Aber sie zählt ihn zu ihren besten Mitarbeitern, und im Ernstfall kann sie sich zu hundert Prozent auf ihn verlassen.

Zu zweit verlassen sie die Anmeldung und Stine folgt ihm in sein Büro, um sich die genauen Ermittlungsergebnisse vermitteln zu lassen.

Nach einer knappen halben Stunde ist alles besprochen.

Sie betritt ihr eigenes Büro, wirft einen kurzen Blick auf den Stapel Ordner auf ihrem Tisch, seufzt laut auf und beschließt, erst einmal die Befragung einer Nachbarin der ermordeten alten Dame in Angriff zu nehmen.

Ihr Kollege Joachim Prinz streckt auch gerade in diesem Augenblick den Kopf zur Tür hinein und begrüßt sie mit einem herzhaften Niesen. Es scheint, als hätte er die halbe Nacht nicht geschlafen. Seine Frisur, die sonst schon sehr verstrubbelt wirkt, erreicht heute einen Höhepunkt. Trotz allem ändert es nicht das Geringste an seinem sympathischen Auftreten.

»Moin Stine,«, schnieft er hinter einem Taschentuch hervor.

»…hab heute schlecht geschlafen und meine Rübe pocht, als würde im Innern jemand mit Schlagstöcken trommeln üben.«

Skeptisch betrachtet sie ihn, während er nach einem neuen Taschentuch aus der Packung in seiner Jackentasche greift. Er sieht nicht fit aus, und seine sonst so akkurate Erscheinung wirkt heute eher Mitleid erregend.

»Moin Jo, wieso bist du nicht im Bett geblieben? Ich hätte den Tag heute auch allein hinter mich gebracht! Ab morgen hast du doch eh Urlaub!«, bringt sie mit einem mitfühlenden Blick an.

»Zum Frühstück gab es bei mir eine extra Ladung Erkältungssaft, und Theresa hat mir einen Shot gebraut, der es in sich hatte. Sie möchte morgen mit mir in die Berge fahren, da habe ich so getan, als wäre alles so weit ok. Du weißt ja, dass sie sich immer Gedanken macht, wenn ich mal was habe. Und den Urlaub möchte ich ihr diesmal nicht schon wieder absagen. Ist jetzt schon zu oft vorgekommen. Irgendwann gibt sie mir mal den Laufpass, wenn ich mich nicht etwas mehr ins Zeug lege und Zeit mit ihr verbringe!«

Er grinst mit gequältem Gesichtsausdruck und muss schon wieder niesen.

Sie nickt.

In Gedanken ist sie im letzten Jahr. Bei ihm wurde ein Tumor in der Leistengegend entdeckt und zum Glück vollständig entfernt. Für viele Wochen musste er sich schonen, und es dauerte lange, bis er auch seiner Arbeit wieder gewachsen war. Seine Frau hatte in dieser Zeit sehr gelitten. Sie legte ihm nahe, sich einen etwas ruhigeren Job zu suchen, damit sie mehr Zeit miteinander verbringen können. Er konnte ihr dies ausreden. Schon immer war er mit Leib und Seele Polizist und arbeitet am liebsten aktiv in Außeneinsätzen. Müsste er fortwährend hinter einem Schreibtisch arbeiten, würde er eingehen, wie eine vernachlässigte Blume.

Im Alter von sechsundzwanzig war er zu ihnen gekommen, frisch aus der Ausbildung. Sie selbst hatte ihn eingestellt. Es war eine Entscheidung, die sie bis heute nicht bereut.

»Wir müssen gleich los, ich hatte schon Übergabe mit Fischer. Eine alte Frau ist gestern Nacht ermordet worden. Es handelt sich laut ihm nicht um Raubmord. Fischer konnte vor Ort noch einen der Nachbarn befragen. Er hatte allerdings nicht das Geringste mitbekommen, außer das Eintreffen der Kollegen. Bei ihm im Garten war noch eine kleine Feier zugange, daher hatte er das Blaulicht gesehen und die Neugierde trieb ihn wohl an den Tatort. Er erzählte, dass die direkte Nachbarin in engerem Kontakt mit der alten Frau gestanden haben muss. Dort fahren wir jetzt mal hin, und sehen, was wir erreichen.«

Sie schultern ihre Rucksäcke und verlassen das Büro.

Am Empfang machen sie noch einen kurzen Stopp. Von Anke erhält jeder einen Becher mit dampfendem Kaffee. Einen mit Milch und Zucker, und einen schwarz. Anke weiß genau, wie ihre Kollegen den Kaffee bevorzugen.

Für eine Weile stehen sie noch beieinander und besprechen den Ablauf des heutigen Tages, dann verabschieden sie sich, und Stine verlässt gefolgt von ihrem Kollegen das Revier.

Normalerweise lenkt Joachim den Polizeiwagen, aber heute überlässt er ihr ausnahmsweise den Platz am Steuer.

Unterwegs halten sie noch bei einer Apotheke an, und er deckt sich mit Grippemedikamenten ein.

Nach einer guten halben Stunde erreichen sie das Haus von Nele Gilden. Es sieht nicht so aus, als wäre die Nachbarin ihres Mordopfers schon wach. Die Rollos sind fest verschlossen, und auch sonst deutet nichts darauf hin, dass schon jemand wach wäre im Haus.

Auf ihr Klingeln erfolgt keine Reaktion und sie beschließen, erst einmal bei den etwas weiter Entfernten Nachbarn ihre Ermittlungen fortzusetzen.

Keine der Personen, die sie zuhause antreffen, kann ihnen relevante Informationen zur geschätzten Tatzeit machen. Sie wohnen auch alle mindestens fünfzig Meter von dem betreffenden Tatort entfernt. Niemand hat ein Auto gesehen, oder etwas anderes ungewöhnliches festgestellt. Aber so etwas sind sie gewohnt. Meistens klären sie ihre Fälle erst sehr viel später auf, durch eigenes Kombinieren und nachträglichen Informationen. Manchmal spielt ihnen auch der Zufall in die Karten.

Eine ganze Weile waren sie nun schon unterwegs und Stine beschließt, es nun noch einmal bei Frau Gilden zu versuchen. Es ist schon nach zehn, und sie hofft, dass nun jemand die Tür öffnet.

Sie warten fast fünf Minuten darauf, dass sich etwas im Haus rührt. Aber sie werden enttäuscht. Gerade will sie ein letztes Mal den Knopf der Klingel betätigen, als ihr

Handy sich lautstark bemerkbar macht. Sie nimmt den Anruf nach einem kurzen Blick auf das Display an, und bedeutet ihrem Kollegen, sich ein wenig zu entfernen. Er hat gerade wieder begonnen, lautstark zu niesen, und sie kann die Stimme am Telefon dadurch schlecht verstehen.

Aufmerksam hört sie ihrem Gesprächspartner zu. Nachdem das Gespräch beendet ist, steckt sie das Telefon wieder in ihre Brusttasche und erklärt ihm kurz, dass sie zu einem weiteren Tatort gerufen wurden.

Nach einem geräuschvollen Schnäuzen schaut er sie kurz darauf ungläubig und mit mittlerweile rot geränderten Augen an.

»Ja sag mal, was ist denn heute los? Wenn ich mal krank bin, dann häufen sich die Fälle! Was haben wir denn jetzt?«

»Ich weiß nur, dass es sich um eine Wasserleiche handelt, näheres erfahren wir vor Ort.

Komm, lass uns fahren, hier erreichen wir ja nichts! Ich werde die Frau später anrufen und für einen Termin vorladen. Vielleicht kann sie heute Nachmittag noch reinschauen.

Und übrigens, du siehst gleich zu, dass dich irgendeiner der Kollegen abholt und nach Hause bringt. Wenn du dich nicht noch mal für paar Stunden ins Bett legst, sehe ich schwarz für euren gemeinsamen Urlaub!«

Noch während sie dies sagt, sprinten sie zu ihrem Wagen. Er hat die Tür gerade hinter sich ins Schloss geworfen, da fährt sie auch schon ungewohnt schnell an und sie verlassen in rasantem Tempo den Ort des Geschehens.

32

Nele schüttelt sich leicht. Eine Gänsehaut überzieht ihren Körper. Die Temperatur im Zimmer ist angenehm, es liegt allein an dem, was sie in den letzten Stunden durchgemacht hat und daran, was sie jetzt noch erwartet.

Erst wird ihre Nachbarin auf brutale Weise um ihre letzten Jahre gebracht, und nun wird sie gebeten, sich Fotos anzuschauen, die den endgültigen Verbleib ihrer Freundin zeigen könnten.

Sie möchte so gerne die Wahrheit wissen, hat aber eine wahnsinnige Angst davor, dass sich ihre schlimmsten Vermutungen nun tatsächlich bestätigen.

Eigentlich will sie sich keine Bilder von einer toten Frau ansehen, die sie hoffentlich noch nicht einmal kennt. Andererseits spürt sie den inneren Drang, diese Fotos anschauen zu müssen, um die Hoffnung auf Clarissas baldiges Auftauchen nicht weiter in Frage zu stellen. Sie weiß ganz genau, dass sie ständig darüber nachdenken würde, ob die Tote nicht doch ihre beste Freundin ist.

»Ich werde mir die Fotos ansehen, aber ich denke nicht, dass es sich dabei um meine Freundin handelt. Sie wird andere Gründe haben, warum sie sich bisher noch nicht gemeldet hat, aber tot ist sie ganz bestimmt nicht! Das hätte ich doch auf irgendeine Weise gespürt!

Clarissa vergisst schon mal die Zeit, wenn sie spontan etwas macht.«

Ihre Antwort gleicht fast einer Verteidigung und es schwingt ein wenig Trotz dabei mit.

Ihre Augen sind dabei zu schmalen Schlitzen verengt und die Arme hat sie unbewusst vor der Brust verschränkt.

Innerhalb eines Augenblicks hat sie ihr eigenes Verhalten analysiert und sofort faltet sie die Hände mit herabgesunkenen Schultern im Schoß. Ihre Augen fokussiert sie auf eine kleine rote Fussel auf dem Boden zu ihren Füßen.

Seufzend blickt sie Frau Klausen dann wieder fest in die Augen. Es fällt ihr für einen Moment schwer, das innere Gefühlschaos nicht durch einen lauten Schrei hinauszubrüllen.

»Sorry, ich bin gerade ein wenig durch den Wind. Es war nicht in meinem Sinne, Sie so anzublaffen. Sehen Sie es mir nach, dass ich ein wenig laut geworden bin. Eigentlich ist es so gar nicht meine Art, aber die Umstände treiben mich langsam dazu, zu verzweifeln.«

»Kein Problem, Sie kämpfen zurzeit mit Geistern, die einem das Leben schwer machen. Es ist gerade nicht leicht für Sie, und dass kann ich gut verstehen!«, erwidert sie mit verständnisvollem Lächeln.

Dann wendet sie sich ihrem Computer zu und tippt auf der Tastatur herum. Kurze Zeit später ertönt ein Geräusch von einem Drucker, der neben der Tür auf einem kleinen Aktenschrank steht. Es werden einige Blätter ausgedruckt.

Sie erhebt sich, geht zum Gerät und nimmt die bedruckten Seiten aus dem Ablagefach. Kurz wirft sie einen Blick auf die einzelnen Seiten und nähert sich dann Neles Sessel.

Schweiß bildet sich auf Neles inneren Handflächen und wieder fällt ihr das Atmen schwer. Sie versucht sich selbst zu beruhigen, indem sie ihre innere Stimme immer wieder sagen lässt, dass es sich auf den Fotos nicht um Clarissa handeln kann.

»Frau Gilden, auf einem der Fotos ist ein Tattoo zu erkennen, in Form eines kleinen Schmetterlings. Diese Bemalung ist oberhalb ihres rechten Hüftknochens aufgetragen worden. Auch davon habe ich ein Foto ausgedruckt. Des Weiteren hat sie ein Muttermal unterhalb des rechten Schulterblatts, auch davon liegt ein Ausdruck vor.«

Angestrengt denkt sie über die gerade gehörten Worte nach.

Ja, Clarissa hat ein Muttermal, es befindet sich auch unter einem Schulterblatt, aber es könnte auch das linke sein. Sie will sich mit aller Macht daran klammern, dass dies der Fall ist. Von einem Schmetterling-Tattoo weiß sie nichts. Allerdings erwähnte Clarissa in einem ihrer letzten Telefonate, dass sie ihr etwas zeigen will, das sie gewiss als kindisch bezeichnen würde.

Könnte es sich dabei um ein Tattoo handeln?

Sie hofft so sehr, dass es sich bei der Unbekannten um eine ihr völlig fremde Person handelt.

»Ich werde Ihnen die Bilder nun zeigen. Sind Sie sich sicher, dass Sie es in Ihrer derzeitigen Lage verkraften? Ansonsten würde ich diese Angelegenheit auf einen späteren Zeitpunkt verschieben, falls wir die Identität der jungen Frau nicht selbst in den nächsten Stunden aufklären können. Es tut mir außerordentlich leid, Sie nun auch noch damit zu belasten, aber vielleicht ist es auch für Sie von Vorteil, in Erfahrung zu bringen, ob es sich hier tatsächlich um Ihre Freundin handelt.«

Sie bleibt in einigem Abstand vor ihr stehen. Die Papiere hält sie so vor ihrem Oberkörper, dass Nele sie unmöglich schon betrachten kann.

»Es ist schon ok, ich möchte wissen, ob es sich bei der Unbekannten um Clarissa handelt. Allerdings hoffe ich, dass dem nicht so ist!«, antwortet sie fast flüsternd.

Frau Klausen nickt ihr aufmunternd zu.

Genau in dem Moment, als sie die Blätter dreht und ihr reichen will, geht ein Zittern durch Neles Körper.

Bis jetzt konnte sie noch keinen Blick auf die Bilder werfen.

33

Während sie noch ihre Hand in Richtung der Blätter streckt, spürt sie, wie sich ihr Hals verengt. Es überläuft sie eine Gänsehaut.

Der unangenehme matte Geruch von altem und abgenutztem Teppich und Fisch ist plötzlich unerträglich. Vor allem etwas noch viel Intensiveres, dass ungewollt in ihre Nase dringt, lässt sie vor Ekel zittern.

Es ist der unverkennbare Geruch von Tod. Zumindest glaubt sie, ihn wieder zu riechen.

Auch schmerzen ihr gleichzeitig alle Körperteile, als würde eine unsichtbare Macht Gewalt auf sie ausüben. All ihre Muskeln sind angespannt, und sie starrt mit weit aufgerissenen Augen auf die sich wie in Zeitlupe nähernde Hand mit den Fotos. Sie weiß genau, dass das, was sie gleich sehen wird, ihre Hoffnung zunichte macht.

Sie will die Papiere entgegennehmen, erstarrt aber in der Bewegung.

Ruckartig bewegt sie endlich die Hand in Richtung der einzelnen Blätter und nimmt sie mit zitternden Händen entgegen.

Frau Klausen bleibt neben ihrem Sessel stehen und legt ihr zur Beruhigung eine Hand auf die Schulter.

Um ihre Reaktionen besser erkennen zu können, beugt

sie sich etwas näher an sie heran und kann gleichzeitig auch noch einen Blick auf die Bilder werfen.

›Was tue ich hier? Wieso bin ich heute Morgen nicht einfach liegen geblieben?‹ geht Nele durch den Kopf, als sie das Bild mit dem Tattoo anschaut.

Das in die leichenblasse Haut gravierte Bild sagt ihr gar nichts.

Langsam zieht sie das obere Blatt zur Seite und stößt sofort einen spitzen Schrei aus. Die Blätter fallen ihr aus den Händen. In gebeugter Haltung schlägt sie die Hände vor ihr Gesicht und beginnt zu schluchzen.

Die Kommissarin streicht ihr beruhigend über den Rücken.

Es dauert eine ganze Weile, bis Nele sich wieder so weit im Griff hat, um sich mit einem Taschentuch die Tränen zu trocknen.

Sie schnieft noch einmal kräftig hinein und bringt mit etwas zerbrechlicher Stimme hervor, dass sie sich wieder unter Kontrolle hat.

»Durch Ihr Verhalten gehe ich davon aus, dass es sich bei der Person auf dem Foto um Ihre vermisste Freundin, Frau Clarissa Hartwig handelt! Es tut mir furchtbar leid!«

Es entsteht eine kleine Pause.

»Kann ich Ihnen irgendetwas zu Trinken anbieten?«, fragt sie in ruhigem und mitfühlendem Ton.

Nele schnieft noch einmal kräftig in ihr Taschentuch und wischt eine Träne aus dem Auge.

Dann wird sie ruhig. Irgendwie hat ihr Gehirn umgeschaltet. Da ist jetzt keine Trauer mehr, sondern Hass!

Hass auf denjenigen, der ihrer Freundin das angetan hat!

Hass auf denjenigen, der ihre Nachbarin auf dem Gewissen hat!

Und auch Hass auf den Menschen, der es wagt, ihrem Hund etwas anzutun!

Sie versucht akribisch alles, was sie in der letzten Zeit erlebt hat, zu durchleuchten.

Da muss es doch etwas geben, was ihr Aufschluss darüber gibt, wer für diese Missetaten verantwortlich ist!

Unbewusst reibt sie sich mit der Hand über die kleine Narbe am Kinn.

Es verstreichen einige Minuten, bevor sie sich des wachsamen Blickes bewusst wird, der gewiss schon die ganze Zeit auf ihr ruht.

Nervös versucht sie ein Lächeln.

»Frau Gilden, ich weiß, das ist jetzt alles zu viel, aber ich müsste Ihnen trotzdem noch einige Fragen stellen!«, wird sie durch die leise, aber nachdrückliche Stimme von ihren Gedanken abgelenkt.

»Können Sie mit Gewissheit sagen, dass es sich bei der jungen Frau auf dem Foto um Frau Clarissa Hartwig handelt? Schauen Sie es sich bitte noch einmal ganz genau an, um jegliche Zweifel ausschließen zu können!

Die junge Dame ist circa einen Meter fünfundsechzig groß.

Es tut mir wahnsinnig leid, Sie so zu bedrängen, aber es ist von äußerster Wichtigkeit, so schnell als möglich alle aufschlussreichen Fakten zu sammeln, um den Fall aufklären zu können. Die Zeit drängt, und wir brauchen Informationen. Jede noch so winzige Einzelheit kann Licht ins Dunkel bringen!«

Sie reicht ihr mit einem bittenden, aber gleichzeitig auffordernderm Blick noch einmal die Fotos, die sie in der Zwischenzeit vom Boden aufgehoben haben muss.

Nele nimmt sie zögernd an sich.

Das Papier in ihrer Hand fühlt sich an, als würde es sich in die Poren ihrer Finger brennen. Am liebsten würde sie die Fotos zerreißen.

Mit flauem Gefühl im Magen und ängstlichen Augen schaut sie auf.

Sie erntet einen aufmunternden Blick.

Die ruhige und auch tröstliche Aufforderung gibt ihr den Mut, den sie benötigt, um noch einmal ihre Augen auf das zu richten, was sie in ihrem Leben am liebsten niemals hätte sehen wollen.

Ja, es steht fest! Es *ist* Clarissa!

Allerdings wirkt die Stupsnase nicht mehr keck wie früher, sondern ragt zwischen den durch das Wasser aufgedunsenen Wangen hervor. Die Haut ist fahl und wirkt bläulich. Das Haar glänzt dunkel. Der Kopf liegt auf einer dunklen Folie, und einige Wassertropfen, die sich darauf befinden, spiegeln das Blitzlicht.

Es wirkt für sie so surreal, hier zu sitzen und das Angesicht ihrer toten Freundin auf einem Blatt Papier zu betrachten.

In diesem Moment tropft eine Träne auf das Foto. Die kleinen Tröpfchen verteilen sich über das Bild.

Wie versteinert beobachtet sie sich dabei, wie sie es wendet, und die Bildseite immer wieder an ihrer kurzen Hose abzuwischen versucht. Es ist, als könnte sie dadurch die Realität des Todes verwischen.

Wieder beginnt sie zu weinen, diesmal lautlos.

Die Fahrt im Taxi kommt ihr endlos vor. Der Fahrer versucht sie in ein Gespräch zu verwickeln, gibt aber nach kurzer Zeit auf, da er von ihr nur sporadisch Antworten auf seine Fragen erhält.

Am Bahnhof hilft er ihr noch, den Koffer aus dem Kofferraum zu hieven. Mit einem knappen Gruß fährt er dann davon. Sie atmet auf.

Sie kann es kaum erwarten, in den Zug zu steigen, der sie zu ihrem Ziel bringen wird.

Als sie endlich im Abteil ihren Koffer mit einiger Mühe im Gepäcknetz verstaut hat, und sich mit einem heftigen Seufzer in den Sitz fallen lässt, kann sie es kaum glauben. Sie hat diesen Schritt tatsächlich gewagt und ist ihrer Freiheit ein kleines Stück nähergekommen. Für eine geraume Zeit schließt sie die Augen und lässt die Vergangenheit Revue passieren.

Die Gewissheit, dass Malte sie nicht mehr unter Druck setzen kann, wenn sie ihrer Schwester erst einmal gebeichtet hat, wie sie wirklich in deren Bett gelandet ist, lässt ein leichtes Lächeln über ihre Lippen gleiten. Von ganzem Herzen hofft sie darauf, dass sie ihr verzeihen wird, aus niederen Beweggründen gehandelt zu haben.

Hätte er nicht dieses Video bei ihrem ersten Treffen gemacht, wäre sie niemals in diese ausweglose Situation geraten. Sie hatte zu viel getrunken, als sie sich mit ihm traf, um die Formalitäten bezüglich der Unterschrift ihres Darlehens zu regeln. Zum Schluss zwang er sie, mit ihm ins Bett zu steigen. Damals dachte sie noch, es wäre eine einmalige Sache. Der viele Alkohol und die Angst davor, er könnte ihr das Geld letztendlich doch noch verweigern, ließ sie ihre letzten Bedenken ausschalten, und kurze Zeit später lag sie schon nackt und voller Reue in dem Bett des Hotels, in dem sie den Deal abschließen wollten. Unwissend, dass er alles mit seinem Handy filmte.

Im Nachhinein kommt sie sich unglaublich blöd vor, dass sie sich nicht über den Treffpunkt gewundert hatte. Ein Hotelzimmer für eine Unterschrift auf einem Vertrag! Wie bescheuert war sie eigentlich? Schon da hätten alle Alarmglocken angehen müssen! Aber für sie stand nur das Geld im Fokus, das sie benötigte, um Ihr Gesicht zu wahren.

Sie kann die an ihr vorbeifliegenden sich ständig verändernden Landschaften nicht so genießen, wie sie es sich wünscht.

Die Angst vor dem, was sie jetzt erwartet, überwiegt plötzlich. Der Gedanke daran, endlich den großen Schritt gewagt zu haben, um ein eigenständiges Leben zu führen, gerät zunehmend in den Hintergrund.

Wird Malte versuchen, sie zurückzuholen? Und wenn ja, kann sie sich wirklich gegen ihn wehren, oder wird sie kleinlaut in seinen Wagen steigen und in ihre alte Hölle zurückkehren?

So fest hat sie sich vorgenommen, dass es niemals mehr so weit kommen wird, hat es sich so oft in ihren Tagträumen ausgemalt. Jetzt nagen die Zweifel an ihr, es tatsächlich durchzuführen. Viel zu oft war sie schon kurz davor gewesen, ihre Sachen zu packen und dieses trostlose Leben für immer hinter sich zu lassen, was ihr leider bis jetzt nicht gelang.

Diese und ähnliche Fragen kreisen ihr wiederholt durch den Kopf.

Hinzu kommt, dass sie nie wieder als Model arbeiten kann. Narben alter Verletzungen, durch ihn hervorgerufen, zeichnen sich an Stellen ab, die sie in knappen Outfits nicht verbergen kann. Selbst als Fitnesstrainerin hat sie keine Chance mehr, da es ihr mittlerweile unmöglich ist, vor fremden Menschen zu posieren.

Er hat ihr Leben zerstört!

Ein Bild taucht plötzlich vor ihr auf.

Nackt steht sie auf der obersten Stufe der Wendeltreppe. Seine Hand umfasst ihr linkes Handgelenk. Sein Griff ist so stark, dass sie keine Chance hat, sich loszureißen. Die Angst, die in diesem Augenblick ihren schutzlosen Körper durchfährt, ist so groß wie nie zuvor. Sie war aus dem Schlafzimmer geflüchtet, weil sie dringend auf Toilette musste. Seine Augen durchbohren sie, es wirkt, als wäre sein sonst so nettes Gesicht der Fratze eines Dämons gewichen.

Der ausweglosen Situation geschuldet, entleert sich ihre Blase. Angeekelt lässt er abrupt ihr Handgelenk los. Sie stürzt einige Stufen die Treppe hinunter. Aber statt sie zu fragen, ob bei ihr alles ok sei, dreht er sich lachend um. Seine Augen spiegeln die pure Boshaftigkeit. Ohne ihr aufzuhelfen, stiefelt er immer noch lachend zurück ins Schlafzimmer.

Dies war das erste Mal, dass er sein zweites, und wahrscheinlich wahres Gesicht zu erkennen gab.

Es geschah, kurz nachdem er ihr das Video gezeigt, und

sie damit zu weiteren Sex-Spielchen gezwungen hatte. So verstört sie auch zu diesem Zeitpunkt war, sie wusste von diesem Moment an, dass sie allein gegen dieses Monster nichts ausrichten kann.

Sie fühlt sich beobachtet und öffnet die Augen, um sich zu vergewissern, ob dem so ist.

Und tatsächlich steht jemand im Gang, und betrachtet sie aufmerksam und fragend.

»Junge Frau, ist alles in Ordnung mit Ihnen?«, fragt er auch sofort.

Ein starkes Ruckeln bringt ihn genau in diesem Augenblick ins Schwanken und er greift nach ihrer Lehne, um einem Sturz vorzubeugen. Sie weicht mit ängstlichem Blick noch ein ganzes Stück tiefer in ihren Sitz. Im ersten Moment glaubt sie, er würde sie packen.

Nach dieser Schrecksekunde atmet sie tief ein. Sie schenkt dem Mann, der sie äußerst skeptisch betrachtet, ein Lächeln und winkt ab.

»Oh, ja, alles okay! Ich war nur in Gedanken!«, sagt sie beruhigt und greift nach ihrem Portemonnaie.

Es ist der Schaffner!

Nach einer ganzen Weile hat sie endlich die Fahrkarte gefunden und hält ihm diese mit ausgestrecktem Arm und zittriger Hand entgegen.

Er entwertet sie. Mit immer noch irritiertem Blick nickt er ihr freundlich zu und wendet sich an den nächsten Fahrgast.

Erleichtert steckt sie die Karte zurück in ihre Geldbörse. Liebevoll streicht sie mit dem Daumen über einen Schnappschuss, der sich hinter einer Folie darin befindet.

Er zeigt Nele und sie mit zu witzigen Grimassen verzogenen Gesichtern. Sie kann sich noch gut an den Tag erinnern, als er während eines gemeinsamen Einkaufsbummels in einer Fotokabine entstand.

Es ist wie ein Stich ins Herz, als die Erinnerung daran in ihr aufwallt. Was waren sie doch einst so glücklich miteinander gewesen! Und erneut keimt die Hoffnung in ihr auf, dass alles wieder so werden könnte, wie früher.

Noch einige Minuten ist ihr Blick mit der Betrachtung des Fotos beschäftigt, dann verschließt sie das Portemonnaie und verstaut es in ihrer Handtasche.

Den Rest der Fahrt lehnt sie den Kopf an die Scheibe und sieht nicht wirklich hinaus.

Nach einigen Stunden und mehrmaligem Umsteigen, erreicht sie endlich den Zielbahnhof. Es ist schon dunkel. Sie ruft sich ein Taxi. Erleichtert darüber, es schon so weit geschafft zu haben, kramt sie ihr Handy hervor, und wählt die Nummer ihrer Schwester. Es springt sofort die Mailbox an.

Kurz überkommt sie Furcht, dass sie vor einer verschlossenen Haustür stehen könnte, und auch kein Schlüssel an der von ihnen besprochenen Stelle liegt. Sie verwirft diesen Gedanken rasch wieder.

Sie kennt ihre Schwester einfach zu gut. Sollte sie es sich doch noch anders überlegt haben, hätte sie ihr dies mitgeteilt, da ist sie sich ganz sicher.

Kurzerhand nennt sie dem Fahrer die Adresse. Es dauert nicht lange, da hält der Wagen vor einem kleinen hübschen Haus.

Voller Bewunderung gleiten ihre Blicke über das

Anwesen und die Umgebung. Es liegt am Ende der Straße und nur ein weiteres Haus befindet sich direkt gegenüber.

Früher hätte sie es abwertend und mit gerümpfter Nase betrachtet. Viel zu unspektakulär, zu klein und abgelegen. Nur ein kleines angrenzendes Wäldchen und die nächsten Nachbarn zu weit entfernt. Keiner würde sie um ihre neuesten Klamotten oder ihren Lebensstil beneiden.

Heute würde sie alles darum geben, in einem solchen Haus in genau dieser Umgebung leben zu können.

Sie bezahlt und steht ein wenig verloren vor dem verschlossenen Gartentor. Den Koffer hat sie neben sich abgestellt und unschlüssig spielt sie nervös mit dem Reißverschluss ihrer Tasche.

Ein leichter Wind weht ihr den Duft von Salzwasser um die Nase. Sie saugt ihn verträumt auf. Über ihrem Kopf fliegt ein Möwen Pärchen laut protestierend vorüber. Die Augen zum Himmel gerichtet kann sie die ersten Sterne in ihrer vollen Pracht bestaunen. Selbst das Universum scheint ihr hier näher als an jedem anderen Ort zuvor.

Ein Gefühl von Geborgenheit durchströmt sie.

Auf einmal erfüllt sie innere Ruhe, als hätte sie endlich das Ziel einer langen Reise erreicht.

Alles wirkt einladend auf sie, auch wenn das Haus verlassen scheint. Es brennt hinter keinem einzigen Fenster Licht. Die Rollläden sind allerdings nicht verschlossen.

Ihr fällt ein, dass sie ja den bereit gelegten Schlüssel benutzen soll, im Falle, dass sie vor Nele eintrifft.

Sie geht durch das kleine Tor bis zur Haustür.

Die Gravur auf einem Messingschild deutet an, dass hier Nele Gilden wohnt. Auch das Abbild eines Hundes ist zu erkennen.

Bisher hat sie keine Geräusche gehört, die darauf hinweisen, dass sich im Inneren ein Hund befindet.

Entschlossen stellt sie ihren Koffer ein weiteres Mal ab und betätigt den Klingelknopf. Auch nach längerem Warten und mehrmaligen erneuten Versuchen, wird die Tür nicht geöffnet. Alles bleibt still. Es macht nicht den Anschein, als ob jemand zu Hause wäre.

Nach einem kurzen Blick in Richtung des Nachbarhauses, das ihr auch verlassen vorkommt, beginnt sie nach dem Schlüssel zu suchen. Er befindet sich am angegebenen Ort. Nach kurzem Zögern entriegelt sie das Schloss und tritt ein.

Von draußen fällt spärlich das Licht einer Straßenlaterne in den Flur. Als sie einen Lichtschalter findet, blitzt in Augenhöhe etwas auf. Erschrocken wäre sie fast rückwärts über den kleinen Absatz der Haustür gestolpert. Im letzten Moment kann sie sich auffangen.

Ein »Hoppala!« kommt ihr über die Lippen.

Ihre Augen gewöhnen sich an die schummrige Umgebung, und schmunzelnd streichelt sie kurz über das Fell des ausgestopften Elch-Kopfes. Dann schaut sie sich um und findet den Lichtschalter.

Neugierig wendet sie ihre Augen in alle Richtungen. Ihr Blick stockt, als sie ein Bild an der gegenüber liegenden Wand erblickt. Langsam geht sie darauf zu.

Wie gebannt bleibt sie davor stehen und betrachtet es eingehend. Tränen laufen ihr unbewusst die Wangen hinunter. Es ist für sie unfassbar, dass sich im Haus ihrer Schwester ein Bild von ihr und ihrer Mutter befindet! Nie hätte sie gedacht, dass sie es, nach all dem, was sie ihr angetan hat, aufgehoben hat.

Den Gedanken, dass es dort nur als Mahnung angebracht wurde, verwirft sie sofort wieder.

Der Geruch von Farbe und Terpentin kitzelt sie in der Nase, außerdem der Geruch nach Hund.

Beides empfindet sie nicht als unangenehm, ganz im Gegenteil! Es riecht nach einem Zuhause!

Auf der Staffelei in einem Raum, der einem Wintergarten gleicht, ist die grobe Zeichnung eines Hundes schon recht gut zu erkennen. Anerkennend betrachtet sie es und nickt.

Das wird der Hund sein, dem sie auch schon auf dem Türschild begegnet ist. Sie ist gespannt darauf, ihn kennen zu lernen. Wenn sie etwas besonders gerne mag, dann sind es Hunde. Ihrer Schwester geht es ebenso, das weiß sie genau.

Sie erinnert sich daran, dass Malte die Bitten ihrer Schwester, sich einen Hund anzuschaffen, immer abgewehrt hatte. Wieder regt sich der Hass gegen diesen Mann in ihrem Inneren.

Was ist er bloß für eine widerliche Kreatur, nur auf sich bedacht! In ihrer Vorstellung sieht sie ihn vor sich, wie er einem kleinen Hund einen groben Tritt in die Seite verpasst, nachdem er sich vergewissert hat, dass ihn niemand dabei beobachtet. Genau so schätzt sie ihn ein.

Sie schüttelt die trüben Gedanken ab und lässt ihren Blick durch das große Zimmer schweifen.

Sie war schon immer fasziniert von Neles Bildern.

Es steckt so viel Liebe zu Details darin, selbst wenn sie leicht verschwommen wirken.

Es sind recht viele Bilder aneinandergestellt. Sie wird Nele fragen, ob sie ihr jede dieser Leinwände zeigt und erzählt, wie es zu den einzelnen Bildern gekommen ist.

So vieles möchte sie jetzt in Erfahrung bringen. Wie ihr Leben in den letzten Jahren verlaufen ist, ob sie einen neuen Freund hat und so vieles mehr. Es kommt ihr unwirklich vor, seit so langer Zeit keinen Kontakt mehr zu haben. Aber auch die Angst, sie könnte sie zurückstoßen, stellt sich wieder ein. Das darf nicht passieren! Sie hofft auf die Chance, ihr alles erklären zu können und darauf, dass sie ihr vergibt.

Seufzend wendet sie sich ab und verlässt das Zimmer. Langsam geht sie ins Wohnzimmer und findet, dass es sehr gemütlich eingerichtet ist. Auch die angrenzende Küche spiegelt diesen Eindruck wider. Es gibt einer fremden Person wie ihr, das Gefühl willkommen zu sein.

Sie verspürt ein aufkommendes Hungergefühl. Unschlüssig steht sie in der Mitte der Küche und überlegt, ob sie warten soll, bis ihre Schwester zurück ist, um mit ihr gemeinsam zu speisen. Letztendlich entschließt sie sich dagegen.

Sie öffnet eine der Schranktüren und hat Glück. In einem abgedeckten Brotkorb befindet sich Toast. Auch der Kühlschrank ist gut bestückt mit Vorräten, die sie mag.

Der aufgebrühte Tee verbreitet einen angenehmen Geruch.

Im Wohnzimmer setzt sie sich auf die bequeme Couch und verschlingt den noch warmen Toast.

Langsam fühlt sie, wie sich ihr Körper entspannt und freut sich darauf, Nele schon bald ›Hallo‹ sagen zu können.

Es ist eine ganze Weile vergangen und sie schaut auf die Zeiger der kleinen Kuckucksuhr an der Wand gegenüber. Sie ist stehen geblieben und zeigt elf Uhr dreißig an.

Entweder ist die Uhr nur ein altes Schmuckstück, oder Nele hat vergessen, sie aufzuziehen.

Sie greift nach ihrem Handy. Es sind weder Nachrichten noch Anrufe eingegangen. Etwas frustriert fährt sie sich durch die Haare.

Zwar hat sie keine Ahnung, wie Nele ihr Haar trägt, aber sie könnte sich gut vorstellen, dass es immer noch genau so aussieht, wie zu der Zeit, als sie Malte verließ. Sollte dies der Fall sein, wäre es fast, als würden sie beide bei ihrem Zusammentreffen in einen Spiegel blicken.

Auf einmal bemerkt sie die aufsteigende Müdigkeit. Für einige Minuten versucht sie krampfhaft wach zu bleiben. Dann kann sie sich nicht mehr dagegen wehren. Mit angewinkelten Beinen ist es ihr nur noch möglich, die ordentlich auf einer Lehne abgelegte, weiche Decke über sich auszubreiten.

Noch während ihre Augen zufallen, atmet sie den leichten, aber markanten Geruch nach Hund und einem weiteren, dem eines angenehmen Frauen Parfüm ein, der von der Decke ausgeht.

34

Verstohlen schaut Nele an den Bildern vorbei zu Boden, um das Grauen nicht mehr sehen zu müssen. Alles ist besser als die verstörende Wirklichkeit. Selbst die rote Fussel, die sie auf Anhieb wieder ausmachen kann, ist besser als das, was sie in ihren klammen Händen hält.

Einer Polizistin, wie Frau Klausen, machen solche Bilder gewiss nichts mehr aus, dafür muss sie sich viel zu oft mit verstorbenen oder ermordeten Menschen befassen. Und das läuft bekanntlich über das Anschauen von Fotos hinaus.

Es ist wie in jedem Job, man stumpft ab.

Eine Hand legt sich auf ihre vollkommen verkrampften Fäuste, die immer noch die Fotos umklammern.

Es fällt ihr schwer, aber sie weiß, dass Frau Klausen nun Antworten von ihr erwartet. Auch sie möchte Antworten auf die Fragen, die sie bezüglich Clarissa, Frau Ulm und natürlich auch Phoenix hat.

Während sie tief einatmet und sich innerlich gegen die nun folgenden Fragen wappnet, hebt sie den Kopf an und schaut der Beamtin fest in die Augen.

»Ich bin bereit! Lassen Sie uns herausfinden, was passiert ist!«, sagt sie mit fester Stimme.

Am Klang kann man erkennen, dass sie es auch genau so meint.

»Prima, dann hole ich mir nur eben noch Stift und Block, dann können wir loslegen!«

Sofort springt die Beamtin auf und holt die erforderlichen Utensilien von ihrem Schreibtisch. Anders als von Nele erwartet, nimmt sie nicht hinter dem Schreibtisch Platz, sondern rückt sich den zweiten Sessel neben Nele so zurecht, dass sie sich gegenübersitzen, ohne eine Barriere zwischen sich zu haben.

Es vergeht eine gute Stunde, in der sie teils ausführlich und über manche Dinge eher zurückhaltend erzählt. Unter anderem schildert sie, dass sie das Gefühl hatte, jemand wäre vor längerem in ihrer Abwesenheit im Haus gewesen. Das ihr Hund kein Wachhund ist, erwähnt sie auch.

Was sie überdies nicht auslässt, ist die Tatsache, dass Marc schon seit ihrer Studienzeit verliebt in sie ist, auch dass sie sich von ihm beobachtet fühlt. Besonders bei diesem Punkt hakt Frau Klausen genauer nach, ebenso bei der näheren Beschreibung der Beinahe-Vergewaltigung durch Malte.

Frau Klausen macht sich fleißig Notizen und hört ihr aufmerksam zu.

Als einmal eine kurze Weile des Schweigens einkehrt, springt sie plötzlich auf und holt ihr Handy hervor.

Sie kehrt zu ihrem Platz zurück und muss über den etwas irritierten Blick, mit dem sie empfangen wird, lächeln.

»Sorry, mir fiel gerade ein, dass mir eine Bekannte

heute Nachmittag ein Video vom Bahnhof geschickt hat. Sie war gestern dort mit einigen Mädels unterwegs. Junggesellinnen-Abschied! Vielleicht sehen sie etwas, das uns weiterhilft. Es wäre möglich, dass es sich um die Zeit handelt, als ihre Freundin mit dem Zug ankam. Wir dürfen keine Möglichkeit ungenutzt lassen!«

Das Clarissa vielleicht wirklich auf diesem Video zu sehen ist, versetzt sie in Panik. Es wären wahrscheinlich die letzten Sekunden, die ihr visuell von ihr blieben.

Sie schluckt schwer. Eigentlich sträubt sich innerlich alles dagegen, sich dieses Video anzuschauen, andererseits will ein Teil von ihr diese eventuell unbeabsichtigt aufgenommenen letzten Bilder gerne sehen.

Die aufmunternden Blicke ihr gegenüber ermutigen sie.

»Ok, dann lassen Sie uns mal schauen!«, flüstert sie, mit einem Kratzen in der Stimme.

Nachdem das angekündigte Video aufgerufen ist, hält Frau Klausen das Telefon so in ihrer Hand, dass sie beide einen guten Blick darauf haben. Der Ton wurde vorsorglich schon vorher von ihr ausgeschaltet, damit das lustige Treiben der Damengesellschaft nicht für noch mehr Traurigkeit sorgen kann. Nele ist ihr in diesem Moment sehr dankbar, dass sie an eine solche Nebensächlichkeit gedacht hat.

Einige Sekunden sehen sie sich gemeinsam die scheinbar gut gelaunte, und sichtlich auch leicht angetrunkene Truppe am Bahnhof an. Es ist ein wildes Durcheinander, ständig wird aus einer großen durchsichtigen Flasche ein grünliches Getränk in bereit gehaltene Becher gekippt. Außer den feiernden Frauen sitzt nur eine ältere Frau auf einer Bank vor dem Gebäude und schaut gelangweilt einer Horde Spatzen zu, die sich vor ihren Füßen um einige Krümel streiten. Sofort geht ihr durch den Kopf, dass wenn Phönix dort gewesen wäre, er sich gewiss auf die kleinen aufgeplusterten Kerlchen gestürzt hätte, um ihnen dann etwas traurig hinterher zu blicken, wenn sie sich in Sekundenschnelle wild flatternd verdrückt hätten.

Der Gedanke an ihren Hund macht ihr das Zuschauen nicht einfacher. Für einen Augenblick schließt sie die Augen und versucht sich unmittelbar wieder auf die Aufnahme vor ihr zu konzentrieren.

Die Aufnahme an sich ist vollkommen unprofessionell. Immer wieder schwenkt das Bild unkontrolliert auch auf den Boden und in Richtung Himmel. Man kann die fröhliche und ausgelassene Stimmung fast miterleben.

Es fällt ihr nicht leicht, sich in der eigenen, beklemmenden Situation ein solches Video anzuschauen, aber sie sagt nichts dazu. Still und angespannt nimmt sie aufmerksam alles auf, was sich auf dem kleinen Bildschirm vor ihr abspielt, mit der vagen Hoffnung, ein letztes Mal ein Lebenszeichen von Clarissa zu erhaschen. Dabei versucht sie möglichst, jedes noch so kleine Detail zu erfassen, was ihnen für die Überführung des oder der Mörder ihrer Freundin, und vielleicht auch Ihrer Nachbarin, helfen könnte. Außerdem hat sie auch die leise Hoffnung, eventuell sogar Phönix irgendwo zu sehen.

Da! Am hintersten Rand des Bildes taucht plötzlich für einen kurzen Moment ein Mann auf, an dem sie etwas irritiert. Es scheint, als wollte er nicht in das Gewusel der feiernden Frauen geraten. Was sie auch sehr gut verstehen kann.

Da er sich suchend umschaut, allerdings immer ohne Blickkontakt in die Kamera des Handys, geht sie davon aus, dass er eine Person vom Bahnhof abholen wollte. Er wäre ihr wahrscheinlich auch normalerweise gar nicht weiter ins Auge gefallen, hätte sie nicht den dunklen Pullover und die beige Hose des Mannes bemerkt. Auch meint sie erkannt zu haben, dass seine Haare gelockt sind, ähnlich denen von Marc.

Ein Zittern überkommt sie, gefolgt von einer Gänsehaut.

Sie beugt sich etwas weiter nach vorn, näher an den Bildschirm des kleinen Gerätes, in der Hoffnung, noch einen weiteren Blick auf ihn erhaschen zu können. Sie meint, noch irgendetwas anderes an ihm bemerkt zu haben, weiß aber nicht was, und erkennt in diesem Moment, dass die untere Leiste am Bildschirmrand das baldige Ende des Videos ankündigt.

Große Enttäuschung und eine tiefe Traurigkeit steigen in ihr auf.

Kein einziges, noch so kleines Zeichen von Clarissa!

Die Frauen winken alle noch einmal unbeschwert und ausgelassen in die Kamera. Damit endet die Aufnahme.

Gerade will sie die Beamtin fragen, ob sie vielleicht noch ein weiteres Video hat, das die Frauen etwas früher oder später am Bahnsteig aufgenommen haben, da kommt diese ihr zuvor.

»Leider habe ich keine weiteren Aufnahmen von diesem Tag. Aber ich habe bemerkt, dass Ihnen irgendetwas aufgefallen ist. Soll ich die Aufnahme noch einmal abspielen, oder an einer bestimmten Stelle einzelne Bilder abrufen?«

Der Wunsch, Clarissa noch einmal lebend sehen zu können, wird ihr dadurch genommen.

Während sie vereinzelte Tränen wegwischt, erklärt sie, dass sie gerne noch einmal den Abschnitt sehen würde, als der Mann in Erscheinung trat.

Sofort wird die Stelle gesucht, und beide schauen sie sich noch einige Male ganz genau an.

»Ich kann es nicht zu hundert Prozent bestätigen, aber der Mann, der sich kurz im Bild befindet, und von dem nur das seitliche Profil für einen Augenblick zu erkennen ist, könnte Marc Kohler sein, von dem ich Ihnen schon erzählt habe. Allerdings wirkt er größer. Es könnte sich um einen dummen Zufall handeln, dass er sich gerade zu diesem Zeitpunkt am Bahnhof befindet, aber ich kann es nicht wirklich glauben!«

Sie schlägt die rechte Hand mit weit geöffneten Augen vor den Mund und starrt aus dem Fenster.

»Meine Güte! Könnte das bedeuten, dass er etwas mit dem Verschwinden von Clarissa zu tun hat? Womöglich ist er derjenige, der für ihren Tod verantwortlich ist! Vielleicht sogar für den von Frau Ulm?!?«, bricht es dann aus ihr heraus.

Frau Klausen nimmt ihre zitternden Hände und beginnt, sie mit sanften Worten zu beruhigen.

»Frau Gilden, es könnte tatsächlich ein Zufall sein! Manchmal ist man zur falschen Zeit am falschen Ort. Wir wissen noch nicht sicher, ob es sich bei dieser Person tatsächlich um Ihren Mitarbeiter handelt, aber ausschließen dürfen wir dies natürlich auch nicht. Wir werden Ermittlungen in alle Richtungen einleiten und abwarten müssen, wie sie verlaufen.

Bitte ziehen Sie keine eigenen voreiligen Schlüsse! Dies könnte im Nachhinein fatale Folgen nach sich ziehen.

Des Weiteren möchte ich Sie auch eindringlich bitten, nichts von dem, was hier heute besprochen wurde, an die Öffentlichkeit zu tragen, es könnte die Ermittlungen erheblich behindern.«

Sie drückt ihre Hände noch einmal etwas fester und schaut sie dabei eindringlich an, als erwarte sie eine Bestätigung ihrer Bitte.

»Natürlich, ich verstehe!«, kommt die fast flüsternde Antwort, als könnte ein zu lautes Wort sie Lügen strafen.

»Ich möchte Ihnen noch einmal mein herzlichstes Beileid zu ihrem Verlust aussprechen, Frau Gilden! Es wird eine schwere Zeit für Sie folgen, und nichts ist mehr so, wie es war! Aber seien Sie sich gewiss, ich werde alles in meiner Macht Stehende veranlassen, damit der Täter gefasst wird, um ihn seiner gerechten Strafe zuzuführen! Ich denke, dies ist auch in Ihrem Sinne!«, sagt sie, und fasst sie dabei noch einmal am Arm.

»Wenn wir jetzt fertig sind, würde ich mich gerne auf den Heimweg machen, es ist schon sehr spät, und ich muss noch meinen Zug erwischen!«

Sie schaut dabei auf die Uhr am Handgelenk der Beamtin und erkennt erschrocken, dass mehr Zeit verstrichen ist, als sie dachte. Um den letzten Zug noch zu erwischen, muss sie sich sehr sputen.

»Ich kann Sie gerne zum Bahnhof bringen lassen! Wenn Sie möchten, auch zu Ihnen nach Hause, das ist überhaupt kein Problem!«, kommt prompt das Angebot von Frau Klausen.

»Nein, vielen Dank! Das ist nett gemeint, aber ich wäre jetzt lieber etwas allein!«

»Frau Gilden, machen Sie sich bitte nicht zu viele

Gedanken, aber sollte Ihnen tatsächlich noch irgendetwas einfallen, das uns in diesem Fall weiterhelfen könnte, melden Sie sich einfach bei mir!«

Während sie dies sagt, kramt sie in einer der Schubladen. Schnell wird sie fündig bei dem, was sie sucht.

Nele hat sich mittlerweile erhoben. Den Rucksack hat sie schon über die Schultern gestreift.

Mit zur Seite geneigtem Kopf und nachdenklichem Blick schaut die Beamtin sie eingehend an, und reicht ihr eine Visitenkarte.

»Ich werde veranlassen, dass in regelmäßigen Abständen eine Streife bei Ihnen nach dem Rechten schaut. Außerdem werde ich Herrn Marc Kohler auf das Revier bestellen, um ihn zu befragen. Eine Fahndung nach Ihrem Ex-Mann habe ich schon in die Wege geleitet. Er wird sich für sein Verhalten Ihnen gegenüber, verantworten müssen.«

Mit immer noch nachdenklichem Ausdruck in den klaren grünen Augen, schüttelt sie ihr die Hand zum Abschied.

Nele wendet der Polizeistation den Rücken zu und macht sich auf den Heimweg.

35

Sie legt den Weg zum Bahnhof im Laufschritt zurück. Wenn sie den letzten Zug nicht erwischt, muss sie sich ein Taxi rufen, das möchte sie unter allen Umständen vermeiden. Im Moment gehen ihr so viele Gedanken durch den Kopf. Sie würde es als äußerst unangenehm empfinden, sich mit einem geschwätzigen Fahrer abgeben zu müssen.

Sie ist wirklich schnell gewesen, das viele Radfahren und Spazieren hat sie fit gehalten, stellt sie fest.

Der Zug fährt nach gut fünfzehn Minuten in den Bahnhof, und sie steigt ein. Kühle Luft der Klimaanlage empfängt sie und trocknet den Schweiß auf ihrer Haut.

Es riecht nach Gewitter.

»Das Wetter passt zu meiner Stimmung!«, flüstert sie fast unhörbar, während sie beobachtet, wie der Zug langsam aus dem Bahnhof ausfährt.

Alles wirkt trostlos, kalt und abweisend. Sie ist auf einem Tiefpunkt angekommen.

Nachdem sie festgestellt hat, dass sie sich bis auf zwei Personen allein im Abteil befindet, kramt sie ihr Handy hervor, um Jennifer anzurufen. Sie möchte wissen, ob sie schon bei ihr Zuhause ist.

»Verdammter Mist, das darf doch nicht wahr sein!«,

brüllt sie fast, und boxt mit der rechten Faust wütend gegen die Rückenlehne des vorderen Sitzplatzes.

Ihr Akku ist leer, nicht ein einziges Prozent mehr! Egal wie oft sie auch auf den Knöpfen herum drückt, das Display ist und bleibt schwarz.

Frustriert seufzt sie einmal auf, nur so laut, dass es sonst niemand hören kann.

Den Rest der Fahrt verbringt sie schweigend damit, aus dem Fenster zu schauen. Die Stirn lehnt sie dabei an die Scheibe. Ihre Gedanken schweifen ab, und nicht selten rollt eine vereinzelte Träne über ihre Wange.

Die Dämmerung hat eingesetzt, und wenn sie zuhause eintrifft, herrscht gewiss tiefe Dunkelheit.

Es haben sich mittlerweile auch schon viele graue Wolken am Himmel verteilt, die nichts Gutes verheißen.

Endlich am Zielbahnhof angekommen, beeilt sie sich, aus dem Zug zu steigen.

Das nächste Übel erwartet sie schon kurze Zeit später. Als sie nämlich bei ihrem Rad ankommt, muss sie feststellen, dass der Reifen schon wieder keine Luft mehr hat.

Für einige Minuten steht sie einfach nur vor dem beweglichen Untersatz.

Völlig niedergeschlagen öffnet sie dann das Fahrrad-Schloss und begibt sich auf den nun etwas beschwerlichen Heimweg.

Alles hat er genau geplant. Heute ist der Tag, an dem er sein vor langer Zeit ausgeklügeltes Werk endgültig in die Tat umsetzen wird! Nichts kann ihn mehr abhalten!

Die Aufregung macht ihn kribbelig. Es ist die Vorfreude darauf, endlich die Ungerechtigkeit zu rächen, die ihm vor vielen Jahren widerfahren ist. Auch sie trägt Schuld daran, dass er so geworden ist, wie er ist. Sein Hass ist im Laufe der Jahre immer stärker geworden. Nun ist er so weit, dass es ihm kaum noch möglich ist, ihr in die Augen zu schauen, ohne sich etwas davon anmerken zu lassen.

Immer wieder überlegt er, ob er auch nichts vergessen hat.

Im Grunde tut sie ihm tatsächlich ein wenig leid, andererseits hat sich für seine Lage auch niemals wirklich jemand interessiert. Was hat er zu verlieren? Es ist an der Zeit, einen Neubeginn zu wagen. So viel hat er unternommen, um sie für sich zu gewinnen, und genau jetzt ist der Moment gekommen, an dem sie ihm für kurze Zeit ausgeliefert sein wird.

Ein bösartiges Grinsen überzieht sein Gesicht. Seine Augen funkeln dabei gefährlich und kalt.

Er streicht sich ein paar störende Locken auf Seite, während er die auf dem Tisch bereit liegenden Dinge in einer kleinen Tasche verstaut.

An den Händen trägt er Handschuhe. Nichts wird auf ihn zurückzuführen sein.

Zu seinem Glück gibt es da jemanden, der als Verdächtiger herhalten wird. Dieser weiß bloß noch nichts davon. Er muss sich schließlich in alle Richtungen absichern!

Ihm ist vollkommen egal, ob ein Unschuldiger im Knast landen könnte.

Zum Schluss nimmt er noch die rote Kappe, die griffbereit neben der Tasche liegt, und zieht sie an. Sie liegt eng an, aber er trägt sie ja nicht lange, und außerdem wird sie ihn vor neugierigen Blicken schützen, da er sie tief ins Gesicht gezogen hat. Sie wird außerdem dafür sorgen, dass seine Kopfhaut noch mehr schwitzt als bisher. Er kann gar nicht zählen, wie oft er sich schon am Kopf gekratzt hat, während der letzten Minuten. Aber dies alles sind bloß Nebensächlichkeiten, die er gerne in Kauf nimmt, um sein angestrebtes Ziel endlich zu erreichen.

›Das Leben kann so ein Arschloch sein!‹ denkt er, und ist sich dabei voll bewusst, dass es nicht das Leben ist, sondern er selbst, den man in diesem Fall mit solch einem Wort betiteln würde.

Er blickt aus dem Fenster, die Dunkelheit hat eingesetzt, und es wird Zeit.

Ein Szenario kommt ihm in den Sinn, wie so häufig in den letzten Tagen.

Mit starr geöffneten Augen liegt sie vor ihm. Die Frau, die er über alles liebt!

Sie schaut ihn nicht an, obwohl es eigentlich genau das ist, was er von ganzem Herzen will! Sie soll ihn ansehen, mit ihren liebevollen Augen, und ihm versichern, dass alles wieder gut wird! Der Blick, mit dem sie an die Decke stiert, ist wie aus einem Horrorfilm gestohlen. Die blonden Haare wirken fettig durch den Dunst des zuvor heißen Badewassers. Das Wasser hat eine blutrote Farbe angenommen. Ihr Körper ist im Gegensatz dazu weißgräulich. Es wirkt grotesk, wie sie da liegt, eine fast abgebrannte Kerze steht auf dem Rand der Wanne und verbreitet den angenehmen Duft von Lavendel.

Plötzlich schlägt er sich mit der Hand vor die Stirn.

Die Kerze! Er hat die Kerze vergessen!

Missmutig stapft er zurück in sein Schlafzimmer und kramt sie aus der Schublade einer kleinen Kommode hervor. Es muss einfach alles perfekt sein! Genau so, wie er es schon seit langer Zeit vor seinem geistigen Auge sieht.

Heute wird er ihr die Bilder, die er ständig sieht, in genau den Farben schildern, die sich ihm eingeprägt haben. Vor allem das Rot wird er besonders genau beschreiben.

Nie wieder würde er eine Gelegenheit haben, dieser Frau etwas zu erzählen, wenn sie erst einmal mit starren Augen in Richtung Decke blickt.

So gerne würde er mit ihr darüber diskutieren, warum er sich überhaupt dazu entschlossen hat, aber leider wird sie ihm nicht antworten können, dafür sorgt das Klebeband, dass sich jetzt in seiner Tasche befindet.

Er sah die Rolle bei ihm, achtlos auf einem Schränkchen abgelegt. Das war seine Chance. In dem Moment nämlich als er sich diesem glücklichen Zufall bewusst wurde, kam ihm der Einfall, dass dieser Mann wahrscheinlich für seine Rache herhalten würde. Die Fingerabdrücke würden ihn als Täter noch näher eingrenzen. Sollte nämlich tatsächlich angezweifelt werden, dass es sich hierbei um einen Selbstmord handelt, zählte jedes Indiz, dass ihn als Täter ausschloss.

Er hat im Vorfeld viele Bücher von psychopathischen Mördern gelesen. Dies brachte ihn auf so manch gute Aspekte, einige Vorgehensweisen anders zu gestalten. Meist stolpert man bekanntlich über die Banalitäten und unüberlegte Dinge, die einen letztendlich verrieten. Manchmal sind es aber auch unerwartete Situationen, die einen Mord aufklären, und einen Täter überführen. Allerdings hat er dafür gesorgt, dass nichts eintreffen wird, was seinen so gut ausgeklügelten Plan vereiteln könnte. Und zur Not würde er improvisieren.

Er ist fest überzeugt davon, dass er clever genug ist, jedes noch so unerwartete Problem beseitigen zu können. Bisher läuft auch alles genau, wie er es geplant hat.

Noch einmal schaut er aus dem Küchenfenster, während er die Kerze in die Tasche steckt. Sein Blick spiegelt sich nun in dem Glas wider. Er betrachtet für einen Moment seine nicht genau zu erkennenden Augen, die dunklen Locken unter der roten Schirmmütze.

Kurz überlegt er, ob er auch wirklich nichts vergessen hat. So oft ist er diesen für ihn so besonderen Abend in Gedanken durchgegangen, um auf keinen Fall einen prekären Fehler zu machen. Er hatte sogar darüber nachgedacht, eine Flasche Wein mitzunehmen, um sie damit zu überraschen und es nach einem gemütlichen Abend aussehen zu lassen, aber er durfte nichts riskieren. Und würde sie nicht nachfragen, was er noch alles in der Tasche aufbewahrt?

Der Vorwand, mit dem er sich Zutritt verschaffte, schloss einen netten Abend zwar nicht aus, aber er verwarf den Gedanken daran schnell wieder.

Dass der Hund nicht da sein wird, kommt ihm außerdem zugute. Vielleicht hätte er ihn in einem wichtigen Moment angegriffen, um sie zu beschützen. Er ist froh, auch dies bedacht zu haben. Seine Überlegungen den Schlüssel zu benutzen, den er schon seit längerem besitzt, um in ihrem Haus zu schnüffeln, hatte er verworfen.

Ihr Tagebuch war ihm dabei unter anderem in die Hände geraten. Da er allerdings nicht die Zeit hatte, es genauer zu inspizieren, muss er es heute unbedingt entfernen. Dies darf er auf keinen Fall vergessen.

Dass er ihre beste Freundin umbringen musste, war ihm zuwider gewesen. Aber er hatte Glück gehabt, überhaupt davon zu erfahren, dass sie gerade an diesem Wochenende kommen wollte. Sie war genau so ein Kollateralschaden wie die alte Frau, die im Haus gegenüber wohnte.

Er verzieht den Mund bei dem Gedanken daran, wie sie ihn mit flehenden und so gütigen Augen anschaute, während er ihre Kehle zudrückte. Eigentlich wollte er es wie einen Unfall aussehen lassen, aber sie kam wieder zu sich, nachdem er sie hart mit dem Kopf auf die Kante des Tisches geschlagen hatte. Er war gerade dabei, einiges in der Wohnung zu verändern, damit niemand auf einen gewaltsamen Tod schließen würde, da bemerkte er viel zu spät, dass sie sich wieder aufgerappelt hatte. Sie schaffte es sogar, sich ihr Telefon aus der Tasche zu ziehen und einen Notruf abzusetzen. Aber noch bevor sie auch nur ein Wort sagen konnte, war er schon bei ihr, und in seiner aufkommenden Panik schlossen sich seine Hände um ihren dünnen Hals. Er drückte so lange zu, bis das letzte Fünkchen Leben in ihren Augen erlosch.

Während er fluchtartig das Haus verließ, machte er sich

Gedanken darüber, ob er durch seinen überstürzten Aufbruch Spuren hinterlassen hatte. Möglich wäre es!

Er darf keine weiteren Fehler mehr machen! Prüfend schaut er an sich hinunter. Hose und Pulli hat er akribisch mit einer Bürste bearbeitet, um verräterische Haare und Schuppen zu entfernen.

»Jetzt kommt der letzte Akt! Dann hast du es hinter dir!«, sagt er laut zu sich selbst, und kratzt sich am Kopf.

Noch eine Sache muss er erledigen, bevor er sich auf den Weg macht, um alles zu beenden. Entschlossen öffnet er die Kellertür und entlässt das darin eingeschlossene Tier in die Freiheit.

Sein Telefon klingelt, aber er drückt den unerwarteten Anruf weg, und stellt den Ton aus.

Er verlässt das Haus und setzt sich ins Auto.

Absolut Nichts kann ihn noch von seinem Vorhaben abbringen.

JENNIFER

Ein ungewöhnliches Geräusch reißt sie aus dem Schlaf. Zwar ist sie scheinbar richtig fest eingeschlafen, aber die Träume, die sie hatte, waren keine schönen. Während sie sich auf der Couch hochrappelt, versucht sie, sich die Träume in Erinnerung zu rufen. Es will ihr aber nicht gelingen. Alles ist verschwommen und nicht greifbar. Ihr Mund ist vollkommen trocken, wie ausgedörrt. Sie überlegt sich ein Glas Wasser zu holen.

Erneut ertönt das ungewohnte Geräusch.

Erschrocken zuckt sie zusammen. Da wird ihr plötzlich

bewusst, dass sie sich ja in der Wohnung von Nele befindet. Das seltsame zusammenhängende Geläut muss die Türklingel sein und irgendwer möchte wohl zu Nele. Nur langsam gewöhnen sich ihre Augen an die Dunkelheit im Raum.

Früher hätte sie niemals im Dunklen geschlafen. In ihrer Kindheit, und auch noch bis vor wenigen Jahren, musste immer ein Licht irgendwo brennen. Aber sie hatte gelernt, mit der Dunkelheit zu leben. Sie machte ihr keine Angst mehr. Ganz im Gegenteil! In so mancher Situation beschützte diese sie sogar, vor Malte!

Gähnend streckt sie erst einmal ihre Glieder von sich und überlegt, wie lange die Person schon vor der Tür stehen mochte. Da fällt ihr ein, dass es sich gewiss um ihre Schwester handelt, die dort draußen wartet. Immerhin hat sie ihr einen Schlüssel hinterlegt, damit sie ins Haus gelangt. Sollte ihre Schwester ebenso schusselig im Umgang mit Schlüsseln sein wie sie selbst, ist es gut möglich, dass sie nur noch diesen einen besitzt. Ein Grinsen huscht über ihre Lippen.

Sie beeilt sich jetzt von der Couch aufzustehen und tastet sich durch das geräumige Wohnzimmer in Richtung Flur.

Sie sucht neben dem Türrahmen nach dem Lichtschalter. Nach einigen Sekunden wird sie fündig und schaltet es ein. Ein paar diffuse Lichter beleuchten das Bild an der Wand neben ihr. Wieder fragt sie sich, aus welchem Grund Nele gerade dieses aufgehängt hat. Während sie lautlos in Richtung Haustür geht, sie trägt nur Socken, kommt ihr eine Idee. Es wäre möglich, dass sie die schwächsten Mitglieder ihrer Familie dort zur Schau stellt, um sich jeden Tag in Erinnerung zu rufen, dass sie niemals so werden will, wie sie und ihre Mutter! Der Gedanke stimmt sie traurig.

Bei der Tür angekommen, drückt sie die Klinke nach unten, um zu sehen, ob ihre Schwester davor steht. Die Neugier packt sie auf einmal. Wie sieht sie jetzt aus? Sind sie sich immer noch so ähnlich, wie vor einigen Jahren?

Plötzlich überkommt sie die Panik, es könnte Malte sein, der dort draußen auf Einlass wartet. Vielleicht weiß er schon längst, dass sie bei Nele ist, und hat jetzt vor, sie in seinen Wagen zu verfrachten und wieder zurückzubringen, in ihre Hölle.

Die Tür ist schon so weit geöffnet, dass es ihr unmöglich ist, sie noch ungesehen zu verschließen.

Schon im ersten Moment stellt sie fest, dass die Person, die dort vor ihr steht, absolut keine Ähnlichkeit mit Malte hat. Zwar ist sein Gesicht durch den Schatten einer Kappe völlig im Dunkeln, aber darunter kommen einige braune Locken zum Vorschein.

Maltes Haar ist schwarz, außerdem hat sie ihn noch nie eine solche Kopfbedeckung tragen sehen.

Sie reibt sich für einen kurzen Moment die Augen, die immer noch schläfrig aussehen müssen.

Gerade will sie ansetzen, und den unerwarteten Besucher fragen, was er möchte, da stürzt er auch schon ungebeten auf sie zu, drängt sie ins Haus zurück und mit einem gekonnten Griff wirft er sie zu Boden. Ihr bleibt die Luft weg.

Sie ist schockiert von dem überraschenden Übergriff.

Sie kann nichts anderes machen, als den Mund zu öffnen, um zu schreien. Dies wird von ihm sofort unterbunden, indem er sich mit seinem kompletten Körper auf sie wirft, und ihr mit hartem Griff den Mund mit seiner Hand verschließt.

Mittlerweile ist sie nicht nur richtig wach, sondern ihr Herz schlägt aus Angst in ihrer Brust, als könnte es jeden Augenblick ihre Rippen sprengen. Von dem Sturz hat sie unvermittelt rasende Kopfschmerzen, da sie unsanft auf dem Hinterkopf aufgeschlagen ist.

Lähmende Angst lässt sie erstarren. Sie versucht nicht einmal mehr sich zu wehren.

Mit weit aufgerissenen Augen beobachtet sie jede seiner Bewegungen, ohne einen klaren Gedanken fassen zu können. Etwas Sinnvolles zu unternehmen, was ihn von seinem Vorhaben abhalten könnte, steht damit außer Frage.

Der Ablauf dieser wenigen Sekunden passiert so rasant schnell, dass es ihr unwirklich vorkommt. Für einen kurzen Moment glaubt sie sogar, sich in einem Albtraum zu befinden, der realer scheint als normalerweise. Wären da nicht die üblen Kopfschmerzen und die Bewegungsunfähigkeit.

Er sitzt nämlich noch immer mit seinem vollen Gewicht auf ihr, um sie davon abzuhalten etwas zu tun, was ihm missfallen würde.

Nicht nur die körperliche Unfähigkeit sich zu bewegen macht ihr zu schaffen, auch ihr Denken funktioniert nicht mehr so, wie es müsste. Sie ist komplett handlungsunfähig, und fühlt sich wie ein Tier, das man eingesperrt hat.

Ohne eine weitere Reaktion lässt sie es über sich ergehen, dass er mit seiner freien Hand etwas Klebeband von einer Rolle abschneidet, und ihren Mund damit verschließt. Die Schere dafür hat er, wie auch die Rolle, aus der Tasche gezogen, die er bei sich trägt. Eine Strähne ihres Haares hat sich aus dem lockeren Zopf gelöst und klebt nun auch unter dem nach Plastik riechenden Kleber.

Dies bekommt sie nur nebensächlich mit.

Außerdem zieht er anschließend ihre Arme unter seinem Körper hervor und umschlingt ihre Hände mit einer Art Gummiband, damit es ihr unmöglich wird, diese zur Gegenwehr einsetzen zu können.

Sein Gesicht zeigt einen triumphierenden Ausdruck, und seine Augen strahlen eine Boshaftigkeit aus, die sie nur zu gut kennt. Schon so oft hat sie sich in einer ähnlichen Situation befunden, nur hier und heute hat sie nicht damit gerechnet.

Der Unbekannte kratzt sich am Kopf. Ein bösartiges Kichern folgt. Dann steigt er von ihr herunter, richtet sich auf und blickt auf sie hinab.

»Steh auf, wir werden jetzt nach oben gehen! Mach bloß keine unüberlegte Bewegung! Solltest du nur im mindesten glauben, du hast eine Chance gegen mich, muss ich dir gestehen, ich kenne jeden Griff der Selbstverteidigung und Judo habe ich auch gelernt. Für dich ist es jetzt am besten, du tust genau das, was ich dir sage, sonst ergreife ich andere Maßnahmen! Glaube mir, DAS möchtest du nicht!«

Noch immer kann sie sich nicht bewegen. Mit weiterhin großen, ängstlichen Augen starrt sie ihn an. Sie zittert. Dies liegt aber nicht an dem Holzfußboden, auf dem sie noch immer liegt. Die Panik, vor dem, was ihr jetzt alles zustoßen könnte, lässt sie so zittern, dass ihre

Zähne klappern. Selbst das Klebeband kann dies nicht verhindern. Dass sie zudem wimmernde Geräusche von sich gibt, ist ihr selbst nicht bewusst.

In voller Größe hat er sich vor ihr aufgebaut. Ein Mann, den sie nie zuvor gesehen hat. Nicht im Entferntesten wird sie schlau daraus, was er eigentlich von ihr will! Obwohl sie am Boden liegt, und er vor ihr steht, bemerkt sie den leichten Geruch von Schweiß, den er verströmt. Es ist eine männliche Note, daher ist sie sich sicher, dass dieser Geruch nicht von ihr stammt.

»So lange habe ich auf diesen Moment gewartet, da lasse ich mir das von dir nicht kaputt machen! Es tut mir leid, dass du es allein ausbaden musst, aber ich habe keine Alternative!

Heute ist der Augenblick gekommen, in dem endlich die Gerechtigkeit erfolgt. Vielleicht erzähle ich dir auch noch, worum es geht, und warum ich gerade *DICH* dafür ausgesucht habe.

Eines kann ich dir aber jetzt schon verraten: Dein Vater wird wissen, warum ich das alles machen muss! Natürlich wird er glauben, es ist das Karma, das ihn nach so langer Zeit einholt. Und dank meiner Erfahrung weiß ich, dass man Menschen wie ihm, nur auf diesem Weg ihre Fehler heimzahlen kann! Für dich wäre es das Beste gewesen, wir hätten uns nie kennengelernt!«

Unsanft und unerwartet tritt er sie einmal kurz gegen ihren rechten Fuß.

»Nun mach schon, ich möchte keine Zeit vertrödeln!«, kommt die erneute Aufforderung, während er mit abwertendem Blick die Arme verschränkt.

Sie blickt auf ihre Füße, wie um sich zu vergewissern, dass sie noch da sind, und ob sie in der Lage sein werden, sie zu tragen. Ihr fällt dabei auf, dass die Socke am rechten Fuß verrutscht ist.

›Das muss bei dem Sturz eben passiert sein!‹, geht ihr durch den Kopf.

Sie wundert sich, dass sie über etwas so Belangloses nachdenkt, in ihrer derzeitigen Situation.

Mühevoll versucht sie aufzustehen. Sie braucht zwei Anläufe, bis sie endlich auf wackligen Beinen vor ihm steht.

Da ihre Hände vor dem Körper gefesselt sind, fällt es ihr schwer, das Gleichgewicht zu finden, um nach oben zu kommen.

Das Gefühl einer nahenden Ohnmacht überkommt sie, aber sie schluckt einmal kräftig, und das Gefühl verschwindet wieder. Was bleibt ist ein schaler Geschmack im Mund. Ihr Kopf dröhnt, und sie sehnt sich nur noch nach einer Schmerztablette und einem dunklen Ort zum Ausruhen.

Stumm dreht er sie um und drängt sie in Richtung Treppe. Während er ihr langsam über die Stufen in das obere Stockwerk folgt, fühlt sie auf einmal etwas Spitzes zwischen ihren Schulterblättern.

›Er hat ein Messer! Er wird mich nicht nur vergewaltigen, er wird mich töten!‹, schießt es ihr durch den Kopf.

Tränen beginnen ihr über die Wangen zu laufen. In ihrem Kopf dreht sich alles. Hätte er sie in diesem Augenblick nicht nur mit dem Messer bedroht, wäre sie rückwärts im freien Fall die Treppe hinuntergefallen. Aber er drängt sie auch noch mit seiner freien Hand, flach auf ihren Rücken gedrückt, weiter voranzugehen.

Er schiebt sie immer weiter nach vorne. Oben angekommen gibt er erneut die Richtung an, diesmal geht es weiter am Bad vorbei durch eine angelehnte Tür ins Schlafzimmer ihrer Schwester. Sie stößt die Tür mit den Händen ganz auf.

Wäre sie nicht in ihrer derzeitigen Verfassung und Lage, hätte sie sich diesen Raum gerne genauer angeschaut. So aber blickt sie sich in dem dunklen Zimmer nur nach Hindernissen um, über die sie stolpern könnte.

Nichts dergleichen geschieht, und ihr kommt in den Sinn, dass Nele ein sehr ordentlicher Mensch ist, ganz im Gegensatz zu ihr. Durch das Dachfenster fällt für einen kurzen Moment helles Mondlicht. Dann wird es wieder dunkel. Wolken verdecken alles, was genug Licht in den Raum werfen könnte. Außer Umrissen kann sie schwerlich etwas genauer erkennen. Der Schein der Straßenlaterne kann nicht bis hierher dringen, da sie sich im oberen Stockwerk befinden.

Ihr wird jetzt auch klar, dass eigentlich nicht sie als Opfer auserkoren wurde, sondern ihre Schwester die Leidtragende dieser Attacke werden sollte.

Was die Sache an sich für sie nicht im Mindesten ändert. Sie hat keine Chance, dem Unbekannten zu erklären, dass er die falsche Frau erwischt hat. Außerdem würde es an ihrer Situation wahrscheinlich sowieso nichts mehr ändern. Sie wird für irgendetwas grade stehen müssen, und sie hat absolut keine Ahnung, wofür und warum.

Der Gedanke an Nele lässt sie wieder Hoffnung schöpfen. Vielleicht kommt sie noch rechtzeitig, um das Schlimmste abzuwenden. Früher war sie immer diejenige gewesen, die dafür sorgte, dass das alles, was durch sie verbockt wurde, von ihr wieder geradegerückt wurde.

Doch dann kommt ihr die Überlegung, dass dies alles ein ausgeklügelter Plan von ihr ist. Vielleicht ist sie immer noch so sauer, dass sie ihrer ›kleinen‹ Schwester tatsächlich etwas antun könnte. Dieser furchtbare Gedanke lässt ihr das Blut in den Adern gefrieren.

Zwar war sie früher nie besonders nachtragend, aber die Zeit verändert Menschen. Und was sie ihr angetan hat, ist selbst für sie eigentlich unverzeihlich. Obwohl man Malte in dieser Angelegenheit die Hauptschuld geben muss. War nicht alles nur eskaliert, weil er sie manipulierte, und dazu zwang, mit ihm zu schlafen? Durch das Video war sie ihm daraufhin ausgeliefert, oder nicht?

Nein, sie muss sich selbst eingestehen, dass auch sie schuldig ist. Hätte sie sich nicht erpressen lassen, und ihrem Vater die Wahrheit gesagt, dass sie alles durch ihre naive Art verloren hatte, wäre sie nie in einen solchen Abgrund gerutscht. Selbst wenn ihr Vater davon abgesehen hätte ihr zu helfen, wäre es möglich gewesen, das Ganze auf andere Weise zu regeln.

Sollte Nele hinter all dem stecken? Sie kann und will es nicht glauben!

Vor dem Bett bleiben sie stehen. Die Decke ist zerwühlt, und alles wirkt, als wäre ihre Schwester in Eile gewesen. Es ist ungewöhnlich, dass noch Kleidungsstücke verstreut auf dem Laken liegen. Sie kennt so etwas nicht von ihr. Eine Person, die immer darauf drängte, eine Wohnung so zu verlassen, dass man jederzeit einen unerwarteten Gast in jedes Zimmer führen kann, wird doch nicht so nachlässig!

Alles passt irgendwie nicht zusammen. Ihr Kopf dröhnt. Sie will nicht mehr denken. Was ihr jetzt fehlt, ist Stille und etwas zu Trinken. Abschalten, der Mann soll sie in Ruhe lassen und verschwinden!

Er hat die Hand und den Gegenstand von ihrem Rücken genommen. Sie dreht sich um, und er stößt sie unerwartet rückwärts auf das Bett.

›Oh nein, tu mir das nicht an! Ich habe rasende Kopfschmerzen, ich kann das nicht mehr ertragen!‹, will sie schreien, aber es kommen nur unartikulierte Laute hinter dem Klebeband hervor.

Selbst wenn er gewollt hätte, ihre Worte sind nicht zu verstehen.

Er zieht aus seiner Tasche ein durchsichtiges Gefäß, das mit einem Deckel versehen ist. Nachdem er den Deckel abgeschraubt, und sie dabei keine Sekunde aus den Augen gelassen hat, befiehlt er ihr mit fast knurrendem Ton, sich aufzusetzen. Die böse Betonung auf jedes einzelne Wort dabei machen klar, dass er keinen Ungehorsam dulden wird.

Schwerfällig setzt sie sich auf. In diesem Moment fällt wieder seidenes Mondlicht ins Zimmer und erreicht sein Gesicht. Schockiert sieht sie in den nur spärlich beleuchteten Gesichtszügen etwas, was sie glaubt, zu kennen. Nachdem sie krampfhaft versucht hat, die Verbindung zu einer bekannten Person herzustellen, werden die pochenden Schmerzen noch stärker. Es wird ihr unmöglich, sich auf das nur schemenhaft zu erkennende Gesicht zu konzentrieren und mit gequältem Ausdruck fällt ihr Blick auf seine Hände.

Erst jetzt erkennt sie, dass er schon die ganze Zeit Latex

Handschuhe trägt. Schlagartig wird ihr wieder bewusst, dass dies die letzten Sekunden ihres Lebens sein könnten, und dieser Mann versucht, keine Spuren eines Verbrechens zu hinterlassen. Fieberhaft versucht sie, trotz der bohrenden Schmerzen, einen Ausweg aus ihrer Lage zu finden. Ihre Hände sind gefesselt, wie sollte sie etwas gegen ihn ausrichten? Wenn sie versucht zu entkommen, wird er sie schneller eingeholt haben, als ihr lieb wäre. Schreien, vorausgesetzt er löst das Klebeband, würde vielleicht etwas bringen, falls die Nachbarn im Haus gegenüber nicht zu fest schlafen. Alle anderen Häuser sind zu weit entfernt. Und wenn sie auch nur anfängt sich lauthals bemerkbar zu machen, wird er dies nicht im Ansatz zu unterbinden wissen? Mit den Füßen strampeln ist auch keine Option! Nach einigen Sekunden gibt sie die Überlegungen auf einen positiven Verlauf aus ihrer ausweglosen Lage auf. Ihr Denken konzentriert sich nur noch auf die anhaltenden und immer stärker werdenden Schmerzen.

Unbewusst sieht sie ihm dabei zu, wie er ein Glas vom Nachttisch nimmt, und die Flüssigkeit aus dem Gefäß hinein kippt.

Kurz flammt eine Erinnerung auf. Als sie und Nele noch klein waren, haben sie sich meistens ein Glas geteilt. Bevor sie aber weiter darüber nachdenken kann, verfliegt der Gedanke wieder.

Nicht nur das, plötzlich steigt Galle in ihrer Speiseröhre auf, und sie hat das Gefühl, sie wird jeden Moment brechen müssen. Da dies aber nicht funktionieren kann, wird sie panisch. Mit aufgerissenen Augen und unkontrollierten Zuckungen, versucht sie ihm klarzumachen, dass er ihr den Mund freigeben soll.

Er hält das Glas in der einen, und mit der anderen Hand reißt er ihr tatsächlich das Band vom Mund. Ein kleiner Aufschrei der Erleichterung entweicht ihr. Sie schluckt den sauren Brei hinunter und atmet tief durch den Mund ein. Es wirkt wie bei einem Ertrinkenden, der an der Wasseroberfläche noch einmal nach Luft giert.

Ihr Puls, der noch vor wenigen Augenblicken eine Höchstgrenze erreichte, beruhigt sich langsam ein wenig. Die Angst ersticken zu müssen, lässt nun wieder nach.

Immer noch steht er vor ihr. Nun hält er ihr das Glas entgegen. Sein widerliches Grinsen erinnert an eine Figur aus einem bekannten Film. Ihr will aber nicht einfallen, welcher es war.

»Kein Mucks mehr! Wenn du schreist, wirst du erfahren, zu was ich noch alles fähig bin! Mach genau das, was ich dir sage, dann wirst du nicht leiden müssen. Wehrst du dich, oder versuchst etwas anderes, machst du dir keine Vorstellung davon, was dir dann bevorsteht! Trink das hier, dann geht es dir gleich viel besser!«

Seine Stimme nimmt bei dem letzten Satz fast eine mütterliche und einschmeichelnde Nuance an. Etwas irritiert schaut sie auf ihre immer noch verbundenen Hände.

Mit dem Anflug eines Lächelns stellt er das Glas auf dem Nachttisch ab. In einer fließenden Bewegung befreit er anschließend ihre Hände.

»Mach bloß nichts Unüberlegtes! Und ich will kein einziges Wort von dir hören! Es wird dir nichts bringen, mich anzuflehen oder zu belügen! Bedenke auch, dass du absolut keine Chance gegen mich hast!«, macht er ihr währenddessen klar.

Der Ausdruck, der sich dabei in seinen Augen

widerspiegelt, bestärkt seine Worte und tötet jeden Abwehrgedanken von ihr schon im Ansatz. Es ist eindeutig, sie hat keine Möglichkeit ihrem Peiniger zu entkommen. Niedergeschlagen ergibt sie sich ihrem Schicksal.

Erneut hält er ihr das Glas entgegen. Sie nimmt es in beide Hände. Die etwas trübe Flüssigkeit darin erinnert sie an stark verkalktes Wasser. Ihr Durst ist nicht mehr so stark, wie noch vor wenigen Minuten. Allerdings liegt dies wahrscheinlich daran, dass es sich bei diesem Getränk um ihr letztes handeln könnte.

Langsam hebt sie es zum Mund. In kleinen Schlucken leert sie die ein wenig bitter schmeckende Lösung. Fast erwartungsvoll schaut er ihr dabei zu.

»Wie gesagt: Ich will kein einziges Wort von dir hören! Was ich jetzt machen werde, wird etwas schmerzhaft. Aber in dem Getränk war so viel Beruhigungsmittel, dass du davon bestimmt nicht mehr viel mitbekommst. Leg dich jetzt auf den Rücken, und sei bloß still! Du wirst nicht lange leiden, wenn du nur das tust, was ich dir sage!«, sagt er nun fast verschwörerisch und stößt sie leicht gegen die Rippen.

Die Handschuhe treffen dabei auf ihre Haut und verursachen ein unangenehmes Kribbeln.

Fast in Zeitlupe legt sie sich zurück, und bettet ihren Kopf, der immer noch schmerzt, auf das Kissen.

Verschwommen beobachtet sie, wie er ein Küchenmesser aus seiner Tasche hervorzieht. ›Das ist jetzt wohl das Ende!‹, denkt sie traurig.

Eine Träne bildet sich und bleibt am äußersten Rand ihres Auges hängen.

Nachdem sie die Zeugin verabschiedet hat, nimmt sie wieder hinter ihrem Schreibtisch Platz. Unbewusst greift sie nach einem Kuli. Während sie angestrengt nachdenkt, lässt sie den Stift immer wieder durch ihre Finger gleiten. Es hilft ihr dabei, sich besser auf etwas zu konzentrieren. Und eine solch knifflige Angelegenheit hatte sie schon lange nicht mehr.

Natürlich wurde in den vergangenen Jahren auch schon mal eine Leiche im Wasser gefunden, aber es stellte sich im Nachhinein immer heraus, dass es sich um einen Unfall oder ähnliches handelte. Und Opfer aus Kapitalverbrechen gab es sicherlich auch einige, aber bei diesen war es für sie immer schnell ersichtlich gewesen, wen sie als Täter in Betracht ziehen konnte.

Nicht umsonst ist sie hier auf der Insel die leitende Beamtin. Ihre feine Spürnase, und auch ihr Bauchgefühl führten sie in der Vergangenheit immer auf die richtige Spur.

Aber in dieser Angelegenheit kommt ihr, trotz angestrengter Überlegung, einfach keine zündende Idee, um den Täterkreis weiter einzugrenzen. Es könnte jeder der Verdächtigen in Frage kommen. Des Weiteren ist auch gar nicht ausgeschlossen, dass es sich um einen, oder mehrere Täter handelt, die sie noch gar nicht in die Ermittlungen eingeschlossen hat.

Irgendwie passt bei diesem Fall alles und nichts zusammen.

Dieser Marc verfolgt die Frau scheinbar seit vielen Jahren. Erst beim Studium, jetzt auf der Arbeit. Ihr selbst wurde dies aber erst im Verlauf des Gesprächs so richtig bewusst. Die Freundin, die getötet wurde, hat dies sehr wahrscheinlich schon vor Jahren öfter zur Sprache gebracht. Nele Gilden tat dies allerdings immer als nervige Angelegenheit ab. Schon während des Studiums machte Frau Hartwig ihr den Vorschlag, Marc Kohler anzuzeigen. Sie entschied sich dagegen. Vielleicht wäre es besser gewesen, ihn in seine Schranken zu weisen, allerdings hätte es wahrscheinlich auch nichts an dem jetzigen Stand geändert. Es hätte dadurch sogar noch viel früher eintreten können. Stalker durchlaufen unterschiedliche Zyklen, bis hin zur Brutalität, und sogar im schlimmsten Fall: Mord!

Seufzend schaut sie auf ihren Computer. Für kurze Zeit reibt sie unentschlossen ihre Finger aneinander. Sie sucht nach Worten, die sie auf der Tastatur eingeben kann. Dann beginnt sie, alles, was sie in Erfahrung gebracht hat, aufzuschreiben.

Jeder der Verdächtigen erhält in einer Tabelle explizite Angaben. Unter anderem notiert sie offene Fragen, die sich ihr stellen.

Eine lange Zeit war sie mit ihren Notizen beschäftigt. Nun beginnt sie, im Intranet der Polizei auf verschiedenen Seiten nach den Vorgeschichten der einzelnen Männer zu recherchieren.

Anke kommt in ihr Büro. Nach einem leisen Klopfen ist sie eingetreten, und stellt lächelnd einen großen Pott Kaffee auf ihren Schreibtisch. Sogar an ein kleines Kaffee-Stückchen hat sie gedacht.

»Vielen Dank! Das ist echt lieb von dir! Und das brauch ich jetzt auch!«

Erfreut über die Aufmerksamkeit, bedankt sie sich nachdrücklich bei ihrer Kollegin.

»Was machst du eigentlich hier? Du hast doch Feierabend!«, fragt sie dann stutzig.

Anke bleibt hinter ihr stehen, und schaut über ihre Schulter auf den Bildschirm.

»Gerd musste nach Hause, bei seiner Frau haben die Wehen eingesetzt. Er hat mich gefragt, ob ich ihn vertreten kann. Ist kein Ding, Tim braucht eh Ruhe, er arbeitet an seiner Doktorarbeit und ich würde ihn nur stören, wenn ich tapeziere!« erklärt sie rasch.

»Kann ich dir behilflich sein?«, fragt sie dann mit ihrer glockenhellen Stimme, in der immer ein Lächeln mitzuschwingen scheint.

»Mensch Anke, so einen Fall hatten wir schon lange nicht mehr! Diese Gilden tut mir echt leid! Ich weiß nicht, wie es mir ginge, würde ich jetzt in ihrer Haut stecken. Ich bin mir nicht sicher, ob der Mord an ihrer Nachbarin etwas mit dem ihrer Freundin zu tun hat, aber irgendwie habe ich das Gefühl, die Verbrechen hängen zusammen.

Gerade habe ich mit der Recherche angefangen. Es muss mit dem Teufel zugehen, wenn da nichts zu finden ist. Mein Bauchgefühl sagt mir, dass es zu einfach ist, den Ex-Mann als Schuldigen zu wählen. Andererseits habe ich gerade herausgefunden, dass gegen ihn eine Anzeige läuft. Frau Gilden hat mir auch erzählt, dass er so etwas bei ihrem Zusammentreffen erwähnte, und diesbezüglich eine Aussage vor Gericht von ihr erhofft hat. Natürlich sollte sie zu seinen Gunsten ausfallen!

Andererseits hat auch dieser Marc Kohler gewiss starke Ambitionen, sie endlich für sich allein zu haben. Immerhin stellt er ihr schon seit Jahren nach! Mit ihm wollte ich mich als Nächstes befassen. Dann ist da noch ihr Kollege … Robert Faust. Sie sind am Beginn einer Beziehung. Ihn kann ich, denke ich, ausschließen. Sie erwähnte außerdem noch einen unsympathischen Patienten, von dem sie mir allerdings noch nicht die Daten nennen wollte. Sie wird es erst mit ihrem Arbeitgeber besprechen müssen, inwieweit es das Arztgeheimnis in einer solchen Angelegenheit verletzen könnte. Tja, bis jetzt bin ich noch keinen Schritt weitergekommen! Es war mir absolut nicht recht, die Frau ohne Begleitung nach Hause gehen zu lassen! Aber sie hat darum gebeten. Na ja, ist jetzt eh passé!

Ähm, wenn du möchtest, kannst du mir gerne unter die Arme greifen. Klemm dich bitte hinter das Telefon und versuch, einen zuständigen Arzt in der Klinik zu erreichen! Vielleicht haben wir Glück, und erhalten von irgendwem das OK für den Datenaustausch bezüglich des unbekannten Patienten! Mach denen klar, dass es sich hierbei um sicherheitsrelevante Angaben handelt. Immerhin müssen wir davon ausgehen, dass sich unsere Zeugin in Gefahr befindet.

Ich werde derweil mal sehen, ob ich sonst noch etwas in Erfahrung bringe, was uns weiterhilft.

Wissen die Kollegen eigentlich schon Bescheid, dass sie in den nächsten Stunden immer mal am Haus von der Gilden vorbei fahren sollen, um nach dem Rechten zu sehen? Ich habe kein gutes Gefühl dabei, dass sie dort im Moment allein ist, soweit abseits von den nächsten Nachbarn. Wir haben bereits zwei Verbrechen, da brauchen wir nicht noch ein weiteres!«

»Ist schon alles weitergeleitet, Stine! Allerdings sind die

Kollegen Fries und Kappel noch mit einer Ruhestörung beschäftigt. Sobald sie damit durch sind, werden sie sich um die Fahndung nach diesem Malte Engel kümmern.

Wir sind auch im Moment unterbesetzt, diese blöde Sommergrippe! Leider haben wir nicht genug Leute, um das alles problemlos zu stemmen. Aber wie gesagt, die Kollegen wissen Bescheid, und werden immer mal eine Kontrolle am Haus von Frau Gilden machen.

Ich mach mich auch sofort an die Arbeit, obwohl ich mir sicher bin, dass ich vor morgen Früh eh absolut nichts erreichen werde!«, antwortet sie, und verlässt mit einem Nicken und nun ernstem Gesichtsausdruck das Zimmer.

Ihr Gang ist federnd und strotzt nur so vor Tatendrang.

Wieder kommen leichte Schuldgefühle in Stine auf. Immerhin trägt sie die Schuld daran, dass Anke nie wieder in den aktiven Dienst zurückkehren wird.

Sie holt tief Luft, nimmt den Kuli zur Hand, und wendet sich wieder dem Bildschirm zu. Jetzt muss sie erst einmal den Hintergrund aller Verdächtigen überprüfen, um sich ein genaueres Bild machen zu können.

Eine weitere Stunde ist vergangen, da streckt sie den Kopf noch etwas näher an den Bildschirm. Was sie da gerade liest, kann sie kaum glauben! Sie schluckt und ihr Blutdruck steigt. Was hat sie bloß getan? Sie hätte diese Frau unter keinen Umständen allein nach Hause gehen lassen dürfen!

Das Puzzle setzt sich Teilchen für Teilchen in Windeseile zusammen. Für sie besteht kein Zweifel mehr, ihre Zeugin schwebt in Lebensgefahr!

Ohne zu zögern, greift sie nach dem Handy neben sich. Rasch hat sie die Nummer von Frau Gilden gefunden und wählt sie an. Es dauert auch nicht lange, da hört sie auch schon deren Stimme, allerdings ist es nur die Ansage der Mailbox. Gerade will sie eine Nachricht hinterlassen, da kommt ihr ein Film in den Sinn. In diesem wurde eine Frau umgebracht, weil der Mörder die Nachricht auf ihrem Handy abhörte.

Sofort drückt sie den Button und beendet den Anruf.

Ihr Blick gleitet zum Fenster. Es ist dunkel draußen und der Wind pfeift mittlerweile laut um die Hausecken.

Sie nimmt die schusssichere Weste von der Stuhllehne und zieht sie über. Ihr Holster mit der P30 liegt in einer der Schubladen. Auch diese holt sie hervor und legt sie um.

»Ein guter Zeitpunkt für Mörder! Jetzt zählt wahrscheinlich jede Sekunde!«, murmelt sie leise vor sich hin, während sie nach ihrem Rucksack greift.

Durch die rasche Bewegung schlägt ihre Hand gegen die fast leere Tasse. Sie kann sie nicht mehr vor dem Kippen aufhalten, und die kalte braune Flüssigkeit ergießt sich über die Tastatur. Etwas genervt, dreht sie lediglich die Tastatur um. Sie hat keine Zeit mehr, um jetzt noch ihr Malheur zu beseitigen, also wirft sie sich nur noch den Rucksack über die Schulter.

Im Laufschritt verlässt sie ihr Büro und eilt zur Information.

Anke ist gerade in ein unbefriedigendes Telefonat vertieft. Während sie ungehalten auf ihren Gesprächspartner einredet, schaut sie ihr mit hochgezogenen Brauen fragend entgegen.

»Wo steckt Jo? In seinem Büro ist er nicht! Wir müssen sofort los, es zählt wirklich jede Sekunde!«, presst sie hervor und stoppt vor dem Tresen.

Unruhig hüpft sie von einem Bein auf das andere. Anke bemerkt augenblicklich am nervösen und angespannten Verhalten der Kollegin, dass etwas ganz und gar nicht stimmt. Sofort beendet sie ihr Gespräch mit den Worten: »Ich melde mich später noch mal bei Ihnen!«, und sogleich wendet sie sich an ihre Kollegin.

»Was ist denn los? Jo hängt auf der Toilette, ich denke, das könnte noch eine Weile dauern. Ihn hat wohl auch die Magen- und Darm-Grippe erwischt! Wäre keine gute Idee, ihn auf einen Einsatz mitzunehmen! Soll ich mal rumtelefonieren und sehen, wer im Haus ist, und dich begleiten kann?«, fragt sie mit einem beunruhigten Unterton in der Stimme.

»Ich kann nicht warten, Frau Gilden schwebt scheinbar in höchster Gefahr, und jede Sekunde zählt!«, antwortet sie und schaut sich suchend nach allen Seiten um, als erwarte sie, dass jeden Moment jemand zu Hilfe eilt.

»Ich weiß, eigentlich dürfte ich gar nicht fragen, aber könntest *DU* mich nicht begleiten? Allein kann ich nicht los, aber wenn ich jetzt nicht umgehend handle, hätten wir vielleicht später eine weitere Tote!«

Sie kann sehen, wie Anke abwägt, was sie tun soll, aber nur einen Augenblick später ist ihr Ausdruck entschlossen.

»Ich komme mit!«

Genau da kommt Johannes um die Ecke. Sein Gesicht ist aschfahl.

»Jo, Anke und ich müssen dringend auf einen Einsatz! Könntest du die Info besetzen? Telefonier besser mal rum, ob dich jemand vertreten kann, du siehst echt nicht gut aus! Es tut mir auch leid, dass wir dich jetzt hängen lassen, aber es geht gerade um Leben und Tod! Ich erkläre es dir, wenn wir zurück sind! Ich hoffe ja, es ist nur falscher Alarm!«

Nachdem Stine dies geklärt hat, eine Antwort von ihrem Kollegen wartet sie nicht ab, wendet sie sich wieder an Anke.

»Schnapp dir eine Weste, deine Waffe und los, wir dürfen keine Zeit verlieren! Ich erkläre dir alles weitere während der Fahrt!«

Anke trägt ihr Holster schon. Sie greift daher nur in den Wandschrank an der Seite, und zieht eine kugelsichere Weste daraus hervor. Da sie etwas ungestüm handelt, fallen einige der Kleiderbügel herunter.

Durch den unerwarteten Lärm schauen beide Frauen erschrocken auf die vor dem Schrank liegenden Bügel. Gerade will Anke sich danach bücken, um sie zurückzuhängen, da wird sie von ihrer Chefin davon abgehalten.

»Lass, wir müssen unbedingt fahren!«, sagt sie etwas ungehalten, und wendet sich schon dem Ausgang zu.

Im Laufschritt macht sie sich auf den Weg zum Einsatzwagen und sucht währenddessen in ihren Taschen nach dem Autoschlüssel.

Anke, die den Knopf zur Entriegelung der Tür drückt, folgt ihr auf dem Fuß. Die Weste trägt sie auf dem Arm.

36

Nele schiebt das Rad durch die Dunkelheit. Die Straßen werden nur von dem spärlichen Licht der Laternen erhellt.

Ein Unwetter naht. Der Wind hat stark aufgefrischt, und am Horizont sind immer wieder kleine Blitze zu erkennen. Die Umgebung ist statisch aufgeladen.

Sie kann die Feuchtigkeit auf ihrer Haut spüren. Sie denkt an die Zeit, in der sie gemeinsam mit Clarissa unterwegs war. An die vielen Gespräche mit Frau Ulm, bei einem Tässchen Kaffee oder Tee. Die vielen Spaziergänge mit Phönix.

Alles scheint so weit in der Vergangenheit zu liegen.

Immer wieder laufen ihr vereinzelt Tränen über die Wangen.

Da kommen ihr plötzlich Robert und Jenny wieder in den Sinn. Ob sie beide schon bei ihr Zuhause gemütlich auf dem Sofa sitzen und auf sie warten? Oder ob sich ihr ein ganz anderes Bild bieten würde? Für einen Moment sieht sie wieder Malte und Jenny vor sich in ihrem Schlafzimmer. Sofort verdrängt sie das Bild.

Sie ist nur noch einige Meter von ihrem Ziel entfernt.

Ein Gefühl der Angst wird immer stärker, je näher sie dem kleinen Haus kommt. Ihre Schritte werden langsamer. Es scheint alles wie immer, aber irgendetwas stört sie.

Die Vorderseite wird von der Straßenlaterne beschienen.

Der immer stärker anschwellende Wind, der die Büsche rundherum verbiegt, wirbelt kleine Blätter durch die Luft.

Sie ist ganz allein auf der Straße. Ein ungutes Gefühl breitet sich in ihr aus.

Auf einmal ist sie sich vollkommen sicher, dass etwas Schreckliches sie zuhause erwartet.

Aus der Entfernung meint sie, eine Bewegung hinter dem Schlafzimmerfenster wahrzunehmen, außerdem flackert auch ein schwacher Lichtschein. Wie, als wäre ein Handy eingeschaltet und sofort wieder ausgeschaltet worden.

Sicherlich besteht auch die Möglichkeit, dass sie sich geirrt hat, und durch ihre nervliche innere Anspannung Dinge wahrnimmt, die nicht den Tatsachen entsprechen.

Da sie sich aber nicht sicher ist, zieht sie es vor, ihr Rad leise vor dem geöffneten Tor abzustellen, um ihr Haus erst einmal komplett von außen zu umrunden. Sie könnte so feststellen, ob sie noch etwas außergewöhnliches hinter den Fenstern erkennen kann. Ihr Blick streift wieder über die Fenster des oberen Stockwerks.

Ihre Schwester könnte sich dort befinden, aber sie ist sich sicher, dass diese es nicht wagen würde, ungefragt ihr Schlafzimmer zu betreten. Oder vielleicht doch? Ist sie mit Robert nach oben gegangen, um sich wie damals mit Malte, in ihrem Bett zu vergnügen?

Nein, sie verwirft diesen absurden Gedanken.

Natürlich wäre es möglich, dass sie sich aus irgendwelchen Gründen dort oben befindet, aber etwas sagt ihr, dass es eine andere Erklärung für ihre innere Anspannung gibt.

Die unteren Fenster sind nicht durch Rollläden

verschlossen. Warum um alles in der Welt, brennt nirgends eine Lampe? Sie sträubt sich davor, die Haustür aufzuschließen und einfach hineinzugehen.

Während sie sich langsam schleichend um den Zaun herum zur Hinterseite begibt, die Fenster im zweiten Stock immer im Blick, bemerkt sie eine kleine Leiter, die an das Gestrüpp, welches sich rückseitig überall außerhalb des Zaunes befindet, angelehnt ist. Diese ermöglicht es, sich über das Geäst zu bewegen, ohne sich Risse durch die Dornen zuzuziehen. Oben angekommen, kann man am Zaun hinabklettern, oder sich durch einen kleinen Sprung auf das Grundstück bewegen. Es sind viele kleine Ästchen überall neben der Leiter abgebrochen, was einen Hinweis darauf geben könnte, dass diese schon öfter anders platziert wurde.

Sofort fällt ihr der geöffnete Aktenschrank wieder ein.

Plötzlich scheint ihr Argwohn, den sie noch vor wenigen Tagen diesbezüglich hegte, gar nicht mehr so weit hergeholt. Nein, sie ist jetzt sogar felsenfest überzeugt, dass sich jemand, vielleicht sogar öfter als nur zum jetzigen Zeitpunkt, Zutritt zu ihrem Haus verschafft hat.

Sie fröstelt stark. Ein schaler Geschmack breitet sich in ihrem Mund aus und ihr Magen beginnt, Magensäure nach oben zu befördern. Sie schluckt schwer und beseitigt dadurch nicht nur die aufsteigende Flüssigkeit, sondern auch einen Teil der Angst, die sich seit der Ankunft in ihr breit gemacht hat.

Die Dunkelheit ihrer Umgebung macht ihr auf einmal nicht mehr so viel aus, wie noch einige Minuten zuvor. Allein aus dem Grund, dass jemand in ihre Privatsphäre eingedrungen ist und sich gerade in ihren eigenen vier Wänden ungefragt aufhält, weckt in ihr Wut auf den Eindringling.

Durch diese neue und unerwartete Empfindung werden alle anderen Gefühle etwas in den Hintergrund befördert. Diese Regung ist für sie vollkommen fremd, da bisher außer Clarissa ja auch noch nie jemand wirklich ihr Haus betreten hat. Frau Ulm zählt für sie nicht, da sie ja öfter auf Phönix achtete und dadurch Zutritt zum Haus haben musste.

Ihre Gedanken beginnen zu rasen.

Marc hatte damals ihre Schlüssel gehabt. Er bekam sie von Robert. Angeblich hatte sie diese ja verloren. Wahrscheinlich hatte er sie gar nicht von Robert! Sicherlich ließ er sie nachmachen!

Das Gefühl, jemand wäre unbefugt in ihr Haus eingedrungen, wird auf einmal schlüssig.

So einiges ergibt plötzlich einen logischen Sinn.

Schon seit einiger Zeit fühlt sie sich von ihm verfolgt, sie weiß, dass er von ihr mehr als Freundschaft erwartet.

Er ist schon etwas seltsam und versucht ja auch ständig, ihre Freunde auf seine Art schlecht zu machen – wahrscheinlich, um sie von ihr fernzuhalten!

Und jetzt steht auch noch eine Leiter an der Hinterseite ihres Hauses! Dies alles kann kein Zufall mehr sein!

Wieder starrt sie auf die beiden Fenster des oberen Stockwerks, kann aber außer dem leichten Wehen der Gardine im Bad keine weitere Bewegung oder ein Licht ausmachen.

Falls Jennifer im Haus wäre, hätte sie gewiss in dem

Raum, in dem sie sich befindet, ein Licht angemacht. Sie ist nicht gerne im Dunkeln.

Früher, als sie noch Kinder waren, musste nachts immer eine kleine Nachtlampe für sie eingeschaltet bleiben. Auch als erwachsene Frau hat sie diese Eigenart nie abgelegt, solange Nele sich erinnern kann.

Eine ganze Zeit steht sie bewegungslos und unschlüssig einer weiteren Handlung vor dem Haus, und starrt aufmerksam in die dunklen Zimmer.

Sie kann keine Polizei rufen, da ihr Akku vom Handy leer ist. Wenn sie zu den Nachbarn rennt, um Hilfe zu holen, ist der Eindringling, falls tatsächlich einer im Haus sein sollte, vielleicht schon samt Leiter wieder über alle Berge! Eine weitere Lösung ihrer derzeitigen Lage will ihr nicht einfallen.

Sie verschränkt die Arme um den Körper und reibt sich einige Male über ihre Oberarme, um die Kälte zu vertreiben. Dann holt sie noch ein paar mal tief Luft, um auch die Angst, die ihre Härchen immer noch aufrecht stehen lässt, wieder unter Kontrolle zu bekommen.

Geduckt beginnt sie dann den Rückweg zur Vorderseite.

Da sie ihre Augen nicht auf den Weg vor sich gerichtet hat, sondern weiterhin das obere Stockwerk im Blick behält, tritt sie auf eine ziemlich fette Nacktschnecke, die sich sofort zusammenzieht und ihr fast einen Schrei des Ekels entlockt. Sie schlägt ihre rechte Hand vor den Mund und ist erleichtert darüber, dass sie bis jetzt jegliche Töne vermieden hat. Sollte jemand dort oben aus dem Fenster schauen, könnte er vielleicht einen Teil ihres vorgebeugten Rückens ausmachen, aber gehört hätte er sie bis jetzt auf keinen Fall.

Außerdem weiß sie, dass Marc an Kurzsichtigkeit leidet. Ganz bestimmt kann er auf eine Distanz von circa zwanzig Meter im Dunkeln ihre Gestalt nicht ausmachen. Zumindest hofft sie fest darauf. Sie ist sich auch jetzt zu hundert Prozent sicher, dass er ihr im Haus auflauert. Jenny wird nicht gekommen sein, aus welchen Gründen auch immer. Und Robert ist vielleicht durch einen ganz banalen Grund verhindert. Da ihr Akku in einem solch ungünstigen Moment den Geist aufgeben musste, konnte sie ja keine Benachrichtigungen erhalten.

Sie überdenkt noch einmal ihre Möglichkeiten. Viel bleibt ihr nicht. Sie hofft auf das Überraschungsmoment und ihre ausgezeichnete Ausbildung in Selbstverteidigung. Mit einem Typen wie Marc wird sie schon zurechtkommen. Außerdem steht im Wohnzimmer ihr Telefon und sie wird als erstes versuchen, darüber Hilfe anzufordern.

Der Plan, den sie gefasst hat, gibt ihr das nötige Vertrauen in sich selbst. Langsam bewegt sie sich auf die Haustür zu. Der starke Wind übertönt ihre knirschenden Schritte im Kies.

Zitternd sucht sie die Schlüssel in ihrem Rucksack. Wenn die Tür sich öffnet, wird man für einen Moment die Geräusche des Windes hören, aber das lässt sich nicht vermeiden.

Ein Blitz erhellt plötzlich die Umgebung und alles wird von dem gleißenden Schein ausgeleuchtet.

Auch sie ist für einen Moment für jedermann zu sehen.

Erschrocken presst sie sich spontan an die Tür. Der ertönende Donnerschlag bringt ihr Herz fast zum Bersten.

Es dauert einige Sekunden, bis sich ihr Herzschlag etwas verlangsamt.

Mit dem Rücken immer noch fest an die Tür gepresst, holt sie tief Luft und unterdrückt die Tränen. Ihre Gedanken gelten im Moment der Hoffnung, nicht entdeckt worden zu sein.

Trotz des miesen Gefühls im Magen wendet sie sich um, und dreht entschlossen den Schlüssel im Schloss.

Nachdem sie gerade noch die Haustür daran hindern kann, durch einen kalten Windstoß mit voller Wucht nach innen zu schwingen, drängt sie sich durch einen kleinen Spalt ins Haus.

Ihr ist zum Glück noch eingefallen, dass die Tür immer ein lautes Geräusch von sich gibt, wenn sie ins Schloss fällt. Vorsichtig lehnt sie diese daher nur an, und stellt leise ihre Schuhe davor. Sie hegt die Hoffnung, dass der Wind nicht stark genug ist, um sie wieder aufzudrücken

Da vernimmt sie im oberen Stockwerk eine männliche Stimme. Sie klingt dunkel und böse. Allerdings kann sie nicht zuordnen, ob sie denjenigen kennt, der gerade etwas gesagt hat. Ist es tatsächlich Marc?

Die Tür lässt sie offen. Ihre Nerven sind so angespannt, dass es ihr vorkommt, als stünde sie neben sich, und würde sich selbst beobachten.

Auf Socken bewegt sie sich schleichend in Richtung Treppe. Ihren Plan, erst die Polizei zu verständigen, hat sie vergessen. Ihre Neugier ist jetzt größer als ihre Angst. Sie möchte unbedingt wissen, wer sich in den oberen Räumen aufhält, ohne Licht, und vor allem: Ohne ihre Erlaubnis!

Den Blick auf den oberem Absatz gerichtet, bewegt sie sich Stufe für Stufe immer weiter nach oben.

Zwar sind keine Stimmen mehr zu hören, aber irgendetwas geht da oben vor sich. Was genau passiert, kann sie nicht ausmachen, aber dass irgendjemand dort herum werkelt, ist unverkennbar.

Was ist da los? Nach einem Liebesakt klingt es nicht, aber um was könnte es sich dann handeln? In einer spontanen Eingebung sieht sie einen maskierten Einbrecher, der in ihren Schubladen nach Schätzen wühlt.

»Grhhhhliggrrrrriiii«, vernimmt sie plötzlich den Laut einer Frauenstimme, der durch irgendetwas gehemmt zu werden scheint.

Immer wieder versucht eine weibliche Person, sich bemerkbar zu machen. Es klingt, als hätte sie Todesangst.

Sie ist jetzt auf der obersten Stufe angekommen und verharrt mitten in der Bewegung. Mit zusammen gekniffenen Augen starrt sie in die Richtung, aus der das unverständliche und laute Genuschel stammt. Es muss aus ihrem Schlafzimmer kommen, da ist sie sich sicher. Sie streckt ihren Kopf noch etwas weiter zur einige Meter entfernten, geöffneten Schlafzimmertür, um besser hören zu können.

Ein erneuter Blitz erhellt die Umgebung. Für einen kurzen Moment sieht sie in dem gespenstischen Licht die Umrisse eines Mannes. Er steht neben ihrem Bett. Auf dem Bett selbst liegt eine weitere Person. Von dieser sind nur die angewinkelten Beine zu erkennen. Sie bewegen sich, und es wirkt wie ein Strampeln. Beide Personen scheinen noch vollkommen bekleidet zu sein. Der Mann trägt außerdem Handschuhe, und in seiner herabhängenden rechten Hand erkennt sie undeutlich einen Gegenstand. Ist das ein Messer?

Ihre Augen weiten sich.

Er steht ihr mit dem Rücken zugewandt, aber sofort ist sie sich sicher: Der Mann, der sich gerade mit irgendetwas auf ihrem Nachtisch beschäftigt, ist Marc. Eindeutig erkennt sie ihn an den wirren Locken. Aber irgendetwas passt nicht. Er wirkt größer als sonst.

Zu schnell verschwindet der himmlische Lichtblitz.

Der plötzlich lautstark ertönende Donnerschlag erschreckt sie dermaßen, dass sie einen Schritt zurückweicht und fast die Treppe hinunter gestürzt wäre. Im letzten Augenblick kann sie sich aber am Geländer festhalten und verhält sich wieder ganz ruhig.

Zum Glück scheint er ihre Unachtsamkeit nicht bemerkt zu haben. Mit immer noch weit geöffneten Augen holt sie tief Luft und lässt sie unhörbar entweichen.

Gerade in diesem Moment erklingt Musik. Nicht besonders laut, so dass sie intensiver lauschen muss, um die Melodie zu erkennen. Es handelt sich um einen Song der Beatles. Yesterday. Sie scheint aus einem Gerät auf dem Nachtisch zu kommen. Es ähnelt einem kompakten CD-Player.

›Was soll das?‹, denkt sie.

Noch während sie überlegt, was dies zu bedeuten hat, beginnt der Mann zu sprechen.

Es ist eine ihr wohl bekannte Stimme, aber sie passt nicht zu dem, was sie eben gesehen hat.

»Bleib ruhig liegen, ansonsten machst du alles noch schlimmer! Wenn du nicht tust, was ich sage, wirst du es noch sehr bereuen! Niemand hört dich, und ich denke auch nicht, dass heute noch jemand auftauchen wird!

Du wirst nicht lange leiden müssen, dafür werde ich sorgen, es sei denn, du stellst dich gegen mich! Ich habe die Waffe deines Mannes! Bevor ich sie benutze, werde ich noch Dinge mit dir anstellen, auf die du nicht im Traum kommen würdest! «, sagt er leise und in bestimmendem Tonfall.

Wie um seine Worte unter Beweis zu stellen, zieht er etwas aus einer Tasche, die zu seinen Füßen liegt. Dass es sich um eine Pistole handeln muss, erkennt sie an dem folgenden Geräusch, das er verursacht, als er sie entsichert.

Das Gezappel der Beine hört auch prompt auf.

Er verharrt kurz, scheinbar prüft er, ob sie ihm gehorchen wird, möchte ihre gesamte Aufmerksamkeit für seine nächsten Worte, oder überlegt, was er als Nächstes sagen soll. Vielleicht lauscht er auch einfach den Klängen der Musik.

»Falls du dich fragen solltest, wie ich sie mir besorgen konnte, erkläre ich es dir kurz: Malte war in der Klinik, um dich aufzusuchen, zufällig geriet er an mich. Natürlich habe ich sofort geschaltet, und ihn gefragt, was er von dir will. Er hatte nichts Besseres zu tun, als mir sofort zu erzählen, dass er in Schwierigkeiten steckt und deine Hilfe benötigt. Ich habe ihn beruhigt, da er ziemlich mies drauf war, und ihm angeboten, erst einmal bei mir unterzuschlüpfen. Heute habe ich ihm nahegelegt, wieder zu verschwinden. Scheinbar konnte er bei dir nichts erreichen.

Daher lege ich dir noch einmal ans Herz: Wehr dich nicht gegen die humane Methode, die ich mir für dich ausgedacht habe, sonst wirst du sehr leiden müssen!«

Er legt die Waffe am Fußende ab. Für die Person im Bett und auch für sie unerreichbar. Er wäre jederzeit schneller als einer von ihnen, um sie an sich zu bringen.

Und wieder wird das Zimmer durch einen weiteren Blitz erhellt. Diesmal erschrickt Nele weder vor dem Licht noch vor dem folgenden Donnergrollen. Sie hat sogar darauf gehofft, dass sie noch einmal die Gelegenheit erhält, endlich erkennen zu können, wer sich in ihrem Bett befindet. Tatsächlich hat sie Glück. Er hat sich so weit hinunter gebeugt, dass sie auf dem hoch gelegenen Kissen das Gesicht ihrer Schwester erkennt. Zwar sieht sie es nur für den Bruchteil einer Sekunde, aber niemals wird sie diesen Anblick vergessen.

Die Augen sind weit geöffnet, es spiegelt sich Todesangst darin. Eine einzelne Träne rinnt ihr aus dem Augenwinkel, und ihr Mund ist mit Klebeband verschlossen.

Ihr wird schlagartig die Übereinstimmung einer anderen Situation bewusst. Jenny hatte den gleichen Ausdruck in ihren Augen, als sie damals in ihr früheres Schlafzimmer stürzte, und sie und Malte in Flagranti erwischte. Hatte er sie vergewaltigt, und hatte Jenny all die Jahre versucht, ihr dies zu erzählen?

Der Donner ist verebbt. Eine unheimliche Stille breitet sich aus. Die Musik spielt nicht mehr. Bevor sie weiter über die Ähnlichkeit der beiden Situationen nachdenken kann, ergreift er wieder das Wort.

»Ich habe dir doch mal gesagt, dass ich dir etwas über mich erzählen würde, wenn wir mal ganz unter uns wären. Heute ist es endlich so weit!«

Es folgt eine kurze Pause, in der er sie nachdenklich

betrachtet und an ihrem Medaillon spielt. Er öffnet es aber nicht.

»Meine Mutter, Katharina Lenz, war damals erst vierundzwanzig! Und es ereignete sich heute vor genau vierunddreißig Jahren.

Ich war gerade mal fünf Jahre alt, als ich sie tot in der Badewanne aufgefunden habe. Lange Zeit dachte ich, ich wäre schuld an ihrem Tod! Erst sehr viel später begriff ich, dass es Selbstmord war.«

Wieder schweigt er für einige Sekunden. Er dreht sich kurz zur Seite, und erneut beginnt die Musik. Es ist wieder der gleiche Song. Irgendwie hat diese Wiederholung etwas Makabres an sich.

Langsam wendet er sein Gesicht wieder Jennifer zu.

»Kannst du dir eigentlich vorstellen, wie es sich anfühlt, den einzigen Menschen zu verlieren, den man mehr als sein eigenes Leben liebt? Wie es ist, niemals darüber hinwegzukommen? Nein, ich denke nicht!

Ach, falls du es noch nicht weißt, Clarissa musste ich leider eliminieren. Sie hätte heute nur gestört! Kollateralschaden, nennt man so etwas! Deine Nachbarin ereilte ein ähnliches Schicksal. Tut mir echt leid um diese außenstehenden Personen, aber sie hätten meinen Plan durchkreuzen können. Du wirst nicht mehr viel Zeit haben, sie zu betrauern, das werde ich dir ersparen!

Aber nun zurück zum Thema, wir haben nicht die ganze Nacht Zeit, um über Nebensachen zu quatschen!

Wir hatten nicht besonders viel, meine Mutter und ich, aber wir hatten uns. Sie hat mir ihre ganze Liebe geschenkt, habe ich zumindest immer geglaubt.

Was ich damals nicht wusste, sie war sehr krank. Sie

litt unter einer psychischen Störung. Ich gehe davon aus, dass sie durch das Verhalten deines Vaters und meines Erzeugers ausgelöst wurde. Er hat sie behandelt, wie ein Stück Dreck! Kurz nachdem ich geboren wurde, verliebte er sich in deine Mutter, und wollte nichts mehr von ihr wissen.

Sie hatte es echt schwer, mich aufzuziehen. Die Krankheit, Geldsorgen und keine richtigen Freunde. Sie tat sich schwer, Kontakte zu knüpfen, vor allem, sie zu pflegen. Aber niemals ließ sie mich spüren, dass es da noch jemanden gab, den sie liebte. Der Mann erwiderte ihre Liebe aber nicht. Dies zerstörte sie! Er hat ihr Herz gebrochen, und ich musste mein Leben lang darunter leiden.

Es war mir wichtig, dir zu erklären, warum ich dies alles machen muss. Ich habe nichts gegen dich persönlich, aber nur wenn er dich verliert, wird unser Erzeuger am eigenen Leibe erfahren, wie es ist, einen geliebten Menschen zu verlieren.

Er selbst sorgte dafür, dass ich bei einem seiner Freunde aufwuchs, ein kaltherziger Richter und seine lieblose Frau. Noch heute frage ich mich, warum er mich nicht zu sich holte! Wäre es so schlimm gewesen, seiner Frau davon zu erzählen, dass ich existiere? Ich kann ihm das nicht vergeben!

In meiner Studienzeit hatte ich Kommilitonen, die gewisse Kontakte hatten. Du musst wissen, ich spiele in einer höheren Liga! Der Richter ist angesehen und hat Kohle ohne Ende. Daher hatte ich auch viele Möglichkeiten. Mit Geld kann man im Leben so viel erreichen! Sogar Informationen aus versiegelten Akten zu erfahren, ist nicht mehr ausgeschlossen. Diesen Vorteil hat er mir verschafft, und dass wird er jetzt teuer bezahlen!

Es war nicht weiter schwierig, ihn dann etwas genauer unter die Lupe zu nehmen. Ich habe ihn auf einigen Kongressen getroffen, und mich mit ihm angefreundet. Natürlich unter anderem Namen, da er meine Adoptiveltern kennt! Ich war mir nicht sicher, ob er sich überhaupt mit mir unterhält, wenn er wüsste, wen er da vor sich hat. Na ja, wir haben dann mal am Tresen einer Bar gesessen, er hatte zu viel getrunken und mir von seiner Tochter vorgeschwärmt, auf die er ausgesprochen stolz sei. Sie wäre in seine Fußstapfen getreten. Er sagte mir, dass du am nächsten Tag auch da sein würdest. Natürlich wollte ich kein persönliches Gespräch mit dir, aber ich musste dich einmal sehen, um zu wissen, auf wen ich mich da einlasse.

Es brachte mich nämlich auf die Idee, nicht *IHN* umzubringen, sondern seine Tochter. Den Rest seines Lebens würde er darunter leiden, sein geliebtes Kind verloren zu haben! Deshalb musstest du mir auch eben dein Handy geben, ich habe ihm eine Nachricht von dir hinterlassen.

Ich denke, jetzt hast du für die wenigen Momente noch genug Anhaltspunkte, mich zu analysieren! Das wolltest du doch! Tja, unser Job holt uns immer wieder ein, nicht wahr? Mir wäre es auch lieber gewesen, wir hätten uns unter anderen Umständen kennengelernt, aber das Leben ist manchmal ungerecht!«

Er lacht laut auf. Es klingt in diesem Moment unangenehm und völlig deplatziert.

Plötzlich vernimmt Nele Geräusche hinter sich, und die Geschehnisse beginnen sich zu überschlagen.

Sie hat einen neuen Rekord aufgestellt. In Windeseile hat sie den Polizeiwagen erreicht, geöffnet und mit erhitztem und leicht gerötetem Gesicht startet sie den Motor.

Der aufkommende Wind jagt schon in Böen über den Platz, und die ersten Regentropfen prallen auf das Blech und die Scheibe des Autos.

Ihr Bauchgefühl sagt ihr, dass sie sich beeilen müssen, um zum Haus von Frau Gilden zu gelangen. Mit den Fingern trommelt sie nervös auf das Lenkrad. Nur wenige Augenblicke später erreicht auch Anke das Auto und springt auf den Beifahrersitz.

Auch ihre Wangen sind gerötet, aber im Gegensatz zu Stine stammt ihre Gesichtsverfärbung nicht vom Spurt, nein! In den Augen der Kollegin spiegelt sich die Vorfreude darauf, endlich wider an einem Außen Einsatz teilzunehmen. Es ist unverkennbar, dass sie die alte Unternehmungslust und ihren Mut zurückerlangt hat.

Die Lippen zu einem leichten Lächeln geformt nickt Anke ihr zu, noch während sie die Tür mit einem lauten Knall neben sich zuzieht.

Stine muss trotz ihrer Anspannung grinsen.

Endlich, da ist sie wieder, ihre frühere Kollegin! So hatte sie sie immer in Erinnerung behalten. Nie hätte sie gedacht, dass sie je wieder diese gespannte Vorfreude sehen würde. Anke ist demnach bereit für den Job! Die Arbeit, für die sie alles andere vergisst, und die sie mehr liebt als jede andere! Sie ist wie dafür geschaffen, Verbrecher zu jagen und sie ihrer gerechten Strafe zuzuführen.

»Los geht's! Lass uns den Bösewichtern den Arsch versohlen!«, sagt sie dann mit gespielt ernster Miene.

Das lässt Stine sich nicht zweimal sagen und lässt den Motor aufheulen.

Anke zwängt sich gekonnt in ihre kugelsichere Weste, während Stine beginnt, ihr im Schnelldurchlauf ihre Entdeckungen zu unterbreiten.

Sie berichtet von Marc Kohler, der schon einmal wegen Stalking angezeigt wurde, aber sonst keine Auffälligkeiten aufzuweisen hat. Des Weiteren folgt ein Update von Malte Engel, bei dem derzeit ein Gerichtsverfahren wegen Trunkenheit am Steuer und Fahrerflucht läuft. Außerdem würde in absehbarer Zeit auch noch ein weiterer Termin vor Gericht fällig, bezüglich Drogenmissbrauches und Vergewaltigung.

Kurz lässt sie sich etwas abfällig darüber aus, wie tief ein Mensch im Leben fallen kann.

Erschrocken über ihre eigene Bemerkung, schweigt sie für kurze Zeit. Ihr damaliges Verhalten bei dem missglückten Einsatz verursachte immerhin, dass Anke sich in eine ängstliche Person verwandelte. Zumindest gegenüber den aktiven Einsätzen, die sie seither nicht mehr ausführen konnte. Anke war für lange Zeit nicht mehr sie selbst. Auch ihr hätte passieren können, dass sie in einen Abgrund rutscht, aus dem sie nie wieder herauskommt. Und dafür trüge sie die alleinige Schuld!

Bei dem Ex-Mann von Frau Gilden allerdings war sie sich recht sicher, dass er ganz allein für seine Misere verantwortlich ist, dies schließt sie aus dem vorangegangenen Gespräch mit seiner Frau.

Noch während sie darüber nachdenkt, erhält ihre Kollegin eine Nachricht auf ihr Handy. Kurz drauf teilt sie ihr mit erleichterter Stimme mit, dass Johannes eine Ablöse erreicht hat, und sich auf den Heimweg macht.

»Prima! Er sah wirklich schlecht aus. Für ihn wäre es besser, er würde sich mal eine längere Auszeit gönnen, aber bei unserem derzeitigen Krankenstand meint er, er müsse durchhalten, auf Biegen und Brechen. Hoffentlich hat er wenigstens was von seinem Urlaub«, gibt sie einen kurzen Kommentar dazu.

Sie hat während der Fahrt bisher nur das Blaulicht eingeschaltet, da kaum ein Auto unterwegs ist. Jetzt allerdings schaltet sie das Signalhorn für einen Moment ein. Gerade so lange, bis sie ein langsames Fahrzeug, das einfach nicht auf Seite weichen will und dadurch ihre Fahrt abbremst, überholt hat. Sofort tritt sie wieder aufs Gaspedal. Der mittlerweile immer heftigere Regen erschwert die Sicht, deshalb behält sie mit äußerster Konzentration die Straße im Blick.

»So, jetzt kommen wir zu Robert Faust, der direkte Kollege von Frau Gilden. Auch ihn habe ich intensiv überprüft. Unter anderem habe ich seine Kindheit genauer unter die Lupe genommen, und du glaubst nicht, was ich da gefunden habe!«

Um die Spannung ihrer Entdeckung zu untermauern, legt sie eine kleine Kunstpause ein.

»Im Alter von nur fünf Jahren fand er seine leblose Mutter, Katharina Lenz, in der Badewanne. Sie beging Suizid. Die von dem Geschrei des Jungen aufmerksam gewordenen Nachbarn alarmierten sofort die Polizei. Der kurz darauf eintreffende Notarzt konnte allerdings nur noch ihren Tod feststellen. Sie hatte sich die Pulsadern aufgeschnitten. Dies ereignete sich exakt vor sechsunddreißig Jahren, auf den Tag genau!

Mein Bauchgefühl sagt mir, Robert Faust ist unser Mann, nicht der Ex, oder dieser Stalker!

Wir müssen mit äußerster Vorsicht agieren. Dieser Typ ist gefährlich, wenn er so lange darauf gewartet hat, seine Mutter zu rächen. Es gibt da noch ein äußerst wichtiges Detail!«

Kurz schaut sie mit etwas traurigem Ausdruck in die Richtung ihrer Kollegin und seufzt.

»Nele Gilden und er sind Halbgeschwister! Die Gilden hat auch noch eine Zwillingsschwester!

Friedrich Gilden hat die Mutter von Faust damals für eine andere sitzen lassen. Er heiratete kurze Zeit später die Mutter von Nele und Jennifer Gilden. Faust dagegen wuchs bei einem bekannten und nicht sonderlich beliebten Richter in München auf. Dieser adoptierte den Jungen kurz nach dem Suizid seiner Mutter. Der Richter Faust und Gilden kannten sich. Wahrscheinlich hat Friedrich Gilden es in die Wege geleitet, dass sein Sohn adoptiert werden konnte.«

Ungeduldig trommelt sie für einen Moment aufs Lenkrad.

»Ich gehe davon aus, dass dieser Faust Clarissa Hartwig am Bahnhof abgefangen hat, ihr die Kopfwunde zufügte und sie anschließend ins Meer warf. Er wollte, dass Nele Gilden vollkommen auf sich gestellt ist, indem er die Nachbarin und die beste Freundin aus dem Weg räumt.

Dies wäre eine logische Schlussfolgerung. Natürlich passt auch dieser Marc ins Täterprofil! Wir können keinen der beiden ausschließen, allerdings überwiegen die Tatmotive von diesem Robert!«

In den nächsten Sekunden denken beide über das Gesagte nach.

»Oh, wir sind gleich da! Ich kann ihr Haus schon sehen«, erklärt Stine dann mit etwas aufgeregter Stimme.

Sie stellt das Blaulicht aus und bremst den Wagen auf Schrittgeschwindigkeit herunter. Nur noch wenige Meter fährt sie weiter und stoppt den Wagen in gebührendem Abstand. Der Regen klatscht auf die Frontscheibe und erschwert die Sicht auf das Haus. Beide Frauen ziehen ihre Kopfbedeckung an.

»Wie genau verläuft unsere weitere Vorgehensweise?«, fragt Anke mit leiser Stimme, in der Anspannung und auch Nervosität mitschwingen.

Gerade als Stine den Mund öffnet, um ihr Instruktionen zu übermitteln, sehen beide, wie eine Gestalt durch die Tür ins Haus schlüpft. Irgendetwas an seiner Seite verschwindet auch dahinter. Stine tippt auf einen Koffer, aber der Gegenstand oder was auch immer es ist, war nur kurz und schlecht zu erkennen.

»Wir schleichen uns rein. Du bleibst hinter mir!«

Im selben Moment greift sie nach dem Funkgerät und fordert umgehend Verstärkung an. Sie will nicht noch einmal denselben Fehler machen, wie damals.

»Du hast es gehört, sie schicken sofort eine weitere Einheit. Es wird allerdings einige Minuten dauern, bis sie eintrifft. Traust du es dir wirklich zu, mich zu begleiten? Du kannst auch gerne im Wagen bleiben und die Situation von hier aus beobachten. Ich werde auf jeden Fall jetzt reingehen, denn so wie ich die Lage einschätze, ist Gefahr in Verzug!«

Skeptisch wirft sie Anke einen Blick zu. Deren Entschlossenheit mitzukommen ist nicht zu übersehen.

»Ich bin bereit! Lass uns die Welt einmal mehr vom Bösen befreien!«, antwortet sie nickend.

Sie schauen sich mit energischem Blick an. Stine nickt, und sie verlassen das Auto. In gebückter Haltung huschen sie ihrem Ziel entgegen. Anke immer dicht hinter ihrer Vorgesetzten.

Der Regen und die schlechte Beleuchtung lassen die Umgebung unwirklich erscheinen. Ein wiederholter Blitz, der das gesamte Umfeld in ein bizarres Licht taucht, verstärkt dies noch für einige Augenblicke.

Als die Frauen die Tür erreichen, sind beide mit einer geballten Ladung Adrenalin durchflutet.

37

»Nele?!?«

Der laute, fragende Ruf nach ihrer Person lässt sie für den Moment das Schauspiel vor sich vergessen, und sie dreht ihren Kopf zum Fuß der Treppe, aus der er zu kommen scheint. Und in genau diesem Moment hechtet Phönix die wenigen Stufen zu ihr nach oben und begrüßt sie überschwänglich. Fast hätte er sie umgeworfen. Im letzten Moment kann sie sich am Geländer festhalten und umklammert mit der freien Hand das weiche und warme Fell ihres Hundes.

Alles um sie herum gerät in Vergessenheit. Die Freude, die sie beim Anblick ihres geliebten Freundes überkommt, verdrängt jeden Gedanken an ihre gegenwärtige Situation. Für einige Sekunden dreht sich alles nur noch um ihn. Er stupst sie ausgelassen immer wieder an, und genießt die Streicheleinheit, die sie ihm zukommen lässt.

Ein weiterer Blitz erhellt die Szene und die übergroße Freude, die sie noch kurz zuvor empfunden hat, verwandelt sich urplötzlich in Angst.

Während sie noch immer ihren Hund liebkost, schaut sie wieder nach vorne. Das Zimmer ist immer noch erhellt durch eine weitere Folge von Blitzen.

Robert hat sich unbemerkt die Pistole geschnappt und auf sie gerichtet. Sein Blick ist starr und ungläubig. Sein

Mund ist weit aufgerissen. Sie kann ihm die Fassungslosigkeit, die sich auf seinem Gesicht widerspiegelt, überdeutlich ansehen. Seine Augen wandern kurz zu Jennifer und sofort wieder zu ihr. Er realisiert sofort die unverkennbare Ähnlichkeit der beiden Frauen, denn plötzlich wird der Flur durch das milde Licht der Deckenlampe erhellt.

Dann erreicht auch Marc das obere Stockwerk und stutzt, während er den sich ihm bietenden Schauplatz studiert. Reglos bleibt er hinter Nele stehen. Der Anblick, der nun auch auf ihn gerichteten Waffe, macht ihn bewegungsunfähig.

Erneut zuckt ein Blitz auf, und sobald der Klang des folgenden Donners verebbt ist, beginnt Robert zu reden.

»Sieh an, es scheint zwei von eurer Sorte zu geben! Das erschwert mir die Lage ungemein! Und Marc, du wärst heute besser zuhause geblieben und hättest dich hinter deinen Computer gehockt. Jetzt muss ich mir eine neue Strategie überlegen!«, presst Robert zischend hervor.

Sein Ausdruck macht deutlich, dass er schon wieder Herr über die neue Situation ist. Ein gemeines Grinsen huscht über seine Lippen.

»Hände hoch und Waffe auf den Boden!«, erklingt da plötzlich eine Frauenstimme hinter Nele.

Etwas unsanft wird sie auch sofort energisch zur Seite geschoben. Auch Marc wird von der Kommissarin etwas weiter in den kleinen Flur gedrängt. Nun steht sie vor den beiden und schiebt auch noch Phönix mit einem Bein etwas weiter zu Nele hin.

Ihr Blick und die im Anschlag gehaltene Waffe sind fest auf Robert gerichtet, und sie wirkt vollkommen ruhig.

»Herr Faust, bitte beenden Sie das Ganze hier und jetzt! Es macht keinen Sinn, noch jemanden zu verletzen! Die Verstärkung trifft jeden Moment ein, und sie haben keine Chance, zu entkommen, egal was sie machen!«, instruiert sie ihn mit fordernder Stimme.

Und genau in diesem Moment ertönt in der Ferne ein Martinshorn, dessen Ton immer lauter wird.

Ihre Waffe ist dabei auf seine Brust gerichtet, zum Abschuss bereit.

Langsam senkt Robert die Hand mit der Pistole und hebt die andere mit dem Messer darin in die Höhe, um seine Aufgabe zu demonstrieren.

Phönix, der die ganze Zeit hechelnd bei Nele um Aufmerksamkeit buhlte, wendet sich für einen kurzen Augenblick der Kommissarin zu und stößt mit dem Kopf unter ihre Hände, die ihre P30 fest umschlossen halten. Diese werden durch die überraschende Berührung zur Seite geschoben.

Robert, der für einen Moment unschlüssig seiner weiteren Vorgehensweise zu sein schien und seine Waffe senkte, erkennt seine Chance, und zielt erneut, nun auf Stine.

Jennifer rappelt sich auf, und will Robert von hinten mit ihren gefesselten Händen irgendwie aufhalten, erwischt allerdings lediglich die Perücke, die sie dann in ihren zitternden Händen hält. Die Angst in ihrem Blick ist grenzenlos, nachdem sie erkennt, dass sie nichts gegen ihn ausrichten kann.

Robert stößt sie brutal zurück, ohne den Blick von Stine abzuwenden.

Ein Schuss zerreißt allen Anwesenden fast das Trommelfell.

Marc, Nele und Jennifer blicken sofort zur Kommissarin. Ihre Augen drücken Fassungslosigkeit aus und erwarten, dass die Frau, die sie gerade retten wollte, in sich zusammenfällt. Es kommt allerdings anders.

Robert verdreht plötzlich die Augen und sackt zu Boden. Seine Hand mit der Pistole darin erschlafft, und die Waffe prallt hart auf dem Holz des Bodens auf. Sie schlittert noch einige Zentimeter zur Seite, in Reichweite von Stine. Sofort kickt diese sie mit dem Fuß zur Seite, damit sie für Robert unerreichbar ist. Dies wäre allerdings nicht nötig gewesen, da sich dieser an die rechte Brust fast und dabei auch das Messer fallen lässt, das sich noch in seiner Hand befand.

Phönix, durch den unerwarteten Knall erschrocken, drängt sich noch enger an Nele und jault laut auf. Sie bückt sich zu ihm hinunter und krault ihn hinter den Ohren, um ihn zu beruhigen.

Noch immer entsetzt von dem Schuss starrt sie auf Robert und schüttelt dabei ungläubig mit dem Kopf.

Keiner der Anwesenden hatte die zweite Beamtin bemerkt, die sich hinter Marc und Nele pirschte und die Gefahr sofort erkannte, in der sich auch Stine befand. Ohne nachzudenken handelte sie und gab den rettenden Schuss aus ihrer Waffe ab, die sie wohlweislich schon entsichert hatte.

Stine dreht sich um und schaut Anke mit ihren blass-grünen Augen erleichtert und dankbar an. Diese hat noch immer ihre Waffe auf den schon am Boden liegenden Robert gerichtet. Und mit einem aufmunternden Zwinkern in Stines Richtung macht sie ihr klar, dass sie alles so weit unter Kontrolle hat.

Sie seufzt laut auf, und nickt ihr mit einem Lächeln zu. Ihre Kollegin hat sich in dieser so heiklen Situation wieder einmal bewiesen, wie in so manch prekärer Lage vor dem alles überschattenden Überfall.

Sie kramt ihr Dienst-Handy hervor und verständigt den Rettungsdienst. Mit einem immer noch erleichterten Ausdruck in den Augen, umarmt sie kurz ihre Kollegin, wendet sich dann dem bewusstlosen Robert zu, und untersucht seine Schusswunde. Es scheint nicht lebensbedrohlich zu sein.

38

Nele rennt sofort um das Bett herum, wo Stine noch immer neben Robert hockt, und befreit Jennifer vom Klebeband und ihren Fesseln. Kurz schauen sie sich an. Dieser eine Blick sagt mehr als tausend Worte. Dann fallen sie sich um den Hals. Während sie sich unter Tränen gegenseitig festhalten, drängt sich Phönix unter ihren Armen hindurch zwischen sie. Noch immer mit Tränen in den Augen, aber nun mit einem erlösten Lachen, knuddeln sie ihn beide. Er lässt sich das gerne gefallen. Mit einem begeisterten Bellen zeigt er dies auch lautstark.

Anke instruiert derweil die eintreffenden Rettungskräfte und Beamten. Und wieder einmal stellt Stine bewundernd fest, dass es keine bessere Partnerin an ihrer Seite geben könnte. Inbrünstig hofft sie darauf, dass Anke sich wieder in den aktiven Dienst begeben wird. Niemand ist in ihren Augen besser geeignet als diese taffe Kollegin.

Marc kann sich indes nur langsam aus seiner Starre lösen. Während das Chaos um ihn herum sich langsam ordnet, steht er die ganze Zeit unschlüssig im Flur und schüttelt immer wieder ungläubig den Kopf.

Eigentlich wollte er Nele nur Phönix wiederbringen.

Am späten Abend wurde er von Larissa, einer Bekannten von ihm, angerufen. Sie arbeitet in der Tierarztpraxis und Phönix wurde bei ihr von einem Urlauber abgegeben. Da sie Nele über das Festnetz nicht erreichen konnte, und ihr bekannt war, dass Marc und Nele in der gleichen Klinik arbeiten, verständigte sie stattdessen ihn. Leider konnte auch er Nele am Handy nicht erreichen, daher bat er sie, Phönix persönlich bei ihr abgeben zu dürfen. Sie willigte ein, und er holte ihn sofort ab. Da es schon sehr spät war, er sie auch nach mehrmaligen Versuchen telefonisch nicht erreichte, fuhr er direkt zu ihr.

Einige Straßen von ihrem Haus entfernt fiel ihm ein dunkles Auto ins Auge. Er erkannte sofort, dass es sich um Roberts Fahrzeug handelte. Er bekam ein ungutes Gefühl, da Robert, falls er Nele aufsuchen wollte, nicht bis zu ihrem Haus gefahren war. Er hatte herausgefunden, dass Robert ein Halbbruder von Nele ist, was er schon versucht hatte, ihr mitzuteilen. Vor längerem hatte er das Bild auf seinem Schreibtisch einmal genauer betrachtet, und erkannte ihren Vater darauf. Zwar war dieser nur aus der Seitenperspektive zu sehen, aber er hatte schon immer einen Blick für unauffällige Details in Gesichtern. Neles Vater hatte die gleichen Gesichtszüge wie Nele. Zuhause recherchierte er dann auch sofort Roberts Lebensumstände. Da er ein echter Profi im Netz ist, hatte er keine Probleme damit, seine Vergangenheit zu hinterleuchten. Dass er dazu einige kriminelle Machenschaften einsetzen musste, war es ihm wert. Für Nele würde er alles machen!

Als er dann ihr Haus erreichte, und die offene Haustür bemerkte, wusste er instinktiv, dass etwas nicht in

Ordnung war. Daher betrat er es auch sofort, und rief ihren Namen. Hätte er gewusst, was sich dort abspielte, wäre sein Vorgehen anders verlaufen.

Jetzt ist er einfach froh, dass alles vorbei ist, kann es aber immer noch nicht fassen.

Nach einer ganzen Weile haben die Rettungskräfte und Polizisten endlich das Haus verlassen. Nicht ohne eine freundliche Aufforderung von Stine an Nele, Jennifer und Marc, sich montags bei ihr auf dem Revier einzufinden.

Robert wurde mit einem Rettungshubschrauber in ein Krankenhaus geflogen.

Nele erklärt Marc, bevor er geht, dass es ihr leidtut, wie sie ihn behandelt hat, und gelobt Besserung.

Nachdem sich die Tür hinter ihm geschlossen hat, lehnt sie sich mit dem Rücken dagegen und atmet tief ein. Phönix hat neben ihr Platz genommen und schaut zu ihr auf. Seine Knopfaugen drücken Treue und Verbundenheit aus.

Ihre Gedanken weilen noch bei Clarissa und Frau Ulm, und mechanisch krault sie ihm das Fell.

In der Küche klappert leise Geschirr. Jenny ist wieder fit, nachdem sie sich einige Male übergeben musste.

›Jennifer kocht uns einen Tee, wie in alten Zeiten!‹, geht ihr durch den Kopf.

Sie beugt sich zu Phönix hinunter.

»Zwei geliebte Menschen wurden mir genommen, aber dafür habe ich Jenny und natürlich auch dich wieder an meiner Seite! Wir müssen mit dem glücklich sein, was wir haben! Es wird nicht leicht für mich, aber ich habe ja euch! Und jetzt komm, mein alter Freund, wir wollen Jenny doch nicht länger warten lassen!«, flüstert sie ihm ins Ohr und geht mit ihm an ihrer Seite in die Küche, um sich endlich in aller Ruhe mit Jennifer auszusprechen.

Ende

Liebe Leserinnen und Leser,

es ist ein tolles Gefühl, wieder ein neues Buch auf den Weg gebracht zu haben. Ich hoffe, es hat Ihnen beim Lesen ebenso Freude bereitet, wie mir beim Schreiben.

Auf diesem Wege möchte ich mich auch ganz herzlich bei meiner Familie und meinen Freunden dafür bedanken, dass sie mich immer wieder dazu ermutigt haben, ein weiteres Buch zu schreiben!

Ein ganz herzlicher Dank geht auch an J. Leicher, die wieder einmal eine gelungene Zeichnung beigesteuert hat!

Nicht zu vergessen H. Wenzelmann, der mir bei spezifischen Fragen zur Polizeiarbeit zur Seite stand!

Über Anregungen, Lob und Kritik würde ich mich sehr freuen!

Diese können Sie mir gerne unter der E-Mail Adresse:

majasch1213@gmail.com

zusenden.

Und wer weiß, wenn die Kritik nicht allzu schlecht ausfällt, können Sie sich vielleicht schon bald auf einen weiteren Schmöker freuen!